欢迎来到你要守护的世界

高维入侵

I

七流·著

天津出版传媒集团
百花文艺出版社

季楚尧

男，25岁，机能专业博士在读。

季家家主季思成唯一的孩子，机械核心集团幕后最大股东季家顺位排名第一的继承人。

母亲楚伏羲，来自声名煊赫的楚家，八方科技集团目前的掌权人。

|改造方向|

机械改造（6 阶）。

拥有S级能源核心，机械化程度37%。

天青

季楚尧与生俱来的武器，非机械造物。

刀身修长，没有刀柄，整体呈现出一个优雅的弧度，战斗时会亮起蔚蓝的光。

平日安装在胳膊内部，使用时可以从体内抽出来。

机械义肢

季楚尧肢体中唯一的义体，采用机械核心出品的超高级材料，目的是提高生存能力。

适配度：★★★★★

除双腿外，季楚尧的血液被替换成了冷凝液，皮肤被替换成了高韧性、高耐热的仿生皮肤。

司辰

男，22岁，无犯罪记录。
无父无母，在庄山区新河街道社会孤儿院长大。
东岚大学生物基因专业，新历47年毕业，获生物学学士学位。
安全区五等公民，蛇杖基因员工。

|资料更新|

进化者（1 阶），生物类。

长生渊

高维生物，来自第八维度宇宙的混沌文明。
颜色为黑色，触须状，幼年体长有胎毛；据闻，成年体一共99根触须。
需寄生于生物体内存活，具有一定的智慧，具有较强的领地意识。
对大部分智慧生物／有机物有克制作用。

|植入方式|

寄生。长生渊会自行挑选寄主。

机械义眼

机械核心出品，属于战斗辅助工具。

外观类似树脂眼，虹膜为银白色，可代替人类眼球，亦可进行简单的数据分析。

适配度：★★★★★

目录

CONTENTS

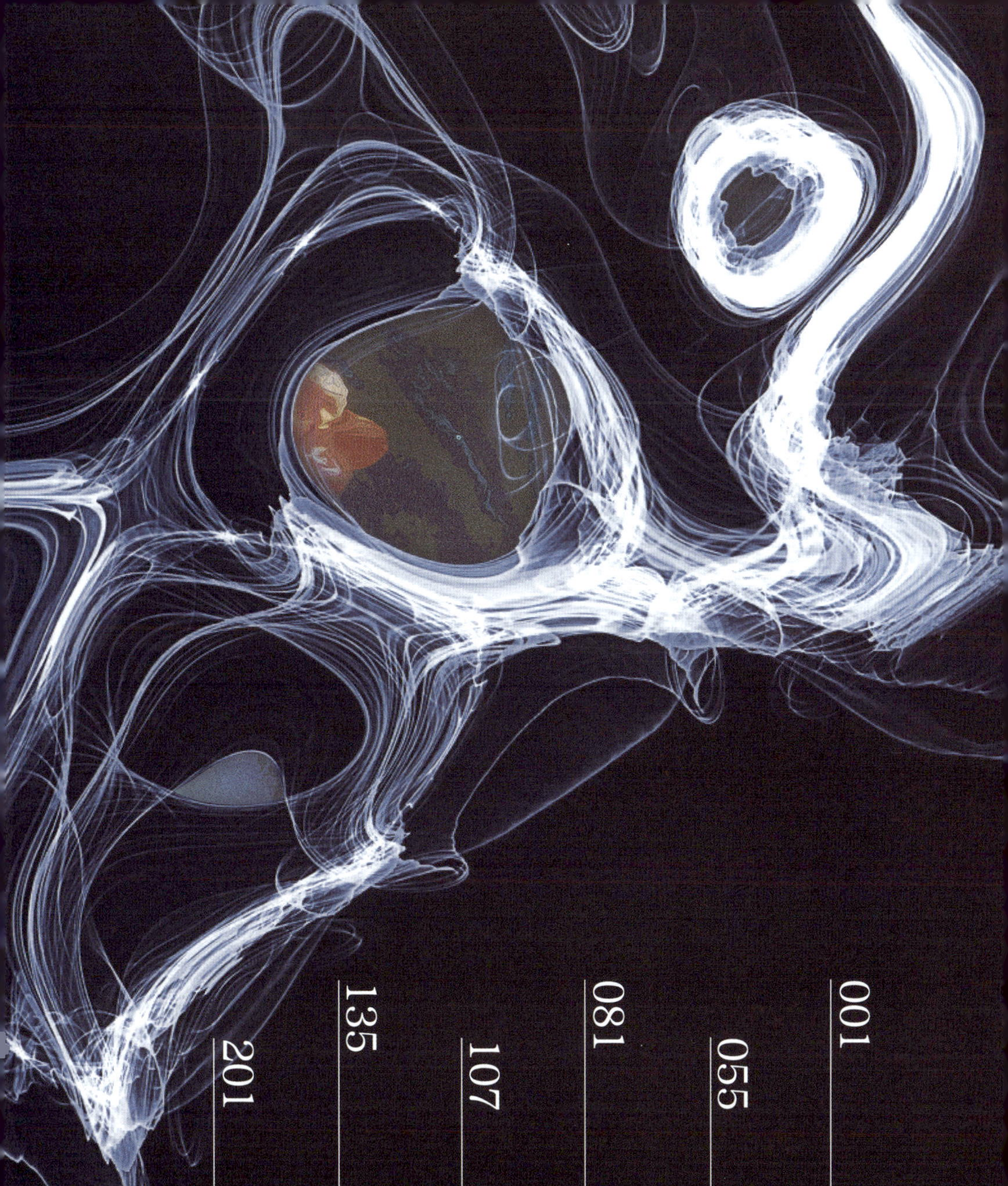

我曾故意丢下一枚棋子。

有人问我为什么抛弃它。
我回答，怜悯。

第一章

长生渊

CHAPTER 01

那片深渊正凝视着他。

司辰醒来的时候天色还早。因为视力不好，他干脆没有开灯，摸索着打开收音机，听起早间新闻。

“庄山区产生新的空间折叠区，导致一百四十三人失踪，二十一人死亡。经专家检测，此折叠区危险程度为3A。该区域已隔离，请市民们注意躲避，安心等待空间折叠结束。”

因为房间隔音太差，司辰甚至听到隔壁住户的嗤笑：“3A，搁这儿搞旅游风景区呢？”

司辰没有说话。他顺着梯子爬下床，从冰箱里拿出两个鸡蛋，准备给自己做个早饭。

鸡蛋上贴了“检验合格”的标签，敲出来却有股奇怪的腥味。现在的垄断工厂拼了命地压缩生产成本，很难说这些鸡蛋到底是用什么东西合成的。

司辰把鸡蛋丢进沸水里，死死捂住唇，压下几声沙哑的咳嗽。隔壁住户低声骂道：“晦气，别传染什么怪病给我。”

司辰有基因病。不传染，但身体很差。

这里的房子都很小，像一个个鸽子笼。狭小的活动空间催生戾气，宽容和理解在这里是奢侈品。

司辰的家只放得下一张上下铺。上铺睡觉，下铺就是厨房和储物柜，塞进了微波炉、小型洗衣机等。转过身就是房间里唯一的水池，厕所和浴室都在走廊尽头的公共区。

加上阳台总计五点二平方米的房间，因为处在“安全区”，还向阳，价格极其昂贵。司辰能住在这样的“棺材房”里，已经是许多人求之不得的幸运。

两百年前，司辰所处的世界第一次发生大型空间折叠，累计产生三百四十一个空间折叠区，覆盖近四亿人口。那次空间折叠持续九年，四亿人无人生还。于是，一个生僻的名词走进普罗大众的视野：高维入侵。

时空总计十维，人类所处的宇宙在第四维度，是异次元生物的猎场和温床，出现时间不等的空间折叠区则是连接不同维度的通道。

发生“高维入侵”事件的频率低于一的区域，被称为“安全区”。安全区秩序稳定，经济、科技高度繁荣。除此之外，就是“灾区”。

全世界百分之一的土地，容纳了近百分之三十的“公民”，资源的挤兑自然导致了高昂的生活成本。秩序在混乱后重组，高维入侵的幸存者成立了“联盟”，重新制定了规则和法律。

司辰今年二十二岁，无父无母。像他这样的孤儿，在高维入侵后的世界有很多。他们被社会统一抚养到十二岁，完成义务教育后，再被分配到不同厂房，只有极少数人能获得继续读书的资格。

司辰从小成绩优异，很幸运地拿到百分之一的升学名额，读完了中学，又在千军万马中挤过独木桥考上大学，取得了生物学学士的文凭，最后以全校绩点第一的成绩签约入职蛇杖基因集团的生物实验室，成为一名科研人员。

这个年头的文凭格外值钱。司辰目前住的这个狭窄的鸽子笼，就是公司分配的安置房，尽管小，市价却炒到了三百多万信用点。如果有可能，司辰也想读研，可惜三年学费起码上千万，光靠他一个人实在无力承担。

许多财阀的天使投资人来见司辰，最终都遗憾离开。

“你各方面数据都非常优秀，但是……”每次，那些经理人欲言又止，惋惜的目光总是停留在司辰的脸上。

司辰长得很好看，像亭亭结香兰的树。大概连老天爷都容不下这样的完美，他的左眼是一片朦胧的白色。这并非馈赠，而是因为残疾——他盲了一只眼。

这年头，治不好的残疾只意味着一件事：司辰得的是普通药物根本无法根治的基因病。作为每个月可以领三百信用点的“残废”，他直接失去了成为进化者的资格。除非有人愿意付出极其高昂的代价，用高阶基因修复液治好他的基因病。

普通人类依靠高维生物和更高维度的科技，能获得远超人类极限的强大力量，这就是“进化”，每个进化者都是新时代的“贵种”。

如今，研究生学费如此昂贵的原因之一，就是每个研究生都能免费获得一次进化的机会。数据表明，身体素质越好，融合成功的概率越高。而像司辰这种“残废”，成功率基本为零，没有人愿意做这个慈善。现在的社会最不缺的就是人，在司辰身上投资，未免得不偿失。

今天是难得的休息日，司辰准备去趟医院。因为长大的地方有严重的核污染，司辰从小患有基因病，隔段时间就需要去医院拿药。

吃完早饭，司辰戴好墨镜，拿出盲杖，朝电梯走去。他的左眼并非完全看不见，但是在秩序尚存的文明社会，当个瞎子能省去很多麻烦。

司辰住在66楼，乘着电梯下楼，一路上打招呼的住户都格外热情。

像司辰这样从灾区落户安全区的大学生是很受尊敬的，谁都知道现在落户的难度，更别提司辰毕业后还分到了一套房。尽管有些小残疾，但也称得上人中龙凤。

司辰进了交通站，乘坐公交抵达医院。

因为医疗费用昂贵，来医院的病人并不多，司辰有预约，没等太久就来到了诊疗室。负责给他诊断的医生是与他同一所大学毕业的师兄，叫杜景天。

杜景天用扫描仪载入他的数据，填表的手一顿："十支生物制剂，你一个月就用完了？"

司辰坐在他面前，微微低下头，看起来有些紧张："我身体不太好。"

"我知道你身体不好。"杜景天有些烦躁地"啧"了一声，"司辰，你有公民证，生物制剂只需要一千，而这东西在黑市价格三万。你的病情一周只需要一支，但你每个月来，我都是给你开十支。"他压低了声音，"不要把我当傻子。你就算拿一半去卖也够了。我给你开的剂量，一旦被发现，我三年之内都别想评职称了。"

司辰摘下墨镜，一黑一白的眼睛里蓄着泪。

"师兄，"他的手微微发颤，"对不起。"

杜景天的背脊一僵。

司辰用手捂住了自己的脸，温热的泪从他的手指缝里溢出来："我想读研。我都考上了，但是付不起学费。

"我本来可以保研的，但是最后一年，实验数据被篡改了。有人动了我的数据。最后，主席团认定我学术造假，保研名额也被顶替了。是故意的，是故意的……"

司辰死死地咬住了唇，身体一个劲儿地打战："我念了四年大学，绩点永远是第一。同学职级都是SSP（超级特殊级别），我却只能从最底层的科研员做起。师兄，我不甘心啊。"

杜景天张口，好几次想说些什么，最后却只能发出一声叹息。虽然早毕业一年，但司辰的事情他也略有耳闻，大家内部交流过一阵，都觉得司辰多半是被陷害了。可司辰当初得罪的是季家人，谁敢为他出头？

东岚大学是这个世界最好的大学，面向全社会招生，但真正能考进来的学生大多非富即贵，最差的也有安全区户口。资源的不均让教育也变得稀缺。司辰来自灾区，是个孤儿，还是残废，能考上大学说是奇迹也毫不为过。但也就这样了，这是他目前能碰到的天花板。现在的世界不需要天才，只需要可以随时替换的电池和螺丝。

杜景天还记得第一次遇到司辰的场景。他跟在导师身后，面容有些赧然，一黑一白的异色瞳孔像是漂亮的玻璃珠。想到这里，杜景天的心一软，无奈道："去拿药吧。"他把医药单递到了司辰的眼前。

司辰抬起头，眼里有些许光彩："……谢谢。"他拿着处方，离开诊疗室，低头重新戴上墨镜，遮住眼里淡淡的嘲讽——对自己的。

刚才杜景天碰到了他的手指，让他有些反胃。

事实上，司辰不讨厌这位师兄，甚至感谢他的良善，只是身体不受控制地对触碰感到反胃。

司辰的保研名额被顶替了是真的，想读书也是真的……除了眼泪以外，其他都是真的。司辰知道自己可怜，但他并没有那么在乎。

* * *

从医院离开的时候，因为心情不错，司辰有些想抽烟，只是手在口袋里摩挲片刻，还是挪了出来。

这年头，烟属于垄断资源。因为加了镇静剂和多巴胺，烟是交易时的硬通货，异常昂贵，多抽几根一个月的工资就没了。

司辰提着半透明的塑料袋，袋子里是一盒感冒药，谁也不知道里面装着十支昂贵的生物制剂。

RH型基因修复液，这是司辰就职的公司研发的低端产品，也是市面上流通最广的基因修复液。

医院附近有条老街，背靠交通站，多年没修缮，瓷砖都结着黑黑的油垢。当然，最重要的是这里监控坏了，一直没人管。

司辰走进“山城小面馆”，放下盲杖，点了份小面。

现在正值饭点，来来往往吃饭的人不少。司辰拿着盲杖，在地上百无聊赖地点了六个点。这是约定好的接头暗号。半分钟后，一个青年走了进来，坐在他的对面。

司辰不动声色地打量了对方一眼。

对面的青年长相很普通，在人群里，就像一滴水融入海中。唯一有些特色的是那自带笑意的“微笑唇”，给人一种良善的错觉。

青年接过药，放在手里掂量了一下：“十根？”

“嗯。”

青年觉得有些有趣，问道：“可你身体是真的不好，不给自己留点？”

司辰没忍住抬起头，用看智障的神情看他：“好了还怎么买药。”不过最主要的原因还是这种低级的基因修复液对他已经没什么作用了，而他的公民权限又买不到更好的药。

青年被戗了一下，小声询问：“我最近有个大单子，能挣很多钱。要不要加个通讯号？”

司辰连眼皮子都没抬一下："不去。"他对搞钱很有兴趣，但他知道什么可以搞，什么不能搞，还有些搞了会不小心把自己命搞没。

司辰很惜命，毕竟活着才有未来。他孑然一身，真要是死了，遗产还不知道会便宜谁。

见司辰态度坚决，青年也没勉强，把一张卡垫在餐盘底下："这顿饭我请。"

两人互相都不知道对方是谁，司辰也不在乎这些药会流到哪里去。他把卡装进了自己的钱包。

无内鬼，交易结束。青年呼噜噜吃完面，提着药走了。

片刻后，司辰的山城小面到了。红油辣子淋在细长的面条上，还有小半碗猪肉臊子，闻起来很香。

司辰吃得很开心。他算了一下，自己目前攒了快两百万，照这个速度，明年就能读研。一份研究生的学历能让他获得更高的公民评级，也能找到收入更好的工作，最重要的是，可以获得光荣进化的资格。

这份好心情一直持续到司辰离开餐馆，走在去交通站的路上，却在转弯处被一把尖锐的匕首抵住后腰的时候。他深吸一口气，手握紧了盲杖："谁？"

匕首抵住的地方是肾脏。摘一个肾不会死，但肾破了容易大出血，会死。

"司辰。来自灾区，从小经历过两次空间折叠。东岚大学基因生物专业，学士学历。"那把匕首抵着衣服，轻轻转了个圈，一个声音随之说道，"如今在蛇杖基因旗下科研所工作，居住在长安街道107号胶囊公寓，单身，无近亲。你猜，你失踪后，多久才会有人发现？"

司辰问刚才那句，倒也不是真的好奇来人是谁。他是为了收集信息。说话的人声音清亮，年龄不会太大。不熟悉。要么是陌生人，要么是伪音。

"你想干什么？"司辰的话音紧张得发颤，神情却异常平静。

沈雁行："我……"

他只刚刚开了个腔就停了，因为下一刻，司辰手里的盲杖动了起来。

司辰下手毫不留情。在正常情况下，这个力道甚至能打碎人的膝盖，可现在，特殊合金制成的盲杖打在对方膝盖上，却只发出刺耳的、金属碰撞时才有的嗡鸣。

眼前一阵天旋地转，司辰被狠狠压在了墙上，粗糙的墙面刮得他脸疼。司辰不矮，身高一米八，骨节自然不会太小，可对方只需要一只手就能让他动弹不得。司辰感觉到了，按住他的那只手冰冷异常——对方装的是机械义肢。

沈雁行摘掉司辰脸上用来装瞎的墨镜，笑了起来："小朋友，谈笔生意，如何？"

尽管音色有些差别，长相更是，但司辰判断，面前的男人就是刚才在餐厅遇到的人。

司辰忍不住嘲讽道："你就不怕传出去没人跟你们老板做生意？"他在心里衡

量着喊人或者报警的可能性。这条街平时人流量还行，然而到现在都没有一个人经过，似乎已经暗示了什么。

沈雁行挑眉:“我是临时工，弟弟。”

司辰被扭送到小面包车上。他倒是想叫人，但沈雁行被他发现后根本懒得装，抵住他后腰的东西从刀换成了枪。

如果横竖都是死，司辰选择晚点再死。

这辆车虽然外表简陋，内饰却很不错，一看就是高档货。沈雁行替司辰系好安全带，“X”形的，上车后连胳膊都动不了。

司机的声音是沙哑异常的电子音:“带来了?”

司辰不动声色地打量着周围的环境。汽车缓缓启动，一块布被蒙在司辰脸上，挡住了他的视线。

“自我介绍一下，”沈雁行坐在司辰身边，“我叫沈雁行。嗯，来自野草。”

“野草”，一个经常上电视的暴力团伙的名号，主要组成人员为灾区的采矿工人、无业游民。因为举报成功能到治安局领赏，里面的成员又被称为“行走的二十万”。

司辰没有说话，事实上，他闻出来了，盖在他脸上的这块湿漉漉的黑布有医用乙醚的成分，不出意外，几分钟后他就会昏迷。

“我说没什么恶意，你大概也不会信。不过的确需要你帮忙。这年头，找个没什么背景，专业是基因生物，会基因裁剪、移植并且马上能用的人，的确很难，还请海涵。”沈雁行的声音淡淡的，“我没办法告诉你太多，这是为了你好。我们需要你帮忙做个实验，不会危及你的人身安全。”

司辰安静地听着，心却重重地往下沉。他相信对方是为了他好，毕竟知道得越多，越容易被灭口。

司辰手指微微动了一下，道:“好，但我需要先和领导请个假。你既然调查过，就该知道我的经济状况不太好，工作对我来说很重要。”

“你在蛇杖基因旗下的实验室工作，走私基因药剂已经违反员工守则。”沈雁行打开身边的冷冻箱，举起一管药剂，在车灯下打量，“被发现一样是开除，请不请假问题不大。不过你放心，这事我们会处理好的，毕竟有人报警也挺麻烦。你回去后还是可以照常上班。”他手里，半透明的红色液体像是稀释后的血。

司辰有些恼了:“我没有拿实验室的东西出去卖!”

沈雁行微微一笑:“但你可以拿，不是吗?”

“好啦，别生气。”沈雁行用机械臂拍了拍他的肩膀，“作为交易，野草可以给你提供读研的学费，或者为你更换机械义眼。你也不想一直当瞎子，对吗?”

或许是沈雁行的安抚起了作用，又或许是麻醉药开始见效，司辰的呼吸和神态都逐渐平缓下来。他睡着了，至少表面上是这样。

司辰从小身体不好，但长得好看，社会孤儿院的工作人员都偏爱他。这种偏爱导致他没有同龄的朋友。每个夜晚，他都会被摁在床上，被人用沾满水的毛巾捂住口鼻。没有伤痕，连告状都不会有人理会，痛苦却是真实的。

后来司辰知道了，这叫水刑。看不见，呼吸不了，耳边却是许多恶意的冷笑。总之，一次次的濒死体验，让司辰学会了更长时间的屏息，以及更逼真的昏迷。不太愉快的回忆，没想到居然在这种时候帮了大忙。

沈雁行取下黑布，掀开司辰的眼皮子看了一眼。眼白往上翻，呼吸平缓，是很明显的昏迷状态。他又把布盖回去，重新蒙住司辰的眼睛。

“我还是觉得让外人来太危险了。”司机道。

沈雁行说:“但我们也没有更好的选择。”

司机的机械音冰冷无情:“而且你还不同意斩草除根。无相，我不记得你是这么优柔寡断的人。”

“这也是没办法的事。”沈雁行闭上眼，发出一声叹息,“毕竟，这是我当年……最喜欢的学弟。”

* * *

庄山区。

过去，这里曾是东海岸最繁荣的城市。因为频繁发生的高维入侵事件，这里被划分成“重灾区”，常年处于隔离状态。这里的人不会思考明天，更谈不上文明和秩序，整个人类生存区都洋溢着穷奢极欲的气息。

司辰后来真的昏迷了。他不知道自己在车上待了多久，只知道醒来的时候感觉很饿，还有些胃疼。

沈雁行倒也没故意虐待他，给他喂了一管巧克力味道的营养剂。虽然只是营养剂，但价格应该比司辰在员工食堂里吃的合成肉更贵。

“马上就到了，再睡会儿。”

沈雁行之所以选择这里，是因为庄山区刚发生过3A级的高维入侵事件。

因为每一次空间折叠，对普通人来说都是必死，所以高维入侵事件的危险程度只有“A”到“5A”，再往上是“S”。

根据研究，发生过空间折叠的区域，在一段时间内会成为安全区。又因为刚经历浩劫，外界基本无从得知里面的消息，总之，很适合干点不光彩的事情。

此时的庄山区比之前萧条很多，街上都没几辆车。发生高维入侵的地方被警戒线围起，零星有几个全智能机械保安站岗。

车驶入了一家医院的地下室。这里原本是停尸房，被改造成了手术室。

沈雁行一路前行，顺手摸了一下从安全区走私回来的基因编辑器，感叹道："虽然是被淘汰的型号，但也花了好多钱。可恶啊！"

资源的不均不仅让知识变得昂贵，科技更是。比如，安全区公民可以用一千信用点买到基因修复液，其他区的居民想要一支，得花上好几万。

司机回答："本来已经选好了研究员，可惜他死了。"

司机甚至没有说出那个人死亡的原因。现在这个世界，人命不值钱。就像路边的野草，多几根少几根，除了野草自己，无人在意。

司辰彻底苏醒时，发现自己躺在一块平滑的金属台上，身上穿着实验和手术用的防护服，头顶是明晃晃的灯。

司辰撑着胳膊坐了起来，医用乙醚的副作用让他脑袋微微发疼。他发现了，自己旁边还躺着两个人。他习惯性地打量起周围的环境。这里没有窗户，墙壁都出现了老化的黑斑，但还算干净。墙角有一个机械眼监控，正无声无息地盯着他。

看起来是个地下室，空间并不大，有通风口。除了装满仪器的工作间之外，还有一个小卧室。

司辰走进工作间看了一眼，这些仪器上的制造商信息虽然被抹去了，但毫无疑问，是他就职的蛇杖基因集团出品的。

X-II型基因编辑器，已经被淘汰了两三年的机械批号。司辰读书的时候学过两年，现在的学生应该已经不会用了。

X-II也是最后一款以"X"开头的基因编辑器，现在普遍用的都是V型。V型机用智能AI演算代替了绝大部分人力，大幅减少了人工操作步骤，还引发了一次公司内部下岗潮。那时候，司辰的导师还感叹过："现在的人，都要被机器养废了。科技进步是好事，可未必总是好事啊。"

司辰走到手术台边，只见台上并排躺着两个人，容貌隐约有些相似。两人都处于昏迷状态，维持生命的氧气面罩扣在他们脸上，旁边则是记录生命体征的心电仪。

司辰头顶传来了机械音："再次抱歉以这样的方式让你醒来。"

监控室里，沈雁行看着监控屏幕，缓缓道："司辰，手术台上的这两个人，红色标记的是A，蓝色标记的是B。我们需要让B的基因和A完全一样，能通过任何简单的医学检测，你明白吗？"

编号为A的是宋家的候选继承者之一，一等公民，今年十八岁，正要离家前往另一个安全区上学；B是孤儿，流民。而宋家正是目前四大集团中的"混沌制造"集团的股权家族。

沈雁行顿了顿，继续道："你上过大学，应该知道现在光荣进化主要分为三个方向。第一是机械改造，第二是生物改造，第三则是很罕见的灵能改造。A身上就有生物改造时植入的高维生物。”

所谓“生物改造”，就是把高维生物种植到人类体内，人类和怪物共存，完成进化。

宋家少爷没等到开学就急忙去学校，其实还有一个原因，那就是他体内的东西有蠢蠢欲动即将苏醒的迹象。他虽然出身财阀，但只是旁系，继承人顺位排名一百开外。为了提高竞争力，这位少爷不惜下血本买来这个高维生物，种植在了自己身上。不是自己亲手驯服的，适应性难免差了点。

“我们需要你把它移植到B身上。一周时间，够吗？”

沈雁行并不担心司辰会私吞。司辰的身体还没有经过改造，身体强度根本没办法承受高维生物的植入，除非他想死。

老实说，“一周”这个时间非常紧迫，但这已经是最宽容的期限了，毕竟宋家迟早会发现继承人失踪了一个。

司辰在两个实验体身上扫视了一圈，最终缓缓道：“我不要学费，但需要机械义眼。另外，我想每天要一支5级的进化液。”

因为高维入侵留下的馈赠，蛇杖基因集团研发出了不少稀奇古怪的药剂。以进化液为例，这种药剂可以让普通人获得更强大的身体素质和力量，也能治愈绝大多数疾病，包括埃博拉、狂犬病等过去无药可救的重症，以及核辐射造成的损害。

从严格意义上讲，服用进化液也是生物改造的一种。

基因药分为十级，从1级到10级，级别越高越昂贵，超过5级的基因药则根本不会在市面上流通。一管5级基因药的市场指导价为一百万信用点，但5级进化液的实际成交价远高于此。

司机怒道：“他还真敢开口?！这是钱的问题吗？调动七支5级进化液太兴师动众了，我们会因此被盯上的。”

一阵良久的沉默后，司辰弯腰，扶着桌子咳嗽出声，纤细而白的脖颈上全是凸起的青筋。

“我只是不想一直病着。”他的声音很平静，却有一种说不出的悲哀，“我从小身体就差，肺有毛病，一直咳嗽，不能跑不能动，只好读书。”

“我比任何人都努力，想换取一个机会。最后，他们告诉我，‘你身体不好，你不行’。”

沈雁行用手指掐着掌心，让自己从惋惜的情绪里抽离：“可以，六天。”

司辰没有抬头，却无声地笑了起来：“谢谢。”

司辰许久没有操作X型号的基因编辑器，再次上手，难免花了一些时间回忆。

因为高维入侵，各大集团在空间折叠区内学到了不少来自高维文明的黑科技，例如基因编辑、裁剪技术。简单说来，就是把某个生物的基因片段植入另一个生物体内，融合出一种新的物种。隔壁混沌制造集团有个专门研究变异物种的工作室，依靠这种技术成功研发出人马和人鱼。

X型基因编辑器本来是在动物身上做实验用的，受体和载体都有因此死亡的风险，司辰还没在人身上试过。好在沈雁行的要求是可以通过最基础的身份鉴定，也就是DNA鉴定。人类身上有二十三对共四十六条染色体，数万对基因，只要选取合适的方案，将等位基因依次修改、替换，这项任务也就完成了。

司辰很快开始工作。他有一个很好的习惯，那就是专注。高度集中的注意力会让他忽视外界环境，高效地完成工作。尽管解释起来浅显易懂，实际操作却并不容易。最重要的是，司辰没有助手，哪怕是最简单的基因测序也需要自己动手完成，更别提后面的裁剪方案。

司辰虽然只有学士学位，但从未停止学习，在全世界最先进的科研所工作的经历，也给他打下了良好的基础。哪怕换个水平稍微差一点的硕士过来，都没办法完成这项实验。沈雁行对司辰似乎有种莫名的信任。

顺带一提，去年全世界所有高等学府加起来，一共颁发了两千一百七十六个硕士学位。细分到每个专业，每年能顺利拿到学位证书的硕士研究生只有三十五人。毕业证一年倒是能发出十几万份，但就算这样，也有大量肄业的。

只是，对于目前的社会，知识人才储备已经足够了。毕竟人类寿命在各类基因药的作用下大幅提高，公民普遍能活到一百六七十岁。这个世界已经不需要那么多新鲜血液了，现在连义务教育都只有四年了。

司辰被关在工作室内，并不太清楚时间的流逝。等他抬头时，从头顶四米高的天花板通风口飞进来送餐的无人机，已经累积了三个。

因为缺水，司辰本就苍白的唇起了一层干皮。他打开无人机下面挂的袋子，看到里面装着营养剂、饮用水，以及他需要的5级进化液。

里面还有一张卡片：按时吃饭。

尽管半路掳人的行为不太地道，沈雁行在其他方面倒是挺大方。只是大学时代与司辰接触过的人太多，他一时之间很难把沈雁行和谁的脸对上号。

价格最高的时候，两支5级进化液就能换一套安全区的胶囊房。真要让司辰自己挣，可能得五六年后才有余钱买这种进化液，还得是员工内部价。机遇和危险总是相辅相成。可惜司辰没有斯德哥尔摩综合征，这福气他其实不太想要。

司辰服用完水和营养剂，开始在基因编辑器里输入第一阶段的改造计划。

他的大脑处于一种因过度使用造成的麻木状态，有些发热，太阳穴更是一突一突地疼。

实验体A的检测仪在此时发出了报警，但示警声音只响了片刻。司辰读取了异常数据，根据MRI（核磁共振成像），这种状况很像颅内发炎，A的大脑内部甚至形成了不同大小的脓腔，但现在，实验体A的数据已经回归正常。

颅内发炎通常是大脑感染病菌和寄生虫导致的炎症，是受体在实验过程中常见的应激反应，如果不尽快治疗，很容易导致终身残疾。

很遗憾，司辰虽然看得懂图像，但并不是医生。他对实验体A的要求是活着就行，毕竟B才是最终的改造对象。因此，他并没有太在意，拿起进化液走进了休息室。

工作室的白炽灯依然开着，明晃晃的，机器二十四小时都在运行。

这里曾经是医院的太平间，手术台是用停尸台改的，两个实验体躺在这里，的确很像两具尸体。

然而，实验体A在此时微微睁开了眼。这双眼睛没有虹膜，因而呈现一片涣散的白色，看不出视线的焦点在哪儿。

实验体A的眼球微微转动了一下。他的身体躺在手术台上，被几条固定带禁锢得很牢。一根细长的深黑色肉条从他的耳洞里钻了出来，乍一看像黑色的蚯蚓，但表面长着一圈柔软的毛。

“蚯蚓”在实验体A的耳窝转了一圈，就像侦察兵在小心翼翼地观察环境。这个位置刚好处于监控的盲区，毕竟一般情况下也不会有人去关注实验体的耳道。

就在它准备再探出来一点时，休息室里传来轻轻的咳嗽声，“蚯蚓”瞬间缩了回去，就像从来没出现过一样。

* * *

司辰扶着墙，喉咙里是控制不住的痒意。

他一出生就在重灾区，从小在核辐射环境中长大，三四岁时被送到了社会孤儿院，能活到现在全靠基因药续命。

说起来，司辰曾经被领养过，领养他的家庭在当地算是中产。后来，家长因为工作要搬去安全区，就把他送回了孤儿院，但支付了一大笔钱用来给司辰购买基因药。

如果把药给其他强壮的小孩，说不定可以养出好几个“进化者”，但喂给司辰，也只是让他能活下去，产生不了别的价值。所以，司辰偶尔也能理解那些同龄人的想法。

可以理解，但不能原谅。

司辰已经习惯了这具随时需要修补的身体。他在大学时攒了很久的钱，托关系买了一管3级进化液。那时已临近研究生面试，他喝了药，在宿舍昏迷了两天。

醒来一切照旧，号称能让普通人脱胎换骨的进化液，甚至连他的眼疾都没治好。

那是一种难以形容的失望。

那天下雨，窗外的天是黑的，一直没有亮，司辰差点没能爬起来去参加面试。但他终归还是站起来了，因为生活是自己的，而且还要继续。

5级进化液是蓝色的，装在一管塑料壳里，很像小时候喝的口服营养剂。司辰撕开外包装，一饮而尽。入口的液体苦涩，他忍不住皱起眉。

药剂很快在身体里发挥作用，司辰的四肢有种被撕裂的痛感，这种突如其来的疼痛，甚至让他微微叫出了声。不过，他很快反应过来了，死死咬住自己的唇，口腔里很快就充斥着新鲜的血腥味。这时，他听到了房间角落传来的机械音。

“我以为你起码会在实验结束后再服用。你只有八个小时的休息时间。”

司辰当然知道会影响状态，不过这种东西只有吃进肚子里才放心。他盖着被子，蜷缩在床上，身体内部灼烧的痛感让他没办法入睡。他低声回答：“不会影响工作的。”

“如果做不到。”机械音顿了顿，“我没办法保证你可以完整地离开。”

司辰没有继续这个话题，反问：“到处都有监控吗？感觉好变态。”

“……”

那边沉默片刻，通讯就中断了。

虽然休息时间有八个小时，但司辰只睡了六个小时就自动转醒。嗅觉似乎灵敏了一些，司辰甚至闻到了空气里残余的福尔马林味。

大概是为了督促他工作，司辰一觉醒来，发现无人机送来了一个计时器，上面显示他还有九十八个小时可以使用。

司辰的身影有些摇摇欲坠，装的。

5级进化液的效果良好，一管下去，治好了困扰司辰多年的咳嗽病，再来五管，说不定真的能成为身强力壮的进化者。司辰决定先继续用着“倔强清贫男大学生”这种人设，毕竟沈雁行好像就吃这一套。

工作进行到第四天，两个实验体的基因编辑已经基本完成。但为了让自己显得忙碌，让金主觉得钱没有白花，司辰每天都高强度工作十四个小时，时不时还要表演一下因为压力太大而撕文件、扯头发的桥段，好符合普罗大众对科研员的刻板印象。

司辰逼真的演技应该是感动了沈雁行，第四天，除了营养餐、进化液外，司辰还拿到了新的奖励——一只机械义眼。

这只义眼外观很像树脂眼，虹膜依然是银白色，但拿在手里沉甸甸的——里面是精密的机械零件。

义眼的生产商是机械核心集团。这种义眼其实属于战斗辅助工具，不仅能代替普通眼珠在人体内的作用，还能进行简单的数据分析。

“机械义眼需要手术安装，我猜你也不会愿意让我们给你打麻醉。”沈雁行的声音难得有些揶揄。

司辰握住义眼，神情柔和起来：“谢谢。我也有个好消息告诉你。基因编辑完成了，载体生命体征一切正常，我们可以开始下个阶段的项目了。”

“好，下个阶段是在B的身体里植入高维生物。”沈雁行的声音听不出欢喜，反而有种慎重，“我把后续资料和实验耗材给你，你先看。”

司辰对后续的高维生物移植很感兴趣，可惜现在还不知道种植在A身上的东西到底是什么。

高维物品真的太贵了，这远不是什么钱能买来的东西。和高维文明有关的一切东西都很昂贵，因为这是未来。

司辰很惜命，他不会在改造过程中把东西昧下来，但偷偷切下来一点，应该是没什么问题的。实验允许一定额度的损耗。作为“知识分子”，他有太多手段糊弄“文盲”。

资料很快送了过来。应该是刚打印出来的，到手时纸张都带着温度。

“这是特殊油墨，十二个小时后会自动挥发。”机械音提醒道。

司辰翻开了第一页。

【高维生物：长生渊】

来自第八维度宇宙（混沌文明）的长生种，学名“长生渊”。

需寄生于生物体内存活，具有一定的智慧。

颜色为黑色，触须状，幼年体长有胎毛；据闻，成年体一共九十九根触须。

具有较强的领地意识。

对大部分智慧生物/有机物有克制作用。

植入方式：寄生。长生渊会自行挑选寄主。

【注意事项】

1. 寄生完成后，长生渊会自动对寄主进行生物改造。

2. 寄主自身身体指标应达到“健康”标准，否则有较高死亡风险。

3. 长生渊完全成熟后，会从寄主体内剥离，致死率较高。虽然前期拥有强大战斗力，但不建议作为进化方案使用。

4.（遗失）

资料上还附有一张长生渊完全体的图片。不知道是不是黑白打印的缘故，图片一团漆黑，隐约能看见粗壮的黑色触手，就像长满刺的海胆。

对司辰这个层级的公民来说，大多数高维生物都是保密的，只在大公司或者学校内部流传。因此，这份材料他看得很认真。

司辰经历过两次A级高维入侵事件，但遇到的都是灵异文明。灵异文明的高维生物没有实体，更类似于一种精神入侵，自然也谈不上什么进化。

第二份资料是植入长生渊的步骤，看到第一行字时，司辰就没忍住挑起眉。

步骤1：在实验体A头部注入试剂a、b、c。

步骤2：切开实验体A头部，取出幼年体长生渊。

步骤3：往实验体B体内注入试剂d。

步骤4：等待长生渊寄生完成。

四款试剂都跟着资料一起送了过来，整整齐齐地排列在冷藏箱里，是用小试剂瓶装着的透明液体。据司辰判断，a、b、c三款试剂无非是分离液、麻醉剂一类的东西，d应该是诱食剂。

跟这个冷藏箱一起送来的还有注射器与脉冲切割刀，这种刀在蓄能状态下，连钢板都能切开。

司辰想起自己羸弱大学生的人设，盯着这短短几行字看了许久，才缓缓道："这种手术并没有太大的技术含量，或许不需要我来完成。"

"抱歉。本该由我来的，但我这里出了一些意外。"沈雁行的声音从扩音器向外飘散。

如果司辰能从高处俯瞰，他就会发现整个庄山区都进入了高度戒严状态，天空出现了多个无人侦察机，街上到处都是用于搜寻的机械犬。

这并非普通的戒严，而是"上面"为了逮捕无相而展开的一次武装行动。

沈雁行，代号"无相"，是野草组织近几年最为活跃的进化者之一；因为全身都进行了机械改造，主要改造材料为液态金属，可以随时改变性别、外貌、声音，几乎是进化者里最难抓的那一款。"上面"对灾区的管理素来睁一只眼，闭一只眼，但既然无相的位置已经暴露了，就没有不抓的道理。

沈雁行很快就切断了通话。实际上，他现在并没有太多的精力去监督司辰的进度。他骑着黑色的摩托车在大街小巷中穿梭，周围是熙熙攘攘的人流。皮裤、耳钉和唇钉，如果不是脸够帅，很像什么精神小伙儿。

沈雁行怀疑自己在不知道的情况下被植入了定位芯片，不然很难解释为什么机械狗能一次又一次精准地找到他的位置。他有些烦躁地"啧"了一声。

其实沈雁行不想把司辰牵扯进来，但会使用基因编辑器，没有背景，并且就在庄山区附近的学者，本来就不多。相比之下，司辰是个很好的选择，尤其是用完后即便灭口也不会有任何代价。

看见最终备选名单上的名字时，沈雁行表面毫无波澜，心里却十分震惊。假设不是他来负责这个计划，换其他人来，都会在完事后杀掉司辰。所以，他主动申请，成了这个计划的负责人。

“机车少年”沈雁行随意地走进路边一家服装店，出来时，已经变成了戴眼镜的格子衫程序员，文文静静的，很不起眼。

庄山区已经很久没什么体面的新建筑了，随处可见赌场和“红灯区”，还有站在街边兜售多巴胺的小商贩。

程序员装扮的沈雁行刚走两步，地面突然震动，马路裂开一条条巨大的缝隙。

正在寻欢作乐的人们像是意识到了什么，开始尖叫和呼喊。一时间，街上乱成一片，所有人都开始往另一侧拼命奔跑。

警报器发出刺耳的鸣叫，一团黑雾以肉眼可见的速度扩散开来。沈雁行看着黑雾，脸色剧变：“这里不是才发生过空间折叠吗？怎么又来一次?!”

那团黑雾笼罩的区域，刚好包括司辰所在的实验室。

* * *

司辰还没等到沈雁行的回答，地下实验室就突然摇晃起来。一块天花板掉在地上，原本明亮的视野瞬间变得漆黑，地动山摇之间，到处都是碎石和铁块。脚下的地板像山丘似的隆起，裂开。

普通人在这种大自然的伟力之下，毫无还手之力。

司辰第一反应是地震，于是来到离自己最近的墙角，躲在桌子底下，听着周围不断传来的重物坠地的声音。

没多久，司辰看见地表和天花板裂开的缝隙里都钻出了盘虬卧龙般的树根，他的脑海里响起了之前在广播里听到的新闻。

“庄山区遭遇高维入侵，产生3A级空间折叠区……此次折叠区的高维入侵者来自虫族文明，宇宙维度五维……

“据悉，折叠区内已出现大量异种植物和少量高维生物……该区域高维生物多为虫族，具体情况有待折叠结束后研究人员的进一步探察。”

这场“地震”持续了不到两分钟，对司辰来说，却显得格外漫长。他很担心自己被埋在废墟之下，但实验室比他想象中牢固，并没有进一步坍塌。

震动停止，司辰清楚，空间折叠区已经形成，而他被困在了这里。现在，外面的人进不来，里面的人也出不去。黑雾会把正常的世界和这里隔离成两个区域，要想出去，只能等到折叠区能源耗尽。

每一次空间折叠，普通人的死亡率都极高。未知总是神秘而令人恐惧。

这里太安静了，一片漆黑中，司辰只能听到自己的呼吸声。他喝了五天的5级进化液，身体素质比以往强了不少，口袋里还装着沈雁行送来的机械义眼。

在空间折叠区，永远没有正确的选择，只有合适的选择。他想起了不远处的实验体和掉在地上的工具箱，于是推开面前的大石块，从桌子底下爬了出来。

刚出来，司辰就愣住了。

那些野蛮生长的树枝上挂着长长的藤蔓，藤蔓上开满了散发着淡淡黄光的小花。小花在短短数秒内绽开又凋谢，飘零的花瓣像飞舞的萤火虫。如果忽略那些工业遗迹，这里简直像童话里的世界。

两个实验体在地面震动时没人保护，被掉落的重物砸了个血肉模糊。司辰凑近一看，细小的绿色藤蔓深深扎进了实验体残破的身体，就像干枯的植物正在贪婪地吮吸泉水。

血液的味道很浓，司辰的鼻子太灵了，不免有些反胃，好在他的适应能力一向很强。

尽管有光源，这里的能见度依旧不高。司辰在废墟里摸索了接近半小时，终于找到被砸得变形的冷藏箱。

箱子的外壳已经坏了，司辰用指尖抠开箱子，里面透明的水沾了他一手，散发着一种奇怪的甜味。四款试剂全都碎了，司辰没有理会，他要找的是冷藏箱里的脉冲手术刀。

不愧是高维科技产物，脉冲手术刀还能用，而且看起来很是锋锐。司辰用刀割下防护服的一截布料，将刀裹起来，然后装进了口袋。

对于现在的司辰而言，安全是最重要的。只有活着才有未来。再就是实验体A身体里寄生的长生渊了，也不知道这东西有没有跑掉。

司辰再次走到手术台旁边，忍不住挑起眉。

两具实验体的受损状况差不多，然而，在A身上扎根的藤蔓都已经枯死，B身上的藤蔓却莹莹如玉，碧绿的茎上甚至浮现出细红的输血管。

植物吃人，吃得津津有味，却没有攻击司辰。哪怕他就在旁边，他甚至大胆地伸手碰了碰绿色藤蔓的本体。

“也许是伤口或者血液的缘故……”司辰只能这么猜测。

温馨提示一：在这个空间折叠区里不能受伤。

至于实验体A身上的藤蔓为什么会枯萎，司辰也在几秒后找到了答案：一条黑黑细细的小蛇一样的生物从实验体A变形的头颅缝隙间钻了出来，它身上披着一层柔软的毛，像小猫尾巴。

长生渊立了起来，露出相对柔软的腹部。那里长着一个凸起的圆环，里面是一圈用来咀嚼的环状牙齿。

尽管这个生物没长眼睛，但直觉告诉司辰，这个东西正在看他。一股强烈的危机感袭来，他握紧了刀。

下一刻，这条柔软的小蛇突然动了起来，是一个迅猛的弹跳。很难想象，一条跟筷子一样大的生物居然有如此惊人的爆发力。

司辰能看见它的动作，但运动神经根本追不上大脑的反应，只能眼睁睁看着这玩意儿扑面而来，从他的脸侧擦过，再转过头，却见长生渊盘成一圈，裹住了一只数倍于它体形的蛾子。

这只蛾子有两对翅膀，鳞翅上的花纹像是烧好的曜变天目茶碗，流出的血是令人作呕的深绿色。

蛾子在地上垂死挣扎，缠在它身上的长生渊却纹丝未动。很快，同为高维生物的蛾子以肉眼可见的速度枯萎，长生渊松开口器时，腹部已经肥大了一圈。不知道是不是错觉，司辰甚至觉得它打了个嗝。

长生渊“吱”了一声。很小声，如果不是因为服用进化液后听力得到强化，能接收的声音频率范围变广，司辰根本听不到长生渊的声音。司辰想起了沈雁行发来的资料。“高维生物”“种植”“进化”……每个词都挠在司辰的心坎上，像被羽毛扫过，痒痒的。

这种感觉就像一个吃不起饭的穷光蛋突然捡到了一张五百万的中奖彩票，司辰知道自己可以拿去兑奖，也有可能在兑奖之后被原主暗杀，甚至还可能被“彩票”本身暗杀。那么，这彩票到底是要还是不要？

好在司辰毕竟不是一个冒险主义者。他一无所有，无力承担试错成本，只能活得更加谨慎。他靠自己也能挣五百万，只是时间会更长一些，因此，他只是犹豫片刻就收回了视线。

对于普通人而言，空间折叠区里的空气是有毒的。这里是两个宇宙空间融合的异次元，大多数高维宇宙的空气成分都和阿尔法星不同，只有进化者才能更好地生存。

司辰在这里待了片刻，已经觉得有些醉氧，而且这里就像一个蒸笼，热得让他无法呼吸。无数案例证明，在空间折叠区，一直待在原地并不能提高生存率，只是一种被动的、懦弱的等死行为。

司辰没再看长生渊，转而打量起周围的环境。

地动让头顶的天花板掉落得差不多了，露出外面的天空，些许微光洒落进来。司辰尝试拽了几下从高空垂下的藤蔓，很结实。他顺着藤蔓爬了上去，才发现自己之前是在地底。

四周全是断壁残垣，而废墟中有一树一树的花开。天空上有两个太阳，一个是深沉的红色，一个是璀璨的金色。

两个太阳带来异常的高温，司辰很快就热出了汗水。根据这个失水量，司辰预计自己没办法活过六个小时——这还是他的身体得到强化之后的结论。

温馨提示二：环境高温、高氧，需要补水。

司辰刚准备行动，就感觉自己的裤腿被拽住了。他低头一看，发现长生渊竟然也跟着爬了上来，发出“吱吱”的鸣叫。

长生渊速度很快，身体一拱一拱的，很快就从裤脚爬到了司辰的手上。这触感有些异样的恶心，司辰面色微变，一手抓住这只怪物，想把它丢出去。

尽管长着胎毛，但长生渊的手感并不干燥，有股子湿漉漉的黏腻。这条黑色的小触手一般的生物顺势缠在司辰的手指上，像蛇。司辰感觉到了指腹传来的轻微吮吸感——这个东西在舔他，没有咬。

当初开冷藏箱的时候，里面的液体流得司辰满手都是。因为高温，那些试剂也干涸得很快，他并未在意。

事实上，沈雁行送来的试剂 d 是长生渊同类生物成熟体的细胞液。长生渊是卵生，无性繁殖，并且靠母体喂养。幼年的长生渊都是靠着喝母体的细胞液，长到能自己觅食的地步的。

这只长生渊虽然比新生儿大，但依然是幼崽，对生存的本能渴求让它跟上了司辰。它的“吱吱”声，也是一种呼喊。

它在叫“妈妈”。

它还没长出眼睛，是靠振动和气味分辨物体和所在方向的。

长生渊出生的八维宇宙极其危险，生物的本能告诉它，被妈妈抛弃的幼崽会死掉，所以它不愿意离司辰太远。

长生渊的母体只会在一种情况下抛弃幼崽，那就是幼崽有某方面的残缺。这只长生渊已经被妈妈抛弃过一次了，要不然也不会被人类捉住。

小小的长生渊幼崽舔完了司辰手上残留的细胞液，然后绕在他的手腕上。司辰有种微妙的感觉，这只长生渊似乎很开心。他本来不想捡彩票，但是彩票自己跳进兜里了……那就先装着吧。

司辰沿着马路边缘往前走，尽量藏在树荫下，观察着这一片空间折叠区。他很幸运地找到了一台倒在地上的自助售货机。

在灾区，这样的售货机有很多，卖的东西包括水、氧、营养膏、简单的治疗药，目的就是让灾区人民在意外遇到空间折叠时能拿到最基础的生存物资。扫描居民码就可以使用，等到了有网络覆盖的地方会自动扣钱。

为了防止恶性暴力事件发生，售货机里的东西很廉价。水是自来水，空气是压缩胶囊，营养膏是喂猪剩下的边角料……质量很差，但在关键时候能救命。

自助售货机里的东西不贵，但机器本身却额外昂贵。机体抗摔、抗震、抗水、抗冻，在数百度的高温下也不会熔化。

司辰兑了三瓶水、三十粒胶囊空气、一罐营养膏。任何等级的公民在机器面前都是一视同仁的，每天只能兑这么点物资。的确有抢东西的事件发生，但这已经是让灾区更多人能够活下来的最好的制度。

司辰还没遇到活着的同类，但已经在地上发现了同类的尸体。这些尸体横七竖八地躺着，像被晒干的肉条。离司辰最近的那位，看穿着打扮，是一位女性，手里仍然死死握着一部手机。

司辰在她身边蹲下，看了眼手机上的日期：1月19日。而他上次看见日期，是在1月13日。

手机没有设置密码，司辰划开解锁，屏幕上是打开的备忘录，上面只写了一行字：小天，妈妈爱你。

她或许是走在接小孩放学的路上。如果这次空间折叠的范围够大，她的小孩大概率也死在了这里。

司辰缓缓吐出一口气，把手机还给了她。

司辰不清楚这次空间折叠区的范围有多大。他举目四望，到处都是遮天蔽日的大树。这些树正在以肉眼可见的速度生长，等树冠挡住头顶的太阳后，地面会迅速降温，变得阴凉许多。

每个宇宙文明都有自己的形态，能孕育智慧生物，就会有自己的生态系统。树木应该是虫族文明里极其重要的一环。这些树木的极速生长也意味着另一件事：空间融合即将结束，更多高维生物要出来活动了。

* * *

作为机械核心集团幕后最大的股东，季家在如今的世界拥有无可比拟的地位。和其他大家族一样，季家根深叶茂，前后三代光是继承人就有数百个。

季家如今的家主年事已高，谁也不知道他什么时候会归西。因为年轻时接受机械改造，伤了身体，季家家主只有一个孩子，还是用高维科技培养出的老来子，叫季楚尧，今年还不到二十五岁，机能专业博士在读。季楚尧的母亲来自同样声名煊赫的楚家。

季老爷子正躺在家里八百平方米的大花园里充电。除了脑袋，他的躯体已经完全机械化。皮肤是仿生皮，体内多余的内脏都已去掉，胸口随时能掏出一个高能射炮。这种改造极大地延长了他的寿命，可惜副作用也很明显——季老爷子每天都要用小型核反应堆充电，不然就会因为电量不足而陷入休眠状态。

今天这电充着充着，机械人管家冒冒失失地跑了进来，喊道：“老爷！出事了！”

季老爷子把眼睛睁开一条缝，慢悠悠道：“什么事啊？小王啊，都把你改造成机械人了，你的性子还是和当年一样急躁啊。”

因为说话速度太慢，小王直接选择蓝牙连接，把数据传了过去：“老爷，大事不好了！少爷跟学校的人去灾区科考，结果又遇上空间折叠了！”

季老爷子挥了挥手：“我还以为是什么事。小孩就该历练一下。我像他这么大的时候，已经打遍天梯无敌手了。”

小王战战兢兢道：“可是，根据检测，那片空间折叠区来自虫族文明，而且正处于高温崩塌边缘！”

季老爷子骤然睁开了眼，面色剧变：“安排车！找人去庄山，救人！”

* * *

这片区域的树木终于停止生长，巨大的树冠遮住了天空，但司辰并没有因此感到喜悦。

草木混杂着泥土的气息，却掩盖不了另一种腥味——血液滚烫的热气。地面隆起又平息，像是有游龙藏在地底。

司辰疑惑地看了一眼地面，总觉得大地在震颤。

苔藓植被和树枝藤蔓覆盖了大多数建筑，看似柔软的植物碾碎了自助售货机，水箱里的存货很快被洗劫一空。空气里传来昆虫振翅的声音，巨大的怪虫从天空疾驰而过，像一朵云。

看到这番景象，司辰不可避免地想起了中学课本里说的：很早以前，他们居住的星球有一段属于昆虫的文明。据说，那时候星球的氧气含量很高，昆虫是这片土地的主人。或许那些古老的传说和遗迹，也是高维入侵早就发生过的证明。

这只高维生物的外观很像美洲大蠊，周围是一群群成年男性拳头那么大的幼虫。它们如同蝗虫过境，收割植物，根本没看地上的人类一眼。比起地上营养不良的肉类，它们有更要紧的事情去做。

大树的叶子被昆虫的口器撕碎，流下红色的汁水。

水是这片区域最宝贵的资源。司辰走到树干边，看着蜿蜒流下的树汁。已经有蚂蚁从土里钻了出来，黑压压的，舔着树干上的液体。

司辰沉思片刻，摇醒了缠在他手腕上睡觉的长生渊。

“吱？”长生渊圆环状的口器动了动。

司辰捏住它的身体，把它凸起的嘴摁在树汁上，试毒。长生渊喝了两口，活着，并且看上去精神很好。

两个小时后。

司辰站在庄山区原本的市中心。他的面前是一个水龙头，连接着商场的墙壁。这座商场还没有完全倒塌，输水管道健在，但司辰知道已经没有去尝试的必要。

因为，水龙头上覆着一只干枯的手。

被晒成木乃伊的男人伸手拧着水龙头开关，凹陷变形的脸上已经看不出任何表情，唯有肢体语言溢出一股绝望。小虫豸在男人身上爬来爬去，试图吸取这具身体的最后一点水分。讽刺的是，这具干枯的身体上还长出了植物嫩绿的新芽。再过一段时间，这个人存在的痕迹就会被微生物从世界上彻底抹去。

从空间折叠发生到现在，才过去四个小时。早些时候，司辰还能听见哭泣声和枪声，现在只剩下满目疮痍。

世界寂静无声。

司辰把自己藏在太阳照不到的地方，喃喃道："这就是3A吗……"他经历过两次A级事件，虽然可怕，但不至于绝望。

这就是高维入侵，笼罩着这个世界的最恐怖、最接近噩梦的天灾。来自高维宇宙的生灵，在血与火中，靠掠夺获得新生。

进化液让司辰拥有了比普通人强悍许多的身体，能耐高温和严寒，可现在，司辰只感觉到自己的弱小。他依然想活下去。喝过树汁的长生渊还活着，那他喝了树汁应该也死不了。

在折叠区随处可见的这些树，叶子都长在顶部。司辰取出脉冲手术刀，扎着树干往上爬，感觉自己像猴。

树叶被撕碎，流出的汁水带有独特的草木腥味。司辰嗅了嗅，觉得气味有点熟悉。他在研究所当"社畜"，经常处理一些珍贵的实验原料，其中最基础的RH型基因修复液的基液，就是这个味道。只不过这些树汁还没进行去毒处理，身体素质差一些的人饮用后大概会直接死亡。

高维入侵带来毁灭，同样带来进化。就像物体的光影两面，总有人在浩劫中丧生，也总有人幸存。

司辰咽下几口树汁。味道像浓缩的辣椒水，喝起来嘴里火辣辣的疼，但身体的干渴缓解了不少。他向远处看去，入目是成片的雨林。天幕尽头萦绕着一层寡淡的黑色，那是空间折叠区的边缘。在空间折叠区，里面的人出不去，外面的人也进不来。

司辰坐在树上看风景，突然，地面传来剧烈的爆炸声。

一时间，大地震动得厉害，连带司辰坐着的这棵树也受到了牵连，他手里的刀直挺挺地落下，扎在地面上。

司辰顺着树干爬了下去。四周灰尘弥漫，空气里有股子烧灼的煳味，像什么工业废气的味道。

在刺鼻的气味中，司辰捏住自己的鼻子，双眼不太适应地眯起。

前面的坑里突然冒出个男人的脑袋。是个看上去很年轻的男人，眉眼说不上秀气，也并不锋锐，深蓝的眼眸像一汪春天的湖水。对方应该是受了伤，咳出了一点血迹，从坑里缓缓爬了出来。

季楚尧在庄山区的空间折叠发生的前一分钟，就收到了来自预警系统的提醒。他的动力系统可以飞天，因此完全有能力在空间折叠区正式形成之前离开。

太阳黑子紊乱是高维入侵的先兆，根据周围的能量波动，他的智脑断定这片空间折叠区的危险程度在2A到3A之间。破除空间折叠的方法只有两个，一是等空间折叠区能量耗尽，二是杀死开启空间折叠的高维生物。

季楚尧是来科考的，因此他佩戴的机械腿是轻工型。空间折叠发生后，他看着一张张陌生的脸孔从身边跑过，脸上带着泪和惶恐，于是选择了逆行。他选择的是第二条路，杀死空间折叠区里的高维生物。

季楚尧的判断没错，这里是危险程度为3A的折叠区，只是他没想到，里面的高维生物“女王”已经进化到第七天梯。这次入侵的是一个即将寂灭的文明，所有智慧尚存的生物选择以自己的身体为养分，供养出最后的女王。

总之，季楚尧战败了，和虫族的母虫打了个两败俱伤。关键时刻，他舍弃了下半身的义体，从地底钻出。

尽管季楚尧服用了基因药进行急救，他的状态仍然很差。原本衔接义体的金属机关断裂，露出底下的电线，偶尔还迸发出一点电光。最糟糕的是，因为义体损毁，他没有腿，走不了路。

好在，事情并非毫无转机。根据扫描仪的显示，他附近就有一个现成的看上去很好拐骗的劳动力。

季楚尧眼眸里的蓝色亮光隐进瞳孔深处，之后，他抬头看向来人，礼貌地询问：“您好。请问可以帮我一个忙吗？”说话间，他的手轻轻扣上了腰侧的枪。

隔着几米远，司辰同样在打量季楚尧。

司辰是装不起义体的，但这并不妨碍他从铺天盖地的广告中了解这些机械的价格。能用上义体的都是有钱人，眼前这个男人竟然还在身体表面铺了一层昂贵的仿生皮，看来出身非富即贵。

在空间折叠区，人和人的信任是很脆弱的。缠在司辰手腕上的长生渊发出了威胁性的嘶吼——它感知到了危险。

气氛安静了一瞬，司辰谨慎地回答：“我不是进化者，可能帮不上什么忙。”

其实季楚尧不太习惯仰望别人，但他现在只剩半截身体，高度不够，只好抬头看向司辰:“你需要我。”他的语气很笃定。

“这里是3A区。我的眼睛告诉我，你的身体素质介于普通人和进化者之间，还没有踏上第一天梯。现在还不是这个区域最危险的时候，随着时间的流逝，你的存活概率基本为零。

“我也可以告诉你，因为义体毁坏、能源耗尽，我暂时无法行动。而方圆五千米内，你是唯一一个评级危险度为零的智慧生物，比那只长生渊幼体还低。所以，我也需要你。”

司辰静静地看着他:“所以呢?”

“我叫季楚尧，来自季家。我们可以合作。我这里还有A型的基因药，可以帮你度过空间折叠区的后续时间。只要你带我去充电站，我就把药给你，如何?”

听到“季家”两个字的时候，司辰没忍住，用手指掐住了自己的掌心才控制住骤然升起的戾气——他想起了自己失败的实验和差点被扣上的“学术造假”的帽子。

季楚尧觉得，正常人不会拒绝他的提议。他也不担心司辰杀人越货，他的储备武器足够在瞬间杀死十个司辰。哪怕对方携带着长生渊幼体，也一样。

司辰的确有点心动。他平时在医院买的RH型基因修复液是最低端的产品，而A型基因药是专供二等及以上公民购买的高档货。可季楚尧的笑让司辰心烦，就像是知道自己开的条件没人能拒绝，完全吃死他了一样。

于是，司辰往后退了一步:“抱歉。”

在折叠区救一个陌生人，太危险了。司辰也没办法判定季楚尧到底有没有骗他，更何况这人还姓季。

眼看司辰要走，季楚尧“啧”了一声，还是叫住了他:“过段时间折叠区还会升温，你不是进化者，不吃药真的没办法活下去。药在我口袋里，你来拿吧。”

司辰的脚步一顿，转身看向他。眼前这个自称“季楚尧”的男人有张很温柔的脸，看上去人畜无害。

见司辰迟迟没有行动，季楚尧干脆从口袋里翻出药，丢到了司辰脚边。

司辰迟疑片刻，捡起了地上的铝箔袋。袋子里装着两粒胶囊，司辰没见过，但胶囊封口处印着蛇杖基因的图标。作为蛇杖基因的底层科研人员，他确定这是真货，而且需要印防伪图标的药往往价格惊人。

司辰不喜欢欠人情。所以，他吞下胶囊，蹲下，把背交给了季楚尧，硬邦邦地发问:“最近的充电站在哪儿?”

这个机械人比司辰想象中更沉，他背着这人走在路上，一脚踩下去就是一个深深的脚印。这个叫季楚尧的皮肤虽然不是原装货，却没那么令人反胃。

充电桩是机械义体能够正常使用的关键。因为机械改造的普及，充电桩和自助售货机一样也是城市基础设施，不要钱。离他们最近的充电站在两千米之外，走路要半个小时。

来之前，司辰还担心这里的充电桩会不会像售货机一样坏掉，但事实证明，机械核心出产的东西质量的确很有保障。他们抵达充电站的时候，只见一整排充电桩好好地固定在地面，还亮着光，像废墟中的一片净土。

司辰放下季楚尧，从充电桩上拔出充电线。这东西长得很像水管。

季楚尧打开了位于大腿内侧的充电接口，从司辰手中接过充电线，插在自己身上。

好怪。司辰没忍住，多看了两眼，问："为什么充电口会在这个位置？"

季楚尧和他解释："其他地方暴露面积过大，容易损坏，充电也不方便。经过测试，大腿内侧是性能最稳定的充电口。"

电流接入，蓝色的纹路在季楚尧的身上亮起，从手腕一直蔓延到脖颈，像某种古老神秘的图腾。这是一种科技和神话结合后的惊人的美。

司辰指着他身上的发光纹路，问："这是什么？"

季楚尧回答："我的电路板，特地设置的蓝光模式。"

"……"

司辰一时间不知道该说什么，主动离季楚尧三米远。

服用基因药之后，司辰身上的疼痛感减轻了很多，但持续上升的高温依然让他的皮肤呈现一片深深的红色。司辰挺白，那片红色就更加显眼，因为皮下出血，很快渗出点点红斑。

季楚尧有些无奈："如果太热，你可以靠着我。我不吃人。"他身体里流动的并非血液，而是可以调节温度的冷凝液。

尽管从小就进行机械改造，但季楚尧的机械化程度并不高。他唯一能组装的义体就是双腿，为了提高生存能力，还更换了血液和皮肤。在季家排名前十的继承人里，季楚尧的机械化程度是最低的，只有百分之三十七。

太阳已经向西偏移，马上就会落下，但周围的温度并没有降低。司辰忍了一阵子，还是坐到了季楚尧身边。

季楚尧没骗人，他身上的确很凉快。一开始，司辰还能礼貌地保持距离，可越往后，他离季楚尧越近，整个人都快倒在季楚尧身上。

季楚尧还在充电，对此毫无所觉，直到缠在司辰手腕上的长生渊爬了过来，一口咬住他的指尖，发出焦急的"吱吱"声。

被咬的季楚尧疑惑地转头，发现司辰靠着他的胳膊，体表是一种不正常的红。不断恶化的环境已经超过了普通人可以承受的极限，求生的本能让司辰往他的方向靠近。

季楚尧抬手，贴上了司辰的额头:“我口袋里还有基因药，自己拿。现在的气温已经到了87.6℃，不用逞强。你死了我也会很麻烦，这里没有义体给我更换。”

但也只是有点麻烦而已。

司辰的大脑难以思考，他把手伸向季楚尧腰侧的口袋，拿到了新的药。艰难地咽下药片之后，司辰有种又续了一命的错觉:“谢谢。”

尽管对进化者了解不多，司辰也知道，有电的机械人和没电的机械人是两种存在。充电后，季楚尧未必还会需要他。

季楚尧看着他的眼睛，认真地回答:“这是我身上最廉价的药，我父亲怕我出意外，每次出门都会为我准备很多东西。不用谢。”

季楚尧需要的电能远远大于普通机械改造人，几乎榨干了整个充电站。这个站点一共有七座充电桩，季楚尧每耗干一座充电桩的电能，就会换下一座。司辰询问了几次，得到的回复都是“还没充满”。

两人从天亮待到天黑。季楚尧的口袋里似乎什么都有，司辰眼睁睁地看着他拿出一盏折叠灯，摆在了地上。这盏灯用的是新型能源，不仅能发光，还能制热。

两轮太阳依次落下，最后一点光沉入地底的时候，周围的温度猛地下降，植物叶片上很快凝结了一层冰霜。

季楚尧很贴心地把体内的冷凝液切换为加热模式，整个人如同一个移动的火炉，冒着腾腾热气。

司辰就着“火炉”烤完手心烤手背，由衷道:“机械改造似乎很方便。”

季楚尧赞同:“是，而且对大多数人都适用。哪怕不是进化者，也能装载义体，所以这是如今流传最广、使用者最多的一种进化方式。但局限性也很明显。”

“最大的局限性就是烧钱。而且，机械进化到第八天梯，就会触碰到科技的顶点……”季楚尧说着说着，突然屏住了呼吸。他拔下充电线，神情变得严肃起来。

季楚尧看东西其实不需要用眼睛，他体内装载了一个小型扫描仪，一有危险就会发出提示——重伤的虫族女王不甘示弱，找到了他的位置，想趁着夜晚一雪前耻。

司辰听见了一些声音，就像雪崩时，雪块从山坡滚落的声音。

季楚尧突然说:“抱起我，往东跑，越快越好。”

季楚尧的语气太急促，司辰甚至没来得及询问原因，就已经本能地遵循。季楚尧的预警系统在疯狂报警，司辰抱起他，头也不回地往前冲。如果他还有余力，就能发现他怀里的季楚尧抬起一只手，指尖开始发光。

刚充过电的季楚尧，身体表面亮起蓝色的光晕。这光晕顺着手背一点点往上蔓延，到最后，连脸侧都是漂亮的微光。他眼眸里也亮起了蔚蓝的光，但发光的并非瞳孔，而是镶嵌在眼睛里的瞄准器。

之前，季楚尧和司辰打趣，说这些纹路是发光电路板，其实这是他走上进化之路的证明。

一只沙虫从他们刚才所在的地方破土而出，发出震耳欲聋的嘶鸣，随后是第二只、第三只。每只沙虫都有数十米高，身体表面是尖锐的倒刺，口腔里长着一圈圈螺旋状的獠牙。

这就是这个生态圈的顶级猎食者——虫族女王，所属种族为沙虫。虫族女王原本有九个身体，现在只剩三个。

巨大的虫豸像降临人间的君王，司辰还是第一次面对这样的怪物，不由得瞳孔紧缩。

长生渊整个钻进了司辰的衣服里，贴在他衣领内侧瑟瑟发抖，发出了颤抖的“吱吱”声。它说的是“妈妈快跑”。

季楚尧的掌心出现了一个黑色的洞。这是他很少动用的终极武器，但进入这个空间折叠区后，他已经拿出七次。前六次，分别杀死了女王的一个身体。

一时之间，蓝光大盛，天空亮如白昼。

司辰听见了机器高速运转带来的巨大轰鸣，与此同时，季楚尧的身体开始剧烈发烫。

那是一种难以形容的震撼，是绝不属于人类的伟力。司辰看到被光柱贯穿的地方出现了一个空洞，细小的光柱精准狙击了女王控制各个身体的“大脑”。

沙虫发出了刺耳的尖叫。被刺穿的伤口对沙虫庞大的身体来说不值一提，可它的一具虫躯依旧轰然倒塌，从伤口喷射出墨绿色的血。女王不理解，明明之前季楚尧已经被它消耗得差不多了，为什么还能使用高维力量?

季楚尧再次抬手，这次对准的是女王剩下的躯体。光柱还未射出，女王两个硕大的柱形身躯就已经仓皇逃窜，重新钻回地底。

直到女王消失，季楚尧抬起的胳膊才骤然垂落，身上都是涔涔的汗。因为过度消耗，他的手在颤抖。

季楚尧低头，看了看两人身体相连的部分，道:“抱歉，把你的皮烫掉了。基因药应该可以修复，不能的话，出去后我找人给你焊个新的。”

刚才季楚尧的身体温度过载，导致司辰严重烫伤。司辰后知后觉地感到疼痛，这才发现自己身上甚至有高温碳化的迹象。

“我没事。”司辰一边说，一边拿出手术刀，把粘在一起的皮肤割了下来。他是血肉之躯，难免会有些疼，他的眼睛流出了生理性的眼泪，手臂抽搐，表情却格外平静。

季楚尧盯着他脸侧滑过的那道水光，有些困惑地转过头。他的心里好像有一种奇怪的感觉，但这种情绪太陌生，他捉不住。

季楚尧放弃了思考，因为，现在有另一件事更让他烦恼：他的能源核心碎了。

能源核心是每一个机械改造人最重要的动力源，具有唯一性。

季楚尧的能源核心来自S级的空间折叠区，是高维生命的产物，以阿尔法星如今的科技水准，根本不可能制造出来。而每次引发空间折叠的文明具有不确定性，机械文明虽然是宇宙文明的一大分支，但也要五六次才能撞上一次。

不过，季楚尧并没有烦恼太久。因为，他是季思成唯一的儿子。

季思成是这个世界无冕的君王，而季楚尧是君王的继承人。

刚才打架发出的声音有些大，季楚尧在空间折叠区的生存经验显然比司辰丰富。他说："声音可能会引来其他想捡漏的进化者。我现在暂时失去战斗力。

"知道黑暗森林法则吗？简单来说，就是需要把遇到的所有人设想为敌人。这是在空间折叠区最好的生存方式。"

季楚尧把头靠在了司辰的肩膀上："所以你也不用太相信我。"

* * *

在距离原来的充电桩四千米的位置，季楚尧又拿出了他的折叠小灯，只是把光调暗了一些。

司辰接过季楚尧递来的修复喷雾，往烧伤的皮肤喷了几下，伤口处很快形成一层薄薄的膜。

他的胸口、后背、胳膊，但凡和季楚尧接触过的地方，都出现了不同程度的烧伤。伤势轻的地方是红肉，鼓着水泡；严重的地方是黑色，已经完全碳化。唯一庆幸的是脸没事，毕竟五官修复起来比身体麻烦多了，说不定还要充填假体。

司辰身上的衣服是在路上捡的，撩起来的时候，红黑的创面和雪白的肌肤连在一起，触目惊心。他咬住衣摆，把药剂喷在伤口处，痛得打了几个哆嗦。

季楚尧问："需要我帮忙吗？"

"不用。"

季楚尧目不转睛地盯着他，问："痛吗？"

司辰秀气的眉头蹙起："你试试？"

听出了他语气里的不满，季楚尧充满歉意地垂下眼眸："抱歉。我刚出生就被剥离了痛觉，有点好奇。"

去掉痛觉对普通人来说很危险，因为只有疼痛才能让人清楚自己的身体状况。但季楚尧不需要。他安装了智能辅助，一旦出现故障，系统会给出提醒。疼痛只会影响他的行动和判断。

季楚尧给的基因药很好用，司辰的伤势很快得到抑制，并且长出了新的皮肤。

他靠在树边，用衣服把自己裹了好几层，闭目养神。

季楚尧收回了视线。

有件事他没有告诉司辰：出生二十五年以来，这是他生命最虚弱的时候。他身上有着来自更高维度的辅助系统、动力系统、机械元件……这些东西的价格，足够让任何普通人当一次亡命之徒。而且，因为能源核心碎裂，季楚尧基本失去了使用重武器的能力，现在的他只是身体强韧、携带很多药物的资源包。司辰的脸不在他的数据库中。这说明对方只是一个无足轻重的小角色，是根据系统计算，一辈子都不会与他产生交集，也威胁不到他的人。这样的人，自然不需要资料。

季楚尧突然意识到，这是他认识的第一个位于数据库之外的人。他问："你叫什么？"刚说完，他就觉得自己有些冒昧，毕竟司辰好像需要休息。出乎意料的，他得到了答案。

"司辰。"

季楚尧的声音温润："辰代表日月星，很适合你。你父母很会取名字。"

司辰瞥了他一眼："我是孤儿。"

气氛有些尴尬。

司辰的名字不是他自己取的。之前在孤儿院，他没有名字，只有编号，后来被领养，养父母给他取名为"司辰"。

那是司辰短暂生命里比较明亮的一段回忆。他的养父是生物工程师，养母是教师。在灾区，这种高知家庭有些格格不入。他还有一个哥哥，每天放学都会给他带零食，代价是他要帮哥哥写小学数学作业。

司辰在这个家里，从六岁待到九岁。后来，养父工作晋升，得到了搬去安全区的资格。可惜一共只有三个名额，所以，他又被送回了社会孤儿院。这也是他在孤儿院被很多同龄人讨厌的原因之一。

到底是一直没有更痛苦，还是得到又失去更痛苦？司辰不知道。

季楚尧察觉到司辰情绪低落，但他的数据库里和情绪有关的资料太少，他分析不出原因。他问："我是不是吵到你了？"

"疼，冷。"司辰盯着树木缝隙透下来的微光，"睡不着。"

季楚尧悄悄凑近了一点。老实说，一个没有腿的残疾人靠胳膊走路，看上去很滑稽。他调高体温，把手伸了过去："给你。"他的手臂不是义体，没办法拆下来，所以只能给司辰握一下。

目前流传最广的三条进化道路，机械改造就是其中之一。司辰握着这只触感奇特的手，心念一动："你们季家的人是不是都进行了机械改造？"考研成功后，他有一次进化的机会。

季楚尧想了想，回答："'血肉苦弱，机械飞升'，这一直都是季家的理念。说不上好还是不好，但的确大大提高了我们的存活率和话语权。我父亲更推崇的其实是生物改造，他说，机械改造越往后，局限性越大。他就被困在第七天梯上，而且，即便是最顶端的机械文明，也只在八维宇宙。

“天梯是进化者的生命维度。简单来说，宇宙一共十维，我们处于四维宇宙。这里的生命体的极限在第四天梯上，超过第四天梯的进化者，严格意义上已经属于‘高维生物’。

“进化者所追求的一切，都是为了超越……超越天空、大地、宇宙赋予自己的极限。”

季楚尧并不知道这些知识的珍贵。他从小就被灌输这样的概念，不知道普通人接触到的是什么样的世界——那里没有真相，只有出于治安原因的经过篡改的哄骗。

“我在很小的时候就开始接受机械改造。因为没有痛觉，也不需要打麻醉。我看着他们动手术。皮肤、血液、双腿，我身体的很多部分都被更换过，但取下来的器官和肢体都存放在培养液中，依然保持活性，随时可以使用。只是，没有经过锻炼，很脆弱。”

季楚尧说着说着，声音小了起来，因为司辰好像睡着了。细胞修复会消耗大量的热量和精力，嗜睡很正常。

他收起了折叠灯。这盏灯完全折起来的时候，只有纸片那么薄。由于市场价高达三千六百万，时常被网友吐槽“机械核心又出了什么匪夷所思的产品”，其实真的很有用。

黑暗里，灌木丛中亮起一双鲜红的眼。季楚尧的手轻轻拍着司辰的背，眼眸也跟着亮了起来，发出一圈蔚蓝的光，神秘而危险。

于是，藏在暗处的怪物悄然退却。

司辰是被热醒的。他身上的烫伤好了大半，新长出的肌肤已经从粉红变成浅一点的肉色。他张嘴想说话，干燥的嘴唇却瞬间撕裂，喉咙也泛起一阵铁锈味。

天气又热了起来，而且比昨天更严重，空气因为高温而微微扭曲。

“现在的气温是87.4℃。”季楚尧缓缓道。

因为高温、缺水，耐高热的异形植物也变成病恹恹的焦黄色，就连长生渊都被晒成扁扁的一条，像海鲜干货。如果不是长生渊偶尔还有呼吸，司辰都怀疑它被烫死了。

“这里的气温还没有到我的身体极限，但显然已经超过你的承受能力。而且，现在还没到正午，温度会越来越高……”

血液像是在身体里沸腾，大量的汗液排出。人体的确脆弱得不堪一击。求生的本能让身体发出警报，司辰像喝水一样喝着季楚尧递来的基因药，可身体依然到了崩溃的边缘。

司辰的脑海闪过一个念头：这样下去，他会死。他能吸收的药已经超过了身体细胞承受的上限，何况，基因药可以暂时治疗他的身体因为高温产生的伤势，却没办法让他耐受高温。

季楚尧眸光平静地看着他，声音有些惋惜："司辰，我很抱歉。我携带的药物没办法治疗你。"他是机械改造人，带的冷凝液都比基因药多，而药物已经快用完了。

司辰连呼吸都变得痛苦而灼热。季楚尧能感觉到司辰的生命在流逝，他甚至觉得很漂亮，就像濒死时盛开的花。

"如果你很不舒服，"季楚尧轻声道，"我可以帮你麻痹神经。我们可以安静地聊天，直到你停止呼吸。"

那一瞬间，司辰甚至有些想发笑。季楚尧应该从来没有为生存发愁过，所以他不会明白，自己走到这一步有多用力。

司辰的东西都是自己挣来的，来之不易，所以更不愿意放弃。对他来说，连痛苦也是一种勋章。他没有得到过命运的任何馈赠，但同样不愿意向命运低头。

司辰的视线落在手腕上缠着的长生渊身上，他想起了沈雁行给的资料。

"帮我一个忙。"司辰从口袋里拿出了那把手术刀，"我没办法给自己做改造实验。剧痛会影响我的操作。"

季楚尧的表情有些许困惑。

司辰的声音很微弱，但也很坚定："帮我种植长生渊。"

"需要我怎么做？"季楚尧的声音温润。

司辰递过手术刀，说："长生渊的植入方式是寄生，寄居的地方是人的脑部。但如果长生渊没有主动寄生，就需要强行植入。"他把黑色的长条状怪物从手腕上取下，放在自己的耳边。

长生渊有些疑惑地抬起头，但并没有钻进去的打算。它是从妈妈的身体里钻出来的。长生渊这个种族，很少有母体会让幼体钻回自己的身体，因为幼体会被当成食物，在母体体内分解。

这东西有些黏糊，像加了水的糯米糍，粘在司辰手上半天不下来。到后来，长生渊甚至有些急了，不停发出"吱唧吱唧"的声音。如果司辰会外星语，他就会明白，这只幼体是在哭，在喊"妈妈不要吃掉我"。

季楚尧低头，看着手上的刀："所以需要强行种植？"

"对。最直接的方法是在头顶开个洞，但是这里条件太简陋了，我也没办法跟你说要怎么开洞才不会影响大脑，所以……"司辰指了指自己的左眼，那里一片银白，像山涧破晓时分朦胧的雾，"这只眼睛是坏死的，本来也打算换义眼。你帮我从这里开个入口，让它进去。”

季楚尧听懂了。他这辈子都没做过这么简陋的手术，但司辰已经躺下。

不做手术，司辰会死；手术失败，司辰也会死，还会死得很难看，和之前他见过的那些晒干的人一样。所以，季楚尧还是拿起了手术刀。

“对了，你那只机械义眼是季家生产制造的吧？我可以帮你装上。”

义眼是季楚尧扫描到的。司辰没有拒绝，把沈雁行送来的金属眼递了过去。

“这个型号啊，”季楚尧检查了一下司辰递来的义眼，态度有些微妙的不满，“等出去，我给你换一只。”

这是机械核心的中低端产品，功能很单一，使用寿命只有十五年。

司辰笑着说了声“谢谢”，但心里没抱多大的期待。他早就过了期待别人施舍的年纪了，不过他知道自己笑起来很好看。

季楚尧用清洁布擦拭着手术刀表面：“需要打晕你吗？我没有麻醉药。”

司辰拒绝了这个提议：“我想保持清醒。”

如果进化失败，昏迷后就再也不会醒来，而司辰宁愿清醒而痛苦地死去。痛苦本身也是存在的一种证明。

如果是其他人，可能还会担心有意识的病患挣扎起来会影响手术视野，但季楚尧是没有这个担心的。他调低了手掌温度，用两指撑开司辰的眼皮，手掌则死死压住了对方的头。

“我要开始了哦。”他说。

即使不使用高维科技，季楚尧自身的力量也达到了一个恐怖的数值。他的身体力量全压在了司辰身上，眼神专注而谨慎。

司辰动不了，只是在看见对准自己的刀尖时，控制不住地缩紧了瞳孔。

“我不太会生物改造手术，可能会有些疼。你忍忍。”

世界血红一片。司辰从喉咙里挤出了几声破碎的呻吟，头颅不受控制地挣扎起来。他的手指曲起，向下死死抓住了地面上的藤蔓。身体因为疼痛而抽搐，浑身像是从水里捞出来的一样。

但季楚尧的手很稳，连神情都没有太大的变化，只是手上的动作加快了。他手里感受到血液气息的长生渊逐渐变得温顺，茫然了片刻，就顺着这个黑窟窿钻了进去。

很契合的身体。

司辰听见了巨大的心跳声，迟缓但沉重，就像长满铜锈的机器重新开始运作。身体有一种奇特的失重感，既像飘在云里，又像坠往深渊。

有人在看着他。

司辰不记得发生了什么，他想尖叫，但莫名的恐惧扼住了他的喉咙。他低头，看见了从胸口钻出来的深黑触手。他的身体被贯穿了。

司辰这时候才意识到，原来心跳声是自己发出来的。

季楚尧打开机械义眼背后的神经线，这些线条会自动和人体相融，并接受大脑传来的生物电。

很快，义眼安装了上去。

挑选这只义眼的人或许不怎么有钱，但足够细心。义眼和司辰的原装货长得一模一样，只是被血染成了红色。

司辰紧闭着眼，他的身体已经不再挣扎，如果不是还有急促的呼吸，他看上去就和死了一样。

因为紧张，季楚尧的心跳很快。

生物改造，又称人体改造。季楚尧身边的护卫队里，有生物改造的进化者，这些人的身体都有不同程度的畸变。这是和高维生物融合后的必然反应。还有一部分人，虽然接受了生物改造，但因为身体太弱，承受不了高维生物的入侵，结局是无一例外的死亡。

司辰的身体强度也不太行。他服用了很多基因药和进化液，但因为身体的耐药性太高，吸收效率差得惊人，就是家里有矿也禁不起这样的消耗。季楚尧其实是有些疑惑的，可惜他的扫描仪只能检查一些基础的身体数据。

就在季楚尧这么想着的时候，被他压着的人睁开了眼。这是一双漆黑的眼眸，没有眼白，是完全的黑色，看上去有些瘆人。而且，眼眸里的黑色是流动的，就像有什么东西在里面涌动。

但很快，这双眼睛恢复了正常，司辰混沌的大脑逐渐清醒。

季楚尧松开手，从他身上挪开，问："感觉如何？"

司辰的眼睛还在流血，但痛感已经变得非常微弱，原本能致死的阳光也不再灼热。他知道长生渊还活着，因为他听见了它的说话声，就在脑海里。他逐渐理解了这个怪物的语言，它在喊"妈妈"。

司辰觉得自己的身体里好像被凿开了一个洞，这个洞并非物理意义上的存在，但世间万处的风从这里灌了进去，充填着这个空荡荡的巢穴，而长生渊就寄居在这个温暖潮湿的洞穴里。

几乎是无师自通的，司辰明白了"天梯"的含义。因为在这个开放的洞口旁，被死死堵着的洞穴还有九个。

司辰回答："感觉挺好的。"就像一觉睡到大天亮，舒舒服服地起床。

季楚尧的语气有些迟疑："你的畸变程度好像很低，我不知道这是好事还是坏事。"似乎是怕司辰不理解，他解释，"我父亲告诉我，进化只是一种比较温和的入侵方式。"

“你走的是生物进化的道路，畸变低，可以让你活得更久，但也会让你比其他人更弱。而生物进化到后面的阶段，大多数进化者都变成了保留神志的怪物。我甚至不知道，他们到底是天梯上的进化者，还是已经被高维生物鸠占鹊巢。”

“而且，接受生物改造后，会出现不同程度的后遗症。”季楚尧顿了顿，问，“你会后悔吗?”

司辰轻笑着回答：“绝不。”

司辰站了起来，环顾四周。

他们现在所在的这个地方，在高维入侵发生前是一个小型超市。而如今，新鲜的瓜果蔬菜早已干瘪不堪，水也漏得一干二净。司辰唯一的收获是一辆半截身体埋进土里的手推车，尽管因为高温，扶手上的塑料已经熔化，整个车体也有些变形，但应该还能用。

司辰抓住手推车扶手，把它从土里拔了出来，愕然地发现这个手推车底部竟连着一只硕大的蜘蛛。

这只高维生物有半个人那么大，甚至还在产卵，腹部的位置接连吐出一枚枚鸡蛋大小的卵。

司辰的身体先意志一步，捶爆了蜘蛛的头。字面意义上的“捶爆”。司辰感觉自己的手像撞上了一层钢铁，蜘蛛表面覆盖的甲壳碎裂，黏腻的血液溅了他一手。这只司辰连模样都没看清的蜘蛛缩成一团，十六条节肢在半空中挣扎片刻，彻底不动了。

刚才，是长生渊的战斗本能取代了司辰本人的意识。蜘蛛碎壳扎进司辰的手背，有些微弱的痛感，他冷着脸把那些甲壳拔出来，听到长生渊在他脑海里欢呼。

“妈妈，吃!”

这东西是人能吃的？司辰无语了片刻，小声道：“不要叫我‘妈妈’。”声音有些微微的恼。

比起无痛当妈，司辰宁愿当爹。但长生渊的语境里没有爸爸，它理解不了“爸爸”的存在，所以只是疑惑了一会儿，就继续喊道：“妈妈，饭饭，饿饿。”

司辰没有搭理长生渊，摆正手推车，把季楚尧放了进去。

季楚尧看着自己从髋关节处开始缺失的双腿，唏嘘不已。如果这双腿是原装货，即使义体损毁，起码还能用基因药修复。

季楚尧捡起地上的一串蜘蛛卵，像剥葡萄一样剥开。白色的卵里，是半透明的白色胚胎。

“能吃，没毒。”他递给司辰，说，“虽然能量浓度不高，也不好吃，但好歹是高维物品，外面能卖到几十万一串。而且，尽管得到了进化，你还是要补水的。”

季楚尧率先吃下一枚，眉头蹙起：“……好苦。”

司辰学着他的模样处理好食材，吞下，感觉味道像是荔枝，很甜。他的味觉系统似乎和季楚尧有些不太一样。

吃下一串蜘蛛卵，胃里逐渐有了饱腹感，司辰顿了顿，说："走吧，去找下一个充电站。"

季楚尧本来想说，他的能源核心碎了，找充电站也没什么用，他是可以靠光能充电的，只是速度比较慢。但他转念一想，闲着也是闲着，不如找点事干，于是默许了司辰的决定。

下一个充电站在六千米之外。因为机械义眼，司辰的视域范围得到了极大的扩张，几乎拥有了三百六十度全景视野，还注意到了许多过去注意不到的细节。

比如隐没在树上，颜色和树干浑然一体的竹节状长虫；比如从土壤中钻出来又钻进去的像大蛇一样的环状昆虫。这些高维生物的智慧程度不高，人类也不在它们的食谱上，因此没有对司辰两人表露出太大的攻击性。

司辰明白，如果不小心碰到，会很麻烦。不过，长生渊好像不这么想。明明刚吃了饭，司辰却清楚地感觉到，它馋了。

"妈妈！饿！"

因为和长生渊共感，在看见那些高维生物时，它们的味道和司辰记忆里的东西一一匹配起来：红烧肉、奥尔良烤翅、烤榴梿……

看着看着，司辰自己也有点馋了。他推着季楚尧，恍惚间有了一种错觉，仿佛自己回到了第一天上大学的时候，拿着学生卡去逛超市，很馋，结果一样东西都买不起。司辰没好意思问季楚尧，这到底是不是后遗症的一种。

充电站到了，让司辰意外的是，这个充电站居然有人。他们所在的地方在下风处，司辰在几百米外停下，闻到了从上风处飘来的血腥味。

充电站的那个人背后长着一双棕色蛾子一样的翅膀，背对司辰二人坐在地上，正把一件脏兮兮的衣服往身上套，动作尤其笨拙。

司辰下意识地问："这是生物领域的进化者？"

季楚尧的表情却变得慎重起来："不，不是。"他伸手扶住了手推车的两边，眼眸里亮起偏绿的蓝色，"根据扫描，这是进化后的高维生物。"

* * *

如果有人从太空俯瞰，能看见这个星球上覆盖着大小不一的黑色圆形结界，就像一个个鼓起的泡泡。黑色结界覆盖的地方就是空间折叠区，结界外层的黑色薄膜被称为"暗物质"，能吞噬一切来自外界的能量。

庄山区这次出现的空间折叠区直径为四十九千米，根据能量波动，危险程度为3A。

季楚尧告诉司辰，离开空间折叠区的方式有两种，但其实有三种。最后一种方法就是在外界用更剧烈的能量暴力破开结界。以人类现有的武力水平，能破开的结界最高就是3A级。

要以外力破坏空间折叠区的结界，代价极其巨大，这种事情在整个人类历史上都没发生过几次，但世界上总有人支付得起这个价格。

庄山区，一辆辆重型装甲车从季家距离最近的生产基地调往这里，像一只只沉默的工蚁。

季家如今的家主季思成身穿唐装，站在高处的施工台，看起来心情很是沉重。他身后，秘书正汇报着情况："已经调来四十五辆高能电子脉冲炮……"

季思成打断了他："不用说这些。什么时候能好？"

"根据计算，最快需要二十四小时。"秘书低下头。

众所周知，季思成只有一个儿子，并且看得格外宝贝。因为没有看住季楚尧，季家安保组的全体员工都受到降薪停职的处罚。

季思成"嗯"了一声，纵身一跃，从几十米高的施工台稳稳落到了地面。他朝机械核心在庄山区的办公大楼走去。

这是庄山区最豪奢的建筑，一共一百零八层。以它为市中心，方圆十千米之外是被垃圾和棚户包围的贫民区。

季思成使用DNA解锁，来到空无一人的总裁办公室，长舒一口气，给自己泡了杯茶。只是他刚端起茶杯，一抬眸，就看见了突兀地出现在沙发上的人，手腕不由得微微一晃。

不请自来的男人西装革履，有双漂亮的蓝色眼眸，身体的每一寸都完美得恰到好处。从他身上看不出任何机械改造的痕迹，他的拇指、食指、小指各戴着一枚宝石权戒，一副养尊处优的派头。

如果司辰在这儿，大概会很惊讶，因为他有张和季楚尧一模一样的脸。或者说，他就是"季楚尧"。

眼前之人和空间折叠区里的季楚尧是"主体"和"复制体"的关系。复制体不知道主体的存在，主体却实时接收着复制体传回来的数据。也就是说，主体有着和复制体同样的记忆，必要时，主体甚至能降临在复制体身上。

季思成在季楚尧面前坐下，有些捉摸不透对方的想法："你怎么来了？"

"刚好路过，"季楚尧回答，"来看看。"他的声音听起来没什么情绪。末了，他又道："复制体虽然昂贵，但也不需要这样兴师动众，我随时可以再制造一个，用别的身份就好。"

季思成苦笑："可在外人眼里，那是我的亲儿子。我也把他当儿子，当父亲的，怎么可以不管儿子。”

季楚尧回答：“那只是一些错误的数据。我可以看见，却不能理解。”

“您既然，选择另一条道路进行尝试，”季思成用金属手死死握紧茶杯，斟酌着字眼，“或许也可以学习处理，一些错误。”

说完，季思成抬头，看向季楚尧碧蓝的眼眸。

季思成出生的那个年代，高维入侵刚刚发生，机械改造是最高效也最直接的进化方式。为了抵御入侵，所有强壮、健康的人类都被鼓励安装机械义体。季思成作为第一批接触机械文明的进化者，和其他人一起建立了机械核心集团。

一开始，义体和外骨骼虽然因为原料原因价格高昂，但和房子一样，也是普通人咬牙可以承受得起的东西。而现在，最普通的义体都能卖出天价，价格比一百年前昂贵无数倍。

并不是季思成想阻止其他人进行阶级跨越，而是他发现，机械文明不该是人类最后的方向。否则，阿尔法星上的生灵，同样会走向寂灭，重复智械人的老路。

二十五年前，季思成一百九十六岁，生命也快走到尽头。为了寻求突破，他主动进入了被称为生命禁区的S级空间折叠区。

那个折叠区位于最南方的冰川之上，是一切机械文明的起源，已经在阿尔法星上存在了两百余年。

所有人都以为他会死，只有季思成知道那天发生了什么。

季思成从无机物的世界里抱回来一个生命体，他把这个生命体取名为“季楚尧”，对外宣称是自己的孩子。

季楚尧许久没有说话。

“你说得对，父亲。”季楚尧微微点头，身体开始虚化，“复制体本来就是为了处理异常数据而制造出来的。过去我们叫它‘病毒’，你告诉我那是‘感情’。人类和机械不一样的地方，的确包括感情，我会尝试去处理它。”

面前的人在下一秒消失不见，季思成长舒一口气，放下已经凉透的茶盏。他是改造程度高达百分之九十七的机械人，按理说不该有太多感觉，却依然觉得冷汗打湿了后背。

* * *

季楚尧说，这种有点像人的怪物是“进化后的高维生物”。司辰还是第一次听到这个说法，难免有些好奇：“高维生物也会进化？”

“会。我们的宇宙环境把生物霸主塑造成‘人类’的模样，高维生物想在这里长久生存，最好的形态只能是人形。所以，他们也要‘进化’。

“正常情况下，这种进化需要耗时几百万年甚至更久，但在空间折叠区，一切都有可能发生。”

季楚尧压低了声音：“我的家族是人类最早的一批进化者。根据一些科研证据和猜测，之所以会发生高维入侵，是因为我们的世界是整个十维宇宙仅剩的还在孕育生命的温床……其他维度的宇宙已经寂灭。”

司辰懂了。

就像某些天文学家说的，宇宙的生命也是有限的。其他宇宙要老死了，但是在宇宙里生活的智慧种族还没有。那些智慧种族开启了“高维入侵”，想在别人家里延续自己的宇宙文明，因此，才会有“空间折叠区”和进化成人形的高维生物。

所以说，这次是“双向奔赴”。

远处的蛾子人给自己套上衣服，有些笨拙地站了起来。司辰这才发现，除了上半身勉强有个人样之外，这只蛾子的下半身还保留着昆虫肥大的躯体，脚也是两条细细的长着绒毛的节肢，根本不能走路，只能靠翅膀飞行。

此时，殷红的血液正顺着蛾子的腿部滴落。司辰看见，它原本坐着的地方躺着一个没有头的尸体。那是一个安装了金属义体的人类，但属于人的部分已经被吞食，只留下机械手和两条机械腿。

那也是司辰闻到的血腥味的来源。

那个倒霉蛋大概正在充电站充电，冷不丁就遇到了这么大一只扑棱蛾子。

季楚尧不再说话。在他的扫描仪里，这只蛾子的能量波动数据在第一天梯上。季楚尧是第六天梯的进化者，换成之前，对付这蛾子也就一枪的事儿。

蛾子好解决，就怕这里不止一只蛾子。

哪怕是在相同的天梯维度，高维生物和进化者也有强弱。影响强弱的因素有很多，身体强度、进化方向、战斗意识等。季楚尧现在身受重伤，司辰的数据又比一般的进化者弱，他不想冒险。

吃饱的蛾子搓了搓手，缓缓振翅，飞上天空。

司辰屏住呼吸，握紧了身上唯一的武器。手术刀其实很小，比一般的水果刀还要纤细，司辰却从它冰凉的触感中得到了一些安全感。唯一让他有些苦恼的是，体内寄居的长生渊在看见蛾子后变得非常躁动，如同被关在笼子里的小鸟，不停撞着铁窗。

“妈妈！饿！要吃！”

长生渊说着就想操控司辰的身体冲上去，司辰费了老大的劲儿，才把这不听话的“妈宝”摁了回去。因为憋得厉害，他整个人都在微微颤抖。

季楚尧扫了一眼，发现司辰居然在发抖，他心里产生了一些莫名的感情。

一路上司辰的表现都过于冷静，以至于季楚尧都忘了他面前的这个人是“普通人”，在今天之前甚至都不是进化者。不像他，从小开始训练，四五岁时就已经和高维生物关在同一个笼子里厮杀。想到这里，他拍了拍司辰的胳膊，无声地传达着“安抚”的意图。

司辰疑惑地回头，发现季楚尧的神色格外温和。他欲言又止，放弃了解释，因为那只蛾子已经快飞到他们的头顶。

现在是昼夜交际之时，光线晦暗不明，两人在灌木丛林的掩映下并不起眼。然而下一秒，原本缓缓飞行的蛾子骤然俯身疾冲。

作为智慧生物，蛾子其实早就闻到了两人的气息，复眼独特的构造让它对动态物体的捕捉尤其敏锐。它只是在权衡双方的实力：司辰的气息很淡，几乎和普通人没有区别，但季楚尧的存在让蛾子感觉到了极端的危险。

蛾子故意从两人头顶飞过，看见了瑟瑟发抖的司辰和身体残缺的季楚尧。这两人没有主动发起攻击，所以，接下来的时间是它捕猎的秀场！蛾子忍不住发出“嗬嗬”的怪笑，刚进化出来的嘴里是三条长着锯齿的长舌。

几乎是眨眼之间，蛾子就俯冲到司辰面前。季楚尧下意识地想抓住司辰的肩膀，把他挡在自己的身后，手却抓了个空。

司辰先季楚尧一步，从地上暴起，手里的刀狠狠扎进了蛾子的复眼。蛾子飞行的姿态立刻变得蹒跚而滑稽，它张大嘴发出尖叫，长长的舌头想要洞穿司辰的脖子。

司辰用手抓住了三条长舌，舌头上的倒刺扎进了他的手掌，血像漏水似的冒了出来。很快，原本还在激烈挣扎的蛾子人身体开始僵直，气息骤然虚弱。

司辰咬破了它的气管。热腾腾的汁液像羊肉汤，很暖胃。长生渊没骗他，这蛾子的确很好吃。

司辰拿起手术刀对着蛾子捅去，脸上是一股子狠劲儿。当高维生物舍弃原本的躯体选择往人类的方向进化时，它们身上同样有了多余的弱点。

没多久，蛾子彻底不动了。司辰停下动作，身上热得厉害。血液流动速度过快，让他的血管在皮肤表面凸起，血管里涌动的液体看起来颜色深黑，像刺青的纹路。

因为从小身体不好，司辰总是避免和别人发生武力冲突。他的身体反应速度总是跟不上脑速，大多时候都在被动挨打，所以他其实并不明白怎样才能一招制敌。刚才是长生渊接管了他的身体。

身体被接管的这段时间，司辰有感觉，但更像是一种另类的旁观。不过，司辰的学习能力一向很强。这是他最大的优点。他朦朦胧胧地捕捉到了一些东西，这种感觉很淡，但足够他反复咀嚼。

长生渊在他的身体里传达着愉悦的情绪，可惜它的语言系统并不足以表达出这样的喜悦：它猎到猎物送给妈妈了！这样妈妈就不会觉得它是吃白饭的没用崽崽了。

司辰下意识摸了摸自己的牙。不是错觉，他的牙变尖了。有几颗牙直接畸变成圆锥形的尖牙，下犬牙的顶部甚至能戳到上面的牙床。多亏这几颗牙是交错着长的，合拢一看，和原来的差别也不算很大。

司辰抬手擦了擦脸上的血。在他旁边，季楚尧的神情有些茫然：“……看来是我的伤严重到损害了中枢神经，不然为什么战斗辅助系统出错了？”

司辰看了眼地上的蛾子人，问：“你吃吗？”

按理说，其他地方也是能吃的，比如尾椎后面吊着的那个圆润的腹腔，看上去就有很多肉。可惜他喝太饱，已经吃不下了。

季楚尧回忆了一下曾经吃过的昆虫类高维生物的味道，礼貌地摇头：“谢谢，我还不饿。”

季楚尧的储备数据库显示，在听到他的回答后，司辰脸上流露出的神情含义是“惋惜”……真是见鬼。

终于吃饱，并且勉强把自己捯饬干净了的司辰推着超市手推车，把季楚尧运到了充电站。

上个倒霉蛋在这里留下了他宝贵的财富：机械义体。现在市面上流通的义体已经被季家的机械核心集团垄断，季楚尧都很熟悉，看了眼型号就开始给自己安装，合金配件被他敲打得“哐当哐当”响。

这个倒霉蛋已经快被附近的高维生物吃干净了，但依然留下了一些东西。

司辰捡起了地上的员工证。

【安管局员工证】

姓名：郭天

编号：×××××

等级：第一天梯 / 机械改造

员工证上的照片有些眼熟，司辰回忆了片刻，想起两天前他在折叠区捡到过一个手机，屏保就是一个年轻女人和这人的合照，遗言写的是“小天，妈妈爱你”。他本来以为照片上的是妻子和丈夫，没想到是母亲和孩子。

也是，因为基因药，现在的人普遍寿命都能达一百岁往上，五六十岁正年轻。

季楚尧动作很快，已经给自己装好了一条腿。他扫了一眼司辰手里的员工证，随口道：“我还以为不会有进化者愿意留在灾区。”

灾区的人削尖了脑袋往上爬，宁愿做安全区的一条狗，也不想在外面当人。灾区管理层也多是从安全区来的世家子，评判他们政绩的标准不是治安和经济，而是往安全区输送了多少资源。

季楚尧："不过也还算常见啦。毕竟第一天梯的进化者只有自己落户安全区的资格，可能是舍不得亲人……"

司辰的唇抿起。他想起了自己的养父母。

司辰还小的时候，每天红着眼读书，想的是以后要考上大学，出人头地，然后体面地站在他们面前，问一句为什么没有回来接他。

一定要体面，因为这样才有谈"原谅"的资格。但如今的司辰已经不是当年的小孩了，有些事也不需要知道答案。

季楚尧迟疑了片刻，缓缓问："抱歉，我是不是又说错话了？"司辰的表情并不难过，可他却捕捉到了很淡的悲伤。

司辰笑了起来，眉眼弯弯："什么？"

季楚尧疑惑地低头："没什么。可能因为能源核心受损，我的数据分析总是出现失误，已经好几次了。"

远方，此时此刻，那个和人类毫无差别的季楚尧正说着类似的话："多余的数据变多了。为什么？"

他飘浮在半空中，带着绿意的蓝色眼眸正微微发亮。隔着错位的空间，他看见了司辰的脸。

季楚尧语气迟疑："因为你？"

以智人的审美来看，司辰长得很好看。但复制体也见过更好看的东西，为什么会因此产生异常数据？

不明白。

那就放着好了。

他这么想着，重新闭上了眼。

* * *

季楚尧新装上的机械腿不太合身。简单来说，就是依照人体比例，这双腿显得有些短。

尽管如此，装上机械义体后，季楚尧已经比司辰高了。看到站起来的季楚尧，司辰才意识到一件事：季楚尧应该比正常人高，要不然这上半身也太长了点。司辰没忍住，往他下半身瞥了一眼，怎么说呢，总觉得有哪里不太合理。

司辰丢过去一条裤子，对季楚尧说："穿上。"

司辰一路上推着手推车，顺手捡了点生存物质，其中就包括衣物。这么一看，他觉得自己真的很有先见之明。

季楚尧虽然觉得没必要，但还是听话地套上了。“现在这片空间的能量波动正在减弱。”他说，“再过几天，空间折叠就能结束了。”

空间折叠区能量耗尽后，暗物质形成的结界就会消失。高维生物会回归原本的宇宙，但被改造的地貌景观和其他东西却能永久留下，还会在地底形成“能源矿”。这也是灾区成为资源区的主要原因。

看着认真倾听的司辰，季楚尧补充了一句：“唯一让我有些担心的是，这个折叠区气温过于异常，像是高温崩塌的先兆。不过概率很低，希望是我想多了。”

司辰“嗯”了一声。

高温崩塌是世界毁灭的一种方式，简单来说就是高温爆炸。

这里气温太极端，天还没黑透，气温已经降至冰点。季楚尧再次拿出那盏折叠灯，却没有在第一时间打开。

司辰坐在季楚尧身边，很熟练自然地处理起伤口。刚才和蛾子人打架，他的手被刺破了，血肉模糊一片。

季楚尧盯着他脸上干涸的血迹，缓缓道：“嗯。既然我现在可以走路了，那我们交易结束，接下来分开走吧。”

季楚尧是6阶进化者，尽管重伤，还是比司辰能打。如果是正常情况，季楚尧不会让司辰离开自己身边，但他招惹了很小心眼的虫族女王。晚上是女王活动的时间，而今天的夜晚即将来临。

更何况，这片折叠区虽然危险，但他已经见识过了司辰的求生能力。司辰跟在他身边，才是真正的危险。

季楚尧的思路百转千回，但程序并没有教会他，应该把完整的思路说出来。他把折叠灯递到司辰眼前，说：“这个送给你。可以开制热模式，晚上不会那么冷。”

司辰听见他的话，表情有片刻的怔然。季楚尧说话总是不急不缓，做事却很靠谱，如果不是姓季，司辰甚至觉得他们可以当朋友，没想到季楚尧用完了他就翻脸不认人。

不过，司辰想起了对方世家子的身份，又觉得不是不能理解。空间折叠马上结束，他们本来就是两个世界的人，短暂的相遇也无须留念。

司辰把视线从季楚尧笑吟吟的脸上挪开，淡淡道：“谢谢这两天的照顾，那我就先走了。”他走得毫不留恋，很像一张“手插裤袋，谁也不爱”的表情。

司辰没有拿走折叠灯。季楚尧托着腮坐在原地，看着对方的背影，莫名有些懊恼。他好像忘了问司辰要社交账号。但没关系，这种东西，回去在数据库里一查就知道。

在最大效率的状态下，季楚尧的扫描范围能达到方圆一百二十千米，不过为了省电，他现在开的是节能模式，只有十五千米。这个范围，他已经能感觉到女王的逼近。

季楚尧认真模拟着所有可能发生的战斗场面。老实说，现在对上女王，他的胜算真的很低，但女王现在也不是全盛状态，它只有两个身体。万一呢。毕竟他是季楚尧，是季家甚至所有世家青年中的最强者。

在感觉到女王的接近时，季楚尧的能源核心开始兴奋地轰鸣，冷凝液代替血液在他的身体里沸腾。

季楚尧抽出了折叠刀。这把刀安装在他的胳膊内部，可以从体内抽出来，但并非机械造物，而是一把长长的没有刀柄的刀，整体呈现出一个优雅的弧度。

刀名“天青”，从他小时候就跟在他身边。一开始，季楚尧还没有刀高，后来渐渐能握稳它，谁也不知道他这些年到底做了多少努力。

刀身亮起蔚蓝的光，季楚尧已经做好了战斗准备。只是，他高昂的战意很快中道而止，因为女王并没有奔向他，它追逐的是几个小时之前司辰离开的方向！

作为智慧生物，虫族女王很明白，柿子要选软的捏。而昨天一战之后，司辰同样上了它的暗杀名单。

女王在地底前行，地表随之轰鸣，土块隆起又落下。

季楚尧收回刀，大步朝前奔跑。他捡到的机械义体等级很低，没有安装喷气动力系统，只比普通的大腿更结实一点。他跑步时的频率太高，以至于义体衔接处的螺丝机关都冒出一阵火花。

突然，哐当一声，什么东西飞了出去。

“……”

季楚尧把一条腿给跑断了。他单腿站立在街头，平生头一次有了想骂脏话的冲动。

* * *

司辰手里拿着纸和笔，记录着沿路的植物。

机械义眼的确很好用，不仅可以夜视，还会额外标注出视野范围内的特殊能量波动，司辰因此发现了很多植株。

唯一的问题是，这里没网，司辰无法知道这些植物是什么。但他清楚，这些东西放到外界都是可以卖钱的，并且价格昂贵。

有不少人愿意去折叠结束后的灾区冒险，司辰就职的蛇杖基因集团甚至设立了专职部门，前往灾区收集药物原料。

长生渊对植物的渴求明显低了不少，给出的回应都是“能吃”和“不能吃”，不能吃可能是因为有毒，也有可能是单纯打不过。一路下来，司辰的菜篮子装得满满当当，不知道的还以为他在逛户外超市。

长生渊不仅能分辨东西能不能吃，还像个自动预警雷达，可以感知附近的危险生物。所以，察觉到威胁生命的生物时，司辰会主动绕路，以免成为高维生物的嘴下亡魂。因为气温越来越低，两个小时后，司辰被迫停下工作。

这里空气湿度太低，哪怕气温很低，也不会下雪。迎面而来的风凛冽如刀，飞沙走石，在司辰脸侧摩擦出粗粝的痕迹。

不久之后，司辰停在一处废墟前。

这里之前是居民小区，现在大半截都埋进了沙土中，只剩一部分天台露在外面。好在剩下的残垣断壁足够遮挡风沙。

因为没人守夜，即使困得不行，司辰也不愿意闭上眼。他是意志力很强的人，尤其能对自己下狠手。当初为了考大学，他能把自己的每一分钟都规划好，像一台严密的机器，一丝不苟地执行了三年。如今，抵御困意自然不在话下。

但司辰的困意，并非因为休息不足，而是进化的后遗症。

寻常的进化者在接受改造后，都需要观察很久，以防出现排异反应。只有司辰，睡了一会儿，吃了顿热乎的，就独自上路了。他这种嗜睡是排异现象的先兆，放在平常，足以让大多数新晋进化者警铃大作。

这年头，出现野生进化者的概率是很小的。和知识一样，进化的资源同样被上层垄断。所以，司辰缺乏知识，也缺乏经验，并不清楚自己的困意从何而来。他裹着捡来的棉被，蜷缩在墙角，用力掐着自己的大腿抵御困意。

但人的意志毕竟有限。司辰掐着掐着，头就慢慢靠在墙上，陷入了昏迷。他微张着嘴，倦容逐渐变得平静，看起来睡得很香。唯独紧闭的眼皮底下一起一伏，像是有什么东西正在钻来钻去。

如果有人在司辰身边，就会看到，司辰左眼眼眶里的义眼被一条黑黢黢的小触手推了出来。长生渊用腹部肌肉裹着圆滚滚的义眼，钻出了司辰的眼眶。

比起刚遇到司辰的时候，长生渊长大了一圈，蜕完了胎毛。它又长出了一张嘴，新长出的嘴仍是圆环状，小小一圈，里面是尖尖的乳牙——和司辰新长出的犬牙一个模样。

只有残疾的长生渊幼体才会被母体抛弃，这只长生渊则是因为智力障碍被自己的妈妈抛弃的。正常情况下，长生渊会在腹部下方长出主脑，但它没有。

尽管有智力障碍，长生渊也隐约察觉，司辰不是自己的妈妈。首先，妈妈不会把它重新装进身体里；其次，妈妈不喜欢吃蔬菜；最后，也是最重要的，妈妈不会回应它。

长生渊是没有感情的冷酷的长生种，是第八维度宇宙的绝对霸主。它们早就在进化过程中抛弃了感情，一切都是为了追求更大的利益和更强的力量，就连自体繁殖都是为了获得更强大的力量。

因为智力缺陷，这只幼体长生渊多了一些同类没有的精神活动：它对司辰产生了“依恋”。新的妈妈很弱，身体也不太好，但是没有抛弃它。它也不会抛弃妈妈的！

片刻后，长生渊甩了甩身上的冰碴儿，蠕动着钻了回去，顺便帮司辰安装好了义眼。它还知道要把有眼瞳（扫描仪）的那一面朝前，真是个聪明宝宝。

司辰闭眼后，长生渊也失去了视觉，所以才会自己钻出来看看。看完之后，它再次盘踞在司辰体内，陷入了休眠。

司辰是被一股强烈的危机感惊醒的。明明身体又酸又胀，他却踉踉跄跄地站了起来，警惕地看向四周。

四周一片漆黑，什么也看不见，只有迎面而来的危险气息把他包围。他听见了自己的心跳声，还闻到了随风传来的腥臭味。

出于本能，司辰开始往一个方向奔跑。

从有所动作的第一个瞬间开始，司辰就听见了沉闷的轰鸣，地面也开始剧烈地震颤。

女王嗅到了司辰的气味，像不断逼近的海啸，冷酷地朝前涌去。很快，女王追上了他，猛地从地底钻出。

眼前这条长虫比司辰第一次见的时候小了一圈，但是对比人类的身躯，还是过于巨大。

长生渊的口水流了一地，喊道：“妈妈，好多肉。”

司辰觉得，女王可能也是这么想的。

大概明白不太可能，长生渊很懂事地没有继续吵着要吃。

女王的两个身体一前一后，堵住了司辰。它们咧开嘴，咆哮出的声浪向周围扩散，残存的建筑被震成碎屑。

身处音波中心的司辰也出现了短暂的失聪，他被困在中间，看着不断逼近的沙虫，死死咬住牙关。

这时，长生渊接管了司辰的身体。它比任何人都明白，战胜女王对现在的司辰来说是完全不可能的事。女王是第六天梯的高维生物，哪怕重伤，强大的身体也足以无惧任何攻击，而司辰才刚走上进化之路。

长生渊知道，让它来，也不可能，但它和司辰依然选择了战斗。人可以弱小，但不能怯懦。

从空间折叠发生到现在，已经过去了五天。因为重伤，女王并没有得到进化，它所获取的大多数能量都被用来维持生命、缓解伤势。女王是自己所处的空间维度的霸主，它已经忘了有多久没受到过这么严重的打击。这种愤怒让它恨不得马上降临人间，把这些低维生物通通踩碎。

同时，女王也有一种莫名的恐惧——这个低维宇宙似乎和它们之前的预想不太一样。

女王想折磨这些人类，让他们在恐惧中流干最后一滴血，在痛苦中死去；让这些低维物种明白自己的弱小，让他们看见自己的族群就开始胆寒。但这个持刀看着它的蝼蚁，目光冰冷，明显不懂什么是恐惧，这让它出离愤怒了。尤其是下一秒，蝼蚁还主动朝它发起了进攻！可笑至极。

短而尖锐的刀在女王的皮肤上划出浅浅的白色痕迹，女王的一个躯体抽出尾部，狠狠朝司辰身上甩去。它眼神冷漠，已经能想象到这只不自量力的猎物变得血肉模糊的画面。

尽管奋起一搏，但司辰并没有抱太大期望。真正面对死亡的时候，他不害怕，只是觉得有些可惜，毕竟银行卡里几百万信用点没人继承，只能上交国库。如果还有机会，他愿意把钱捐给那些财阀设立的慈善机构，哪怕捐款会被层层剥削，好歹还能有那么几万被送到真正需要的人手上。

巨大的虫尾抬起，在地面投下一片阴影，而司辰就在阴影之下。他能感觉到从头顶呼啸而来的巨力，劲风像是巨人的手掌，把他死死往地下摁去……司辰下意识地闭上了眼。

* * *

季楚尧当初的机械理论课成绩很好，甚至打破了机械安装纪录。作为一个全面发展的人才，他的修理水平也不错，所以他没有过于懊恼，而是跳进沟里，把断腿重新装好。

因祸得福，季楚尧在沟里捡到了一辆摩托车，还有油。他用暴力打开锁，骑着小摩托在凹凸不平的地表疾行。一辆摩托愣是被开出了超跑的架势，让他看起来像极了送餐快迟到的外卖小哥。

只是，相较之下，小摩托车的速度还是慢了点。尽管季楚尧已经算出了最近路线，女王还是会比他先一步找到司辰。所以，他采取了一个冒险的措施，他没有走最近的道路，而是把车开上山坡，一往无前地朝坡顶冲去。

从季楚尧的视角，刚好能看见高崖下方破土而出的沙虫。辅助系统给出了强烈的警告，说以他现在的状态面对女王胜率不足两成，建议掉头，更换义体再来。

摩托车的动力系统喷出火焰，带着季楚尧飞向天空。他在半空中松开车把手，从胳膊肘的位置抽出刀。

季楚尧从天而降，又没完全降……不只是身体，他的意识也在这一瞬间脱离了自己的掌控。

机械神降！

预想中的疼痛和死亡并没有到来，绚烂的银色刀光璀璨而梦幻，滚烫的绿色液体浇了司辰一身。

虫尾被对半切成了两截，后知后觉的剧痛让女王发出刺耳的鸣叫。

地面之上，“季楚尧”手里握着那把长而窄的银色弯刀，刀身浮现出漂亮的蓝色纹路。他此时是正脸对着面前的女王，后背对着倒在地上的司辰，脸上的神态比起战斗前的紧迫，更多的是疑惑。

季楚尧不明白自己为什么会出现。这具身体经过机械改造后有些不协调，尤其是刚装上的那两件廉价金属义体。总而言之，和他原本的身体比，差距极大。

但有句老话叫“来都来了”。

季楚尧抬眸看向女王，眼眸亮起微弱的光。刀在他手里微微侧了个角度，长刃在地上划出一条泾渭分明的线。

“离我远点。”免得受伤。

可惜司辰没有听到。长生渊在季楚尧到来的那一刻判断出危险解除，放弃了对司辰身体的管控，过度透支的身体彻底宕机，司辰直接陷入昏迷。

不知道为什么，季楚尧心里又产生了一些多余的数据，翻译过来的含义是“不高兴”。心情不好，他决定拿女王来祭刀。

* * *

庄山区。

秘书一丝不苟地汇报：“季董，所有能量对冲炮已经部署完毕。请检阅。”

季思成站在高处，戴着墨镜，冷冷道：“好了，快启动，把这里轰开！”

为了这次行动，机械核心集团已经命人清空了附近的居民。

“是！”

就在秘书准备通过电流下达指令时，面前的暗物质结界如同遭到重物敲击的玻璃一般，出现一道道裂纹。

在场所有人都是一惊——结界破碎，是空间折叠结束的征兆。

裂纹呈水波状往外扩散，逐渐布满了整个结界，“咔嗒”，一声脆响在宇宙的另一维度响起。

杀死开启空间折叠的高维生物，同样可以消除结界，提前解决高维入侵。

一瞬间，结界消散，一股热浪袭来，在场的人都有些不适地眯起眼。

宛如热带雨林一样的景观展现在众人眼前，但更令人瞩目的，是不远处被削掉一截的山崖。那显然不是自然形成。山崖的断裂处是平滑的斜切面，这切面一直到地底都不曾中断，地上便凭空出现了一道天堑。

一片浓浓的硝烟中，季楚尧抱着个什么东西走了出来。那东西有点像人，被裹在一条毯子里。

季楚尧的状态不算好：身上很多地方裂开了，数据线也断了，冷凝液淌得到处都是；尤其是一双腿，只剩两根竹竿一样的金属骨骼撑着，名刀天青更是被充作拐杖。

季思成大喜过望，丢下拐杖往前跑，一边跑一边号叫着："我的儿啊，你怎么跑这里来了！你妈那个臭婆娘，天天都在公司开会，只剩我们父子俩相依为命！你要是没了，你让爸爸怎么活啊！"

季楚尧："是吗？"

这声音带着一点奇特而冰冷的金属质感，季思成一个激灵，站直了身体，张开嘴，因为过于震惊，半天都不知道要说什么。他也因此错过了询问的最好时机。

季楚尧的身体一软，哐当一声倒在地上。医护人员和维修工程师扛着担架上前，顺带也扛起了昏迷不醒的司辰。

季楚尧被第一时间推进了手术室，但他留下的包裹引来季思成的强烈好奇。根据扫描，里面是个人，重伤，出现了高维生物入侵后的排异反应。季老爷子上前，把蒙在这人脸上的衣服掀开一点，进行人脸识别。

相关资料在同一瞬间涌入季思成的大脑。

司辰，男，二十二岁。

无犯罪记录。

无父无母，在庄山区新河街道社会孤儿院长大。

东岚大学生物基因专业，新历47年毕业，获生物学学士学位。

安全区五等公民，蛇杖基因员工。

【资料更新】

进化者（1阶），生物类。

这人为什么会出现在灾区？为什么季楚尧是抱着他走出来的？他是怎么成为进化者的？……

季思成思考的时间有点长。周围人感觉到了季老爷子的低气压，都怯怯的，不敢吭声。

季思成咳嗽了一声："愣着干什么？还不叫医生。"

庄山区常明医院，重症监护室。

司辰骤然睁开眼，发现自己头顶是金属质感的天花板，身上连接着冷冰冰的仪器。

察觉他已经苏醒，门口亮起一盏绿灯。

因为不同类型进化者的存在，如今的医院分两种：一种是针对机械改造人的医院，一种是针对其他人的普通医院。两种医院里的医生也截然不同。

司辰被送到了普通医院。因为是季家送来的，院方不敢怠慢，为他安排的是最好的病房，用的也是最好的药。

以现在医药水平，像司辰这样低阶的进化者，只要还有一口气在，那就没什么需要治疗的，只用灌几瓶药，等肌体再生就行。只是没想到司辰的耐药性高得有点过头，所需药量是普通人的十几倍。如果不是亲眼所见，大家都怀疑医院是在敲竹杠。

意识苏醒后，司辰的第一反应是自己居然还活着，第二反应是，可惜了他摘的那一篮子新鲜蔬菜……哦不，高维生物。身体有些被碾压过后的疼，胃里是极度空虚的痛感，刚醒来的长生渊嗷嗷待哺，一直在喊“妈妈，肚肚饿”。

因为没有痛觉，季楚尧比司辰先一步苏醒。

他醒来时，工程师正在给他重新焊义体。因为超负荷使用，他的能源核心碎得很彻底，从第六天梯掉回了第一天梯。好在家族还有备用品。不过当务之急，还是把完整的人形给拼出来。

怕季楚尧无聊，工程师贴心地给他戴上了VR眼镜，能直接上网。

季楚尧打开社交软件，立刻被各路亲友的私聊淹没。

——听说你去庄山做科研调查，误入空间折叠区？

——听说你和同学在空间折叠区遇到了6阶的高维生物？

——听说你从空间折叠区救了个残废？

——听说季叔叔气到调动八十八台能量对冲炮轰你？

季楚尧：“……”

* * *

常明医院的院长守在院区门口，如履薄冰，坐立不安。他已经很久没有这么紧张过了。有句话叫，“宁愿在安全区当狗，不愿在重灾区当人”。院长已经在这家医院干了二十六年，一直没能调到安全区，而这种对他来说难如登天的事，其实只需要大人物们的一句话。这也是他站在这里的原因。

院方等了大概半个小时，终于，一辆低调的黑色越野车从道路尽头驶来。这种车没有轮子，飘浮在空中，速度却不低。

季楚尧坐在后车座上，正戴着耳机和季思成通电话。

“我和他真不熟，就是普通朋友。”

季思成横眉冷对：“到底是什么情况！圈子里传得云山雾罩的。”

季楚尧沉默了，他其实也想知道。他还记得在空间折叠区最后的那些场景，但那段记忆对他而言很陌生，以至于他有种在梦游的感觉。

季思成继续抱怨：“你知道你朋友圈现在都怎么说我吗？说我表面上看起来是个好父亲，实际上面善心恶、古板严苛，连你交什么朋友都要管。你听听，这是人话吗？”

季楚尧揉了揉太阳穴：“他们开玩笑呢，你也当真？”

季老爷子冷哼一声：“你们到底是怎么认识的？”

“在空间折叠区遇见的，他帮了我一些忙。”

“就这样吗？”

电话那头的季思成陷入了深深的思索，不太懂为什么季楚尧本体会因此降临。

季思成从S级折叠区抱回来的儿子和他没有血缘关系。当初本体把那个孩子交给他时，几乎没有任何说明，季思成猜测，那个孩子很可能是本体的容器。但这么多年来，本体还是第一次登录季楚尧这个“小号”。

难道，对方只是不希望“容器”死亡？季思成摸着下巴，陷入沉思。

季楚尧在电话里反问：“不然呢？”

季思成深深叹气。

车停在了医院门口，司机打开车门，季楚尧下车，脚踩在了红毯上。他看着面前一排排人，微笑道：“抱歉，我父亲不在。”

院长连忙上前，深深弯下腰，头简直快碰到自己的脚尖，谦恭道：“委员长不在是应该的。季少爷能莅临我院，我们实在倍感荣光。如有需要，敬请吩咐。”

季楚尧对此早就见怪不怪，他微微点头，径直朝着电梯的方向走去。

司辰醒来后，反应了片刻，才意识到自己是在什么地方：医院，而且是看起来就很昂贵的私人医院。他想起了昏迷前看见的最后一个场景，明白多半是季楚尧把他送到医院来的，毕竟他自己可付不起医药费。

司辰十分淡定地问护士要了一部新手机，打开通讯号。本以为自己会面对领导的疾风骤雨，不承想，原本高傲的组长竟一改常态。

组长：你这孩子！

组长：认识季家的人怎么不早说？

组长：工位都给你留着呢。嗐，想什么时候回来上班，直接回来就行。自家人，不见外。

司辰再往前翻，发现组长的发言包括但不限于“请假这么久？这个月绩效别想要了”“真当实验组没你不行啊？你最好想想没了公司提供的宿舍你能住哪个桥洞”“你们这种灾区难民就该滚回灾区，浪费粮食的猪猡”等。

司辰回复了一个“微笑”的表情。

很饿，饿得有些反胃。正在这时，护工端来了病号餐。司辰尝了两口，按理说胃应该得到了满足，然而身体的每个细胞还是在叫嚣着饥饿。

长生渊：“肚肚饿，肚肚饿。”

司辰低声威胁：“再饿就把你挖出来。”

这话一出，那种诡异而恼人的饥饿感终于得到了缓解。

季楚尧推门而入。他新接的义体和他的身体比例相称，显得很高，司辰甚至怀疑他有两米。

季楚尧在病床边坐下，医生顺手递来了司辰的体检单。他接过，粗略扫了一眼，司辰之前出现了生物改造的排异反应，不过已经得到治疗，现在身体数据很好，随时都能出院。

季楚尧问：“出院后有什么打算吗？”

司辰的回答很朴素：“回家，上班。”

季楚尧很意外：“还要上班？”

司辰面无表情地回答：“有没有一种可能，人不上班就没钱，会饿死。”

季楚尧顿时无话可说。

他的生活是不需要钱的，因为只要他张口，就有人为他备好。只要他想要，不管多么昂贵的东西，都会在第一时间出现在他面前，就像呼吸一样简单。不过，他很清楚，并不是所有人都有和他一样优越的条件，只是他身边的人阶层都差不多，时常让他忘记这个无趣的现实。

季楚尧递过去一个首饰盒大小的金属盒：“之前说的，如果能从空间折叠区出来，就送你一个更好的义眼。这是机械核心的最新产品，辅助型机械眼。如果你进行了机械改造，这个机械眼可以连接主神经，功能更多。”

没有进行机械改造的人，大概是感受不到这个义眼的技术有多先进的。

司辰打开盒子看了一眼，从精密的做工和摸起来就格外特殊的手感上，察觉到了这个东西的昂贵。他把东西递了回去：“不用了，太贵。”

季楚尧的脸上是标准的笑容：“任何东西只有被人使用才有价值。”

司辰顿了顿：“我的意思是，这只义眼可能贵到让我在下班路上被人套麻袋。”

安全区的治安环境比灾区好很多，至少那里的人还会怕管理局。但治安也是分区域的，像司辰住的这种典型的贫困区，恶性案件时有发生。

季楚尧其实想和司辰多说几句话，但他的语言系统似乎没进化出“闲聊”这个功能。

“说起来，我刚知道一件事。宋家某个旁系的继承人在庄山区附近失踪，宋家找了几天也没找到。他之前花大价钱购买了一只长生渊幼体……”季楚尧的语气是肯定的，“就是你这只吧。”

季楚尧看过司辰的资料，知道司辰之前是普通人，更没什么家族背景，不太可能通过合理途径得到长生渊。

司辰觉得，季楚尧既然当着他的面说出来，那大概是不会说出去的。他的表情很无辜：“我不知道，是我捡到的。”

季楚尧似笑非笑：“你让我给你做手术的时候，可不像是捡到的。普通人没有机会了解到长生渊吧。”

司辰眼睛也不眨：“我在大学图书馆见过资料。”

现在一些高校的确有高维生物的资料，司辰的话也算说得过去。进化者虽然要在官方机构进行登记，但不会强制要求记录数据资料，毕竟有时候危险并非全部来自高维生物。所以，司辰完全可以瞒下长生渊的存在。

至于野草那边……司辰一个被临时拉来做手术的，如今不但活着，还私吞了手术材料，怎么看问题都很大。他粗略地思考了一下，感觉自己已经开启了人生的“困难模式”。

季楚尧没有继续这个话题，转而道：“那你最好藏好。新的进化者都需要登记，进化方向那一栏你填‘机械进化’，改造手术人填我的名字。不会有人为难你的。”

根据现在的管理法案，进化者必须在有关部门进行登记。登记完后，进化者可以获得更高一级的公民权限，解锁进化的相关资料，每个月还能领到三千块补助。最重要的是，这种登记只需要提供个人信息，不需要承担义务。相对应的，如果有人隐瞒了进化者身份，会受到相当严厉的惩罚，甚至可能直接被剥夺公民资格。

司辰由衷道：“谢谢。”

* * *

空间折叠几乎刚结束，沈雁行就潜入了折叠区。

沈雁行不仅有机械核心的员工证，还有安管局的员工证，全是真的。所以对他来说，混进折叠区不算难事。

沈雁行凭着记忆定位到了实验室的位置。整栋建筑已经被巨树和枯萎的藤蔓覆盖，他顺着植物的缝隙钻进地下，发现实验室积了一层沙土，空气中仍有异味，有些呛人。机器还在，手术台上的两具实验体也在，不过已经变得干瘪。

沈雁行没找到司辰，但他确定，司辰还活着。他仔细地检查起面前的两具尸体，表情看不出是什么情绪。

长生渊已经不在了。不过沈雁行看上去并不生气，他的手指在基因编辑器上拂过，神情居然有些柔和，仿佛在追忆什么。

不过，留给沈雁行的时间并不多，因为他是来毁尸灭迹的。他微微闭上眼，金属手臂上的能源核心亮起橙黄的光。这道光的纹路一直往上勾勒，最终停在肩膀位置。

无形的震颤切割空间，基因编辑器的表面随之浮现细碎的裂纹，造价昂贵的仪器瞬间碎成粉末，看不出一点原本的影子。得到同样待遇的，还有手术台上那两具已经失去生命的实验体。

沈雁行弯腰，捡起地上掉落的空白文件，确认关键信息已经全部销毁。

一条金属项链从他的衣领里滑出，项坠呈圆柱形，金属质地，一旦遭遇强行拆卸，会启动自毁程序。

只有沈雁行自己知道，项坠里装着一张卷起来的照片。

那是一张合照，上面有四个人，父亲、母亲、他，还有弟弟。照片背后，一行稚气的小字写着“哥哥和小辰”。

当年，养父母的确说过要来接司辰。他们本来也是这么计划的。最后没有，不是不想，是不能。

他们去世了。

而沈雁行的本名，叫司周。

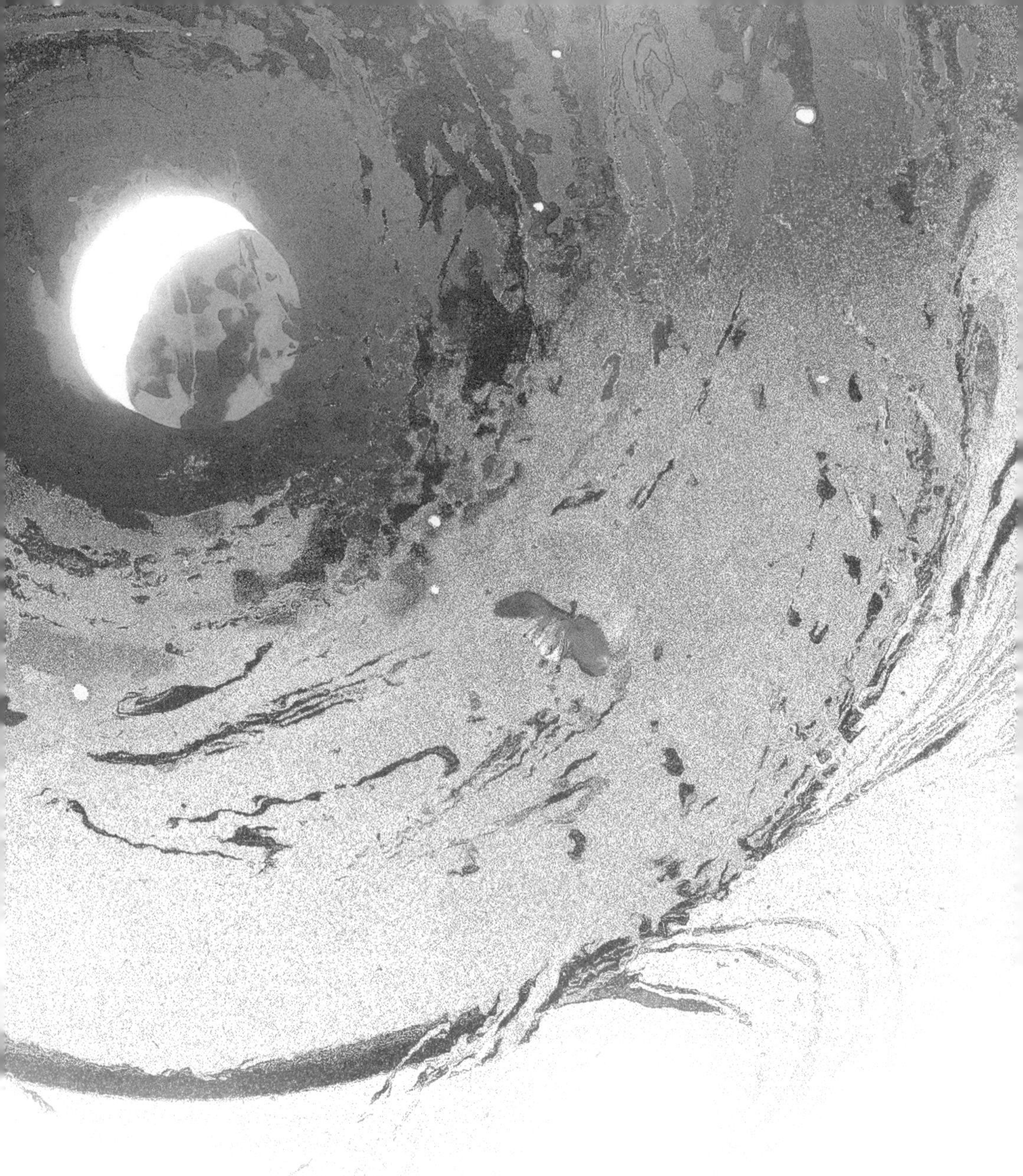

第二章

鬼手

CHAPTER 02

恭 喜 您 登 记 成 为 进 化 者 ！

司辰在季楚尧的指导下，打开了进化者协会的官网。看到官网主页的时候，司辰内心浮现了两句话——

低情商版本：这界面真丑。

高情商版本：极简主义，复古情怀。

协会官网主要有两个版块，公告区和交易区。公告区都是相关政策，以及和高维入侵有关的新闻。这些新闻通常是：根据能量检测，××区最近一周可能发生空间折叠，危险程度在A到2A之间，请该区域居民注意防范。

从理论层面来看，世界上任何地方都会遭遇高维入侵。所谓安全区，也只是高维入侵事件发生频率小于一，而不是完全没有。

发生过4A级以上高维入侵事件的地区，哪怕在空间折叠结束后，也不会有人居住。人类现在的生存空间已经很小，哪怕明知道自己住的地方会发生高维入侵，也不知道还能去哪里。正因如此，人人都想往安全区挤，安全区的户口也越来越贵。

交易区则是在官网上寄卖的各种高维物品。因为是官方平台，所以商誉相对来说有所保证。

官网需要用公民ID（身份标识号码）登录。司辰拿出身份证，插入电脑的凹槽，页面上很快显示出了他的个人信息。

司辰（游客）

下面还有一个框，写的是“进化者登记”。司辰点开，发现上面的基本信息都已经填好了，需要他自行填写的只有“进化方向”和“改造手术人”。后者是选填。

其实这个“改造手术人”更类似担保人。换句话说，如果司辰走上了危害社会的道路，季楚尧也会连坐。

司辰输入“机械进化”，在“改造手术人”一栏填了季楚尧的名字。刚摁下回车键，网页就弹出扫描框，要求扫描改造手术人本人的身份证件。

季楚尧拿出身份证的时候，司辰顺便看了一眼出生年月日，发现他今年二十五岁。在人类寿命大幅提高的这个时代，二十五岁其实相当年轻，只是刚刚成年。

相关信息填写完毕后，网站弹出提醒：恭喜您登记成为进化者！

网页上，“司辰”后面的权限从“游客”变成了“进化者”，并随之开放了一个交流版块。

司辰随意扫了一眼，发现交流区里有折叠区生存攻略，有进化者升级渠道，还有单纯的交友信息。这些人甚至会把去灾区找资源称为“下副本”。

司辰的表情还有些茫然：“这样就可以了吗？”

季楚尧：“要不然呢？”

司辰：“……”虽然一直听说管理很宽松，但这未免也太自由了吧。

司辰不知道的是，正常情况下，审批流程要等一个月，还会有官方人员对登记者进行专门测试。但季楚尧的内部权限很高，大大降低了准入门槛。

作为季家顺位排名靠前的继承人，哪怕只是刚成年，季楚尧也是很忙的。他在医院待了半个小时，已经接了三个电话。

司辰看了看站在病房角落的保镖，十分体贴地说：“有事你先忙吧，不用管我。”

季楚尧只好充满歉意地递过一张名片：“这是我的联系方式，有问题随时联系我。”

司辰很快就办好了出院手续。

不愧是按小时收费的私人高档医院，走的时候还送了一大袋子伴手礼。司辰打开一看，里面是3级基因药，一共七瓶，还加了可食用色素和金箔，配成不同颜色，花里胡哨的。

3级基因药对司辰已经没什么用，除非拿来当止痛药。他本来想拿去黑市卖掉，仔细一看，玻璃瓶的底部却刻着一行小字：致贵宾司辰。看来只能留着自己用了。

司辰离开医院时，顺手在路边买了一捧白菊花。

在空间折叠区看见那个遇难者的员工证的时候，司辰就意识到自己回到了庄山区。距离常明医院几千米的地方，就是他的故乡。

和市区不同，那里野蛮、暴力、落后，是曾经的司辰拼命想要逃离的地方。但许久没回去，他现在格外想回家。

司辰拦下一辆出租，张口道：“去新河街社会孤儿院。”

司机师傅的表情顿时变得犹豫起来：“这……已经下午4点了，快入夜了，不太合适吧。”

司辰在庄山区生活了十几年，很清楚这个城市的贫民区在黑夜中的模样。脏、乱，充满暴力。没有灯，没有光，仿佛默许了一切的发生。

司辰的脸上露出微笑："我可以加钱。师傅，我买了明天回江川的票，今天想回孤儿院看看。我小时候是在那里长大的。"

因为高维入侵，各大区，尤其是灾区和安全区之间的人口流动很少。庄山一周只有一班前往江川的长途客车，错过就要等下周。

师傅仔细打量了他一眼，踩下油门，语重心长道："那边晚上乱得很，你自己走夜路要小心。"

司辰坐在车后座，看着窗外逐渐由高到低的楼房。他的声音细细弱弱的，神情却格外冷淡："我知道，谢谢师傅。"

出租车停在路口时，是下午5点，天色已经有些昏沉沉的黑。

师傅道："孤儿院快到了，车开不进去。我就不去了。"

司辰付了钱，独自往新河街道里面走去。

这里被称为"庄山垃圾场"。马路很窄，凹凸不平，大堆大堆的生活垃圾和工业废料堂而皇之地留在地面。刚下过雨，路上有一层泥浆，有些黏糊。两边的墙上全是乱七八糟的涂鸦，最多的就是"器官捐赠"信息，明码标价，譬如"心脏200，肾30，胳膊50"之类。有人醉倒在垃圾桶边的地上，骨瘦如柴，也不知道醒不醒得过来。唯一显得人声鼎沸的地方是社区里的麻将馆。人们在那里赌钱、嗑药，从来没有思考过明天。

司辰深深地吸了一口这里浑浊的空气，心情却莫名地雀跃。

刚下车，司辰就感觉到了四处打量他的视线，来自头顶的居民房，来自身边的暗巷。男人们抽着烟，蹲在街头，看着他这个"外地人"。那些目光冷漠、麻木，像在打量猎物。

以前回来的时候，司辰总是联系孤儿院的人来接他。但现在不一样了。司辰思考了片刻，一拳捶上了旁边破旧的墙。一米厚的石砖墙上出现一个深坑，坑周布满蛛网状的裂纹，那些让人坐立难安的视线瞬间无影无踪。

司辰嘴角有了很淡的笑意，但很快收敛。没什么好得意的。他见识了更高更广的天空，知道自己其实一直都在泥巴里打滚。他捧着花，默默调整脸上的表情。要笑。不能是冷笑，应该是温顺、礼貌的微笑。

抵达此行的目的地，司辰推门而入。

如果有人以前是孤儿院收养的孤儿，长得好看，并且每月都给孤儿院打钱，那么孤儿院的员工想不记得这个人都难。护工阿姨打量着来人，脸上露出惊喜的笑容："小辰！你怎么来了？又来看13吗？"

没被领养的孩子只有编号，编号为13的孩子是和司辰同期长大的孤儿。他们还一起经历过一次高维入侵。那次是A级的灵异入侵，按理说幸存率在百分之五十左右，然而整个孤儿院除了他和13，全军覆没。那之后，孤儿院换了一批员工，司辰也被送去了外地读书。

司辰微微点头："对。刚好来庄山出差，过来看看。"

阿姨："还是小辰出息。这么多年，也就你还愿意出钱养着13了。我带你去楼上看他。"

13今年已经二十四岁了，比司辰大两岁，早就过了孤儿院收养的年龄上限。但是，司辰十八岁后每个月都会给孤儿院打钱，因此，这里还有13的一席之地。

护工阿姨引司辰来到楼上的房间，打开了门。

这是一个单人间，狭小的儿童床上正躺着一个成年人。他全身重度烧伤，五官损坏了大半，没有皮肤和四肢，嘴里插着一根鼻饲管……像人彘。

尽管条件简陋，但是看得出来，阿姨一直好好照顾着他。司辰很感动，拿出两张纸钞塞进了阿姨手中，由衷道："谢谢。"

阿姨把钱收好："嗐，这么客气做什么。"

两人的交谈吵醒了正在睡觉的人。13艰难地抬头看向门口，嘴里发出一阵呜咽。他声带受损，根本说不出话。

阿姨微笑道："13看见你来了，也很开心……小辰，你们慢慢聊。我就不打扰你们了。"

"谢谢阿姨。"司辰笑着回答。

门被轻轻关上，门外隐约传来了阿姨的声音："哎，很久没看见小辰这么善良懂事的孩子了。"

司辰在13的床边坐下，静静地凝视着他，表情很是愉悦。

"当年在孤儿院一起长大的，只剩下我们两个人还活着。好久不见，哥哥。"

13的眼神里满是惊恐，他挣扎着想往后退，一个劲儿地摇头。

司辰指向自己有着银白瞳孔的那只眼球："看得出来吗？你说我眼睛好看，拿针刺瞎了一只。现在我装上了新的义眼，还是很好看，是不是？"

他把脸凑到13眼前，追问："好看吗，哥哥？"

空气里传来一股腥臊味，13身上盖的被子也随之湿了一块。

司辰笑着问："对了。这次来，是想告诉哥哥，我成为进化者了。你会为我高兴吗？"

疯子……这个疯子！司辰小时候从来不会叫他哥哥，但自从他瘫痪后，司辰张口闭口都是"哥哥"。有时候，13有种错觉，仿佛司辰是在透过他的脸看着谁的影子。如果能重来一次，13宁愿在孤儿院被霸凌的那个人是自己。

13永远也忘不了十年前的遭遇。

小小的孤儿院里发生了空间折叠，入侵的高维生物来自第五维度的灵异文明，没有实体。它会附在某个人身上，激发这具身体的所有潜力，收割生命。

普通人体太弱小，被高维生物入侵后，很快就会因为过度消耗而死去，所以那只高维生物一直在更换新的躯体。直到最后，它附在了司辰身上，再也没有出来。这个温顺、虚弱、逆来顺受的残废，在被附身后，成为13这辈子最恐怖的噩梦。

滚烫的泪从13的眼眶边缘溢出，司辰不是很想碰他，于是拿出餐巾纸，擦掉了他眼角的泪。

“别哭。我给你带了好东西。”他一边从手提袋里拿出那盒基因药，一边说，“这是3级基因药，按理说可以修复你的伤。可惜哥哥截肢太久，大概没办法长出新的肢体。”

“想要吗?”

司辰的声音很好听，像是海岸边低吟的塞壬，引诱着路过的船夫。13充满惊惧的眼神里，突然迸发出强烈的渴求。

“呵呵。”司辰从喉咙里挤出几声笑。他松开了手，试剂从他手中滑落，摔碎在地上，发出清脆的响声。

“唔！——唔!”13说不出话，只能眼睁睁看着希望随着试剂流进下水道。

司辰突然觉得很无趣。这么多年过去，他其实已经不怎么恨当初孤儿院的那批人了。恨也是需要力气的。人只会憎恨妨碍自己的敌人，带给自己伤害的仇雠，却很少憎恨路边的蚂蚁。他不温顺，也不良善，这么多年支撑他一路往前的是不甘和恨意。

司辰猛地抬起头，把突如其来的泪意憋了回去。

“这是我最后一次来看你。”他神情回归平静，轻声道，“你解脱了，我放过你。”

* * *

从孤儿院出来后，司辰的情绪平静了许多。他说的“放过”，指的是以后不再去看13，也停止对孤儿院的资助。

社会抚养只支持到十六岁，失去资助后，13会是什么结果，司辰并不关心。他六岁被领养，九岁被送回孤儿院，十二岁遭遇人生第一次高维入侵。司辰记得，他看见了入侵的高维生物。

那段记忆是朦胧的，像活在梦里。司辰记得血液温热的感觉，记得身体里涌出的力量，也记得那些充满悔意的哭声。活下来的人，只有司辰和13。司辰内脏严重受损，重伤昏迷，而13伤得比他还严重。

司辰不清楚在折叠区里遇到的那个高维生物最后去了哪里。好在13是说不了话的。更何况，13能一直留在社会孤儿院的原因是记录在档案上的“精神疾病”。

疯子的话，就算传出去，也不会有人当真。

第二天，司辰坐上了回家的长途汽车。

这辆车大体维持了长方体的形状，但头顶那一排机械炮格外显眼。按理说，装备武器是用来对付野生进化种的，但大多时候，这些武器最大的用途是威慑公路劫匪。

庄山和江川隔得不远，车程二十七个小时。司辰买了几支营养剂装在身上。他试过了，不管吃什么，长生渊都会喊饿，既然如此，还不如就吃营养剂，方便还便宜。

依据官方规定，只有持有安全区户口的公民才有资格购买前往安全区的车票，因此，车上的乘客并不多。

司辰选的座位在角落，靠窗，前后左右都没人，他很满意。就是没想到车马上要启动了，一个浑身是汗的男人冒冒失失地拎着行李箱走了上来，一屁股坐在了他对面。

在司辰体内安静了很久的长生渊突然道："妈妈，饿，吃。"

压抑许久的饥饿感来势汹汹。司辰闻到了一股很特殊的味道，不是血腥味，像烤熟的小羊排，撒上现磨黑胡椒，肉味焦香。气味是从对方提着的箱子里传出来的，除了司辰，似乎没有人察觉到异常。

司辰看向面前的人。男人有一头修理整齐的短发，戴着一双皮质手套。像是刚刚剧烈运动过，男人小麦色的肌肤上有一层细密的汗，但神态很是从容。

一般情况下，从容代表着自信。

大约是注意到司辰的视线，男人朝他笑了一下，自我介绍："你好，我叫程衍。之前怕赶不上车，跑得有点急，见笑了。"

"司辰。"

程衍看着司辰手上那本《基因编辑与裁剪》，笑着问："大学生？"

书是司辰之前怕路上无聊，从医院拿的。他的天赋值应该都点在了学习上，寻常人看两眼就困得不行的专业书，他却很喜欢，甚至愿意一直学。

从严格意义上讲，司辰已经毕业了，他今年二十二岁，已经工作了小半年。但现在没有否认的必要，所以，司辰笑着回答："是的，想考研。你也是去江川上学吗？"

程衍发出了爽朗的笑声："我毕业好多年了，当初学的是新能源制造。"

"哥现在在干什么呀？"司辰的语气很是好奇。

程衍的目光闪烁了一下："社畜，跑业务的。"

箱子里飘散出的味道越来越浓郁，已经到了让司辰胃疼的地步。他饿得看不下去书，只好收回视线，打开了手机，开始查阅官网上和长生渊有关的资料。

官网上，大部分人对这一物种的描述是“血腥”“凶残”“容易反噬”“不建议种植”。司辰回想起身体里这个天天吼“妈”“饭”“饿”的东西，感觉网友说的和自己养的不是同一个品种。

但网上普遍的共识是，长生渊很好，物种很强悍，成年体的长生渊是可以在大多数宇宙维度横着走的存在。唯一问题就是烧钱，需要耗费很多资源才能继续进化。还有一种说法是，越往后，寄主越难满足长生渊的胃，于是长生渊只好吃掉寄主，保证自己的生长。

司辰心念一动，用“长生渊”“意念”“沟通”等关键词搜索了一下，没有相关讯息。他没能找到寄主和寄生物沟通的先例。

司辰起身，去了抽烟室。这里没人，他在脑海里喊长生渊，长生渊没有回答。于是，司辰叫出了声：“……渊？小渊？”

长生渊：“吱？”

司辰还没用这样的方式叫过它，因此长生渊的回应带着一丝迷惑。但司辰由此可以推断，他和长生渊不是通过意念沟通，长生渊是用自己的耳朵听到外界声音的。

司辰看向吸烟室的镜子。他只知道长生渊寄生在自己身体里，却不知道在哪儿。

“你能出来吗？”司辰问。

话音刚落，下一秒，司辰感觉到了从左眼传来的微微的痒意。他的义眼被挤出一半，似乎要从眼眶脱落。尽管没有血，但眼前的场面过于诡异，司辰喊了声：“停。”长生渊听话地停止了蠕动。

因为寄生关系，长生渊没办法离寄主太远。寄生物一旦离开寄主，是活不下去的，它们身体所需的营养都由寄主提供。但长生渊这个种族需要的营养显然和人类不一样，所以，长生渊是真的很饿，它的声音甚至有些委屈：“妈妈，好饿。”它还以为司辰是叫它出来吃饭呢。

司辰把眼珠按回原位：“你知道那个箱子里的东西是什么吗？”

“饭饭。”

司辰问：“什么样的饭？”他甚至没有察觉，自己已经用上了哄小孩的语气和长生渊说话。

这一次，长生渊思考了很久，才说：“虫。白色，大虫虫。”

* * *

司辰回到自己的座位时，程衍已经闭上眼开始休息。他戴着手套的手搭在箱子上，呼吸均匀，似乎已经陷入深度睡眠。

长生渊只对高维生物产生反应，看来，程衍的箱子里装的就是一只高维生物。

司辰本来想联系季楚尧，毕竟在他的好友列表里，季楚尧大约是唯一能派上用场的人。可惜一到郊区，他的手机就失去了信号。

现在这世道，也没有人愿意花大价钱在郊区建立信号基站，但没准客车还能发送卫星信号求助。司辰思考片刻，用笔在纸上写了一行字：我对面的乘客箱子里有高维生物。

程衍对他并没有什么戒心，连眼睛都没睁开。

司辰写完，举起手，示意乘务员。

因为人不多，再加上是客车，只有一名乘务员在岗。那位年轻漂亮的乘务员笑盈盈地走来，路过程衍时，用狠劲儿推了推他的胳膊，问："先生，需要我给您拿条毯子吗？"

司辰观察着程衍脸上有些懊恼的表情，推测出这两人认识，心跳不由得微微加速了一瞬。

这时，乘务员看向司辰，询问："请问有什么可以帮您？"

司辰把手里的纸条装进口袋，扬起笑容："姐姐，我就想问问有没有热水。"

窗外的天空逐渐黑下来。在郊区，黑夜是格外危险的。大巴车行驶在路上，道路两边没有灯，哪怕有指示牌，也很容易走岔路。

驾驶室内，司机点燃一支烟，想提神醒脑。这条路，他已经开了三十多年，但不知为何，今天总有些心神不宁。

这个司机安装有机械臂，出门在外，还给自己准备了枪支。但因为不是进化者，他并没有能源核心，他的武力值也只能威慑普通人，如果遇上进化者，就会有些麻烦。

突然，车身爆发一声巨响。一只巨大无比的蛾子撞上了车窗，因为客车速度过快，蛾子绿色的血液在车窗上划出一道痕迹。

司机启动了喷水清洁模式。他的语气有些烦躁："庄山区前两天是不是刚结束了一场空间折叠？听说是虫族文明，搞得最近庄山附近全是虫子。现在离庄山这么远了，还有虫子，安管局干什么吃的？"

在空间折叠区里，阿尔法星的本土物种也有可能得到进化。这些物种因为本身就属于四维宇宙，进化后也并不会随着空间折叠的结束而消失。虽然这些特殊的生物不难对付，但数量一多，依旧十分烦人。而且，这些物种得到进化后，都会对人类表现出攻击性。

起初是一只蛾子，很快又冒出好多只。不仅是驾驶室遭到了攻击，乘客所在的车厢也发出了砰砰的响声。

"怎么回事?!"车厢里响起了零星的几声惊呼。

程衍也从梦中醒来。他看着不断撞上窗户的飞蛾，眉头深深蹙起。

这些蛾子很大，每个都有巴掌那么大。司辰侧过头，发现这些飞蛾整体是黑色的，翅膀上有红斑，长着食肉昆虫才会有的锋利口器。这些飞蛾翅膀上的花纹很眼熟，和司辰当初在空间折叠区见到的蛾子人一模一样。

飞蛾前仆后继地撞着车厢，发出了无比尖锐的惨叫，血液顺着车窗流下。已经有胆小的乘客发出了尖叫："怎么回事?！为什么会有这么多虫子!"

"窗户关紧了吗！乘务员呢！快向安管局求救!"

没多久，飞蛾聚得越来越多，往窗户上撞的力道也越来越狠，司辰甚至感觉到窗户的剧烈震颤。如果这辆客车安装的不是防弹玻璃，那些数不清的飞蛾此时可能已经像潮水一样涌进车内。

车内响起了司机的广播："乘客朋友们，请不要惊慌。庄山区最近遭受虫族文明的高维入侵，导致附近昆虫受到较大影响。客车夜晚行驶的灯光引来了变异飞蛾，即将关闭所有车灯，暂停行驶。"

司机的声音依然不急不缓："此次行程可能会有所延误，请大家谅解。客车正在向安管局发送求救信号……"

几乎是司机刚说完这句话，车内的灯光就熄灭了。

司机的身体也瞬间变得僵直，因为，一把刀抵在了他的脖子上。

"继续开。"有人冷冷地说。

持刀的是客车上的乘务员。她不仅拿刀抵住了司机的脖子，还顺手关掉了广播。

两人已经在这条路线上合作了十几年，司机从没想过有一天会被这位漂亮的同事拿刀对准脖颈，自然也不会有所防备。

司机惊呼："你如果对我有什么不满，我向你道歉。"他承认，荒郊野外的，自己偶尔会口头上占占女孩的便宜，但他觉得自己只是犯了全天下男人都会犯的错误。

但乘务员的笑容很是温柔："您误会了，我只是希望您继续开车而已。车上这么多乘客，大家都想按时到达目的地呀。"

每辆客车的操控台都绑定了司机的信息，并需要ID卡识别，因此，只有这个司机才能驾驶这辆车。

司机哆哆嗦嗦地伸出手，假装启动操控台，下一秒却骤然暴起，用胳膊肘顶向了乘务员的腹部。当年在职业大学，哪怕不是进化者，客车司机也会接受专门的体能培训，以防遇上劫匪。他先这么一肘子，然后再这样、那样，打赢一个小姑娘岂不是轻轻松松?

臆想中的成功并没有到来，司机感觉自己的手肘仿佛撞上了一块铁板。

乘务员的笑容变得更灿烂了："不好意思，前几天刚镶嵌了金属材质的仿生皮肤，您喜欢这个手感吗?”

尽管车厢内部漆黑一片，驾驶位上的异常依旧引起了乘客的注意。坐在前排的乘客起身，充满困惑:“怎么不开了？发生什么事了吗?”说着，就想上前。

此时，司辰看到一直观察着前方状况的程衍有了行动——他摸出了藏在车座背后的枪。乘客都要过安检，但不会有人对车进行安检，这把枪应该是乘务员藏在这里的。

下一秒，枪声响起，短促的枪响后是一瞬而逝的火光。刚站起来的那位乘客眉心出现一个血洞，茫然地大睁着眼，缓缓倒在地上。

车内响起一阵尖叫声。

“有劫匪!”

“救命！司机！叫安管局!”

乘客们纷纷起身，往车厢后部躲去，还有人钻到了座位底下，像极了一群受惊的仓鼠。

司辰脸色苍白，学着其他乘客的模样，在桌子底下抱住了头，整个人缩成一团。脸色苍白是因为胃疼。在这个位置，行李箱里传来的气味越发浓郁，很勾人食欲。

车里唯一还保持镇静的大概就是持枪的程衍了。他的感知显示车上只有司辰这一个进化者，这也是他坐在司辰附近的原因。但这个大学生身上的气息很弱，进化者官网上也查不到任何信息，应该是新晋的1阶进化者，还没来得及录入。

程衍是一个偷猎者。

折叠区的资源是不允许个人开发的。空间折叠结束后，附近的财阀会联合管理局对那片区域进行封锁。大头进了上面人的口袋里，只有一小部分才会留给剩下的人，让他们喝点汤。像程衍这种没有报备就进入折叠区的进化者，被叫作“偷猎者。”

程衍这次是真的猎到了好东西。他的箱子里装着一只幼年体的进化种，看周围的畸变生物那副疯狂的样子，这只进化种的品质应该不低。如果能带回去卖掉，后半生大概就不用愁了。

乘务员和他一样，来自荒野的某个地下组织。这些非法的地下组织屡禁不止，背后的靠山说不定比安管局还硬。因为暴利，早就有了一条完整、疯狂的产业链。

乘务员神情冷漠:“毕竟同事一场，我不会杀你。到目的地后，会放你走的。”

司机咽了口唾沫，打开操控台，目的地显示为“江川区”。客车自带定位系统，一旦偏离航线，就会自动报警，而他们离江川区还有整整七个小时车程。

司机明白，这辆客车会在半路上失踪。

如今世道不太平，每年都有客车失踪，或许是遭遇了进化种，或许是遭遇了公路劫匪。乘客们支付的高昂车票里，很大一部分都是保险的费用。至于乘务员说会放他走，司机是不信的。相信这些亡命之徒的承诺，还不如相信老板说会涨薪。

操控台亮起冷白的光，绿色的血浆已经在车窗玻璃上积了厚厚一层，让人看不清前行的路。客车司机的额头上全是冷汗，操控仪器的手指也打着哆嗦。

很快，客车继续行驶。乘务员打开广播，脸上是甜美的微笑："各位乘客朋友，请不要担心，事态已经得到控制，客车马上启程。请大家有序回到座位，系上安全带。"

程衍的进化方向是生物进化，2阶。比起车里的人，他更担心的是车窗外的畸变生物。

飞蛾们停下了自杀式的撞击，但依然围绕在客车四周。如果有人从外面看，就会发现整辆客车都被吸血飞蛾覆盖，几乎看不清底色。

车内一片死寂的气氛，仅剩的十几名乘客无人行动，甚至有人低低啜泣出声。

程衍一手拿着枪，一手搭在行李箱的拉杆上。他神情冷漠，指向后车厢的乘客："回去。"

被他指着的人一阵颤抖："我……大哥，我卡里还有钱。你放过我吧，我什么也不会说的……"

程衍听得不耐烦了，直接扣动扳机，车里的乘客又少了一个。

枪口指向了旁边的人。这个乘客忙不迭地起身，连滚带爬就想回到原本的位置上。

但枪声依旧响了起来。因为没死透，程衍甚至补了一枪。

司辰眼睁睁看着这个人倒在面前，温热的血液甚至溅到了他的脸上。

程衍的脸上露出了笑容，他把尸体一脚踢开，道："晚了。下一个。"

司辰一直没有行动，他知道程衍一直若有似无地注视着自己。义眼给出了程衍的检测数据，是进化者，能量波动在2阶中段。比他强，但不是不能打，只是还需要等待一个时机。

程衍似乎很享受这种掌控他人命运的快感，在面对那些或惧怕或憎恨的目光时，他脸上的微笑十分愉悦。

第三个人举起手，站了起来。

这人的腿抖得筛糠一般，十分紧张地从程衍身边路过。浓烈的血腥味让他咬住唇，但喉咙里仍旧发出压抑至极的哭声，甚至被吓得直接尿了出来。

程衍盯着这人湿漉漉的裆下，皱起眉，但一路都没动手。男乘客连滚带爬，忙不迭地坐回自己原本的位置，刚松了一口气，一颗子弹就从后脑勺贯穿了他的头颅。他的脸上还残留着劫后余生的笑容。

"好脏。"程衍的语气很不满。

车厢的过道很狭窄，不到一米。程衍突然调转枪口，对准了司辰，脸上是礼貌的笑容。

“你也坐好吧，地上脏。我挺喜欢你的。我一直很欣赏爱学习的小孩。”

司辰一直都表现得很紧张，就像遭遇意外的普通大学生。他缓缓站起，眼里有一层薄薄的泪光，浑身都在发抖。

“别怕。”程衍反倒出声安慰起他，“在哪儿读书？”

司辰怯怯地回答：“东岚大学。”

“居然是东岚大学，”程衍脸上露出意外的神色，“那倒是有些可惜。今年大几？”

有些可惜。

程衍没有伪装的必要，他说“可惜”，是真的感觉可惜。什么情况下，才会让一个暴徒有这样的想法？显然，他们并不想留活口。

“大二。”司辰咬住了唇，“程衍哥，我还想读书，可不可以放……放过我？”

程衍的脸上露出了思索的神色。

就在这时，一个其貌不扬的中年妇女起身，抄起一柄破窗锤冲了过来，迸发出无限勇气：“老娘和你拼了！”她的女儿才十四岁，不能没有母亲。

同一时刻，司辰的身体也动了起来。

“我就知道。”程衍见状，脸上笑容更甚，背后的衣服骤然裂开，一只粗壮的手臂抓向司辰的脖子。这只胳膊整体呈现灰黑色，像是在福尔马林中泡了太久的标本，但又比正常人的手臂膨大一圈，皮肤表面是暴起的青筋。

程衍的背后长出了第三只手！连接这只胳膊和程衍背部的是树根状的肌肉束，此时正泛着诡异的潮红。

但司辰并没有扑向他。司辰的目标是那个女乘客手里的破窗锤，为此甚至硬生生承受了程衍一拳。巨大的力道从背后袭来，司辰听到了自己的骨骼碎裂的声音。如果他只是一个普通人，他的身体势必会因此出现一个恐怖的凹陷。

司辰感觉到了疼，但他的痛觉在种植长生渊后退化了许多，这点伤势并没有影响他的行动。他抡起手里的破窗锤，狠狠砸向车窗。

“咔嚓！”清脆的玻璃碎裂声响起。窗户上出现了一片恐怖的裂纹，窗外的飞蛾尖叫起来，充满了喜悦。

程衍顾不得其他，毫不犹豫地朝司辰的心脏部位开枪，想阻止他的行动。只是，预想中鲜血四溅的画面并没有出现，那颗子弹像是撞到钢板，发出了“当”的一声。

程衍的声音变了调：“你到底是什么等级？！”

在这么近的距离下，普通的1阶进化者是不可能中了枪依然保持行动力的。早知如此，程衍也不会如此草率地应付司辰。

可惜，程衍意识到这点时，已经太晚了。

脆弱的窗户再也承受不了撞击，轰然碎裂，数不清的飞蛾尖叫着涌了进来。

* * *

全世界一共三十六个安全区，白帝城大概是其中最特殊的一个。因为，它是唯一的“自治区”。这件事对联盟来说有些丢脸，因而甚少公布相关信息，普通人对白帝城的了解少之又少。

白帝城深处内陆，被好几个禁区包围，犹如一座陆地上的孤岛。白帝城的管理人，叫“白帝”。白帝以前的名字是宋白，后来去掉姓，自称为“白帝”。很多年前，他的名字曾经出现在联盟的通缉榜上，后来又被悄悄撤下。

因为活的时间足够长，白帝曾经有很多身份，比如混沌制造集团董事长、野草组织创始人等。不过，现在的他早已退休。

白帝最近一段时间的爱好，应该是在全世界捡孤儿，养小孩。

许多年前，白帝第一次捡孤儿的时候，上层世家如临大敌，就怕白帝是想培养继承人，到时候再来一个造反头子二代。结果那个小孩的资质很一般，最终只在白帝城当了大学老师。

十几年的时间，白帝陆陆续续捡了上百个小孩，沈雁行就是他捡的小孩之一。

九年前，白帝恰好路过监狱，碰到了沈雁行。沈雁行父母的罪名是窃取公司重大机密，他是从犯，因为未成年人保护法，可以等到二十五岁成年后再执行死刑。

大家都不是很清楚为什么监狱能让白帝“恰好”路过，但一切都只是刚刚好。只有白帝清楚自己在干什么，大概是因为一些可笑的愧疚，又或许单单是因为觉得有趣。

季思成今年二百二十一岁，白帝一百九十一岁。

人体的极限是一百四十九岁。

他们都没有光明的未来。

年事已高的白帝逐渐多了很多老年人才有的爱好，比如下棋。为此，白帝特地进口了一台下棋机器人，叫阿尔法狗。阿尔法狗最大的优点是抗揍，不会被因为输棋而恼羞成怒的白帝一拳捶爆。

但和机器下棋，哪有和人下棋有意思。所以，白帝偶尔会溜达到社区的棋牌活动室，和城里的普通公民下棋。

他长发及腰，扎成一个低低的马尾，外貌还很年轻，五官朗畅若流水春山，在被中老年人占据的棋牌室里，显得有些格格不入。

“马后炮，将军。”白帝将“炮”落在了对面人的“帅”上。

对面的老大爷吹胡子瞪眼：“小宋啊，你说你年纪轻轻的，不读书不工作，天天来活动室下什么棋！”

白帝的脸上是快活的笑容：“我是富二代，混吃等死就是我的工作。”

说着，活动室的大门被敲了敲。白帝抬头看向门口的人，然后和对手告别：“我学生来找我了，下次再来。”

沈雁行从外面回来了，是被押回来的。他离开白帝城已有三年，是白帝上百个养子之一。正因如此，哪怕出了问题，野草如今的负责人也不敢轻易动手，只能把人送回来。

白帝走出活动室，顺便关上门。他伸手抓住了沈雁行的胳膊，下一秒，两人就从闹市到了书房。

这里太安静了。

沈雁行跪在白帝的面前，低着头，一言不发。

白帝问：“怎么回事？”

“一个潜入计划，组长想把宋家旁系的继承人偷梁换柱。我负责组织行动，但中途遇上高维入侵，行动失败了。”

“小沈啊。”白帝叹了口气，“老师不是笨蛋。”

沈雁行的身体瞬间绷紧。但白帝只是缓缓道：“我没有生气。一只长生渊而已，种在谁身上都不重要。哪怕为了得到它，付出了好几条人命，但人和人的命，价格本来就是不同的。”

白帝转过头，目光投向窗外。这里是城市的最高点，他喜欢俯瞰这座由他亲手建立起来的城市。

“那句话怎么说来着，命运的馈赠会在暗中标好价格。

“小沈啊，这是一只很昂贵的长生渊。我也希望，有人能负担得起它的售价。”

光从窗外落下，在地面投射出白帝的影子。

那并非人影，更像一团奇怪的灼烈的火焰的影子。影子里有数不清的猩红眼眸，正静静注视着人间，等待降临。

* * *

巴掌大的飞蛾成群结队，从窗户的破洞涌进来，原本坚固的车窗在撞击之下变形、碎裂。

仅仅一眨眼的工夫，呼啸而来的畸变生物就把车厢填得满满当当。它们的目标十分一致，那就是程衍手里的行李箱。

那里装着一只进化种，刚从卵里破壳而出，正蜷缩在行李箱中，散发着危险而诱人的香气。人类闻不到，却瞒不过畸变飞蛾的嗅觉。

程衍朝这些飞蛾开枪，但飞蛾们并未因此退却，反而更加疯狂。它们扑到程衍身上，张开锋利的口器！

程衍已经是身处第二天梯的进化者，普通的畸变生物对他而言只是小菜一碟，但架不住飞蛾的数量极多。很快，他身上出现了深深浅浅的咬痕，血珠渗透出来。

司辰朝已经吓傻的客车司机大喊：“开车门！”

这些飞蛾的攻击对象不仅有程衍，还包括车上的其他人。客车前后都有车门，打开车门后，乘客可以往外逃。

各种研究表明，畸变生物进食人类血肉后能得到显著进化。这些乘客留在车上简直是行走的“经验包”，还不如撒开腿往外跑，或许还能有一线生机。

客车司机闻言，挣扎着摁下车门开关。乘务员的小刀在下一刻扎进他的喉咙，狠狠转了一个圈。司机死了，失去操控的客车一头撞上了公路边嶙峋的巨石，油箱因为碰撞挤压而变形，箱内的能源油像是被打开的水泵，激射而出。

外面的畸变飞蛾数量更多，从车里仓皇逃生的人并没有躲过它们的袭击。它们扑到乘客身上，如同蝗虫过境，顷刻间就将人噬为白骨。吸血后，它们翅膀上鲜艳的红色花纹更加耀眼夺目。

司辰同样被飞蛾包围，但他的情况比程衍要好一些。长生渊从他眼眶里钻了出来，飞蛾们大吼，长生渊吼得更大声：“嗷呜！嗷！”

小小一条，吼得整个身体都在发颤。这些飞蛾居然被震慑住了，绕在司辰的周围，踟蹰不敢上前。

程衍见车停下，抓起行李箱就想下车。他的身上有很多飞蛾啃咬形成的伤口，血腥味让畸变生物变得更加疯狂，下嘴更快，他身上的血肉正以一种肉眼可见的速度消失，唯有背后那条手臂依旧完整，颜色黑紫，看上去恐怖而狰狞。

司辰突然扑向程衍。

程衍眼露凶光：“不知死活！”他背后的紫黑胳膊发力了，手握成拳，朝司辰脸上袭去。

但程衍此时面对的并非司辰，而是把战斗当成本能的长生渊。司辰的身体在半空中扭成一个人类绝对做不到的弧度，整个身体柔软到极致，就像一只没长骨头的长生渊。他跳到车厢侧壁上，又借力弹向程衍。他的身体是意料之外的沉重，落脚地的金属车厢惊人地凹下去一块，程衍猝不及防，被他压在了地上。

图穷匕见，一直被司辰藏在手中的尖锐玻璃片狠狠刺进了程衍的眼睛！这是他在之前敲碎玻璃窗时藏好的凶器。

“啊啊啊啊——！”尖锐的疼痛让程衍发出痛苦的号叫。

温热的血溅到司辰手背上。他的手很稳，和他在实验室里切割材料一样稳。他用剩下的那只完好的黑色眼眸看着地上痛苦的程衍，神情平静。

被新鲜血液的味道刺激的飞蛾扑到了程衍的脸上。它们不仅会吃人，还有毒。程衍背后那只胳膊在半空中疯狂地挥舞，不知道捏死了多少凶悍的飞蛾。

司辰起身，捡起掉落在地上的枪，然后飞快抓起程衍的行李箱，从车窗破损的地方跳了下去。他滚落在公路边，举起枪，脑海里闪过短暂的思考：很显然，因为这些涌入的飞蛾，普通人大概是没机会活命的；有机会活下来的，是程衍。

思考还没结束，司辰的身体就很诚实地扣动了扳机。子弹击中客车的柴油箱，荒野里响起了一声惊天的巨响，客车爆炸的汹涌热浪让他往后踉跄了好几步。

司辰抬头，眼眸里倒映着熊熊的火光。片刻后，司辰嘴角颤了颤，把枪扔进了火海，消灭掉最后的证据。

除了他，整辆客车，全灭。

火燃烧了很久。

司辰站在十几米开外，都能感觉到扑面而来的热气。客车被烧成了红红的铁块，时不时还会传出爆炸声。

司辰许久才回过神，开始处理从程衍手里抢来的行李箱。

长生渊朝他撒娇："妈妈，饿。"

司辰小声道："你别催，妈妈正在开。"

刚说完就觉得好像有哪里不对，好在荒郊野外的，只有长生渊一个畜生听到。长生渊却很高兴，又喊了好几声"妈妈妈妈"。

司辰打开行李箱，发现层层包裹的塑料保护膜里，有一个漆黑的盒子，像鞋盒，盒子外包装上居然还有"蛇杖基因"的商标。他见过这种保护盒，在实验室，那些珍贵的实验原料有着同样的待遇，目的是保鲜和防止能量泄漏。

司辰打开盒子，只见里面躺着一只半破茧的蝴蝶。这只蝴蝶有双漂亮的深蓝色鳞翅，湿漉漉的，正贴在背后。它的蛹才蜕下一半，如果不是触须的细微晃动，看上去和死了没什么区别。

司辰犹豫了片刻，用树枝串起蝴蝶蛹，凑近了旁边还在燃烧的火焰。高端的食材往往采用最朴素的烹饪方式。焦香的油脂从虫蛹表面渗了出来，不需要任何调料，已经引人食指大动。燃烧的客车中，有残余的飞蛾闻到了这股气息，挣扎着想飞过来，却无能为力。

这是一只来自第五维度的吸血蝶，和那些畸变的飞蛾一样，同样能够依靠高维生物的血液强化自己。被长生渊食用后，长生渊的寄主也能获得这只高维生物的部分特性。

刚烤熟的肉很嫩，有鲜甜的肉香，脂肪是白色的，会爆浆。司辰很少因为食物感到雀跃，但这一刻的确觉得浑身都舒展开来，仿佛灵魂得到了升华，连苍白的脸上都出现了幸福的红晕。

长生渊终于吃饱了，甚至开心地打了一个嗝。司辰把"餐盒"丢回火海，深深吐出一口气。他有些困了。长生渊需要短暂的休眠，来消化肚子里的食物。司辰也一样。吃饱了就困，这很合理。

这条公路是附近唯一的国道，司辰准备等明天有车路过。他靠在树边，没抵住那股子困意，蜷缩着陷入了浅眠。

* * *

火海中，一团黑影在地上鬼鬼祟祟地爬行。

这是一条行走的胳膊。失去人类的供给后，这条胳膊明显瘦小一圈。比起人类的胳膊，它更像是来自狼人或者其他什么人形怪物，过长的手指呈鹰爪状，整体呈黑色。

它就是寄居在程衍体内的高维生物，来自某个灵异文明，这里的人尊称它为“鬼手”。

身为一只高维生物，鬼手身上也是有几分特性在的。比如能对人类造成精神污染，触碰人类时会让对方出现身体僵直等情况……但不知道为什么，这些特性在司辰身上都失效了。

在灵异文明里，低级生物的特性对高级生物无效。鬼手现在有些慌，觉得自己今天怕不是遇到鬼了。好在世界很大，它已经成功依靠寄生的方式从第五维度逃到了第四维度宇宙，这里的普通人在它面前和超市的菜没什么两样，都可以吃。只要离邪门的司辰远点，它的未来还是一片光明的。

鬼手决定去城市寻找新的寄主。它用五根手指在地上爬，爬得很快。因为没长眼睛，它只能通过振动来判断物体所在的位置，并选择了一个最安静的方向。

爬着爬着，鬼手觉得自己好像撞到了什么东西，软的。它没忍住，捏了捏，感觉像一条腿。然后，它发觉自己被人拿捏住了，身体悬在了半空。

鬼手：“……”

被捏醒的司辰疑惑地从地上捡起这只手，他觉得腿部被碰到的地方有些冷，像是犯了老寒腿。尽管长相有些差别，但司辰断定，这就是长在程衍背后的那条胳膊。

鬼手在司辰手里拼命挣扎起来，五根手指扭成奇怪的姿态。

天色已经微微亮起，如果没有发生意外，客车现在本该已经行驶到江川区的边界，马上就能进入安全区。

就在司辰思考着怎么处理这东西的时候，他听到不远处传来了摩托车的轰鸣。

说是摩托车，其实并没有轮子，车底安装的燃气管喷出青红的火焰。这是安管局派来的工作人员。车站检测到客车定位出现异常之后，主动通知了安管局。

司辰迅速把事情的经过回想一遍，想好了糊弄安管局的口供。他有很多套灾后应激的表演方案，并从中选择了一个。现在的他是一个去灾区探亲，意外遇到空间折叠但幸运存活，却在返乡途中遇到荒野恐怖分子的倒霉的未成年人。

安管局一共派来了四个人。他们的制服是纯黑色的，都戴着头盔，身上佩戴的外骨骼反射出金属的寒光。有人佩刀，有人配枪，一个个窄腰长腿的，很是养眼。

最前方的人摘下头盔，看向这里唯一的幸存者："根据面容识别系统和后台资料，你叫司辰，GT193车乘客，江川区公民，刚成为进化者。"

这个工作人员上下打量着司辰。很年轻的一张脸，目测才二十出头，看得出来是在勉强保持镇定，很警惕，有些PTSD（创伤后应激障碍）的先兆。

"脏器受损严重，背后二级烧伤。嗯，手里的东西……鬼手？"

这人想到，安管局系统的通缉名单上，就有一个寄生了鬼手的2阶进化者。

剩下的三个工作人员已经开始侦查现场。

"发现大量畸变生物残骸。"

"客车变形严重，应该是撞上障碍物，引起了爆炸。"

"姜队，现场发现空弹壳。"

被叫作"姜队"的这个工作人员，全名姜亦尘。他跨步下车，摘掉手上的黑色手套，在司辰面前蹲下，摊开了手，询问："还能站起来吗？"

姜亦尘看见，面前这个俊秀的青年骤然一个激灵，像是刚从自己的世界里清醒过来。而后，青年膝盖一软，像支撑不住自己身体一般，缓缓倒了下来。

姜亦尘还没来得及思考，身体已经先一步接住了司辰。下一秒，他听见了细碎的压抑至极的哭声。青年的身体温热，却在不停颤抖，像什么受惊的动物。

"全……全死了。"司辰哭得上气不接下气，"他有枪。好多人，就在我眼前，没了……"他哭得太伤心，几乎直不起腰。

姜亦尘有些僵硬地抬起胳膊，拍了拍司辰的背，轻声安慰："没事了，没事了。我们是安管局的。别怕。"

唯一的幸存者情绪过于激动，姜亦尘不得不花了一些时间在安慰幸存者上面。他带来的下属正在勘测现场，时不时回来汇报一些情况。

"姜队，我们在现场发现了大量人体残骸，已调出数据库资料进行比对，都是车内工作人员及乘客。"

"有部分残骸位于客车外部，死亡原因是受到畸变生物的袭击……"

"咳咳，姜队，废墟内发现了一具受损严重的尸体，经过数据库基因比对，死者为D级通缉犯，叫陈岩。"

虽然是正经汇报，姜亦尘却分明觉得他们是来看热闹的，眉梢眼角都是憋不住的揶揄笑意。

司辰看似哭得很伤心，耳朵却一直尖尖地竖着。他买了回江川的车票，后台是有记录的，除非他想在荒野上当一辈子流民，要不然，待在原地等安管局就是最好的做法。

大概没想到现场居然这么惨烈，来调查的这支小队并没有带太多设备。看见司辰的情绪逐渐平静，姜亦尘让他坐在了自己的后车座上。没办法，其他队员都大包小包的，就他的后座最空。

一个好心的工作人员给司辰递了两片基因药。和市面上流通的液体药剂不太一样，这种是安管局特供基因药，被压成了固体，药效也比一般的液体基因药强。最重要的是，方便携带。

递药的姐姐小声道："这是姜队给你的。"说着，还给司辰披上一件内衬垫料全是小羊毛的外套，"这件衣服也是姜队的。他家里有钱，这件衣服一般人还买不到呢。"

正在记录现场的姜亦尘转头，耳根子红红的，大吼道："这种事不用说出来！"

司辰有些意外，回头看了眼姜亦尘，又转回头，朝面前的人低声说了句："谢谢。"

白色的药片像泡腾片一般，在舌尖咕嘟嘟地冒气，味道居然有点甜。

司辰还不知道自己的味觉已经发生了一些永久的病理性改变，这也是被长生渊寄生的后遗症，他的味觉如今和长生渊高度一致。

尽管司辰看上去伤势严重，但因为进化的缘故，其实不怎么痛，只是真的很困。就像是还未破茧的蛹，在长出翅膀前，总需要在茧里休眠。好在基因药也有嗜睡的副作用，司辰光明正大地打起瞌睡，脑袋在半空中一点一点的，每次要从车上掉下去的时候才猛地清醒过来，摇一摇头继续睡。

因为事件比想象中严重，姜亦尘已经通知了总部，但增援从市区过来，起码还要两三个小时。于是，姜亦尘跨上了摩托，把头盔盖在司辰头上，说："走吧，我先带你回江川做询问笔录。"

司辰也不想睡着的，但是他太困了。而且在安全区，安管局在人们心里还是有那么点公信力的，也不担心会有什么意外。

"安管局"全称叫安全管理局，是联盟少有的全员由进化者组成的暴力机关，负责处理和高维生物以及进化者有关的案件。

司辰精神不济，迷迷糊糊记得自己应该是被谁抱下车的。他刚到安管局就被摇醒，坐进了笔录室。

是笔录室，而不是审讯室，说明安管局并没有把司辰列入怀疑对象。这里空间还算宽敞，为了照顾目击证人的情绪，空气循环系统还喷洒了淡淡的香氛。

笔录员端来一杯热水，放在司辰的面前，声音充满了安抚："司辰，我们需要你回忆一下事情的经过。你是唯一的幸存者，你的复述非常重要。"

司辰明白，这是他回家前的最后一关，出现任何疏漏，都有可能让他的安全记录由绿转红。

“2月13日，我买了回江川的票，准备坐车回家。”

姜亦尘抬起头：“之前为什么会去庄山？系统没有查到你的购票记录。”

司辰咬住下唇，小声回答：“我去庄山是坐的黑车。车票太贵，黑车便宜。”

江川区经济发达，车票价格更贵，动辄需要数万信用点。

司辰的声音有些难过：“我是在庄山区长大的。我是孤儿，从小在孤儿院长大，年纪大的叫哥哥姐姐，年纪小的就是弟弟妹妹。我们没有家，孤儿院就是我们的家。十岁那年，收养我的社会孤儿院发生空间折叠，只有我和哥哥活了下来。

“但哥哥在空间折叠区里被高维生物袭击，受了伤，生活不能自理。来江川上学前，都是我在照顾他，后来我要来江川上学，只好请孤儿院的护工阿姨帮忙。每个月，我都会给孤儿院打钱。

“这次回庄山，就是因为护工阿姨告诉我，哥哥要不行了，所以我……”

司辰低下头，声音有些哽咽，说不出话来。

姜亦尘蹙起眉头，看向手里刚调出来的资料，上面记载的是司辰的生平。

姜亦尘来自姜家旁系，他的父亲是5阶进化者，同样在安管局上班，但职级比他高很多。这样的家世，足以让他的生活远离困苦，他周围的人烦恼的也无非是选择什么样的进化道路，未来又要从事什么样的职业。

司辰还很年轻，二十二岁，未成年，个人履历只有一张薄薄的纸。

根据上面的记载，司辰是在一个折叠区里被人发现的，被装在婴儿车里，因为饥饿而奄奄一息。当时经过DNA对比，在基因库里没有找到他的父母和其他血亲。这很正常，大多数人都没钱做基因筛查。因为在折叠区待了太久，司辰落下了难以根治的基因病。后来，司辰被领养了一段时间，但养父母也抛弃了他，他再次回到孤儿院，却因为意外而终身残疾。

一路走来，司辰所有的经历只能概括成一个“惨”字。

笔录员继续询问：“好，那在车上发生了什么？”

司辰的身体瞬间僵直，瞳孔明显缩小。他的唇颤了颤，轻声道：“那时候已经是半夜，我还在睡觉，突然有很多畸变的飞蛾撞击车窗。

“司机停车，让我们不要惊慌，这些畸变生物他会联系安管局来处理……然后……坐在我对面的人突然长出第三只手臂，拿枪威胁司机。”

笔录员低声道：“是陈岩，通缉犯，偷猎者，2阶进化者，进化方向为灵能进化。”

“司机为了安抚他的情绪，只好继续开车。但是车上的乘客非常紧张，躲在车厢后半段不愿意出来。那个人让乘客们回座位……”

司辰叙述了那段血腥的经历。回忆到一半时，他闭上眼，神情充满痛苦。

姜亦尘咬牙切齿：“这畜生，烧死真是便宜他了。”

笔录员暂时停下记录，进行安抚，等待司辰回归平静。

过了一会儿，司辰才接着说："他是进化者，我们根本不是对手。司机冒死打开车门，让我们逃出去。我刚下车，客车就爆炸了。"

姜亦尘看着司辰的脸，询问："有多少人下车？为什么只有你一个幸存者，其他人呢？"

笔录员挺直腰，轻声呵斥："姜队，不要这么咄咄逼人。你是在审讯犯人吗？"

这是审问惯用的伎俩。一个人扮红脸，一个人扮黑脸，让被审讯者对那个更温和的人放松警惕，产生信任。

司辰的表情很是无助："我不知道……我真的不知道！我当时只想着快逃，客车爆炸后，我就晕了过去，醒来时看见被烧毁的车，我才意识到发生了什么。"

"那你当时为什么拿着那只鬼手？"

"我当时就是被它弄醒的。"司辰小声回答。

除非鬼手会说话，要不然这件事就是死无对证。从严格意义上讲，司辰也是受害者，只是隐瞒了自己发现并且烤着吃了一只进化种的事。

司辰在安管局待了两个多小时，终于闻到了外面新鲜自由的空气。他明白，自己大概度过了最后的关卡，但他脸上并没有露出轻松的笑容，反而满是恍惚，像是惊魂未定。毕竟，安管局外，肯定也是有监控的。

笔录室内，笔录员收起了脸上的微笑，一反常态地陷入沉思。她有心理学硕士学位，是1阶进化者，方向为灵能进化。

姜亦尘接了杯热水，问："在想什么？"

笔录员回答："我只是在想，一个柔弱的未成年，经历过好几次高维入侵，每次都是最后仅剩的幸存者，性格还能一直保持温顺……是不是太幸运了？"

她融合高维生物后所拥有的特性是"晴天娃娃"，这个特性有点鸡肋，能让她拥有比正常人更敏锐的第六感，一定程度上可以感知危险。不知道为什么，司辰让她有些不安，虽然她的晴天娃娃并没有变脸。

姜亦尘道："测谎仪没有响。而且他经历这么多，还能保持精神正常，这点已经比很多人强了。"

笔录员抿起唇："你说得对，应该是我多想了。最近案子太多，有些累。"

* * *

离开江川区半个月后，司辰终于回到了自己的家。还是那个狭窄的房子，加上阳台一共五平方米，逼仄到连呼吸都觉得奢侈。

司辰去公共浴室洗了个澡，然后吹干头发，穿着睡衣躺到床上，将自己埋入柔软的床铺中。

床头的收音机里放着最近的新闻:“下周,各大高校将正式开放考研报名。据悉,这次三十五个安全区,四十七所大学,累计一百二十七个专业,一共面向全社会招收六万名研究生……”

司辰很困,精神却异常亢奋。因为怕笑出声,司辰甚至死死咬住了自己的指节。他成了进化者。尽管才1阶,但总归走上了一条和普通人完全不一样的道路。

在体内沉睡的长生渊缓缓苏醒,发出了一声轻轻的“吱”。它已经消化掉了那只高维生物,“经验条”涨了一大截,但它思考了很久,也不知道怎么把这件事告诉司辰。它会的词还不多,只能急得“吱吱”叫。

但司辰已经闭上眼,低声道:“我知道。谢谢。”

他们本来就是一体的。

司辰睡了一晚,醒来的时候已经接近中午。刚醒,他就感觉到了一种特殊的饥饿感。

长生渊大吼:“妈妈!肚肚饿!”

司辰眉头蹙起,问:“你的胃是黑洞吗,怎么又饿了?”

“好饿。”

司辰觉得,长生渊好像变聪明了一点,居然会使用程度副词了。

“忍着。”

司辰站在盥洗池前洗漱,用冷水擦脸,擦着擦着,感觉左眼有点松。

长生渊把义眼顶出一个夸张的凸起,从眼眶和义眼的缝隙中钻出来,缠绕在了司辰的手腕上。它身上的胎毛掉光了,身体表面长出细细密密的鳞片,腹部鼓起一个小小的肉包。

根据官网上的资料,长生渊进入第二阶段后,会长出第二个头,那时候寄主也会跟着晋升到第二天梯。光从外形上看,找不到长生渊的脑袋在哪里,它就是纯黑色一条,体格似乎也没什么变化。

就在司辰这么想的时候,长生渊跳进了水槽里。它像吸水后的海绵一样膨胀起来,表面还有很多圆环状的嘴,像是从什么海鲜刺身拼盘里逃出来的章鱼触手。

长生渊高兴地扭了扭:“妈妈,看!”

孩子长大了,还长得更丑了,但好在还是懂事的。长生渊很快挤干了自己身体里的水,重新回到司辰体内。

长生渊的状态很特殊,在司辰体内介于“存在”和“不存在”之间。高维生物本身也很难用当下的科学解释清楚,所以司辰感觉还行。

洗漱后,司辰开始做早饭。他泡了一碗豆浆粉,又从冰箱里拿出半成品肉蛋,直接丢进热水里。

肉蛋是字面意义上的肉蛋，和营养膏的成分差不多，只是多加了点调味料，价格就贵了三成。肉蛋的外观做成了蛋白包裹猪肉馅儿的样式，颇有一点米其林三星料理的意思，在水里煮几分钟就能吃。

因为食物昂贵，如今最热门的代餐是榴梿味的蚯蚓干，其他时候大多也是用各种各样的半成品菜凑合。基因转了几回这种事情，已经没人在意了，活着就行。

煮着煮着，司辰手机收到提醒，说今天销假，让他明天记得回实验室上班。

司辰和公司签的是为期一年的劳务合同，今年11月到期。其他同事的员工合同都是五年起步，最高终身。正是因为合同期限短，司辰在蛇杖基因的实验室里只能当底层的“科研狗”，干得多，拿得少。

这年头，普通员工在公司面前是没什么底气的，也根本没有“辞职”这种说法，毕竟联盟制定的劳动法都是在保护公司利益。实验室领导愿意给司辰批半个月的假，一部分原因是他遭遇了不可抗的高维入侵，另一部分原因则是实验室的科研项目基本都是司辰推进的。司辰不去上班，同事就只能对着一堆看不懂的数据干瞪眼。

司辰选择已读不回。

同样发来消息的还有季楚尧，时间是在昨天上午，问他是否已经平安到家。司辰在上班途中顺手给了回复：到了。

季楚尧回得很快：到了就好。看到通知没，下个月高校开始招研究生。

司辰：看到了。

季楚尧：你要考吗？

司辰：考。

司辰一直践行着读书改变命运的信念。他知道，读书未必能让他一直上升，但起码不会让他过得更差。更何况他现在是进化者，继续进化需要很多资源，单凭现在的工作和学历，根本没办法满足他的需求。

季楚尧：什么专业？

司辰：基因生物。

聊天框上显示“对话正在输入中”。片刻后，季楚尧发来消息：你要不要考虑一下高维学院？

各大高校针对进化者开设的高维学院，招生年龄在二十到二十五岁之间，学制两年，全联盟统考。

司辰的回答很干脆：考不上。

像季楚尧，刚出生就开始有计划地进行改造，到现在已经二十五年，达到6阶。而司辰才刚开始进化，到现在还没有二十五天，只有1阶。真对上，司辰拿头打都打不过。司辰对自己一向心狠，但没有兴趣挑战不可能。

季楚尧：高维学院的研究生待遇会好很多，我觉得你有机会。

研究生的培养模式是导师制，由导师选择学生，也有反过来让优秀的学生挑选导师的。季楚尧觉得司辰需要一些社会关系，这样起码有人能庇护他，要不然总是被欺负。季楚尧承认自己有点骑士情结，比正常人更容易怜弱。

司辰礼貌地回答：谢谢，会考虑的。

刚好公交车到站，司辰关掉手机，自然也没看到季楚尧的下一句话。

“正好我最近在康复期，还没回去读书。我来江川找你吧？”

* * *

蛇杖基因在江川区的实验室一共有三栋大楼，每栋楼都有六十层，从负30楼到30楼。越往上或者往下，实验组的保密等级就越高。作为一名普通员工，司辰是在负5楼上班。

司辰用员工卡刷了门禁，走进这个名为科研所的“流水线工厂”。

因为保密协议，员工上班都要上交通讯工具。司辰在更衣室换好防护服，顺便把手机丢进保险柜，免得一会儿过不了安检。

现在不是正常上班时间，平时能排一长串的安检口只有零星几个人。

司辰排着队，有穿着员工制服的保安扛着一个巨大无比的水箱从他身边经过。这个水箱很奇特，里面的水是深绿色的，异常浑浊。

司辰因为好奇，多看了两眼，不承想，下一秒，一摊血色肉泥贴在了玻璃上。那血色肉泥像一张摊开的饼，边缘缠绕着无数细丝。肉泥上长着几只颜色诡异的眼珠，没有虹膜，只有接近灰色的眼白。

司辰体内的长生渊比过去任何时刻都要激动：“妈妈！要吃！”

贴在玻璃上的眼珠布满血丝，缓缓转了个圈，那妖异的竖瞳死死盯住司辰的脸，如同饿了好几天的豺狼看见拴在路边的肥美羊羔。司辰本能地感到脊背发凉，一直到工人们搬着水箱走进特别通道，那道令人毛骨悚然的视线才彻底消失。

“那是什么？”司辰小声问。

长生渊的语气中是毫不掩饰的渴求：“肉。妈妈，饿。好好吃。香。”

回答司辰的人不止长生渊。

站在前面的同事忽然转过头：“喔，是小辰啊。请假大半个月，今天终于看到你了。”

是隔壁实验组的老王。老王继续说：“你还不知道吧？上周江川远郊区遭遇了高维入侵，危险等级5A，是来自第八维度宇宙的混沌文明……啧！幸好在郊区，只死了七八百个人。这段时间，公司都在清理那片折叠区留下来的东西。”

司辰很是意外："江川区也遇到了高维入侵？"

"嗐，"老王发出爽朗的笑声，"安全区不过是发生空间折叠事件的频率低于一，接近千分之一的概率，又不是完全不可能……不过，我活了九十多年，也就遇到这么一起。我们江川的时空状态还是很稳定的。"

"不过啊，这次空间折叠来得邪乎。"老王压低了嗓子，"你知道，大多数高维入侵在发生前都可以检测到，毕竟通常会产生太阳黑子、能量波动之类的现象。但这次来得毫无预兆，像是强行打开的通道，而且维持时间也短，只有一百二十四秒。"

"两分钟。"他比出两根手指，因为长期做实验，过长的手指呈现不正常的扭曲和凸起，"折叠区里的人全死了，还有好几个 3 阶 4 阶的进化者。什么概念？"

司辰脸上露出了恰到好处的担忧和惊慌。老王笑了起来，摇头晃脑走过安检通道："时间快到咯！我猜啊，迟早有一天，高维生物不需要通过空间折叠区也能降临。幸好我年纪大了，活不到那天。你们年轻人啊，自求多福吧！"

第三章

眼虫

CHAPTER 03

可，以，来，你，家，做，客，吗？

司辰回到实验组，全体组员对他表示了亲切的慰问，一个个像是看见了亲爹。尤其是实验组的组长。

“小辰啊，半个月不见，可想死我了！”组长热情异常，“你这孩子，在折叠区没出事吧？”

司辰脸上戴着防毒面具，浑身上下只露出了一双眼睛：“我没事的，组长。”他有双标致的桃花眼，哪怕不笑，眼神也十分柔和，声音更是温温柔柔的。

组长咳嗽了一声：“对了，前段时间有个姓季的领导来问过你的情况……小辰啊，认识季家人，怎么不早点和我说一声呢？”

此话一出，组里其他人的耳朵都竖了起来。

姓季的人有很多，但组长既然专门提到了，那肯定是机械核心那个“季”。财阀和普通人的世界就像空间折叠的两个区，听说过，但未必见到过。因此，说一点也不好奇，那是不可能的。

司辰戴着面罩，因此唇角都懒得勾，但眼尾仍旧带上了一些笑意：“这有什么好说的。”他抿起唇，不说话，剩下的留给其他人自由想象。

组长猜想着司辰此刻的表情，又想起来打听的季家人那殷勤的模样，觉得自己应该找到了答案。

他上网查了，司辰走的是机械进化的路子。现在义体这么贵，司辰自己买得起吗？肯定还是那个姓季的出的钱。

哪有人无缘无故对人好的。之前负18楼实验室的科长经常约司辰吃饭，司辰态度一直冷冷淡淡，让人找不着接近的机会。组长还以为这人是榆木脑袋，不想往上爬，原来只是没遇到合适的高枝。

“好，好。你当初刚来，我就觉得你有点东西，”组长笑容可掬地说着，“你先工作，都是进化者了，怎么也该考学吧。咱们这层楼的实验室还有一个带薪上学名额，我给你递了申请。”

司辰点头，懒得和他多废话一句：“谢谢组长。”说罢转身，回到自己的工位。

半个月没来上班，实验组的废物同事们留下了半米高的实验资料，等待司辰核查。

但这也不能全怪组员，毕竟除了司辰，整个小组的员工都只有高中学历，有些东西学都没学过，自然不知道要怎么做。

蛇杖基因旗下的科研所分成不同的大方向，每个大方向都下辖数个实验室，每个实验室又有不同的实验小组。一个小组的配额为五到十人，按人头分配相关仪器和工位；部分昂贵的器材，是由多个实验组共同使用。

司辰所在的实验组，研究的课题是“长生物种（植物类）基因制药范畴内的藤蔓类长生种入药”。他拿起笔，飞快地在资料旁边写下计算公式和数据，把东西递了出去。

半个小时后，组员可怜巴巴地凑了过来，小声道：“司辰哥，我这个数据对不上。”

“这个冷冻切片好像失活了！视野不太对，你来看看怎么回事。”

“哥，这张图表该插在哪一页啊，我怎么看不懂？”

司辰抿唇，心里暗想：离我远点，我废物过敏。

不上班，就没有免费的房子住，而现在房租价格一个月高达五位数；也没有工资领，尽管月薪才三万，好歹交五险一金还包食宿。最重要的是，他读研的学费还没凑够，还等着蛇杖基因的员工福利基金会给他发点钱。

再加上，这些同事虽然都是“菜狗”，但好歹听话，知道他家境和身体不好，隔三岔五都会送几瓶基因药当学费。

因此，司辰在短暂的沉默后，露出温柔的笑容：“这是大三才教的内容，对你们来说的确有些难度。不着急，我来看看。”

几个组员感动得眼泪汪汪。

司辰高强度工作了七个小时，才处理完一半的文件，再一看时间，马上就是晚上9点，到了该下班的时候了。

司辰住的地方离公司不远，但他是不喜欢加班的，因此他锁好了电脑和资料夹，准备去休息室换衣服下班。

还没走两步，组长就叫住了他：“司辰！”

组长腆着怀孕似的肚腩，来到他身边：“要下班啦？刚刚谢主任打电话给我，说他们的实验项目要用到我们组的实验体。”

他指的实验体，是实验组里种在保温箱内的各色藤蔓。

“你把实验体送去一下？谢主任多半要问数据，你知道的，其他人答不上来。”

谢主任是司辰所在的研究所负18楼实验室的主任，今年五十四岁，孩子十四岁，孩子的亲妈刚去世两年。

司辰刚入职场时，谢主任大张旗鼓地挖过一段时间墙脚，想把司辰抓到自己实验室当科研员，但没有成功。

谢主任虽然不是他们的直系领导，但也是公司的骨干员工了，职级比司辰的组长高三级。总之，组长是不想得罪他的。

司辰的脸上露出了犹豫的神色："可是季先生在等我吃饭……"

他并不知道，季楚尧真的在公司门外，等着他下班，但这也不妨碍他拿季楚尧当借口。

组长低声道："祖宗哎，你就去一趟吧。离下班还有十几分钟呢，这么多人，他会拦着你不走？"

眼见司辰不为所动，组长只好道："你请假半个月，按理说这个月不该发绩效的。你帮我这个忙，我把绩效给你补上。"

司辰在脑海里粗略地估算了一下绩效奖的数额。这个月刚完成一个项目，有四万三。于是，他回答："成交。"

* * *

蛇杖基因生物研究所，负18楼。

谢云阳从实验室走出来，身体有稍许的僵硬。他带的科研员连忙上前一步，猛拍马屁："主任，您辛苦了。这次送来的高维植物是什么？长得怪邪门的。"

谢云阳张开嘴，声音有些哑："是一种长在水里的高活性海生植物，可以入药。要是破解基因密码，说不定能成为7级基因药的平替材料……我好久都没有一个人做实验了，花的时间有点久。"

科研员大喜过望："那可真是太好了！您太厉害了。"

谢云阳拍了拍他的肩膀："先别着急下班，跟我来办公室一趟，我有任务布置给你。通知其他人也别走。"

谢云阳戴着护目镜，因此这个科研员还不知道，他尊敬的主任已经眼球浑浊，甚至连皮肤上也出现了点点尸斑，死亡时长在两到四个小时之间。

几条根须状的红色细线顺着谢云阳的手臂，像爬山虎一样爬到了科研员的背后。一枚灰白的眼球从他搭在科研员肩上的那只手里挤出。眼球转动，露出竖线一样的瞳孔。

妖异而冰冷。

"砰"，办公室大门合上了。

谢云阳站了起来。

他面前有一具尸体。

刚才还在谢主任身边的科研员死不瞑目，哪怕没了呼吸，眼睛还直勾勾地盯着天花板。

这个倒霉的科研员也是从灾区考入安全区的大学生，不同的是，他和蛇杖基因签了一百年的劳务合同。按照现在工资倒挂的程度，大概再过二十五年，他挣的钱就不如刚入职的实习生多。但他没办法。不签一百年，他连进入蛇杖基因工作的机会都没有。

考进大学并且顺利毕业，可以落户安全区，成为最低等的五等公民；在四大集团干到小领导的位置，又能往上涨一级，获得购房资格；买房后，才能成为户主，然后得到两个额外的安全区落户名额。这样，他就可以把父母接过来一起住了。

但现在，这些梦想随着他的死亡成了泡影。

这个科研员的社会关系简单得很，短时间内，并不会有人发现少了一个人。

谢云阳的手背上有一枚凸起的眼球。因为这枚眼球，他的手不像手，倒像树木的根须，又像教科书上那些红色的神经元细胞。

他的手正搭在科研员的胸口，根须深深地扎了进去，却不见一丝血。科研员的身体很快干瘪下来，像滤掉水分的水母。

因为这些新鲜的血肉，谢云阳脸上的尸斑消失了，眼睛也重新出现了光泽。他的动作不再僵硬，脸上的表情更是柔和起来，仿佛很通人性。

谢云阳拔出了手掌，这些神经元的底部连着一些粉红的心肌肉。他不仅吸收了科研员的身体，还同时接收了科研员的记忆。这个科研员对父母的依恋残存在脑海里，让他感觉有些反胃。

但问题不大。

谢云阳把科研员干瘪的身体卷了起来，就像卷起一条毛巾。随后，他扫了办公室一圈，把“毛巾”塞进书桌底下的保险柜里。那里原本装着一些重要文件。

接着，谢云阳打开电脑，熟练地操作起后台。他给这个科研员批了三天假期，理由是“身体不适”。

迟早有人会发现的，但没关系。谢云阳本来也不准备在这具身体里待太久，这具身体太弱了。但离开之前，谢云阳有个必须得到的东西——司辰体内的那条长生渊。

* * *

司辰实验小组养的实验体是来自第五维度宇宙的藤蔓。没有名字，编号719。

719的表面为树木纹理质感，会释放可以致幻的有毒气体，体内则贮藏着大量透明液体，初步检测后发现其成分和水类似。

一般情况下，高维生物719都被关在特殊的收容箱里，处于休眠状态。为了方便实验观察和记录，收容箱外层的材质是浅色透明玻璃，透过玻璃能看见里面盘成螺旋状的枯藤。此外，还有一个显示屏，给出收容箱内的高维生物的各项指标。

司辰端着半人高的收容箱，从工位路过。同事小张健步如飞，一把将收容箱抢了过来："辰哥。我来，我来。"

司辰身体不好这件事情，在实验组尽人皆知，大家基本不会让他干什么重活。哪怕司辰成了进化者，这一习惯依旧被沿袭了下来。

小张今年二十九岁，司辰一直觉得他的智商和只会喊"妈""饭""饿"的长生渊差不多。优点是一身全是腱子肉，膘肥体壮的，干活很利索。

司辰没有和小张争，在小张之后走进电梯，刷员工卡，摁下了去往负18楼的按键。司辰的权限只能抵达自己工作的这层楼，负18楼是主任给他开的临时权限。

随着电梯层数逐渐往下，司辰体内的长生渊开始躁动不安。

"妈妈，饿。肉!"

地下实验室看不见天空，但墙面用的是特殊的LED玻璃，可以自由调节窗外的景色。电梯门打开，司辰看见了一片郁郁葱葱的森林。

空气里隐隐有一股奇怪的气息，很甜，像撒满糖霜的香草冰激凌蛋糕。

司辰的嘴里不受控制地分泌出唾液，长生渊也大声叫着："肉！肉!!"

有人从走廊的另一头走了过来，笑声很是明快："是司辰来了？来来，进来，东西放进来就行。"

司辰扫了一眼，来人是负18楼的实验室主任谢云阳。开会的时候见过两次，每次面对他们这些底层实验组成员时都趾高气扬，恨不得鼻孔朝天，没想到居然还会亲自出来接待。

负18楼是保密实验室，大门都是合金铸成的，十分厚重，需要刷卡才能进出。

谢云阳站在门口，尽管穿着防护服，脸上的笑容却依然亲切。

长生渊更躁动了："肉——!"

这个字眼，在下午遇到那只奇怪的眼睛时，长生渊也吼过。

如果是普通人，未必能理解长生渊低吼的含义。但司辰顺利活到现在，就是因为足够小心谨慎。如果他不够谨慎，三岁的时候会被陌生人的一颗糖骗走，九岁的时候会在夜晚走进院长的办公室，十六岁的时候会在放学路上被人敲晕，二十岁的时候会喝下室友递来的放了安眠药的水。

面前的谢云阳有问题。

司辰柔声道："主任，有保密协议的。我们就不进去了，东西放这儿吧。"

谢云阳盯他片刻，又看向后面的小张。在这短短几秒的时间里，谢云阳嘴角已经溢出涎水，眼神满是渴望。

是的，谢云阳被寄生了。

谢云阳是普通人，他的身体已经在遭受高维生物入侵的同一时刻死亡。寄生在谢云阳体内的正是司辰下午看见的东西，名字叫“眼虫”，海陆两栖，和长生渊一样属于寄生物种。

眼虫本身的攻击性不强，但有很强的精神污染能力，一旦入侵寄主，就会完全取代寄主，继承对方的记忆、智力、身体，直到它自主更换新的寄主。

这是第一次出现在现实世界的物种，因为能量波动不高，并没有引起人类的警觉。

眼虫和长生渊，互相在对方的食谱上。在混沌文明那种苦寒之地，能无限繁衍的眼虫是长生渊唯一的食物，而一些强大的眼虫也会杀掉幼年长生渊，让自己虚弱的身体得到强化。

可惜，谢云阳心里想着，如果只有司辰一人，他说不定就动手了。

谢云阳把手指从取消电梯权限的屏幕上挪开，恋恋不舍地看着司辰走回电梯，然后转身。与此同时，他的脸上浮现出古怪的笑意。

“蠢货。”

他骂的是长生渊。

本该是混沌文明最强的个体，却放弃了最恐怖而致命的特性，选择寄生，让弱小的低维生物和自己一起成长。

电梯里，长生渊也很可惜：“肉肉……妈妈，小渊，可以，打。”

司辰没有回应，一直盯着电梯的金属墙面出神。

离开负18楼之后，司辰没有第一时间回家，而是去了一趟厕所，把自己关在隔间。

“怎么回事？”司辰低声询问。

长生渊思考了片刻：“眼睛……吃……饿。”

司辰想起了下午看见的那只贴在玻璃上的诡异眼球。那玩意儿应该不是什么好东西，他回想起来甚至会感觉头晕。

司辰低声道：“我问你一些事，对就吱一声，不对就吱两声。明白吗？”

“吱。”

“你想吃那只眼睛？”

“吱。”

司辰回忆起自己嗅到的香气，眉头微微蹙起：“主任是‘眼睛’？”

“吱。”

公司关于高维生物的资料，会比进化者协会官网上多一些，而作为一个很爱学习的男大学生，司辰刚上班的时候就看完了公司内网记载的上千种高维生物，并记到了自己的脑子里。

显然，那只眼睛并不在资料名单上。看来，要么是新物种，要么就是超过了司辰的权限。最重要的是，那个高维生物已经将谢云阳取而代之。

司辰的第一反应就是上报给安管局，只是很难解释自己到底是如何发现主任有所异常的。

司辰一边想着，一边过了安检，去更衣室换衣服。走出来时，他正好看见从安检口通过的谢云阳，能感觉到对方若有似无的目光也扫过了他的脸。

为了防止员工偷拿宝贵的实验材料，安检口会对出入的员工进行严格的检查。谢云阳能过安检，证明普通仪器检查不出他身上的异常。检举给安管局，让人排查，结果也一样。

而且，长生渊饿了。司辰怀疑长生渊给他下了蛊，要不然他为什么自动承担起了母亲的职责？

司辰漫不经心地收回目光，假装低头玩手机。他看见了季楚尧发来的消息，回复道：刚下班。不好意思，才看见。

季楚尧的回复很快发了过来：刚好。我也才到江川，现在在你们公司门口。

季楚尧发来一只快乐小狗的表情。动图里的小狗还在摇尾巴，看起来很可爱。

司辰有些无语，真是见鬼，他们有这么熟吗？

现在是三月，因为气候异常，温度低至零下十几度。季楚尧大概是不怕冷的，站在马路边，穿着两件套，拴了一条浅棕色格子围巾，很像什么等朋友放学的大学系草。

看见司辰出来，季楚尧招了招手："司——辰——！这里。"

司辰调整着面部表情，缓缓挪到了他跟前。

"你们下班好晚。"季楚尧道。

他低头，看见了司辰冻得有些红的指节，下意识地想伸出手握紧。他在空间折叠区当了那么久的恒温器，仿佛有了某种本能，很熟悉这个动作。

司辰不动声色地把手机从左手换到了右手，刚好避开季楚尧递来的胳膊："路上耽搁了一会儿。"

季楚尧绝对不是才到，要不然衣服上不会有这么多将化未化的雪。

不知道是不是因为机械改造的原因，季楚尧高得过分。司辰自己都有一米八，眼睛却只能平视季楚尧的肩膀。

两个人一前一后朝公交站走去。季楚尧不怕雪，但依旧教养极好地帮司辰打着伞。雪砸在伞上，发出扑簌簌的响声。

司辰率先问："季先生，找我有什么事吗？"

季楚尧思考片刻，还是直接说了出来："在想你考研的事。要不你还是考高维学院吧，从报名到正式考试还有好几个月，我认为培训一下还有机会。

“高维学院的研究生补贴里面有基因药、进化液，还有针对各人进化方向的高维物品，有些是外面花钱也买不到的资源。考上后，还可以零利率贷款学费。”

“最后，我们所在的时空好像越来越不稳定了，江川区突然出现的空间折叠区就是征兆。”季楚尧由衷道，“虽然我是保送的，但如果你要考，我可以帮忙做些辅导。”

辅导别人读书是一件很麻烦的事。比如司辰楼下住的那位单身母亲，因为女儿马上要高考，每周都拎着一箱鸡蛋上门，希望司辰能帮她女儿补一下数学。司辰不想挣这个钱，只好假装自己对动物蛋白过敏。

司辰不相信世界上有无缘无故的好，每个陷阱都会被伪装成能让别人占到便宜的模样。

“为什么？”司辰将目光挪开，很是疏离地询问，“我们应该没有那么熟，季先生。”

季楚尧低头看着他，碧蓝的眼眸里尽是坦荡：“因为同情，你也可以把它当成一种自恋投射。我想帮你，因为我觉得你应该拥有更好的人生。而且，你清楚，这对我来说不算什么，但在这个过程中，我能获得一种满足感。”

司辰有些无语，于是放弃了思考。

季楚尧突然微微蹙起了眉：“抱歉，临时有事。我先回家一趟，下次再见。”说完，十分礼貌地把伞递给司辰，冒雪走向了停车场的方向。

司辰握着伞柄，瞥了一眼上面的商标——某个著名的奢侈品品牌，一把伞的价格顶得上他刚领的绩效奖金。很显然，他们不是一个世界的人。

司辰的嘴唇微微开合，挤出一点微弱的气音：“嘁。”

趁着公交车没来，他走进马路旁的书店，买了一套幼儿识字书，准备晚上念给长生渊听。不管有没有用，先教着。

司辰结账，刚走出书店，手机就微微振动起来。发消息的人还是季楚尧，而且连发了三条。

季楚尧：有人跟踪你。

季楚尧：我的反侦察系统检测到的。有个人一直在马路对面的咖啡厅看我们。

季楚尧：我本来以为是在跟踪我，所以特地避开了你。结果他盯的人是你。

季楚尧的权限真的很高，甚至直接从自家公司生产的监控器后台调取了图像，发给司辰。

天气冷，图片上的人穿着厚棉袄，戴着帽子和口罩，灰扑扑的，很不起眼。

司辰放大图片，微眯起眼细看。现在是晚上10点，天已经黑透，好在道路两边的灯光很亮。尽管那人有所伪装，但司辰还是认出来了，照片上的人是谢云阳。

他神色十分平静，输入了回复：谢谢提醒。

季楚尧：你认识吗？需要帮忙吗？

司辰：认识，是我们公司的同事，隔壁实验组的领导。如果解决不了，我会求助的。

司辰关掉手机显示屏，屏幕上映出了他的眉眼，有些冷意。他还没想好要怎么做才能吃上饭，没想到饭还会自己跑来。

尽管被拒绝，季楚尧还是留下了自己在江川的住址。那房子位于江川区有名的富人小区，购入资格卡得很死，业主都是榜上有名的大户人家。

司辰独自提着幼儿识字书走上公交。现在过了下班晚高峰，但车上的人依然不少。

司辰打量了一圈车上的人，大家的面孔都很陌生，每个人的脸上都写满了冷漠和疲惫，重复着一眼可以望到尽头的人生。

公交车上播放着新闻："过去一周，世界范围内共发生一百四十六次空间折叠。其中5A级一次，4A级九次。据悉，5A级折叠区位于海上，暂无人员伤亡。"

听到这里，司辰略微挑起眉毛。他打开手机，找到季楚尧，发了一条消息过去：江川有发生高维入侵吗，最近？

季楚尧：有。但是为了避免不必要的恐慌，没有公开。

季楚尧慢吞吞发来消息，给司辰解释：这次发生的高维入侵时间短，但灾难等级很高，好在影响范围小，死亡人数也不多。江川区发生高维入侵的频率还没有超过一，在安全区界定范围内。江川区整整四千万人，为了治安，隐瞒比公开更合适。

对于大多数人而言，懵懂无知地活着，远比在焦躁不安中等待灾难降临要好。

当日的新闻播放到了最后一条："江川区长安街道107号胶囊公寓发现了潜逃十二年的恶性杀人案嫌疑人。该人涉嫌以残忍手法杀害了十七名儿童……"

司辰有些意外地看向屏幕。屏幕上的画面被打了一团马赛克，但仍然能看出当年的惨况。

半个小时后，公交车在站点停下。司辰走下车，撑开伞。雪还在下，他呼出的气氤氲出一团白色。

因为知道谢云阳跟着自己，司辰特地选了一条人迹罕至的小路。这条路没有监控，巡查的无人机也不会路过。

巷子里弥漫着一股恶心的气味，像是腐烂的生活垃圾混着下水沟的味道。司辰保持着警惕，一把实验用的手术刀在他手指间转动、飞舞，随时等着一击毙命。

一个圆圆的东西从远处骨碌碌滚了过来，蹲在垃圾桶上的野猫发出一声嘶哑的尖叫。司辰低头，发现滚到自己脚边的东西是一枚眼珠。

很小，不像是人的眼球。

司辰皱着眉绕开。

一直到走出这条小巷，司辰也没遇到任何人，只好把刀揣回了口袋。进小区之前，司辰瞟了一眼自己住处的门禁上挂的号码牌。

胶囊公寓107号。

* * *

谢云阳，或者说眼虫，论单打独斗，的确只有被摁在地上摩擦的份儿。它的特性是精神污染。任何智慧生物，只要活着，就会思考，那就有它的可乘之机。

早在司辰直视在收容箱里里的眼虫的第一眼起，这场精神污染已经开始，后续的接触只是在加强这种暗示。

眼虫驱使着谢云阳的身体跟踪司辰，并不是想在什么地方动手，它也不需要动手。它在等司辰自己走向死亡。

它静静地看着司辰走进107号公寓，手背上的眼珠像金鱼眼睛一样凸起，眼珠和皮肉连接的地方布满了血红的瘤子。

“他会在这里看见他最恐惧的东西……”

“谢云阳”的脸上是诡异的笑容。慢慢地，眼虫的身体和谢云阳的手背分离。它从肉里跳了下来，连带着身上的红丝一起，顺着公寓的墙壁开始攀爬。

像一株奇怪的藤蔓。

不知道是不是错觉，今天的气温比以往更冷一些，司辰收起伞时，手指都被冻得通红。

他坐电梯上了66楼。

01号房的住户养狗，大半夜了还在汪汪叫；02号房的男人房间里放着上个世纪的歌；03号是司辰自己住的房间；旁边的04号房被警戒线围了起来，锈迹斑斑的门紧锁着。

司辰一愣，打开小区的物业群一看，才知道下午被逮捕的那个逃犯房间号是6604，就在自己隔壁。

尽管入住了大半年，司辰和邻居们并没有什么交流。他只记得隔壁这户的主人身体微胖，安装了金属义肢，昼伏夜出；不出门的时候，经常大半夜外放影视剧。

有时司辰早起上班，正好能看见这个邻居回来。他眼睛总是眯成一条缝，看过来的目光黏腻而潮湿，像打量货物一样讨人厌。

司辰打开台灯，准备看会儿书再睡觉，门口挂的电话却响了起来。这是小区安装的门禁系统，供访客使用。

司辰在这里住了半年，这部电话还是第一次响。他思考片刻，选择接通，但显示屏上并没有人像。

电话里传来嘈杂的电流声，像信号不良；此外还有沉重的呼吸声，像野兽。

没多久，显示屏上有了画面。

一个头发乱糟糟的男人出现在屏幕上，他的眼睛很奇怪，眼白占了大多地方，脸上带着新鲜的血迹。他一字一顿地问司辰：“可，以，来，你，家，做，客，吗？”

是隔壁那个没见过几次的邻居。

司辰蹙起眉头，难道现在的治安差到杀人犯可以随便跑出监狱了？他坐在阳台的椅子上，转着手里用来削水果的刀。这把刀很锋利，必要的时候也能削点别的东西。

司辰想思考，然而大脑就像发烧一样，昏昏沉沉的。他拆开识字书，翻到了第一页，对长生渊道：“出来，教你认字。”

长生渊没有响应。

司辰的表情有些困惑，再次喊道：“小渊？”

没有回应。

司辰起身，来到镜子前，伸手摸向左边的义眼。他撑开自己的眼皮，用两根手指把义眼取了出来。

换义眼这么久，他的动作已经十分熟练。但今天，痛感在突然之间袭来，左边眼眶居然溢出了鲜红的血，染红了眼白。

司辰低头看向自己的掌心，这枚眼球的触感很真实，后面甚至粘着血肉。他一时间有些恍惚，心想：难道摘下来的眼睛是真的？

“长生渊呢……”司辰喃喃着，顺着眼眶摸索了片刻。

长生渊仍然没有任何反应。

疼痛让司辰的视线有些模糊，他的一张脸面无表情，但镜子里的人却缓缓扬起了一个夸张至极的笑。

敲门声在此时响起。敲门的人很有礼貌，“咚咚咚”，三下。

司辰把眼球装了回去，视线恢复清明，他完好的眼睛呈现出细微的血丝。血顺着他的左边眼角滑落，像蜿蜒的泪。

不知何时，司辰的鬓角全是冷汗。

长生渊不在？为什么不在？司辰拿手摁住突突直跳的太阳穴，隔着一层皮肉都能感觉到这里充血，整个脑子仿佛快要炸开。

大概是司辰迟迟没有开门，敲门的声音变得急促起来，像鼓点。深夜，邻居家的狗不吠了，唯独这里的敲门声震耳欲聋。

司辰拿起刀，站在门口。门外传来了“嗡嗡”的响声。司辰在玄关处的冰箱旁缓缓蹲下，把一面小梳妆镜放在了门缝边，刚好能让他看见门口的景象。

电锯齿轮从门外缓缓切入，很快就冒出了一个尖，大门火星四溅。司辰看着手里的小刀，又看向门上飞速旋转的锯齿，觉得自己遭到了生活的毒打。

男人在门上切出一个四四方方的矩形孔洞，然后蹲下，透过这个矩形孔洞看向屋内。狭小的房间里看不见司辰的影子。

“我知道你在家。”这位不怎么友善的邻居哀求道，“我已经很久没更新藏品了，我的房间里全是你的照片，可你一点机会都不给我。可怜可怜我吧，司辰。”

镜子里出现了男人的眼睛。他的眼周遍布褶皱，整张脸看起来更像一张干枯的树皮。他伸出手，摸索着找到门把手，准备开门。

司辰听见自己的心跳声越来越快，以至于手指都在打战，说不清是惧怕更多，还是紧张更多。他缓缓靠近，没有发出一点声音。在最后一刻，图穷匕见，把刀插进了男人的掌心。

男人在门外发出一声惨叫，想收回手，却被司辰抓得死紧。

男人的力气很大，手臂上血管凸起，肌肉紧绷得像石头，反手就想扭断司辰的胳膊。司辰却迅速拔刀，斩向对方最脆弱的手腕。

男人的手掌被齐根切断，横截面的肌肉像年轮一样，纹理分明。普通的刀很难做到这一点，司辰用的是公司的实验用刀，专门用来切割一些皮糙肉厚的高维生物。

趁此机会，司辰猛地拉开门，一脚踹向门口的男人。男人跌倒在地上，手里的电锯滑出老远。

司辰不停地喘息着，刺鼻的血腥味让他感到眩晕。求生欲控制了整个身体，他手里的刀毫无章法地乱砍，温热的血溅了一身。他表情冷酷地捂住邻居的嘴，以免对方发出引人注意的声音。对方在重重攻击下喘着粗气，牙齿把他的掌心咬得血肉模糊，慢慢地，挣扎的力度越来越小，终于不再动弹。

司辰的意识仍旧沉浸在幻觉中，他松开了手里的刀，在脑海里思考第二天要怎么和调查员解释自己只是正当防卫。

“要处理……干净，垃圾。”司辰低着头，喃喃自语。

那就放冰箱里吧。那里是整个房间里唯一还算大的储物空间，而且能隔绝气息。

司辰拖着邻居的衣领，来到冰箱前，打开冷藏室。冷气迎面而来，冰箱里满是断肢，被分门别类地装在抽了气的保鲜袋里。正对着司辰的是一颗高度腐烂的头颅，但司辰依然从头颅的面部轮廓认出了它的主人，是13。

但13不该出现在这里，他应该在庄山的孤儿院。

面前的头颅突然睁眼，神情怨怼。

“你这个疯子。”它张开嘴，吐出一大堆脏话，恨不得用嘴让司辰下地狱，“怪不得你家里人不来接你，你就是有病！”

司辰表情木然，把刀从邻居的脖子上拔出，扎进眼前这颗头颅的额头，13骂人的声音戛然而止。

冰箱塞不下了，那就出门扔掉吧。司辰一边想着，一边打开储物柜，准备换一套衣服。他的衣服被弄脏了，出去会吓到别人。

司辰的衣服都放在最下面的收纳箱里，他把收纳箱从床底拖出来的时候，感觉这箱子格外沉。他似乎又回到了从前那种病恹恹的样子，连拿个收纳箱都气喘吁吁。

司辰打开盖子，一股难闻的气味扑面而来，成群的苍蝇嗡嗡飞起。他被熏得反胃，不停地干呕，生理性眼泪从眼角溢出。接着，他屏住呼吸看向收纳箱，发现里面装着一个小孩。

尽管出现了尸臭，但奇怪的是，小孩的身体保存得很好，看上去像是睡着了一般。小孩手里捏着一封遗书，脸色苍白，嘴角却挂着甜甜的笑，看上去恬静又美好。

箱子里的小孩是司辰自己，或者说，小时候的自己。

司辰表情阴郁，打开遗书，里面只有一句话："为什么哥哥还没来接我?"

当初要把司辰送回孤儿院，哥哥是唯一反对的人。他的理由很充分："弟弟比我小，身体还不好，有基因病，他去安全区可以得到更好的治疗。我可以照顾自己，让我回孤儿院。"

他们的养父母身体抱恙，没有亲生的孩子，他和哥哥都是领养的。

但哥哥的提议被否决了。

被送回去的那天，司辰抱着自己为数不多的行李，站在门口，茫然地看着养父母的车越开越远。他像是意识到了什么一样，突然丢下所有东西，拼了命地往前跑，一边跑一边哭喊着："爸爸，妈妈，哥哥……不要丢下我!"

可是，那辆车没有停下。

司辰握紧这张纸，没忍住笑了起来，笑得直不起腰。他的头贴在地上，腰拱起，像一张拉满了的弓。

好疼啊，疼得快要站不起来。

也好累，累到想长睡不醒。

* * *

眼虫爬到一半，转头看了一眼下面。因为恐高，它差点身体一软，从墙壁上摔下去。

"已经到了40楼了，加油。"它在内心深处给自己打气，"等爬到66楼，就可以吃饭了!"

虽然眼虫现在十分虚弱，但它拼尽全力的精神攻击，对付人类这种低维生物已经绰绰有余。眼虫觉得，那个人类现在多半已经因为恐惧而陷入了崩溃状态。

“算算时间，应该快到噩梦的高潮了吧……”它在脑海里幻想了一下美味的长生渊，感觉自己又充满了动力。

司辰的梦还在继续。他坐在椅子上，手里握着刀，尽管双眼紧闭，眼皮底下的眼珠却在快速转动。

这时，他的手背上出现了一个奇怪的肉瘤，如同一只马上睁开的眼睛。

长生渊已经在司辰耳边叫了好多声“妈妈”，嗓子都叫哑了，依旧没能唤醒司辰。它急得在原地打转，整个身体快扭成一条麻花。

梦里，司辰停下癫狂的笑，喘着气站了起来。他打开灯，把邻居的尸体装进编织袋里。尽管深陷一场荒谬的梦境，他依然意识到了不对劲，只是他的大脑拒绝思考，正试图把这一切合理化。

“难道是高维入侵？”

编织袋突然动了起来，像是要诈尸，司辰又踹了它一脚，低吼道：“安静。”

想不通，不想了。

司辰扛着编织袋出门，就在他关门的同一时间，隔壁被警戒线围住的房门打开了一条缝。周围好像更冷了，司辰的身体被冻得发疼，他死死盯着这条缝隙，眼睁睁看着缝隙一点点扩大。

终于，司辰借着楼道的灯光，看清了站在门口的人，他突然笑出了声。

那个人穿着一条白裙子，有一张和他一模一样的脸，但比他稍微幼态一点，更接近少年时候的他，有一种雌雄莫辨的感觉。

白裙子问：“好久不见，介意和我说说话吗？”

没有等到司辰的回答，白裙子自顾自地继续说着：“来看你一次其实挺麻烦的。恭喜你成了进化者，虽然比我想象中晚了很多年。”

司辰的眉头蹙起：“什么意思？”他的手压在背后，紧紧握住了刀。

白裙子笑了笑：“不用害怕我。还记得我们第一次见面是什么时候吗？”

司辰垂下眼眸：“十年前。”

十年前，庄山区孤儿院，灵异入侵。

在那次高维入侵形成的折叠区里，他们遇到的高维生物和孩子们玩的游戏叫“躲猫猫”。所有小孩藏起来，由它来抓，被抓到的小孩会停止呼吸，变成娃娃。

后来，它抓到了司辰。然而，司辰没有变成娃娃，而是从身体里分离出了另一个司辰，叫作“白裙子”。

白裙子出来的瞬间，那个高维生物像见了鬼一样惨叫起来。白裙子重新回到司辰体内，操控司辰的身体，杀了折叠区里的所有高维生物，包括和他们玩游戏的那只。从那以后，司辰的噩梦有了新的素材，但也是从那以后，司辰再也没见过白裙子。

这是司辰从未开口对别人讲述过的恐惧。他在网上匿名咨询过心理医生，医生说也许是人格分裂，又或者单纯是幼年的他受不了刺激而产生的幻觉。但他知道，那不是。噩梦一直在他身边。

司辰忍住恐惧，看了眼白裙子的脸，又迅速移开视线，问："这是梦吧？"

"如果你想这么理解的话。"门口的白裙子轻声道，"这些年辛苦你了，司辰。"他像一只灵动的鹿，轻飘飘地跨过警戒线，抱住了司辰。

白裙子语气很温柔："你是我见过的最坚强的小孩，不会有事的，回去吧。"

梦境之外，司辰猛然睁开了眼，大口大口地喘着气。

头顶暖黄的灯光依旧笼罩着，窗外不知何时飘起了雪花。

长生渊惊喜地叫着："妈妈！肉！饿！"

司辰的脑袋还有些发沉，手背上凸起的痕迹早已消失，就像一场错觉。他刚想起身给自己倒杯热水，就看见一团暗红色的树杈子似的玩意儿从阳台翻了进来。这"小树杈子"长得挺别致，头顶还顶着个竖瞳的眼珠子。

眼虫看见司辰，立刻兴奋起来了。它裸露在外的树枝状的神经元迅速交替向前蠕动，一直挪到司辰跟前，近到只要伸出触须搭在司辰手背的标记上，就可以控制司辰的身体！

眼虫看向了司辰的手背："……标记呢？"

司辰冷笑了一下，举起手里的刀，毫不犹豫地扎向面前的眼珠子，把它树枝状的身体卷成了一团意大利面。

因为剧痛，眼虫浑身抽搐，发出了叽里呱啦的怪叫，像是在骂人。

眼虫说的是它们那个高维世界的土话，长生渊听懂了，可惜司辰听不懂，而以长生渊的智力水平，显然没办法给司辰翻译。

司辰烧开热水，把眼虫丢进水里。很快，新鲜的肉类由红转白，热腾腾的锅里飘出一股肉香。司辰喃喃道："好久没见过这么贴心的外卖了。"

这年头，想吃顿非合成食品，价格可不便宜。因此，司辰对送上门的"外卖"处理得非常郑重。他把"意大利面"卷成一团，在中央敲了一个无菌溏心蛋，又撒上了碎芝士和海苔作为点缀。

吃起来口感介于空气巧克力和云朵蛋糕之间，蓬松柔软，还会爆浆，汁水丰厚。只是司辰不太喜欢吃甜食，嗓子眼有些齁。

司辰能感觉到，长生渊在他身体里快乐地游动起来："妈妈，好吃！开心！"

不知道为什么，司辰心里生出了一种别样的满足和成就感。慈悲、同情、奉献……高级的情感总是舍己为人的。司辰在自己都没注意的时候，已经默默承担起一部分母亲的职责，比如给孩子找饭吃。

吃完，司辰拆开了幼儿识字书，清了清嗓子："出来，上课。"

长生渊不知道什么是"上课"，但是它明白"妈妈"在叫它。它一拱一拱地顶开义眼，乖乖爬到了识字书面前。

"跟我念，天地玄黄。"

"吱吱叽叽。"

"宇宙洪荒。"

"鱼……吱……"

就像学霸不一定是好的老师，司辰已经完全不记得自己是怎么启蒙的了。他六岁就在养父家里看完了高等数学。在他眼里，读书就是和呼吸一样自然的事情。

在孤儿院启蒙时，司辰看一遍就记得怎么写字，听一遍就能背诵全文，完全不能理解为什么有人会听不懂。所以，在孤儿院里被打，他也不是完全不能理解。

但显然，不是所有人都有这样优越的条件。

司辰刚念两行，长生渊的身体就摇摇欲坠，没多久就瘫在书上睡着了。长生渊的第二个头更大了，看上去就像一个大写的"Y"，隐约有向"X"的方向发展。

司辰拿手戳了戳，长生渊不仅没醒，还从腹部流出好大一摊水。他还以为这东西的身体出了点毛病，但研究了一下，发现这些透明液体应该是长生渊的唾液，在圆形的口器里积攒了满满一包。

司辰有些嫌弃地去镜子前洗了手。他想起了梦里的场景，下意识抬头看了一眼镜面。

镜子的边框灯亮起，照亮了司辰有些苍白的脸。精致、疏离，明明已经二十二岁了，依然是一张介于少年和青年之间的脸，很讨喜。

没有异常，世界还是正常的。

司辰重新低下头。但他不知道，镜子里的人并没有跟着低头，而是居高临下地俯视着他，露出了一个浅浅的温柔的笑容。

* * *

因为长生渊的不配合，司辰没有把它放回体内，而是裁剪出一个牛奶盒，把它装了进去，并塞了几团棉花作为被子。

第二天，司辰醒来的时候，长生渊已经回来了。盒子里还留下了一些黑色的皮蜕。这些皮蜕有厚厚的肉质感，闻起来像晒干的香菇。

司辰打开手机，点进官网，以"长生渊""蜕皮"为关键词进行搜索，可惜一无所获。他思考片刻，准备拿到实验室进行解剖研究。

今天的气温是零下二十度，司辰穿上了公司发放的防寒服，但出门走两步就热出了一身汗，只好回家脱了两件。

昨天夜里下了很大的雪，积了厚厚一层。不是白色，有些微微的发黄。

在大灾变的早期，为了防止折叠区内的高维生物跑出来屠杀人类，联盟曾经丢过好几个核弹，试图销毁灾变区。很遗憾，这一措施没有成功。高维入侵依然随时发生，收割生命，而这一错误的决策也让全世界被核阴霾笼罩，抵消核污染、工业污染的基因药成了人类的必备品。时至今日，大家也没能见到干净的降水。

司辰来到公司，换上防护服，过安检，到了实验组。同事们都在各自工位上“摸鱼”，司辰独自一人走进操作室，顺便给门上了锁。

“这个‘卷王’!”小张看着他的背影，掏出了昨天没算完的数据，愁眉苦脸，“自从司辰来我们组，我们小组进度已经连续四个月排第一了，绩效奖都多领了十几万。就是天天加班，我回去后还要自学大学课程，已经三个月没有夜生活了。”

同事小王也叹气：“是啊。听说司辰只愿意签一年劳动合同，要不然也不会被分到我们组来。这种被带着赢的感觉太舒服了，真怕司辰走了以后我写不出论文综述……”

隔壁组的员工拿着实验资料路过，对着一群“凡尔赛”握紧了拳头：可恶，为什么这种好事轮不到我们组!

作为被议论的当事人，司辰正在认真研究长生渊的皮蜕。

长生渊的皮蜕并不难切割，司辰小心地切下一点。横截面流出了香甜的汁水，有些淡淡的腥味，像三分熟的牛排切开后，从肌肉纤维里淌出来的肌红蛋白。

分析仪给出的数据是一团乱码，唯一能确定的是这东西活性很高，堪比不断增殖的癌细胞。司辰从冷冻柜里取出一点点基因药原液的样本，进行数据比对，发现市面上流通的3级基因药活性只有这东西的十分之一。

司辰又打开公司内网查询长生渊，发现都是保密资料，他能得到的信息很少。

【高维生物：长生渊】
产地：八维宇宙，混沌文明
特性：（保密）
危险程度：S
入药部位：（保密）
市场指导价：拍卖

既然有入药部位，那证明是能吃的。

“能吃吗?”司辰问。

自从种植长生渊后,所有奇怪的东西在司辰这里都分成了两类,能吃和不能吃。

长生渊已经苏醒，思考了片刻，脆生生地回答:“吃!”

司辰把皮蜕收好，用真空塑料袋封上，重新装进了自己的口袋。

* * *

司辰还是比较热爱自己这份工作的，如果不是热爱，也没办法在日复一日的枯燥实验中出类拔萃。可惜才上了半天班，他又被叫了出去。

谢云阳的遗体在司辰居住的公寓附近被扫地机器人发现了。听说早上被发现时，人还“站”在小区绿化带，都成了一个雪人。谢云阳遗体的手背上有个窟窿，残留着高维生物的气息。根据检测，死因是猝死。

司辰走进组长的办公室，一眼就看到了身穿黑色制服的姜亦尘。安管局的制服款式是改良版军装，腰收得很好，衬得人容光焕发。

司辰的表情是恰到好处的意外。他把视线投向组长，询问:“组长，叫我来有什么事吗?”

组长“嘶”了一声:“司辰啊，你知道吗，谢主任今天去世了。”

“什么?”司辰不可置信地瞪大眼,“昨天我还见过，怎么今天就没了?”

组长搓了搓手:“而且谢主任就死在你家附近，你昨天也见过他……所以，安管局的同志们来了解一下情况。”

小区是有监控的。根据监控，谢云阳是一个人走进小区绿化带的，直到他的遗体被发现，一共有四个人经过绿化带，安管局正在逐一侦查。

这四个人里并不包括司辰。

107号胶囊公寓是蛇杖基因的员工安置点之一，但谢云阳的家并不在长安街道。他出现在陌生的小区，本身就非常诡异。

姜亦尘和高维生物打了好多年交道，很清楚杀人并不需要当事人在场。

这是短时间里，姜亦尘和司辰的第二次见面。根据资料，对方并不具备作案能力，但姜亦尘依然发现了一些异常。譬如，司辰每个月从医院领取的超份额的基因药，已经完全是可以提高普通人体质的用量。

在学校上课时，他的导师就告诉过他，一切巧合都不是巧合，背后必然有因和果。他眼眸里出现了一排小光圈，一帧一帧地分析着司辰的神态。

没有异常。

姜亦尘开始询问:“你昨天晚上在干什么?”

司辰:“我到家，看了会儿书，就睡觉了……”

“你和死者是什么关系?”

“见过几次。普通同事。”

“你最后一次见到死者是在什么时候？”

司辰的声音迟疑了一瞬：“公司里。和同事一起去送实验体。”

姜亦尘骤然提高了声音：“你撒谎！”他死死盯住司辰的脸，像是看见狡猾的狐狸露出了尾巴。

要让人打消怀疑，最好的方法就是让对方自以为发现真相，然后马上推翻这个真相。

听见姜亦尘的话，司辰几乎是控制不住地想笑。他咬住下唇，看上去被吓了一跳，怯生生道：“其实昨天，我朋友刚好来找我。他跟我说谢主任在跟踪我，并且给我调了监控截图……”

姜亦尘下意识反驳：“不可能，一般人没有这个权限。”他调监控都需要先用官方账号登录后台呢。

司辰拿出手机，给姜亦尘看了他和季楚尧的聊天记录。聊天记录显示是谢云阳在跟踪司辰，很像什么死变态。

组长连忙道：“喔，对了，姜队您有所不知，谢云阳之前做科研，很多项目都是抄的司辰的论文。唉，但我确实不知道，他还会跟踪人家啊。真是的，快五十岁的人，还这么冲动。”

姜亦尘：“……”可恶，为什么脸有些疼。

很快，季楚尧也作为证人之一来到办公室。

看到季楚尧时，姜亦尘的表情很意外。他妈妈姓楚，季楚尧的妈妈也姓楚，两人勉强算是远房亲戚，但辈分差太远，很难遇上。

姜亦尘进安管局之前，他爹就发来了一沓照片，告诉他这些人管不得，管了容易出事。季楚尧就是其中之一。

“我在路上大致了解了事情经过。”季楚尧的语速不急不缓，“姜队，这应该是误会。我查了死者去年的公司体检报告，他的身体一直都不好，做过几次修复手术，加上最近一段时间经常熬夜工作，猝死的概率在百分之零点七到百分之一点四之间。”

这概率，已经比很多游戏的SSR（超级超级稀有）掉落概率都高了。

最主要的是，姜亦尘只是怀疑，本来也没有证据。他收起录音笔，最终不是很乐意地说：“抱歉，是我误会了。”

安管局的人很快离开。

司辰看着姜亦尘离开的背影，微微松了一口气。在安全区，想要好好吃顿饭，还是不太方便。

或许可以去灾区碰碰运气。司辰的脑海里冒出了这么一个危险的想法。这很不合理，要知道司辰一向惜命，是彻头彻尾的保守主义者。只能说，养孩子令人盲目。

因为下午的意外状况，组长体贴地给司辰放了半天假，让他回去好好休息。

一起走出公司的时候，季楚尧微弯下腰，轻声询问：“真不是你干的吗？”

司辰平静地回答：“您太高看我了，我没那个能力的。”

季楚尧没有继续这个话题。“长生渊要藏好。”他低声道，“它比我送给你的义眼贵多了。这也是我希望你考高维学院的原因之一，只要你够强，就不会有人在意它是怎么来的。”

季楚尧的表情甚至逐渐冷漠起来，眼里散发出微微的光晕：“你救过我，我的命很贵，所以我可以帮你很多次，但不可能永远庇护你。你是一个值得投资的商品，我希望我的投资会有价值。”

从天而降的鹅黄色雪花落在了季楚尧的鼻尖。普通人的皮肤大概会因为这片雪而出现烧红的痕迹，但这片雪却在瞬间蒸发。

这时候的季楚尧让司辰感觉有些陌生，但他觉得，这个季楚尧相处起来要比之前轻松很多。毕竟，能谈钱的事，不要谈感情。

司辰微微点头：“我明白的，季先生。”

“图灵。”

“什么？”司辰没反应过来。

季楚尧道：“我的另一个名字。”他的声音是轻微的机械音。

图灵，这名字很耳熟。

司辰回家，打开电脑，点击查看季楚尧的网络资料卡。

季楚尧，网名图灵。

因为醉心学业，司辰平时不怎么用社交平台，但他听说有些人的确喜欢别人用网名叫自己，还视为一种流行。

就在司辰这么想着的时候，对方刚好发来了讯息，是三个坐标。

季楚尧：这三个地方都在江川附近，根据检测，最近一周都会发生空间折叠，危险程度为A级。你感兴趣的话，可以去看看。

三个坐标都在江川和其他区的三不管地段，这种大片的无人区，俗称“野区”。官网上，人们通常把去野区开荒称为“下副本”。

季楚尧继续发来消息：学校招研究生的选拔方式，就是看考生在空间折叠区的生存能力，此外还有机械使用能力。简单来说，你可以不进行机械改造，但不能不会使用机械。

机械武器包括外骨骼、义体、小型枪械、轻工武器等，对于大多数普通人而言，机械是他们对付高维生物的唯一手段。像司辰这种兜里没几个钱的五等公民，唯一摸到机械武器的机会是在大学的军训。除此之外，八方科技出品的全息游戏也能作为训练的补充。

娱乐是属于有钱人的。因为上学是“学畜”，上班是“社畜”，司辰所有时间都用在讨生活上面，这么多年连个游戏账号都没注册过。

季楚尧：我家有训练场，配备有市面上所有流通的机械，市面上不流通的也有哦！

季楚尧：来吗？

司辰：来。

他承认，这是自己无法拒绝的诱惑。

* * *

约好了见面的时间，司辰关掉社交软件，去公共浴室洗了个澡。

才过了两天，隔壁6604门口的警戒线已经撤下，过段日子，就会有新住客入住。这种住过杀人犯的胶囊公寓会比其他公寓便宜许多，但这里是安全区，只要在租房软件上发布资讯，这个空房间很快就会被疯狂争抢。在穷鬼面前，别说是杀人犯，就连真正的鬼都要退避三舍。

因为心情难得不错，司辰靠着走廊的阳台欣赏外面的风景。高楼林立，富人的悬空车在半空中飘浮着，巨大的荧幕上播放着机械核心最新款义体的广告……

这座城市永远都是亮堂的。

第一次来江川的时候，司辰就震惊于这里有好高的楼，好高的天。每个普通人都是这座钢铁丛林中的齿轮。秩序、礼仪、文明，这是灾区永远不会拥有的景象。

但光鲜亮丽的高楼大厦不是他的，窄得不能呼吸的鸽子笼才是他的。房子里不能烧热菜，要不然呛人的油烟味会一直留着；睡觉不能翻身，要不然会掉到床下去；下雨天不能用桌子，因为桌子在没装玻璃的阳台上放着。

他过去所有的努力，不过是为了还算体面地活下去。没有理想，没兴趣改变这个时代，平庸而无趣，实在不值一提。但现在，因为成了进化者，他大概能选择一条看上去更宽广的道路。

司辰转身走进自己的房间。

今天照例是要给长生渊上课的，但是经历了昨天的痛苦，长生渊死活都不肯出来学习。

司辰用手机搜索了半天“孩子不爱学习怎么办”，看到第一条就忍不住冷笑出声：“父母教育方法有问题？开什么玩笑。”

司辰甚至摘下了义眼，试图把长生渊从自己的身体里掏出来，但怎么也没找到它在哪里。他只好作罢，看了会儿论文就上床睡觉。

睡到半夜，司辰骤然被一种奇怪的感觉惊醒。

一天前，司辰吃掉了送上门的“外卖”，现在，那份“外卖”终于消化完了。这种感觉很舒服，就像飘浮在云端。身体暖洋洋的，仿佛回到了母亲的子宫。

司辰的呼吸沉重起来，随之而来的是一种强烈的令人亢奋的愉悦感。他在这一瞬间甚至明白了为什么会有人嗑多巴胺片上瘾，因为单凭意志力真的很难抵抗这种快乐。

大脑产生的愉悦感只是为了抵御身体内部的另一种疼痛。司辰的皮肤表面鼓起一个个肉瘤，像极了长生渊的口器。苍白的肌肤下，深黑的血液涌动，如同滔滔的长河。

刺痛在瞬间袭来。

“呃！”司辰短而急促地叫出了声，他死死咬住自己的下唇，呼吸里都是潮湿的水汽。他的身体变成了一个被注入了过量液体的容器，又像是超载运行的旧电脑，正处于崩溃的边缘。

司辰的金属义眼闪过无机质的冷光，他低头，看见了手背上鼓起的一个个肉瘤。不仅是手上，他体表的每一寸皮肤上都冒出了这样的怪东西。

如果司辰身边有一位长辈，那么长辈会告诉他，这是生物进化过程中，因为种植寄生物而产生的不可避免的同化现象。这种同化，才是大多数人生物进化历程里最重要的部分。

但司辰身边没有这样的引路人，所以他对发生在自己身上的事情格外迷茫。他拿出手机，把官网上和长生渊有关的资料都看了一遍，又换了几个关键词，零星搜索到了那么一些线索。

哪怕是在官方网站，大多数讯息都是闭塞的，进化领域的后来者只能摸着石头过河。

司辰翻出了藏在枕头底下的刀，瞪圆了眼睛，像警惕的动物。

“小渊？”司辰的语气里有他自己都没察觉的惊慌。

长生渊：“吱，吱！”

司辰听不懂长生渊的话，但他察觉到了小怪物语气里的安抚意味，紧绷的神经微微放松了一点。

疯狂涌动的黑色血液从破裂的血管里溢了出来，因为高温和失血，司辰的意识有些模糊。

周围的温度似乎太低了。这不应该，棺材房虽然小了点，但有中央空调控温，四季如春。

司辰往自己腿上扎了一刀。他不想失去意识。但意料中的疼痛并没有到来，他感觉自己的刀仿佛刺进了一团奶油里。几乎是刀刚拔出来，那个深可见骨的伤口就以肉眼可见的速度愈合了。

不知道躲哪里去的长生渊终于出来了，用细长的触手卷起司辰的手腕，阻止了他的自残行为。

长生渊比第一次见面的时候大了很多，起码有一枚五角钱的硬币那么粗。它的确分裂成了“X”形，除此之外，触手上还长出了一只眼睛。圆圆的眼睛和圆圆的嘴，大圈小圈的，看着有种令人窒息的眩晕。

单看这个体积，长生渊是绝对不可能塞进司辰眼眶里的。

因为新长出的眼睛，长生渊学会了观察。它卷起触手，顺着司辰的腰往里摸摸，摸到了司辰藏在口袋里的皮蜕。

这曾是它身体的一部分，正常的长生渊进化蜕皮，都会把这个东西吃回肚子里去。

长生渊撕开包装袋，蠕动到水槽前，努力地扭开水龙头。它的两根触手像搓衣服一样，使劲揉搓着手里那香菇片一般的皮蜕。司辰教过它，东西要洗干净才能吃，虽然它并不明白是为什么。

洗完，长生渊又从地面滚回了床上。司辰睡着的地方已经被汗水和血水浸透，长生渊蠕动到司辰面前，摊开了这片“香菇干”。它对比了一下司辰嘴巴的大小，很体贴地把“香菇干”撕成了细条。

司辰在半昏迷的状态闻到了让他难以拒绝的香气，于是长生渊很顺利地把“香菇干”塞进了“妈妈”嘴里，“妈妈”有些尖的牙齿甚至咬住了它，触手尖尖渗出了一点点汁液。很快，司辰身体表面的血红色的瘤子消退下去，随之出现的是细细密密的黑色鳞片。看上去很柔软，实际上却是长生渊这一种族最强的盔甲——尽管司辰体内的长生渊还没长大。

新生的鳞片很快就消失了。对于低维生物而言，一直维持着这些鳞片，会对身体造成很大的负担。

长生渊作为被食欲驱动的种族，互相吃对方的身体是表达爱意的最高方式。

“妈妈”吃掉它了。

长生渊捧着自己黑黢黢的脸蛋子，感觉自己现在非常幸福。

司辰第二天起得有些晚，醒来的时候已经日上三竿。他抓起手机看了眼时间，已经10点30分，上班迟到了，完蛋。

但有句话叫债多不愁，在短暂的懊恼后，司辰很淡定地和组长请了半天假。

组长：好，行。

组长：半天够吗？要不要再多放一天？

组长最近真是越来越好说话了。

司辰：够的，谢谢组长。

他起床，站在了盥洗池前。

镜子里的人让司辰有一瞬间的陌生感，他感觉自己的身体内部多了一个洞穴。这个洞穴并非真实存在，更像是某个能量存储的节点。按照官网上的说法，他抵达了第二天梯，成了2阶进化者。如今这个洞里，堵着一枚眼珠子，但还很空，需要其他东西充填。

尽管还没认识几个进化者，但司辰觉得，自己的进度好像快得有些离谱。他想了想，打开手机，问季楚尧：你当初到第二天梯，花了多久？

季楚尧的回复很迅速：三个小时。

季楚尧：不过我是特例。

司辰：正常情况下大概需要多久？

季楚尧：我的堂哥表哥普遍是两到三天吧。超过七天，只能说资质平平了。

季楚尧：每个天梯的强度是呈指数上升的，前面四个天梯其实都很弱。

季楚尧这话其实充满了“何不食肉糜”似的无知。

首先，机械改造本来就比其他类型的改造速度快很多。这是一条众所周知的捷径，只要科技堆得够多，进化是水到渠成的事。

其次，季楚尧姓季。他周围人要么姓季，要么姓楚，都是大家族嫡系中的嫡系，从小几乎是顶级进化液泡澡，基因药洗脚，能源石当弹珠。在这样的灌溉下，从走上进化之路开始，七天上2阶的确是资质平平。

不过，司辰是不知道这些情况的。

司辰：哦。

看来又高估自己了。

第四章

进化者

CHAPTER 04

玩家1401827。

清晨，季楚尧睁开了眼。

作为一个机械改造人，他其实并不需要太多的睡眠，但依然保留了人类的一部分习惯。

窗帘自动拉开，露出了外面的雪景。最让人惊叹的是，这不是LED屏幕制造的假象，而是真正的雪山。

在繁华的市中心，季楚尧所在的小区里竟然有座人造雪山。空气过滤器自动调低了气温，吹出的气体带着雪山的寒气。

今天是周末，打工人可以不上班。

虽然季楚尧一直都不用上班，但“社畜”司辰会来他家里做客。

在经过二十多年的改造后，季楚尧已经不需要食物来维持生命。他已经替换了部分内脏，每天只需饮用调配好的营养剂。

虽然都叫“营养剂”，但和底层人用来充饥、勉强维持生存的营养剂不同，他饮用的营养剂更像是进化液、修复液、能源液的混合体。因为是在康复治疗期，他喝的营养剂比日常版更贵。

过去的富豪在吃上面再怎么花钱，也是有上限的，但自从高维入侵发生后，这个上限已经消失了。

季楚尧家里只有他一个人，但他有很多设定好程序的智能机械陪同。智能程度最高的就是长得像水桶的智能管家，它们靠磁悬浮悬在半空，移动速度极快，能随时出现在主人需要的地方。

管家 1 号：“截至早上 6 点，所有食材已经空运过来了，厨师正在厨房待命。”

管家 2 号：“已检查完军火库，所有机械武器均可正常使用。”

管家 3 号：“已关闭家里所有监控，确定老爷不会偷偷调取后台数据。”

“对，我们还检测到，老爷正在公司门外等夫人下班。老爷已经等了三天，夫人还在加班。”

季楚尧点了点头，感觉目前万无一失，十分满意。

因为季楚尧说“资质平平”，司辰很快从那种兴奋的状态抽离出来。第二天，他打车到了季楚尧所在的山庄。

因为季楚尧提前开通了临时通行权限，保安不仅没有阻拦，还亲自开车把司辰送到了季楚尧家门口。

季楚尧住的别墅有三层，别墅呈半开放式错层，花团锦簇，很漂亮。

司辰摁下门铃，片刻后，季楚尧打开了门。

“来了？”

司辰深吸一口气，拿出了在路上买的花。是空运来的鲜切花，一束差不多花掉他三天工资。

“见面礼。”他把花递过去，有些磕磕绊绊地解释道，“希望你喜欢。”

司辰承认，自己的心态有些别扭，仿佛这束花送出去，他们就是可以互相平视的朋友，而不是施舍和被施舍的关系。他还太年轻，还不知道该如何处理这种不求回报的示好。

季楚尧明显有些意外，他接过花，脸上露出了笑容：“谢谢，我很喜欢。”

这束花被智能管家插在了客厅的花瓶里。望着主人的背影，管家 3 号困惑地挠了挠自己的金属头：“明明原本的花更贵，少爷为什么要让我换掉……”

真是奇怪的人类。

季楚尧说的训练场在地下一层，出入需要身份验证。

尽管是在地下，但出乎意料的是，这里并不昏暗。天花板上有射灯，走廊也贴了光带，无论是温度还是颜色都是模拟的自然光线。

季楚尧给司辰展示了一整面墙的枪械：“这是市面上流通的一些型号，除了没装配能源泵的激光枪和电流枪，里面都是装的空弹。”

每把枪械的金属光泽都异常动人，配上莹白的环境灯，简直令人怦然心动，司辰觉得自己心跳开始加速。

季楚尧微笑道：“这些枪械你都可以随便用。有不会的，我可以教你。”

“这个训练场需要配合全息设备和神经导电线使用，”季楚尧尽量让自己的说明浅显易懂，“会构建人类已知的空间折叠区的环境，强度上限是 2A 级。但需要特殊的装备支持。你可以假装这是全息网游，不过地图会小一点。除此之外，你也可以选择进入全息游戏进行训练。只是现在脑机技术还在探索阶段，不能完全复原感官，全息游戏里训练没有线下这么好的效果。”

司辰回答：“好。”

季楚尧帮司辰连上了神经电线。

“实战才是积累经验的最好方式。”季楚尧摁住司辰的肩膀，让他坐在座椅上，替他戴好了感应设备，“放心，很真实。但不会……”他的声音顿了顿，“重伤。”

对疼痛和死亡的恐惧，才能训练出战斗的本能。

随着季楚尧启动仪器，司辰感觉到了一股失重感。在极其短暂的眩晕后，他眼前的世界变了模样。他来到了一片热带雨林，这里的场景都格外真实，甚至能闻到空气里潮湿的草木腥味。

就在几米开外，一只蛾子人正虎视眈眈。

司辰手里有一把刀，重量和长度都刚刚好，他的耳边传来了季楚尧的声音——

“冷兵器是人类最原始的武器，在空间折叠区，它的适用范围比热兵器更广。你最好先学会冷兵器，热兵器只是冷兵器的延伸。

“你才刚开始练习，我选了你最熟悉的场景——我们初遇的地方。以后，我还会教你认识更多类型的高维生物。你要学会战斗，不要浪费你的天赋。”

几乎是季楚尧的话音刚落，眼前的蛾子人就开始振翅，尖叫着朝司辰袭来。司辰下意识地闪避，蛾子人的翅膀划过他的脸侧，脸上有火辣辣的痛感。他用手一抹，竟然有血。

现实还是虚拟？真实的判断标准在这一刻变得极其模糊。

司辰看着趴在树上的蛾子人，身体已经自动分泌肾上腺素，判断眼前出现了危机。

他握紧了刀。

“杀了它。”季楚尧冷冷道。

虚拟训练场的变形金属在主系统的操控下不断改变着形态，便于模拟真实场景和高维生物的质感。譬如司辰之前对上的蛾子人，在没连接系统的季楚尧眼里，就是一个会飞的铁疙瘩。

季楚尧撑着胳膊坐在一边，他面前的小方桌上是奶茶和数据分析表。表格上，司辰的所有数据都一览无余：体力、耐力、爆发力、准确率……

从开始训练到现在，已经过去五个小时，司辰累计遭遇十一只模拟高维生物，成功七次，失败一次，平手三次。这里的“平手”，指的是和高维生物同归于尽。

司辰整个人就像是从水里捞出来的一样，身上也出现了不同程度的擦伤和红肿。就像季楚尧说的，他不会重伤，但不代表不会受伤。

司辰用刀的动作越来越熟练，也越来越干净。干净，意味着效率高，更少的耗能，更强的攻击力。

终于，因为体力不支，司辰踉跄了一下，单膝跪倒在地上，再也没能站起来。

季楚尧见状，中断了精神连线。

骤然回归正常世界，司辰被头顶刺目的白炽灯光照得头晕。他瘫在地上，大口大口地喘气。

季楚尧摘下司辰的虚拟眼镜，不出意外地看见一双通红的眼眸。

“杀红眼了？”季楚尧问。

司辰回忆起虚拟世界里的濒死体验，没忍住摸了摸脖子：“……我是不是有几次真的死了？”

医学上有个假说，如果一个人的大脑觉得自己死了，那这个人可能真的会死。

季楚尧没有否认：“嗯。不过系统检测到玩家大脑认为自己死亡时，会释放神经电流，让玩家清醒。不用太担心。”

他看了眼时间，朝旁边的机械人挥手：“1号，扶客人去休息吧。”

司辰这一觉睡得很好，醒来的时候神清气爽，完全没有运动过度的酸痛。面前的装潢十分陌生，以至于他适应了两秒，绷起的身体才缓缓放松。

这间客房比6601到6610加起来都大，司辰甚至能在床上打两个滚。靠在墙角的机器人管家N号缓缓来到他面前：“客人，需要饮料吗？”

管家打开自己的腹仓，左边是冷藏室，右边是恒温室，里面装着各种颜色的新鲜饮品。

“牛奶、果汁、酸奶，都是纯天然食品哦！有其他喜欢的，也可以告诉我们，我们会为您准备。”

现在的食品主要分四类：第一是司辰常吃的合成食品；第二是转基因食品，转的是高维生物的基因；第三是前沿科技制作而成的营养剂、营养膏之类；第四是纯天然食品，灾变前人人都吃，灾变后已经是有钱人特供。

管家说的纯天然食品，司辰没吃过，但网上的帖子说，由于人类刻在基因里的记忆，纯天然食品吃起来异常美味。

司辰拿了瓶西瓜汁。在实验室栽培出的美人瓜又大又甜，榨成汁，再添加熬好的冰糖。他是抱着“来都来了，不能浪费”的决心喝下去的，没想到味道意外得还行。

翻车是翻在中午的饭上。

厨子是从隔壁区调来的，是2阶进化者，安装有机械臂，掂勺稳得很。据说曾经在空间折叠区发现了失落的菜谱，如今自称川菜唯一传人，在外面一饭难求。

平心而论，餐品的摆盘很不错，闻起来的味道也还可以接受。但司辰吃了一口，只能默默放下碗筷。

长生渊不停干呕：“难吃，难吃！”

这也是没办法的事，这些东西都不在长生渊的食谱上。

司辰只好问：“有营养剂吗？”

季楚尧：“有的。”

营养剂是装在透明袋子里的，颜色深黑，看不出什么成分。

两人一人一袋，坐在餐桌两头。司辰觉得这包营养剂很好喝，因为刚从冷藏柜里拿出来，味道和口感都像是青花椒冰激凌奶昔。只是季楚尧一边喝一边笑眯眯地盯着他的脸看，让司辰觉得自己是一道用来下饭的菜。

司辰挪开视线："下午继续吗？"

季楚尧抿了口营养剂："好。"

其实，在虚拟训练场内，因为过于频繁和真实的濒死体验，很多训练者会留下心理创伤，好几天爬不起来也是常有的事。会主动要求继续的是少数。

季楚尧也经历过这样的训练，不同的是，他用的"道具"是真货，是季家的护卫队从空间折叠区里抓回来的。

倒下，再站起来，重复这样的过程。在上千个同宗里杀出一条血路，证明自己有资格成为继承人。只有面临过死亡，才知道自己的渺小。也只有一次次死里逃生，才能训练出置之死地而后生的勇气。

季楚尧是被精心修剪的松柏，所有人都期待着他在未来撑起一片天，而不是留在温室，当一株漂亮的观赏植物。

楼下，在贮藏室忙碌的机器人管家 1 号盯着监控："这么贵的营养剂……这么贵的营养剂！少爷自己都只有几袋，怎么可以给客人喝！"

2 号拍了拍它圆柱形的身体："但是少爷好久没笑得这么开心了。"

1 号觉得 2 号的台词有点糟糕。

在季楚尧家里做客的第二天，司辰终于摸到了机械武器。

当年大学军训的时候，司辰也抓住机会学过一段时间。负责军训的教官是隔壁大学高维学院的男研究生，和司辰意外地投缘。可惜大学军训只有两个月，一结束，那位教官就回去参加封闭训练了，还提到了什么家族培训，说什么毕业后再回来找他……这么多年都没再出现过，也不知道是死是活。

想到这件事，司辰难免有些分心。好在他的情绪伪装一向到位，季楚尧作为老师，压根没发现自己的学生走神。

季楚尧丢给司辰一本《机械原理》，道："这是我大学用过的教材。"

不进行系统学习，连武器的操作台都看不懂。

司辰翻了一下。季楚尧显然不是那种务实型学霸，教材上的笔记寥寥，但字迹很有气势，而且点出来的都是关键。他没有立刻接受，而是看向季楚尧的眼睛："现在的我没办法回报你，也没有东西可以拿来交换，季先生。"

尽管季楚尧给出的都是他自己用不到的、多余的资源，但依旧是司辰负担不起的价格。

季楚尧撑着胳膊肘坐在他旁边，思考片刻，道："你有。"

他指的是长生渊。

司辰的语气很坚决："我不会拿它换任何东西。"

这种态度甚至和长生渊本身的价值无关。长生渊叫他“妈妈”，而他的确有些把它当孩子了。

长生渊听见了司辰的话，有些高兴又害羞地把自己盘成了一个圈。

司辰:“如果这是交换条件的话，抱歉。”他把书轻轻地推了回去。

这本教材在学校内部随处可得，但在黑市上，却是千金难买的禁书。知识是昂贵的。

季楚尧没忍住,笑了起来:“这是一笔投资。在你身上的投入对我来说不算什么，但是你越强大，我的回报才会越高，司辰。

“不过，没有人投资是奔着亏本去的。如果需要，我会使用你。”

当然，季楚尧觉得，不会有那么一天。

司辰接受了这个说法，郑重道:“好。”他很快投入学习中。说是“学”不太对，因为季楚尧过两天就要走，时间有限，他是死记硬背。

死记硬背，这对司辰来说，并不是个贬义词。

小时候，孤儿院的教育资源总是很有限，学的东西也非常浅显，根本没办法让他们通过小升初考试。为了考学，司辰每周都会想办法搭公交车，去市里的图书馆背资料书。

一开始背起来还有些困难，时常忘记，后来他的记忆力被训练得越来越好。再后来，一天时间里，司辰能背十几本教辅，赶末班车回去，然后靠回忆去学习、理解书上的内容。

背书，这对他来说是最高效率的学习方法。

一共四百六十七页的《机械原理》，司辰背了六个小时。他在脑海内搭建好了框架和资料库，下午和晚上继续投入训练。

这一次，虚拟训练室模拟出的场景是机械文明，司辰的武器是市面上流通最广的新能源枪，敌人从乱七八糟的虫子变成了智械和仿生人。

司辰的耳麦连通了季楚尧的蓝牙，而季楚尧的声音依旧温和:“对付智械，需要捣毁它们的能源核心。”

* * *

《高维入侵》是八方科技旗下知名度最高的全息游戏，只对进化者开放注册权限。因为虚拟设备昂贵的价格，能随时随地玩上这款游戏的人非富即贵。

事实上，季楚尧家里的虚拟训练场就是游戏设备的一部分。司辰甚至不知道，在第一天接通神经电流的时候，系统已经自动为他创建了账号。

玩家1401827。

这个编号，也是司辰在进化者协会官网上的UID（用户身份证明）。账号设置的隐私权限是不可搜索，不对外展示，因此大家只知道有这么一个人，却很难知道具体是谁。这款游戏的目的只有一个，就是依靠游戏结果反馈出的数值，给不同天梯上的进化者排名。

没钱买设备也没关系，进化者协会线下的办事处也有相关设备。

玩家1401827，第二天梯，目前排名：27。

游戏时长：5时27分。

官网的交流区出现了一些讨论。

——第二天梯上排名27的那位是谁？新出现的啊！

——谁家的小孩又到了可以进化的年龄啦？一来就是2阶，很猛嘛。不会又是季家的吧？

——不可能，季家人一般丢出来都到3阶4阶了。他们这些机械进化的简直是作弊!!!

——27名，还行，勉强有资格进继承人候选。官网上没搜到个人信息，隐藏了。

——第二天梯上有四十多万进化者，27名已经很不错了，更何况才五个小时。

聊着聊着，玩家1401827的数据又变了。

玩家1401827，第二天梯，目前排名：12。

游戏时长：13时07分。

——呃，等等。这进步速度是不是有点夸张？

排名和时长并不挂钩。像季楚尧，他的游戏时长到现在也只有三个小时，但并不妨碍他排在第六天梯的第一名。

——@1401827，在吗，看官网吗，啥进化方向啊？是不是家长又给装了俩能源炮啊?!

司辰对此一无所知。

因为太累，刚取下设备他就双腿一软，靠着墙睡了过去。

季楚尧再次拦腰抱起地上的人。卸下防备后，怀里的人睡得很死，像翻开肚皮的猫。其实这种事完全可以让智能管家来做，但季楚尧更喜欢自己动手。

季楚尧瞥到了司辰手腕内侧长出来的黑色鳞片，这是刚才实战时突然出现的，还没来得及消下去。

看来长生渊和他相处得不错。

有的人，哪怕裹一层泥丢进瓦砾里，只要稍微撬开一点缝隙，也能发光。

司辰在季楚尧家里待了三天，来的时候双手空空，走的时候大包小包，都是季楚尧“不要”的东西。这些东西包括大学教材、高维生物图鉴、进化方向导读等。虽然它们标价只有几百信用点，但实际上禁止对外出售，图书馆也不会收录。

老实说，像季楚尧这样不求回报的冤大头，在全世界都是很少见的。放在另一个平行宇宙，大家一般都把这种人叫“天使投资人”或者“韭菜”。

司辰回到自己家时，和组长请的假还剩一天。他的社交账号收到了杜景天发来的消息。

杜景天：你这个月还没来取药。

杜景天：是发生了什么事吗？

杜景天：对不起，我上次不该凶你的。

司辰低着头，从打开对话框那一刻开始，两种截然不同的声音就在他脑海里交织，对抗。

第一个声音说，要告诉杜景天，他的话伤害到了自己，自己以后不会再去麻烦他。说完就拉黑。

第二个声音说，老老实实坦白，告诉杜医生，自己以后不需要去医院领药了，再说一句“谢谢”。

哪怕是再提前一个月，司辰都会毫不犹豫地选择前者。但没办法，他并不是天生的恶种，他只是想要更好的生活。

司辰：谢谢学长。以后都不用开药了，我的病已经好啦。

说完，他丢了个可可爱爱的表情过去。

杜景天犹豫许久，才发来消息：……抱歉。是不是我上次说话太重，伤害到你了？

司辰：不是，我成为进化者了，现在不用基因药了！

杜景天：恭喜！太好了！

杜景天：不过我听说底层进化者也挺不容易的，这一次我帮不到你了。祝你心想事成。

司辰也觉得挺好的。

* * *

司辰休了一天年假，回去上班的时候是周二。

自从和长生渊融合后，司辰的味觉就出现了明显的问题，最显著的表现就是原本普通的食物在他的嘴里像发酵的潲水，吃一点就想吐。因此，他没能吃完自己曾经最常吃的员工套餐A，只是买了瓶营养剂，小口小口地抿起来。

长生渊委委屈屈道："妈妈，肚肚饿。"

普通营养剂的味道跟水一样，虽然不怎么好喝，但起码能提供身体所需的能量。只是，显然不能让长生渊满意。

司辰低声道："忍忍。下班后给你买点便宜的实验材料吃。"

长生渊这才偃旗息鼓。

司辰吃完饭，刚回办公室，组长就神神秘秘地凑了过来："小辰。过来，领导有事找你。"

因为科研所工作性质特殊，司辰来公司上班小半年，还没见过几个领导。听到组长的话后，他难免有些意外。

到了办公室，司辰一眼就看到了坐在办公桌后面的人。

青年，长发，在人人都穿防护服的实验室，居然穿着一身白色的西装。他双手合十，抬头，瞥了司辰一眼，眼眸是很暗的红色。与之相反的是站在他身边的组长，一个劲儿地点头哈腰，脸上的笑容格外灿烂。

"小辰啊。"组长看见司辰来了，连忙道，"我介绍一下，这是我们江川区生产部朱雀组的组长，宋青玉。"

蛇杖基因集团里面除开管理层，有三个主要部门——科研所、生产部和市场部。其中的生产部既包括下游的批量生产车间，也包括上游的高维生物采集组，组内全员由进化者组成，负责在世界各地收集实验材料。

能让组长如此恭敬，那宋青玉必然来自后者。

司辰和宋青玉对视了一眼，猝不及防间，他眼前闪过一道寒光。

宋青玉的指尖飞出一根细长无比的丝线。明明应该是柔软的细线，却像钢针一样冷而坚硬。司辰在同一瞬间侧过头，他的脖子几乎折了个九十度。正常人折成这样，脖子大概早就断了。

丝线钉在了司辰背后的门板上。厚厚的铁门发出一声闷响，被凿出一个凹陷。如果不是司辰闪开，按照运行轨迹，这条线会从他寄居了长生渊的左眼穿过。

司辰骤然想起之前从季楚尧那里听到的消息，据说他体内的长生渊来自宋家的继承人，而宋青玉就姓宋。

难道被发现了？

但这个想法很快被司辰否决。如果宋家真要动手报仇，大可不必如此大费周章，只要一句话，司辰就会悄无声息地消失在这个世界上。

这根细长的线很快被宋青玉收回，他微微点头："反应不错。"

司辰的大半张脸都被挡在防护面具之下，很好地掩饰了多余的煞气。他没有说话，而是安静地等待，毕竟宋青玉来找他肯定不是因为闲得发慌。

果然，宋青玉接着开口："发现排名第十二位的玩家1401827在我们公司的时候，我其实有些意外。尤其这个玩家还是一个普通员工，进化方向是机械改造。"

司辰的大脑有一瞬间的困惑，但很快反应了过来。1401827是他在进化者协会官网上的UID，最近唯一能和玩家UID联系上的，就是在季楚尧家使用的虚拟训练场。

每次上线都会提醒他游戏开始；每次触发系统人体保护机制，眼前都会闪过"游戏暂停"几个字……综上，司辰确信自己就是宋青玉口里的那个玩家，并且排在第十二位。

其实也不怪季楚尧忘了说。在他眼里，这种事属于常识，和"人不吃饭就会饿"一样。

司辰在官网的UID是隐藏的，但之前组长给他申请公司带薪上学的补贴时，登记过他的账号信息。

司辰回答："这证明公司的员工很有价值，是件好事。"

宋青玉点点头："我赞成。"

组长被两人之间的气氛弄得如坐针毡，头上冷汗直冒："啊，宋组。这是……这是干什么呢？"

宋青玉的语气逐渐平和："坐。只是简单测试一下，我也没用力。"

司辰瞥了一眼铁门上肉眼可见的凹陷，有点好奇宋青玉还想怎么"用力"。他拉开椅子，坐在宋青玉的对面。

宋青玉道："公司想重新和你签一份合同。"

司辰："对不起，宋先生。我打算考研读研，暂时没有续约的想法……"

"先不要着急拒绝，听我说完。"宋青玉缓缓道，"只要你签了新合同，每月底薪七十万，绩效上不封顶。年终奖是六个月的薪水，一年十八薪。每月分配一支5级进化液、一支5级基因药、三支4级基因药，并且能以内部价购买蛇杖基因旗下生产的任何产品。"

"此外，公司会在市区给你分配一套住宅，一百二十平方米。我还为你争取到三个安全区落户的名额。你是孤儿，无父无母，单身，但如果缺钱，可以把这个名额拿去卖。

不得不说，这份合同比司辰现在的底层科研员合同好了太多，甚至比公司从大学里招的研究生待遇还好。司辰面无表情，然而一边的组长却呼吸急促，眼中流露出艳羡，恨不得替他点头。

宋青玉认真观察着司辰的神情，预想中的惊喜和激动并没有出现。

司辰询问："条件是什么？"

"合同是二十二年制。前两年你可以带薪读研，后面二十年，你需要回蛇杖基因生产部工作。我们部门的工作，简单说来，就是探索各大空间折叠区。

“生产部每半年进行一次考核，考核晋级后，福利待遇也会往上提。不用担心薪资倒挂，我们生产部不同职级的待遇是明码标价的。”

办公室里的气氛再次安静起来。司辰迟迟没有回复，宋青玉道：“你在担心什么？虽然你天梯排名靠前，但毕竟背后没有家族，只能投靠公司。

“如果是小公司，价格开再高也没意义，它们的资金链也冒不起这样的风险。

“而在四大集团中，我自信其他三大集团不会开出更高的条件。哪怕你去机械核心也一样，因为机械核心不缺机械改造人。我们会这么出价，是因为你本来就是蛇杖基因的员工，过去的工作一直完成得很好。蛇杖基因会是你最好的选择。”

宋青玉认为自己的谈判是很有诚意的，他甚至没有利用信息差压价。

公司要发展，就需要新鲜的血液。蛇杖基因每年都在收人，旗下员工上百万人，但那些不是血液，是电池，电量用完就得丢。有些年轻的进化者，出身底层，但有天赋也有野心，一眼就能看出未来会有所成就。公司开出天价合同，买的不是他们的现在，而是未来。

司辰缓缓道：“二十二年太久了。我可以不要安全区落户的名额，合同改成续约制。”

谁会拒绝更好的生活？司辰努力成为进化者，可不是为了当苦行僧。

宋青玉微微眯起眼：“这可是三千万。”

“我不在乎，合同改成两年一续。”

宋青玉陷入思考。他打量着司辰，像是在评估对方的价值。司辰十分坦荡地回视，一黑一银的眼眸里看不出任何情绪。

宋青玉微微一笑：“两年一续，那每个月没有 5 级基因药和进化液的分配额。”

说实话，司辰是不太在乎的，因为他对这些药剂的吸收速度本来就很慢。比起攒钱买进化液，还不如让长生渊多吃点。

司辰回答：“好，成交。”

宋青玉打开电脑传达指令，片刻后，公司行政拿着合同推门而入。司辰仔细看完这十几页纸，确定没有多余的法律陷阱，很干脆地签完了字。这份合同会被上传到联盟的信息网，员工一旦违约，就会被抓进局子吃牢饭。

从办公室出来后，司辰不由得生出了一阵虚弱感。

宋青玉的进化天梯应该不低，在他面前，司辰甚至感觉到了久违的压力。长生渊也有些许的躁动。这个“躁动”指的是长生渊喊了好多声“饿饿”和“蛛蛛”。回到工位上的时候，长生渊已经闻不到宋青玉的味道，只是还在一个劲儿呜咽：“呜呜，妈妈，蛛蛛。饿！”

由此可见，宋青玉应该也是生物改造，而且融合的高维生物长得像蜘蛛。

司辰冷着张脸回答:“吃不起，别想了。”

签完合同，宋青玉坐进接他回生产部的专车。

行政跟在他身后，有些不满:“您和他那么客气做什么?”

没背景的小角色，给点甜头就够了，哪里有拒绝的资格。

宋青玉扫了他一眼，淡淡道:“我们要的是员工，又不是随时想着反咬主人一口的狗。”

* * *

不得不说，蛇杖基因作为大公司，效率真的很高。上午签完合同，晚上下班前，司辰就拿到了新房子的房卡。

来送房卡的是科研所的人事。她手里不仅拿着房卡,还拎着一串无烟电子鞭炮。房卡被装在红包里，看起来十分喜庆。

人事点燃电子鞭炮，小小的实验组顿时一阵噼里啪啦，附近实验组的工友纷纷探头探脑地看热闹。人事高声道:“今天，我们聚在这里，是为了庆祝516实验小组的员工司辰，成功从研发部转入生产部！祝他以后的人生，发光，发亮！为社会创造更多的财富！鼓掌!”周围响起了热烈的掌声。

人事的目光包含期许:“来，司辰，来领房卡。咱们合照一张!”

司辰:“……”

司辰和她的合照像极了什么传销组织见面会的宣传照。

“里面基础设施都有，是新房，之前还没人住过。小区里每幢居民楼都配了专属管家，您可以直接拎包入住。”人事道,“另外，您是老员工，不用办入职手续。这个月工资结了，明天直接去生产部上班就行。”

马上就要离开待了半年的科研所，司辰想了想，还是请人一起吃了顿晚饭。因为晚上 9 点才下班，这顿饭是在食堂吃的，刷的是司辰的员工卡。虽然显得有些抠搜，但毕竟也没别的地方吃饭。

同事们苦酒入喉心作痛，哭得就像是嫁女儿一样伤心。

“实验项目还没做完，你怎么就走了……”

“去生产部被欺负了回来跟我说。”

“我们永远都是你的娘家人!”

人事没骗司辰，新房子的确可以直接拎包入住，柜子里连睡衣都有。只是刚换新家难免有些不习惯，司辰翻来覆去，凌晨 3 点都没睡着，只好起来“鸡娃”。

司辰骗长生渊说出来吃饭，然后抓着它认字，学到了早上 7 点。其间，长生渊试图装睡“萌”混过关，可惜因为自身长得太丑，失败了。

因为是到新部门上班第一天，司辰提前抵达公司，争取给新领导留下一个好印象。和位于郊区的科研所不同，生产部闹中取静，划了一片产业园，离市中心不远。他刷员工卡走进园区，跟着智能导航往上班点走去。

产业园里，不同的组隔得很远，走两步还能看见各种娱乐设备，包括游戏机、露天咖啡厅、影院、游泳池，仿佛安全区的土地不要钱一样。

司辰甚至看见有人在路边玩拳击游戏机。那人带着金属拳套，赤裸的上身布满深浅不一的伤口。他一拳砸了下去，游戏机上显示出一个恐怖的数值：1917。司辰扫了一眼，确定后面的计量单位是“KG”。

正在打拳的青年叫辛小草，来自灾区。他是混血儿，皮肤很白。大概是司辰看得过于专注，辛小草侧身，脸上露出一个灿烂的笑：“新来的？要试试吗？”

司辰看向那个汗津津的拳套：“不了。谢谢。”

辛小草倒没有勉强，把挂在旁边的老头背心往自己身上一套，跟在了司辰身后。

两人不仅同行了一路，最后还挤进了同一间电梯。辛小草有些疑惑：“你难道不是我们组新招的前台？”

前段时间，朱雀组大楼的前台辞职生孩子去了，组长宋青玉发誓说一定会找到一个顶顶漂亮的花瓶前台来充门面，不能被其他组的人看不起，显得他们组没钱一样。

司辰回答：“我目前在7队上班。”

辛小草一愣：“这么巧，我也在7队……等等，你就是新来的那个1401827？!”

7队空荡荡的办公室里只有司辰和辛小草两人，机器人保姆摇晃着滚轮从一旁路过，扯出一根水管，给阳台的花浇水。

辛小草拿了一罐能量饮料，放在司辰桌子上：“最近没任务，大家都请假，没来上班。我叫辛小草，是组里分配给你的工头。”

“我们上班时间不太固定。每个月有公司固定的任务项目，差不多还是得工作个十天八天的。主要工作是去灾区清理异种，或者搜集资源，偶尔也去其他公司出差交流学习……”辛小草摸了摸下巴，“剩下的时间干什么都行，但是要能找到人。有紧急任务找不到人，要扣工分的。”

辛小草的进化方向是机械改造。算是机缘巧合，他们家买彩票中了五千万，把他培育成了进化者。他现在是3阶，天梯排名777，很吉利。

尽管早早突破了2阶，但辛小草很清楚，全世界这么多进化者，想进前一百名有多难。哪怕只是低阶。更别提司辰还没什么背景，竟然能惊人地冲到第12名，很难不让人期待如果给他更多的资源，他能走到什么地步。

短短几天里，不知道有多少势力在暗中打听司辰的消息，但司辰却懵懂无知。这一次，其实是蛇杖基因捡漏了。

辛小草笑容爽朗："反正你跟着出几次任务就知道了，有不懂的随时问我！"说着，辛小草把司辰拉进了工作群。

7队工作群名字叫"生产队的驴"，一共十三个人。司辰想起了自己之前在实验室"996"的经历，感觉他们真是好幸福的一群驴。

作为新入职的员工，司辰还在辛小草的带领下来到了后勤组。因为佩戴义眼，他左边眼珠子直接被公司的机械师取下来，当着他的面装上了芯片。

"给你开了内部权限，就是身份识别、资料库、公司内网之类的东西，还给你的义眼识别系统提高了一些精度。坏了记得来检修。"机械师随口道，"你这义眼也不是攻击型的，用料倒是不错。被重新组装过，用的合金很好，花了不少钱吧？"

司辰回想起这只眼睛的来历，只能假装羞涩地笑笑："嗯。"

除此之外，司辰还领到了一个专用联络器、三套工作制服。联络器长得就跟一张圆形的金属贴片似的，按照说明书写的，防水防火，直接贴在皮肤上就行。制服分里衣和外套，印有蛇杖基因的图标，适用于不同的极端环境，有一定保护功能，并且隔绝污染。

辛小草一边刷手机，一边道："我听说你还要考研，那不是上班几个月就得去读书？不过好好学习是对的，学历这种东西嘛，对普通人而言当然是越高越好。当然，前提是专业好。"

辛小草是研究生毕业的，他安装了机械臂，里面装着两门炮。他目前正打算把两条腿也换成金属的，工作几年下来已经攒到了钱，就差换义体了。

"我赞成。"司辰深以为然地点头。

两人还没闲聊几句，联络器上突然传来一道电流。司辰一愣，眼前已经自动出现了虚拟屏幕，载入了信息。

请生产部7至15队全体成员，于下午3点前在产业园01停车场集合。已经在产业园的员工，请即刻启程。

工作项目：协助清理空间折叠区

位置：江川区，坐标（11，471）

所属文明：混沌文明

具体资料正在传送中……

辛小草同样收到资料，难免"咦"了两声："奇了怪了，前两天1到6队不是才去了。"

但工作既然来了，"社畜"是没有资格抱怨的。辛小草把自己的机械手臂擦得锃光瓦亮："辛苦你了，刚来就上班。到时候你跟在我身后就行，不要逞强。"

生产部大多员工都是机械改造人。有数据证明，在面对混沌文明时，机械改造的进化者有些许优势——尤其是在抵抗畸变和精神污染这种事情上。

马上要执行任务，公司的候车区陆陆续续来了不少人。大家的改造方向千奇百怪，司辰甚至看见一匹半人马从自己面前路过。这人的上半身保留了人类的部分，下半身却是机械马的身体。

辛小草露出羡慕的眼神："你知道那个身体有多牛吗？是他在空间折叠区组装的，里面装的炮能把我轰个对穿。"

好怪。司辰没忍住多看了两眼："那确实厉害。"

辛小草的人缘应该很好，因为在短短几分钟里，已经有不少人来跟他打招呼、拥抱，包括那匹半人马。

等候区的气氛有些压抑，大家三三两两聚在一起，说话的声音都压得很低。

"有其他消息吗？"

"1到6队的人还没回来。"

"应该是遇到麻烦了……毕竟是5A级空间折叠区。哪怕是遗迹清理，危险程度也很高。"

大概是看出了司辰的疑惑，辛小草低声道："其实我有个外号叫幸运小草，就……运气莫名其妙很好，当初家里中的五千万彩票也是我去买的。所以，大家出任务前都喜欢蹭我。"

辛小草的心情看上去很低落："我们工作的福利待遇很好，但是每次出任务，都有人死亡。我们7队的工作群里有十三个人，其实，还活着的人只有六个。"

话刚说完，运输车来了。

公司派来的运输车是重型装甲车，一层有五米高，没有轮子，悬浮在轨道上，像一只匍匐着的钢铁巨兽。因为出身所限，司辰过去只在电视上见过这种车。

上车前，处于不同天梯的进化者分了三队，分别是1到3阶、4阶、4阶以上。司辰所在的小队人数最多，足足三十多号人，是最后一批走的。

一进车内，机械改造人就井然有序地来到充电桩边上排队充电。

虽然被称作"电"，实际上也不是电，而是新能源的一种，动力源来自灾区的能源石，不过沿袭了旧时的俗称。

司辰发现，原来不是所有机械改造人的充电口都在大腿内侧。他们的充电口还有在脖子后面的、胳膊上的、手背上的……款式很多。

辛小草把充电接头接入了自己胳膊，转头看向司辰，语气十分好奇："你不充电吗？"

在辛小草的认知里，越是强大的机械设备，就需要越多的能源。司辰既然能在第二天梯上排名12，必然有一颗耗能极大的能源核心。其实，司辰身上唯一说得上是机械改造的地方就是那只能随时取下的义眼，而那只义眼显然不需要多少能量就能驱动。

司辰抬眸，眼前浮现了辛小草的数据，能量值波动在270上下。这是因为辛小草还没有切换至战斗状态，巅峰状态，他的能量数值可以达到2000，而普通人的能量波动是0～20。

这是机械师给司辰开完权限后出现的新功能，他还照了照镜子，发现自己静止状态的能量值波动在60上下，也难怪辛小草会把他认成前台。

司辰礼貌地回答："我在家充过。"

辛小草闻言，没有勉强。

空间折叠区虽说是在江川，但实际上已经是远郊，无限接近荒野。工作人员开始挨个儿发放装备，有水下空气过滤器、防护服、强光手电、高维物品收纳箱。水下空气过滤器是头戴式，旁边还有个小显示屏，是检测仪，能监控生命体征。

详细的任务资料发到了每个成员的个人终端上。

【项目编号HD4163】

所属：混沌文明

危险程度：5A

该区域发生高维入侵时，高维宇宙已寂灭，但因来自高维宇宙，仍然对低维生物存在较强致死性。请注意安全，时刻保持冷静。

此空间折叠区内已发现的高维生物资料——

【歌者（编号321）】

警告：歌者形态未知，听到它唱歌的生物已经全部死亡。当在水下听到奇怪的声音时，请立即关闭听觉系统或堵住双耳，并远离该区域。

【血池（编号1039）】

警告：此高维生物外形为流动的红色液体。没有视觉、嗅觉。攻击方式为包裹溺毙。当在折叠区看见异常的红色黏稠液体时，请保持安静并远离。

【长生渊（编号13）】

警告：目前只发现长生渊部分遗骸，未发现活体。

【未知生物（暂无编号）】

警告：生产部同事在水下发现一个新物种，外表为血红色根须状，表面长有眼球。暂不清楚其特性。无毒。

…………

备注：当生命体征检测仪上的数值降至45及以下时，请放弃工作项目，立刻返回。

【项目（选做）】

1. 两人一组探索此空间折叠区，收集并传回资料。

2. 寻找并营救失踪的同事。

公司会在地面为大家提供力所能及的支援，请务必顺利返回。

司辰认真看完了资料，确定那个所谓的未知生物就是“眼虫”，长生渊最喜欢的食物。

辛小草倒吸一口凉气：“居然有长生渊，这东西的完全体一遇到就是瞬间死亡啊。还好是死的长生渊，活着的话，这片区域就只能先封着了，等大人物来处理。”

其他队友也纷纷讨论起来。

“幸好长生渊已经灭绝了！”

“确实，我听说长生渊长到最后，往往要吞掉一整个星球的生命体来填饱自己的胃，其他东西都吃完后，就会自己吃自己，直到死亡。”

听着真可怜，司辰心念一动：“是吗？”

长生渊：“吱，吱叽！”

司辰觉得，长生渊虽然长得丑，其实还挺可爱的，当宠物养着很有成就感。

如果不一直叫他“妈妈”就更好了。

车辆行驶了接近两个小时，终于抵达目的地。尽管早有预料，但在看见眼前纯黑色的湖水时，大家还是没能控制住内心的震撼。

这次江川郊区发生高维入侵，空间折叠结束后，留给现实世界的是一片广袤无边的巨湖。湖泊直径四十七千米，深不见底。从卫星图像上看，深浅不一的黑色湖水构成的图像近似一只狭长的眼眸。

巨湖旁边的指挥处，宋青玉穿着同样的深色制服，双手环抱，眉头紧锁。

指挥处挂着好几个不同的商标，显然，这个空间折叠区是多个集团共同开发的。

宋青玉看了一眼新来的进化者，只说了一句话：“活着回来，有加薪。”

他们的探索区域在水下五百米之内，并不需要太多设备。

一批批“生产队的驴”依次下水。司辰注意到辛小草并没有佩戴水下过滤器，但佩戴了生命体征检测仪。

辛小草看出了司辰的疑惑，主动回答："我的肺经过改造，可以在水下呼吸。"

辛小草抓住他的手腕，低声道："小辰啊！哥跟你说，上班不能太认真，认真就会痛苦。上班的终极奥义就是带薪拉屎。咱们等会儿找个好地方一起'摸鱼'，在浅水区划拉两下就行，反正监控也看不到，明白吗？"

司辰乖巧点头，从善如流地回答："好的，哥哥。"

辛小草十分欣慰。

* * *

漆黑的湖水冰冷刺骨，几乎是刚下水，司辰就没忍住打了个哆嗦。司辰会游泳，但这片水域的压力十分奇怪，他跟在辛小草的身后，感觉有一股力量正在把他拉向深渊。

水下能见度很低，司辰的义眼开启了自动扫描模式，并且进行热学、光学成像补充。

不过刚开，司辰就觉得这模式还不如不开。因为就在几米之外，一群被泡得肿胀的人悬浮在黑色的液体中。他们的五官都变了形，身上的衣服要么被水流冲走，要么被奇怪的东西啃噬得只剩几片布料，腹腔肿大，身体发白，像几百斤的胖子。

一个"白胖子"凸起的骨头撞上了另一个"白胖子"，受到撞击的"白胖子"嘴里吐出一团团发黑的细长的鱼。

细长的鱼待在这些"白胖子"体内，产出大量的卵。如今，水里漂浮着许多半透明的鱼卵，就像下起了一场雨。这些鱼的能量波动数值在50上下，并不是高维生物，是受到影响后出现的异种、畸变物，就像司辰当初看见的飞蛾一样。

水里不仅有尸体，还有一些人类文明的残骸，譬如公交车、塑料瓶。司辰还看到了一根充电桩漂了过去。

司辰缓缓收回目光。

他知道，那些已经出现巨人观的尸体，是高维入侵发生前在远郊生活的人类。官方通报说只死亡了六百余人，但实际死亡人数应该比明面上的通报多得多。

在浅水区，个人终端还能收到一些简单的信号。下沉了大约十分钟，司辰终于踩到了地面。

这里的地表因为浸泡在水中，黏腻无比，像加多了水的面团，路边还有半埋在土壤中的建筑物。

司辰接收到辛小草的讯息："我们就在这片区域考察吧，能量波动还挺低的。

你等等，我调试一下仪器。”

长生渊在体内很安静，甚至没喊饿，但司辰明显感觉到它发自内心的愉悦，连带他自己的身体都跟随水流轻轻摇晃。

因为是两人一组，司辰又是新人，辛小草基本大包大揽了所有工作，连个重物都没让司辰拿。

辛小草拿出水下无人机和照相机。细小而浑浊的气泡从他嘴角溢出，一路往上浮去。

司辰的义眼检测到附近还有其他同事，也在进行考察任务。他看不见人，但义眼显示的景象中有蓝色的指示标。

无人机缓缓往前飞去，而辛小草手里的屏幕也显示出相关影像。

他们停留的地方，原本是一条公路的隧道入口，如今经历了空间折叠，路面破裂，地面交通标志模糊不清。深红的海藻贯穿整个隧道，像是一条条锁链。

无人机缓缓转了一个圈，司辰体内的长生渊骤然激动起来：“妈妈，饭饭！”强烈的饥饿感，让司辰没忍住捂住了自己的肚子。

只见隧道的环形墙壁上长满了一只只眼虫。这些眼虫显然还是活的，正发出“咕叽咕叽”的蠕动声。它们的触须交缠在一起，构成一堵肉红色的墙，一只只眼球正好奇地看着这个闯入的铁疙瘩。

辛小草拍了几张照，实时传到公司的内网上，有专门的工作人员会对他们收集到的资料进行处理。他操作完，才倒抽一口气：“嘶，这就是资料上的不明生物吧，看着怪恶心的。”

司辰注意到辛小草说这话的时候，身上的检测仪指标从“99”变成了“94”。他顺便看了一眼自己的，还是“100”。

无人机穿过一层层海藻，往隧道深处行驶，显示屏上的画面断断续续。辛小草微微蹙眉：“信号变差了，技术部的人该扣工资了。”

“哐当。”耳麦里出现一道刺耳的碰撞声，似乎是无人机撞到了墙壁。下一秒，显示屏的画面显现出来，撞到的不是墙，是人。

这个人背对着无人机，有着一头长发，背上长着过于宽大的羽翼。由于整个人泡在血红的池水中，他的羽翼洁白得近乎反光。这些翅膀似乎是刚从身体里长出来的，翅根处一片血肉模糊。看来，无人机撞到的是他的脊背。

视线中，长发男人缓缓转过头，在看清对方的那一刻，司辰身体紧绷，差点没丢掉手里显示屏。

“男人”没有五官，取而代之的是满满当当的葡萄串一般挤在一起的眼球。

无人机画面一瞬间变得漆黑，失去了信号。司辰感觉到，从过滤器灌进鼻腔的空气，突然出现奇特的香气。

长生渊的声音头一次开始发颤，却依旧坚定地喊着："……饿，嗝。嗝。"

进化种，眼虫，完全体。

猎物和猎人的身份在瞬间对调，这已经不是长生渊吃得起的食物。

生命体征检测仪上的数值猛地跌落，发出一阵警报声。辛小草面色巨变，只吼出一句话："分开，跑！"

辛小草想得很好，进化种就一只，两人分头跑，总有一边能跑开。而按照过往经验，进化种一定会选择更"好吃"的那个。他3阶，司辰2阶，谁更"好吃"这件事不言而喻。

诚然，进化者在面对高维生物时，并非没有一战之力。只是，隧道里的东西显然已经超过了他们的能力范围。

这款无人机能够检测的能量值范围是0～4000，遇到眼虫时，显示屏上显示的数值就是4000。就像学霸考了100分是因为试卷满分只有100分，那个已经进化出人形的高维生物，其能量值显然也不止4000。

辛小草觉得，自己这次多半是凶多吉少了。可惜，他还没来得及结婚。他父亲早死，只有母亲一人在家，他还是这个年代家中少有的独子，等死讯传回去，妈妈大概会哭得很伤心吧。但没办法，能活一个是一个。当年刚入职，遭遇了强大进化种，带他的队长也是这样让他活下来的。

辛小草头也不回地往前游去，只为多跑那么几米，留给司辰更多的时间。他的表情很悲壮，觉得这一刻应该是自己人生的高光时刻，远胜于当初拿着中了五千万的彩票去兑奖的时候。

但是跑着跑着，辛小草觉得有些不对劲。就是，不知道为什么……好像没有感觉到太大的压迫感。

辛小草转过头，看到长着翅膀的怪物刚好从隧道里冲出来，洁白的双翼猛地张开，搅出一阵水浪。在短暂的停顿后，进化种毅然决然地冲向司辰的方向，看都没看他一眼，仿佛他是超市里降价处理的临期食品。

辛小草愣了一瞬，马上反应过来，打开个人终端向陆地上的指挥部求救。

* * *

司辰的心脏跳得很厉害，苍白的皮肤下，深黑的血液像是澎湃涌动的长河。长生渊在他体内疯狂尖叫："吱吱！"

长生渊头一次给出这么强的预警信号。如果它是一只猫，身上的毛应该已经全部奓起来了。

司辰在成为进化者前，五感就比正常人敏锐。而现在，他能明显感觉到那一只只充满欲念和恶意的眼球，正目不转睛地盯着他，像蓄势待发的捕手。

危险迅速逼近的感觉，让司辰的背脊一阵发凉，但越是这种时候，他反而越冷静。在水里，他的移动速度不可能比进化种更快，等着其他人救援更是不切实际。几乎是瞬间，他的脑海里就浮现出这片水域的指示图。

司辰并不是第一批下水的员工，他的前辈们传回来的资料有许多，其中就包括几个发现过高维生物的危险区。而此时，离他最近的高维生物是……歌者！

编号321，形态未知，歌声能导致生物死亡。

这个“生物”，显然也包括高维生物。

司辰开始下潜。他佩戴的水下过滤器连着耳麦，有一部分真空区域，理论上是可以阻止声音传播的。他没有天真到认为这就能抵御歌者的歌声，但现在他已别无选择。

眼虫进化种已经从隧道里飞了出来。它的身体比例非常奇怪，长胳膊长腿，手和脚都还没有完全进化，就像一株成了精的人参；它背后三对洁白的翅膀展开自如，仿佛不在水下，而在空中。

刚从其他形态进化出人形，眼虫其实很不适应，甚至还不太会走路。人类的躯体对它来说过于陌生了。它看向司辰离开的方向，轻轻嗅了嗅，然后挥动翅膀。

这片区域之前也有员工来过，但那时候进化种还没诞生，只有紧贴在墙壁上的宛如爬山虎一样的低级眼虫。

这些未知生物并不具备太强的攻击力，收容看上去也非常顺利，因此公司并没有把这一片区域标红。一直到今天，这个进化种彻底成熟，并且开始狩猎……

司辰觉得自己的额发应该已经被汗水打湿。在不计后果的疾驰之下，他已经来到歌者的领地边缘，他的个人终端闪烁起来，给出了强烈的警告。

长生渊突然尖叫了一下。司辰短暂地失去了对身体的控制，他迅速侧身，几条长而纤细的苍白根须穿过了他原本所在的水域，径直撞上地面，水质瞬间变得浑浊。

进化种已经追上来了，司辰看见了贴着自己头顶划过的巨大羽翼！他不再犹豫，一头扎进面前漆黑的水域。

进化种看着这片海域，迟疑了片刻。它感觉到了危险，但进食的本能驱动它追随着司辰的身影，因此，它同样进入了这片水域。

这里万籁俱寂，甚至看不到偶尔经过的游鱼，像是一片死海。司辰的机械义眼已经没办法提供视野，他的世界逐渐漆黑，看不见任何景象，也失去了方向感。

察觉到了司辰的紧张与不安，长生渊发出了几声“吱吱”，声音充满了安抚。

这里的液体并非普通的湖水，而是具有强烈放射性的“超重水”。普通人在这里大概活不过三分钟，但司辰来自充满核辐射的灾区，从小喝基因药长大，又经历了好几次身体强化，这里的水只是让他呼吸有些困难而已。

司辰大口大口地喘着气，过滤出的空气浑浊异常，充斥着金属燃烧的气息。

在他身后，进化种已经跟了过来。

眼虫也听到了奇怪的声音，但它并没有特别在意。它正在不断适应着自己崭新的身体，一开始，它的动作还有些迟缓和僵硬，但随着时间流逝，它的动作越来越快，也越来越流畅。

进化种纤长的手臂不断变长，像一条向前生长的藤蔓。然后，它抓住了司辰的脚踝，把他往自己身前狠狠一拽。

一股巨力骤然袭来，司辰拔出腰侧那把公司发放的切割刀，朝自己脚踝上的白色藤蔓状的东西砍去。

一刀砍下，刀刃卷起，司辰的虎口都有些发麻。进化种应该是感受到了疼痛，猛地收回手臂。司辰抓住机会，继续下潜。

除了自己的喘息声，司辰终于听到了别的声音。这声音很难形容，像人缓慢沉入水底，耳朵咕噜咕噜地开始进水。

渐渐的，水声里掺杂着微不可闻的鼓点，司辰的心脏跟着鼓声开始一抽一抽地疼。生命体征检测仪上显示的数值以一种恐怖的速度断崖式下跌：86……81……72！63！49！

那一瞬间，司辰终于反应过来，这是歌者的歌声！

越往下，鼓点越重，深幽而低沉，像什么巨物的喘息，又像祭祀，像呐喊，像绝望时的号哭。

并不好听，空旷而刺耳。

司辰的眼角不受控制地溢出眼泪，窒息的感觉变得格外强烈。他的心脏像被一只无形的手捏成一团，内心充满了难以言喻的恐惧。

这股恐惧远胜于被进化种追逐的恐惧，司辰甚至丧失了抵抗和行动的勇气，浑身战栗。直到长生渊从他的身体内部钻出来，用漆黑的触手捂住了他的耳朵。

歌声消失了……

追逐而来的进化种又一次缠上了司辰的身体。它的四肢缠绕在司辰身上，却并没有行动，像寄居在大树身上的藤蔓。

因为距离太近，司辰看见了几乎是贴在自己脸上的一串串眼珠。眼虫的眼球因为充血而变得通红，背后的羽毛一片片脱落，原本洁白的羽翼很快变成了光秃秃的带血肉翅。

长生渊轻声道："妈妈，饿……"

它的声音格外虚弱，像是随时会消失。作为混沌文明的霸主，它本身是能抵御歌声的，但它选择捂住司辰的耳朵。

眼虫在司辰身上抽搐着，流出了半透明的汁水。

这是它的血液。歌者的特性已经让眼虫处于死亡的边缘，一只只眼球爆开，绽出一团团血雾，又很快消弭在水中。

纵然如此，进化种依然倔强地想要进食，贴在司辰身上的白色根须开始分泌黏稠的液体。这是用于消化食物的胃液——进化种想溶解掉司辰身上的防护服，找个洞钻进去。

眼虫成功了。尽管蛇杖基因的工作服造价不菲，但显然没办法抵御这个等级的进化种。

但它也失败了。因为溶解完工作服之后，进化种绝望地发现司辰皮肤表面覆盖着一层黑色的鳞片。这些鳞片像有生命一样，在司辰的身体表面一起一伏。

司辰恢复了意识，他的鼻腔里充斥着一股浓郁异常的香气，就像炖了一整天的鸡汤。

感知到危险的眼虫发出尖叫，想从鳞片的缝隙钻进去，但它的尖叫戛然而止，因为歌声又一次在它耳边响起。

这只进化种全身一阵痉挛，退化成了原本的形态，像一条干瘪的细细长长的白色人参。只是这人参的表面像是被鞭炮炸过，全是坑坑洼洼的烂洞，那里原本装着眼虫的大脑：眼球。

因为防护服破裂，司辰能感觉到一股强大的水压正压迫着自己的五脏六腑。好在他新生的“皮肤”足够强韧，不至于造成致命伤。

司辰本来还在思考这人参要怎么吃，结果人参像油脂一样溶化，慢慢被皮肤吸收掉了。他又一次感觉到窒息，但这次是因为他鼻子流血，呛到了。

长生渊吃完这顿，应该可以饱很久。但因为过于疲惫，司辰甚至食不知味，完全没尝出进化种的味道。

在漆黑的水里，司辰感觉不到方向，好在他依然保留着对危机的本能，因此开始缓缓往上游。

渐渐地，长生渊不用堵住司辰的耳朵了。但它并没有回到身体里面，而是贴在司辰背后，警惕异常。

司辰并不知道，就在几米之外，有一条巨大无比的鱼正跟着他，缓慢而安静地游动。

长长的一条，像皇带鱼。很丑，没经历过几次核辐射，长不出这种恐怖而恶心的模样。

它就是“歌者”。

作为高维生物，歌者在海洋和陆地上有不一样的形态。

这只歌者和长生渊正在对峙。

幼小的长生渊正努力地奓开身上的鳞片，想让自己看起来更加巨大，从而震慑住敌人。如果不是怕司辰注意到，它甚至想大声咆哮，哪怕它的咆哮像奶猫的呼唤一样孱弱。

歌者并不怕这只长生渊，但它同样有所忌惮。忌惮这片湖水最深处的另一只长生渊，尽管“他”看起来只是路过。

所以，歌者停住了。

司辰终于看见了头顶的亮光。他奋力往前游去，像人鱼跃出水面一般，周围的压力骤然一松，眼前重现光明。

周围的景象重新通过机械义眼传送回大脑，死里逃生的司辰大口大口喘着气，明白自己终于安全了。

长生渊困得不行，缓缓钻回司辰的体内。

十几米之外的地方，有一片连光都透不进去的黑色。尽管什么也没看见，但司辰知道……

那片深渊正凝视着他。

身为一个钟爱到处旅游的老年人，白帝觉得自己路过江川其实很正常，完全不至于让那么多人如临大敌。

甚至路过江川5A级空间折叠区的湖底，也很正常。白帝毕竟走的是生物进化的路子，和混沌文明脱不了干系。

奇怪的是，哪怕是在这么黑的水里，白帝依然有影子，并且很大一团。不出意外的话，那就是歌者感知里的“长生渊”。

“这里，也没有。”白帝的语气有些惋惜，尽管他知道没有才是常态。

他的面前是坍塌的巨城，这里曾经闪烁着璀璨文明的结晶，但一切都随着宇宙的寂灭而消亡。

说着说着，白帝抬头扫了一眼头顶。

这里距离司辰所在的那片水域，其实隔了好几个维度，但白帝依然看见了。他想：原来这个就是司辰。

* * *

湖边的指挥部，辛小草站在宋青玉面前叙述着他们在水里的遭遇。在听到水下进化种时，宋青玉的眉头紧紧拧起。

“非战斗状态，能量波动超过4000！”辛小草心有余悸地回忆，“那只进化种肯定超过了4阶！”

宋青玉看向技术部干事：“是在浅水区，为什么没监测到？”

技术部干事也只是一个打工仔，他拿帕子擦了擦额头上的冷汗："这个……宋组，可能是刚出现的进化种，还没来得及发现。更何况，这是混沌文明，科技失效是常有的事。"

宋青玉没有为难他，而是通过信号向附近水域的员工发去消息，要求立刻撤退。

根据无人机传回来的影像，隧道内只有大量的眼虫，进化种和司辰都不见踪影。活不见人，死不见尸。

技术部的人轻声道："大概率是……没了。"

辛小草的情绪低落极了。他坐在凳子上，双手捂着脸，大脑完全没办法思考。他还记得司辰叫他"哥哥"，那么乖一个小孩，法律意义上都还没成年，怎么就没了。而且他还听说，司辰是孤儿。

无论多少次，辛小草都适应不了生离死别。

现场气氛有些压抑。宋青玉面容冷峻，朝后勤道："给我也拿一套设备，我要下水。"

"可是，宋组！"副组长态度迟疑，"在水下，您的战斗力会大打折扣。我个人建议是等待支援。"

宋青玉反问："水底明显有高阶的进化种，放着不管，是要让员工去死吗？"

副组长看着他的脸色，把那句"您的命更尊贵"咽了回去。之所以没说，是因为他清楚宋青玉不喜欢听这个，哪怕大家都心知肚明。

只有出身不高的进化者，才会从各大公司的底层员工做起。这些人的天资再怎么卓越，也没办法自立门户，越往上走，通道就越闭塞，要么选择改姓，要么和各大家族联姻。

大家族的家长会等孩子成长到一定地步，把孩子送去各大公司历练，混个好看的简历。混着混着，说不定还能拿到候补继承人的资格。

很显然，宋青玉就是宋家送来混资历的。但从小接受精英教育，被当成继承人培养的宋青玉，显然比辛小草更像个尽职尽责的"社畜"。

宋青玉换好外设，刚准备下水，技术部的员工突然风风火火地闯进来，一脸兴奋："组长！有信号了！"

宋青玉侧头："什么？"

"7队那个失踪的员工！刚才突然检测到信号了！"

司辰从水底出来的时候，得到了最高规格的接待。他是被同事们搀扶着送上来的，几个医生连忙上前，检查起他的生命体征。

"体征正常。"

"精神状态稳定。"

"无明显外伤，不需要更换或检修义体。"

司辰摘掉脸上的过滤器，还没来得及说话，就“哇”地吐出一口黑红的血。他的胃很撑，撑到想吐，整个人更是摇摇欲坠，随时可能昏厥。如果用一个词概括他的状态，大概是“虚不受补”。

宋青玉眉头蹙起：“还能撑住吗？告诉我，发生了什么？”

虽然感觉身体没有大碍，但司辰依然露出虚弱无比的神色：“组长……我们……遇到了进化种……”他捂住自己的胸口，痛苦地咳嗽起来，血顺着他的鼻腔、耳道流出，一直滴落到地上。

宋青玉抬起下巴示意，眼疾手快的医生立刻把司辰架到担架上，开始注射细胞修复液。他们卷起司辰身上破破烂烂的防护服，取出药剂，对着司辰的胳膊就是一针。

司辰看了一眼药瓶上的生产标记，默默在心里想着：三十五万。

长生渊突兀地开口：“好喝。妈妈，喝！”虽然它已经很撑了，肚子都鼓鼓的，但喝水的事能叫吃吗？

司辰沉默片刻，本来好转的脸色再次苍白起来：“小草哥说分开跑，我们分开后，那个进化种直奔我而来……”

说着说着，司辰弓起背，发出了撕心裂肺的咳嗽。暗红的血洒落在纯白的棉被上，触目惊心。

医生只好又给他扎了一针。这针一百二十万，小芋圆黑糖奶茶味。

“我很害怕，只能一直下潜，结果闯入了一片漆黑的水域……数据库告诉我，这是歌者的领地……”司辰的瞳孔放大，身体僵硬，甚至下意识地开始颤抖。

宋青玉还等着他往下说，但司辰已经捂住了自己的太阳穴，痛苦道：“组长，我头疼，痛……想不起来。”

医生们不由得头冒热汗。根据仪器的检查结果，司辰各项指标正常，甚至不少数据都超标了。但司辰一说话就呕血，身上更是因为水压出现了深浅不一的瘀青，看上去真的很惨，更别提还遭遇了歌者的精神攻击。这种情况，要么是仪器坏了，要么就是他们才疏学浅。前者不太可能，后者是会在领导面前扣印象分的！

宋青玉缓缓道：“去拿药，精神类镇静药剂。”

等一支市场价三百万的镇静剂注入体内，司辰的神态才明显放松起来。他的身体暖洋洋的，感觉就像在大冬天晒了一顿太阳。

司辰继续道：“情急之下，我只能进去试试。那里的水是纯黑色，什么也看不见……我听见了歌声，不敢继续往前……等歌声停下，我就从另外一边出来了。”

“歌声为什么会停下？”宋青玉突然问。

司辰的表情茫然：“我不知道。”

每个员工下水前都佩戴了个人终端，不仅可以联网沟通，还有录像功能。录像的原理是光学成像，但歌者的领域是透不过光的。司辰相信，哪怕是看录像，他的说辞也找不出任何破绽。

宋青玉默然片刻，安抚地拍了拍他的手背："辛苦了，给你放半个月假。这个月奖金翻倍。"说完，又对一边的医务人员嘱咐，"送医院去吧。"

朱雀组副组长上前一步，在宋青玉耳边低声询问："可信吗？"

宋青玉沉默片刻，回答："我想不出他撒谎的必要。"

无论如何，现在的司辰也不可能解决那只进化种。尽管一个低价进化者能从歌者的领域逃回来，听起来很不可思议，但之前也不是没有先例。要不然歌者这种高维生物，又是怎么被记录下来的？

真正该恐惧的，反而是资料库里没有的东西。

更何况，歌者为什么突然停止吟唱，宋青玉也隐约有个猜测。

作为前任造反头子，白帝的任何风吹草动，都会撩动无数人的神经。那么大个白帝城，总会有一些探子——这是白帝允许的存在。就在上午，宋青玉还收到公司通知说白帝来了，意思是让他机灵点，里面发生了什么，只要不过火，都当没看见。

白帝没有孩子，宋青玉是白帝已经去世的妹妹的曾孙女和赘婿老公生的第五个孩子。听上去有些绕，但两人的确是血缘近亲，按族谱，宋青玉还要叫白帝一声曾舅祖父。

有白帝在，歌者不敢轻举妄动，很合理。

问完话，宋青玉依旧选择下水看看。虽然司辰活着回来了，但那只进化种还不知去向，若是被其他人遇到，也是一件麻烦事。

下水之前，宋青玉特地去摸了摸辛小草的手。要是运气好，说不定还能遇到曾舅祖父呢。

司辰闭着眼躺在担架上，被人抬进救护车。

医生们严阵以待，可惜专家会诊半天，也没找到哪里需要治疗，只好开了几管无功无过的基因药，送去病房躺好。

长生渊打了个嗝："妈妈，撑。困困。"

能让饭桶吃撑，可见那只进化种的确很不错。

司辰在病床上松了口气。他知道，宋青玉这关算是糊弄过去了。好险，这车再开慢点，他身上的伤都要痊愈了。

第五章

心灵之家

CHAPTER 05

Chapter 05

你要往上走，你别回头。

司辰三句话，骗了公司四百五十五万，如今因为吃太饱，躺在江川区医院的病床上动不了。他觉得自己是个膨胀到极点的水球，轻轻晃一下就能漏出来。

更气人的是，司辰因为吃太撑，半夜睡不着，耳边却突然响起长生渊的声音："妈妈……饿……饭饭……"

司辰冷笑："你是想撑死？"

结果长生渊不理他，继续道："嘿嘿……饭……妈妈……嘿嘿……"

司辰愣了半天，才意识到长生渊是在说梦话。

"……"

有点想打小孩。

但因为地点不方便，司辰忍住了。

第二天，司辰觉得自己能动了，起床给自己办出院手续。根据上次吃眼虫的经验，指不定会在半昏迷状态下会发生什么，他担心会被医院的监控看到。

结果，才办好出院手续，辛小草就发来消息说准备带着7队全体员工来医院慰问。

收到辛小草的消息时，司辰没忍住去厕所照了下镜子，发现自己竟然唇红齿白，看起来身体倍儿棒。他只好从小护士那儿买了一盒粉底，往脸上扑了几下。不仅如此，他还缠好绷带，贴上纱布，又往自己周身喷了点碘酒。

确保万无一失，司辰又看了眼镜子，对这次的造型相当满意。

下午，辛小草一个人拎着大包小包来了："队长他们还在上班，只好拜托我来看你了。"说着，辛小草打开了群视频通话。

屏幕上陆续出现了好几张脸，还有两个正在"下矿"，信号不好，头像是黑的。

"这是队长龙雀。

"这是全队唯一考了机械维修证的副队……"

司辰在辛小草的带领下把几个队友认了一圈。

同事们看了司辰的状态，都很心疼，纷纷嘱咐他好好休息。司辰乖巧点头，等辛小草一走，就拎着慰问品回家了。

因为东西太多，司辰只好叫了辆车来装。这些慰问品里有很多都贴了蛇杖基因的商标，司机看了很羡慕：“年纪轻轻就进大公司了啊，真争气。不像我儿，想进厂上班都没过第二轮面试。”

社会太卷，再加上科技进步淘汰了大量平庸的劳动力，这年头想找份好工作，要么实力够硬，要么后台够硬，否则只能进厂当螺丝钉，或者去灾区谋生。

最惨的是从小就在灾区出生长大的人，生活水平不如安全区，一辈子只能在电视上看见所谓的新能源、高科技；浑浑噩噩地学到小学毕业，然后打工、进厂、挖矿，冷不丁遇到空间折叠，一生也就过去了。

能鱼跃龙门的是极少数，要么足够强大，要么足够幸运。

司辰笑了笑，没有回答。

队友们送的东西很实在，有机械润滑油，有新能源电池，还有最新款的义体零件……如果司辰真的是机械改造方向的进化者，队友们送的礼都非常实用。

再提前那么两个月，这些都是司辰想买也买不到的东西。可惜了，现在只能放仓库吃灰。放二手网站上卖掉也行，但司辰舍不得。

司辰躺到新家的床上，家里恒温，还开着地暖，很舒服。

困意来得铺天盖地。根据过去的经验，这是进化的先兆。司辰微微眯起眼，身体放松，任由自己陷入昏睡。

这一次长生渊没有蜕皮。

司辰的手背上，微微鼓起一个包。这个肉包胀大到极致，像熟透了的果子一样裂开，流出鲜红的汁水。裂开的缝里长出一枚眼睛，瞳孔漆黑，很灵动，还有一些好奇。眼球慢慢凸起，终于脱离手背，眼球背后连接着几根黑色的触手。

长生渊从司辰的手背上挤了出来，像一团黑色的液体。它看起来已经不小了，完全钻出来后，起码能装一整个鞋盒。

空气只有二十来度，这个温度对一只长生渊来说不算什么——它零下几百度也能存活——只是它已经习惯司辰的体温。

长生渊把自己贴在司辰胸口，瞬间有了一种很强烈的冲动：把自己切成片儿塞进妈妈嘴里。

还有一种冲动：把妈妈吃掉。

但长生渊忍住了。尽管智商不高，但它知道，妈妈不喜欢被吃掉。

要是能有两个妈妈就好了，一个跟它贴贴，一个拿去吃掉。就在长生渊这么想着的时候，它的眼球好像瞥到了什么东西。

长生渊蠕动着，把眼球举了起来。

阳台外，有人正站在落地窗边。他有张和司辰一模一样的脸，穿着白色的裙子，手贴在窗边，静静地看着室内的景象。他露出了微笑，双唇无声地张合，说的是：“想，吃，吗？”

长生渊白色的眼球猛地充血，它几乎是一瞬间就弹射到了窗边。钢化玻璃被撞得哐当作响，可惜等它到窗边的时候，白裙子已经不见了。

长生渊发出了一阵难耐的低吟，感觉非常遗憾和懊恼。

司辰这一觉睡了三天，醒来的时候，不出意外地感觉到了饥饿。长生渊还没来得及说话，司辰已经抢先回答：“我知道，饿了，忍着。”

长生渊：“……”

司辰去浴室洗了个澡，他检查了一下，这次身体倒没有出现什么奇怪的痕迹。尽管选择了生物改造作为进化方向，但司辰的畸变程度并不高，和宋青玉那种会吐丝的人没法比。

吃掉进化种眼虫后，司辰能感觉到自己获得了一个新的特性。

【血瞳】开启状态下，眼睛为红色，可以让智慧生物产生幻觉。

司辰暂时不清楚这个特性能用于什么场合，他只知道体内代表“第二天梯”的洞被眼珠子填满了。它们密密麻麻地挤在那个拥挤狭小的洞里，像是被塞得满满当当的卵。

第三个洞穴开了一条缝，但没完全打开。这意味着司辰停在 2 阶到 3 阶的临界点，不上不下的。

昏睡的这三天，司辰没有任何意识。好在宋青玉给他放了半个月的假，他的社会关系也格外简单，倒没人关心他去了哪儿。

除了季楚尧。

季楚尧：听说你调入生产部了？

季楚尧：去了江川区那个空间折叠区吗？注意安全。

季楚尧：在吗？

时间跨度刚好三天，每次都是下午 6 点准时发来消息。

由此可见，不管多有钱的男人，聊天也是从一句“在吗”开始。

司辰：嗯，现在在生产部上班。去过，已经回来了。遇到了一些小麻烦，但是已经解决了。

小麻烦，指遇到进化种，只能去歌者的领地艰难求生，差点死掉。

司辰：我现在在家休息。之前在看书，没看通讯号。领导人很好，知道我受伤之后，给我放了半个月假。

司辰想起了同事们送的慰问品，接着输入：对了，我重新签了份合同。月薪涨到七十万了。买了点东西给你。

发完这段消息，他习惯性地丢去了一张可爱小猫的表情。

这次，季楚尧半天都没回答——因为太意外，他一不留神，徒手捏碎了手机。

司辰试探性地输入：问你一件事，进化到底是怎么进化的？

司辰现在只知道长生渊会喊饿，并且只喜欢喝营养剂，吃高维生物；等长生渊吃饱了，他会随着它的进化而进化。总之，这一切和他自身似乎没有太大关系。

季楚尧回复：机械进化，看能源核心；生物进化，看植入的高维生物，大多情况，人会在改造过程中杀死高维生物，保留部分特性；灵能进化，我没有特地了解过，但应该和生物改造差不多。

司辰：这些进化方向，都是依赖高维生物。没有一条路是靠自己吗？

季楚尧：要不然为什么会叫"高维进化"。以前有，但靠自己，无论怎么努力都只有4阶，所以那种方向被摒弃了。

季楚尧：而且，作为低维生物，人类的局限性太过明显。这也是没办法的事，不用想太多。

司辰：好的，谢谢。我先去看书了。

按照惯例，这次聊天已经结束了。

季楚尧纠结片刻，最终还是重新打开手机，试图假装不经意地询问：对了，你们领导是谁？

司辰：宋青玉。

季楚尧：他人还行。

隔了会儿，补充：就是弱了点，才到第五天梯。

司辰的屏幕上，季楚尧的新消息几乎一秒一条。

季楚尧：而且比我大十岁。

季楚尧：家里也没我家有钱。

季楚尧：也就一般般好吧。

司辰有些疑惑，他往上翻了半天，终于从犄角旮旯里翻到了自己发过去的消息——领导人很好。

司辰有些无语地想着，听说人的大脑要到三十岁才会发育成熟，看来是有道理的。

司辰抽空把东西寄给季楚尧。为了表示感谢，他还在公司内网上买了一批新零件，一起打包寄了过去。他当然知道，季楚尧不缺这么些东西。但心意总归是要有的，要不然总是在别人家骗吃骗喝，怪不好意思的。

司辰道德感没有那么强，只是担心一直这么欠下去，迟早有一天会还不上。

上来取货的快递小哥是纯机器人，为了方便，快递机器人并没有制作成人形，而是一个圆圆的桶，腹腔用来装快件。

司辰把快递塞进邮箱桶里，机器人还张嘴说了声“谢谢使用”。

快递费三百。

上午寄件，下午司辰就收到了季楚尧发来的消息。

季楚尧：你寄快递的地址是家里，意思是我下次可以直接上门吗？

司辰关掉了手机，没有回复。但他认真想了想，觉得自己并不介意对方过来住两天。

生产部内部员工群公布了不少资料，都是这几天里对那片空间折叠区的探索信息，司辰只是大致看了一眼。

其他集团也派了员工从隔壁区赶来，调查人员翻了几倍，对这个区域展开集中清理。虽然里面有不少危险的高维生物，但各大公司收获寥寥。小怪打了一堆，掉落的物品和装备却都不是大家需要的，还死了十几个员工。

总的来说，很亏。

并非所有来自高维世界的东西都能为人类所用。更多的高维物品，因为具有一些致死的特性，只能关进收容所里妥善保存，免得出来祸害人间。

眼虫这种此前未知的高维生物，也登上了官网的图鉴。司辰打开看了一眼，发现眼虫的学名就定为“眼虫”，编号1873。协会认定其危险程度为中等，攻击性不强，擅长精神污染。

看着看着，一枚眼珠子从司辰的手背冒了出来。

手背上开了一条缝，能看见鲜红的肉，却没有流出一丝血。不是很痛，但有些胀胀的，像伤口发炎的感觉，不太舒服。

司辰轻轻拍了一下：“回去。”

长生渊吃痛，委屈地嗷了一声，把眼珠子收了回去：“妈妈——”它不喊饿了，就是声音的尾调拉得老长，像撒娇。

司辰觉得长生渊好像变聪明了一些，智力起码到了正常人类小孩三岁的水平。

长生渊：“玩。”

意思是想和他玩。

司辰沉思片刻，拿出了之前那本幼儿识字书，摆在它面前，敷衍道：“上面的字都认完了，妈妈就和你玩。”

长生渊：“嘤……”

司辰的手背再一次裂开了缝隙，但没有眼球，只有两根小黑触手从缝隙里钻出来，倔强地握住了书籍两侧。

司辰正在浏览官网上高维入侵的预警通告。根据科技发展，如今对高维入侵事件的预警准确率已经提升到百分之六十。

季楚尧曾建议司辰去实战一下，司辰仔细想过，觉得很有道理。在虚拟游戏里打怪和在现实里打怪，的确是两种完全不同的体验。在虚拟游戏里，再怎么紧张刺激，大脑也很清楚这是模拟，不会受到致命伤。而在现实世界里，遭遇的情况会更加复杂。

司辰抄下了几个预测危险等级为A的地点。这些地点都在江川附近，车程一到三天。他打算趁带薪休假还没结束，自己去一趟空间折叠区。

等司辰做完这些工作，长生渊已经趴在书前睡着了。司辰挠了挠它的触手，软软弹弹的，像果冻。

长生渊："……叽？"

司辰把几个纸团丢在了它面前："选一个。"

长生渊卷起离自己最近的一个纸团，递给司辰。司辰打开，看了一眼上面的内容。

位置是在离这里七百千米外的平临市，内陆灾区，危险程度A，推荐进化者等级：1～3阶。

* * *

平临。

这个内陆城市连接着几大区，位置十分重要，因此虽然是灾区，但比司辰长大的地方繁华不少。纵然如此，除了时空状态相对稳定的平临市中心，其他地方大多还是临时房。

司辰走出车站，戴着墨镜、口罩、手套，把自己裹得严严实实。他背着一个包，包里是他为这次下副本准备的物资，包括一把能源枪、中号收容袋、基因药、营养膏、纱布、免洗消毒液和一套换洗的衣服。

这次来灾区，司辰特地穿上了蛇杖基因生产部的员工制服。制服是纯黑色，蛇杖基因的图标用的是暗纹，在阳光下反射出金光。

在灾区行走，穿几大集团的员工制服能省去很多麻烦。譬如一些守在车站的盗窃团伙，看见司辰身上蛇杖基因的标志后，就缓缓扭过了头。蛇杖基因旗下三十万员工，并非所有人都有资格穿制服，而能穿制服的，要么有权有势，要么本身就是进化者，惹不起。

因为早就收到了通知，安管局已经在预测会成为空间折叠区的地方拉起了警戒线。

这些地方看上去空无一人，像一座死城。其实是因为居民已经提前疏散，等到警报解除，才会依据情况进行重建。

司辰走到警戒区域入口的登记处，拿出自己的身份ID卡，递了过去。

工作人员在机器上一刷，屏幕上显示出了他的个人信息：司辰，进化者（机械进化），二十二岁。

除非是在荒野，否则，不管什么样的人，只要在高维入侵前进入空间折叠区，都是要受管辖的。不交钱直接进去的，被发现了，一律叫“偷渡”，会进征信记录，次数多了还会被安管局通缉。

工作人员轻轻这么一刷，就是五十万信用点。好在司辰是蛇杖基因生产部的正式员工，公司每个月都会发优惠券，可以直接抵扣四十五万。

“好贵。”作为两个月前还在赤贫阶段的人，司辰难免心疼了一下。

工作人员抬头，似笑非笑道：“这还贵呢？灾区重建要不要钱？发加班费要不要钱？发抚恤金要不要钱？知足吧。”

这次被圈出来的地方方圆十千米，不大，覆盖了几个居民点。司辰走进空间折叠区，还没逛多久，就在路边看见了同行。

这里原来是个面包店，主人疏散时锁了门，但此时门锁已经被撬开。一个穿西装的卷发男人正在泡咖啡，另一个大个子坐在旁边的梯子上，擦拭着自己的胳膊。大个子应该是机械改造人，左边手臂自手肘以下都换成了枪管。

卷发男人扫过司辰身上的制服，脸上露出微笑：“组队吗？”

司辰将手插在外套口袋里，目不斜视，一言不发地向前走去。

卷发男人盯着他的背影，提醒：“不要这么高傲。你身上这套制服暗示你很有钱，在空间折叠区小心点。在这里，不管发生什么都可以推到高维生物身上。”

司辰的脚步顿了顿，转头，说了句“谢谢”。

等司辰走远了，大个子压低声音，问：“要动手吗？”

“不了。”卷发男人从口袋里拿出一个晴天娃娃，娃娃脸上的黑色细线勾勒出大哭的表情，一直到司辰的背影消失不见，才恢复原本的笑脸。

男人“啧”了一声：“是根硬骨头，让别人去啃吧。可惜了，这个娃娃是我花大价钱买的，只能使用三次。没想到高维入侵还没开始，就已经用掉一次了。”

* * *

像司辰这样的独狼，在空间折叠区其实并不多见。大家基本都是组队来的，真要发生什么，好歹也有个照应。

空间折叠还没开始，司辰在路边找了个椅子坐了下来。他拿出手机浏览社交账号，打发时间，等待空间折叠开始。

季楚尧已经知道司辰打算一个人刷副本。温室里培育不出合格的战士，所以，尽管有那么一点担心，他也没有阻拦。

季楚尧：可惜了。本来我是打算带你一起去的，但是我最近还在做手术。

说着丢来了一个狗狗委屈的表情。

季楚尧：不过我登后台看了一下。根据登记，这个空间折叠区来的进化者水平都很一般，顶多3阶。

毕竟只是一个低级空间折叠区，产出的高维物品价值不会太高，不值得高阶进化者来一趟。

季楚尧：小心高维生物，小心陌生进化者。

司辰：嗯。好。

季楚尧：回来请你吃饭。

司辰本想回句“好耶”，屏幕上却骤然跳出了红色感叹号，手机显示“无信号”。他把手机收回兜里，装好。他明白，高维入侵开始了。

现在正是黄昏，太阳即将沉入地平线。司辰听见了自己微微的心跳声。过去，他总是被动地遭遇、面临这些灾难，这次是他主动迎接灾难的降临。

不得不说，这感觉挺不一样，就像第一次伸手去扼住命运的咽喉。

和之前遭遇虫族文明不同，这个空间折叠区的地理环境没有发生任何变化，唯有建筑仿佛突然之间变得陈旧起来，吹来的风里有种腐朽的气息。

晚上7点，最后一丝自然光消失不见，路灯自动亮了起来，暖黄色。

司辰吐出一口浊气，正要思考自己接下来往哪里走，手机就突然在口袋里振动起来。手机自带的铃声在空荡的街道上回响，如同催命。但他分明记得自己收起手机前选择了关机，况且，他一直是开的静音模式。

司辰拿出手机，发现屏幕上显示的是未知号码。手机振动让他的指尖发麻。一瞬间，他已经明白自己遭遇了什么样的高维文明。

灵异天灾。

司辰不是很想接电话，但是他等了三分钟，电话铃依然在响，很执着。他滑动屏幕选择挂断，但没有用。思考片刻后，他选择接听。他倒要看看，这鬼来电来的会是什么东西。

电话里，男人的声音字正腔圆：“欢迎致电心灵之家诊疗室，我是您的主治医师。您可以叫我博士。”

司辰面无表情道：“你打错了，我没打电话。”

但电话里的声音并不受干扰：“幸运的人用童年治愈一生，不幸的人用一生治愈童年。这次故事的主人公是我的一个病人，他叫司辰。

“司辰是捡来的孩子，没人知道他的父母是谁。毫无意外，人们把他送到了位于庄山区的孤儿院。

“他从小就聪明、可爱、冷血、恶毒，并且诡计多端。”

司辰对这声音置若罔闻。因为挂不掉电话，他尝试把手机在花坛边敲碎，想看看能不能结束这个灵异事件。

因为撞击，手机几乎折成了一个锐角，电路板和芯片碎了一地。但电话里那个声音依旧阴魂不散，只是掺杂了电流声，显得格外诡异。

“才五岁，司辰就知道装病，骗取护工的同情，从而得到更多的关爱和资源……”

随着这句有些阴沉的话落下，司辰的身体骤然出现了熟悉的虚弱感。他捂住嘴，几声压抑至极的咳嗽从手与唇的缝隙间溢出。

自从成为进化者，司辰已经很久没有咳嗽过了。而此时，他的肺部烧灼似的疼，喉咙里有着淡淡的铁锈味。

长生渊在他体内，疑惑地发出一声“吱”。

“小司辰知道，‘爱’是个好东西。他太想要别人爱他了。

“但他并不知道，看上去温和可亲的护工先生，实际上是个喜欢做人皮娃娃的黑心中介。”

电话里的声音一顿，随后就是不怀好意的轻笑声：“你还记得吗，司辰？”

通话在此时中断。

司辰微微蹙眉，回想着过去在孤儿院的生活。关于六岁之前的事情，他的脑海空白一片，只能闪现几个零星的画面：针、药……铁链、锁……血、电击……

司辰的太阳穴骤然一疼。

人的忘性是很大的，这是身体的一种保护机制。只有忘记那些琐碎的、尖锐的痛苦，变得迟钝，才能更好地生活下去。

司辰从大腿上的枪套里拔出枪，银色的机械手枪在他的指尖转动。司辰已经嗅到了奇怪的血腥味，是那种陈旧的血，不新鲜，带着点发酵后的酸臭。

前方暖黄的路灯在此时闪烁了一下，光晕由黄转红。

路灯下，出现了一个穿着护工制服的男人。他的脸一片空白，手里握着一条长长的锁链，锈迹斑斑，带着暗红的血痕。

“小辰。”护工说话了，声音粗糙得像河床上的沙砾，“不是让你放学后留下来吗，怎么这么不听话？医生都说了，你身体不好，需要吃药。”

司辰抬手，毫不犹豫地朝护工开了一枪。

在灵异入侵造成的折叠区，新能源枪的确不好使，但并非完全没用。毕竟，不管什么样的高维生物，本质都是由能量构成的怪物。

子弹穿过了护工的头颅，护工的身体诡异地往后仰，头几乎贴着地面。仿佛是吃痛，护工吸了几口冷气，又缓缓站直了身体。

护工空白的脸上出现一个血洞，他尖叫一声，朝司辰冲来，手里的铁链像渔网一样撒开。

司辰侧过身避开，但那条细长的铁链却自动追随着他的身影，没入了他的身体。他的身上没有出现任何伤口，然而生锈的铁链依然从胸口处贯穿了他的身体。

一股冷意从四肢百骸蔓延开来，司辰的身体僵硬，差点握不住手里的枪。

护工像拉牲口一样，把司辰往自己的方向拉去。明明没有五官，司辰却觉得他正在狞笑。

司辰抓住胸口处的铁链，往自己的方向狠狠一拽。他手臂的血管骤然凸起，仿佛血管内有深黑色的血液正在流淌，浮现在皮肤上，像一种奇特的文身。

护工似乎没想过司辰居然这么猛，一点都不带怕的，于是挣扎着想往后退。但这铁链不仅连接着司辰，也连接着他自己的手。

司辰用力，把护工拽到了自己面前。他的手掌被铁链磨伤，黑色的液体流了出来，像硫酸，滴落在地上连柏油路都冒出细密的气泡。

根据官网上的经验，在灵异文明里，遇见高维生物不用慌，毕竟灵能类高维生物就像俗称的“鬼”，只有出现之前才可怕，攻击手段也很单一。

真正有能力直接杀死进化者的灵能类高维生物并不多，起码在低危险区很难遇到。而要对付灵能类高维生物，最好也是用灵异文明的产物。

司辰一拳砸向面前的护工，但他的手只砸到了一团空气。很冷，手臂像是浸入了冰水。

护工发出一阵怪笑：“去死！去死！”

灰黑色的铁链逐渐被染红，颜料是司辰的血。

这条铁链像是活过来了一样，司辰甚至能感觉到它像一条贪婪的蚂蟥，趴在他的胸口源源不断地吸食着血液。司辰想拔出贯穿胸口的铁链，但这条铁链长得像是没有尽头，动一动都是钝刀割肉似的痛感。

司辰把这条铁链拴在了护工的脖子上。他摸不到护工，但这条铁链可以。护工的笑声戛然而止。

铁链越收越紧，护工在司辰身下开始挣扎，发出刺耳的尖叫。隔了一会儿，那护工又开始痛哭流涕地求饶：“司辰，你忘了我过去有多疼爱你吗！我只是一时鬼迷心窍，小辰……我不能让他们把你卖掉！”

司辰不为所动，继续用力，直到护工再也说不出话了，与此同时，那染血的铁链也从司辰胸口处断裂。司辰摸了摸自己的胸膛，没有血，更没有伤口，他沉默地把这条接近两米长的铁链挂在了胳膊上。

空荡的街道上骤然响起一阵悠扬的音乐。

司辰抬头，看向声音的来源。那是超市门口的广播。

“护工在给小司辰的药里下了麻醉药，然后把他带回地下室，用铁链拴在了椅子上。护工向司辰展示了自己的藏品。

“这是小明的头发，这是小美的眼睛，这是小可的皮肤，他们是孤儿院里被领养走的小孩，它们被缝合成了一只娃娃！

“‘你是我见过的最漂亮的小孩，’护工说，‘你自己就可以做成一个完整的娃娃。我已经等不及了。’”

恍惚间，司辰听见了小孩们的笑声。那笑声由远及近，还伴随一阵脚步声。

“但很不幸……还没来得及动手，护工就猝死了。

“他真的是猝死的吗？没有人知道。那就姑且算猝死吧。

“护工的尸体发烂，发臭，长出蛆虫，一周后才被邻居发现。”

随着广播中传来的声音，倒在地上的护工身体迅速腐烂，短短几秒内就长出了虫豸，发出令人反胃的恶臭。

“而我们的小司辰，就被捆在椅子上，和这具尸体待了一周。

“那也是他第一次见到白裙子。他很害怕，一直在和白裙子说话。

“是的，你没猜错，他——疯——啦！”

司辰耳边出现许多嘈杂的声音，他原来的那只眼眸，眼白因充血而变得通红。

广播里的声音却越来越慢：“白裙子说，‘你别怕，好孩子，我们来做个交易吧’。”

“呃……唔！”播音员像是遇到了什么问题，突然支支吾吾地说不出话。他之前柔和而充满恶意的嗓音里，此刻居然透出了惧意。

广播在下一秒开始啸叫，尖锐的回授音震得人耳膜发疼。

播音员的声音消失了。

司辰在路灯下等了一会儿，也没听到其他声音，反倒是地上的护工尸体变成了一个身首分离的陶瓷娃娃。

这个陶瓷娃娃已经碎了，勉强能看出原样。司辰用脚踩了踩碎片，这些陶瓷片也并没有暴起伤人，显然是失去了灵异特性。

这个空间折叠区，比之前遭遇的几个折叠区都要诡异，但司辰能确定一件事——那个自称“博士”的高维生物，应该就是这个空间折叠区的关底BOSS（实力最强的守关怪物）。

离开空间折叠区的两个办法，第一是等这片区域能量耗尽，第二就是杀死关底BOSS。司辰决定选第二条路。最重要的是，他很好奇博士所说的故事到底是不是真的。

司辰打开义眼的扫描模式，继续往前走。他在马路上发现了几个栩栩如生的玩偶，看上去像一个个缩小版的人。它们的脸是拼接出来的，布满了缝纫线的痕迹，正七横八竖地倒在地上，手里还拿着尖尖的小刀。如果忽略带血的尖刀，这些娃娃看上去都很可爱。司辰捡起其中一个，捏了捏，娃娃居然吐出了一句话。

“嘿嘿。当初在孤儿院，我还抱过你呢！”

司辰一愣。他搜完了这条步行街，一共发现四个小玩偶，每个玩偶捏一下都会出现不同的语音彩蛋。

“你的药是我偷的，对不起。”

“他们欺负你，我看见了。我跟院长告状，但他说这很正常。”

“我最贵，是今年的孩子王，卖了七十万。你呢？”

司辰陷入沉思。他知道灵异文明里，发生什么都不用在意，因为这个世界没有逻辑。但他却莫名觉得手脚冰凉，并不是后怕，而是好奇自己为什么会遗忘。

“……算了。”

反正那群人都死了，就连除他之外唯一的幸存者13也死了。烈火烧掉了一切，过去对司辰而言，已经没有意义。

司辰挖了个坑，把玩偶们埋进土里，还在坑里放了朵野花。

最后一个玩偶被放进去时，那个“孩子王”说：“谢谢。你要往上走，你别回头。”

* * *

夜晚还没有结束。

平临市，空间折叠区，居民楼。

尽管房价有所下降，但这里的房子和安全区一样都是总面积十几平方米的小户型。走廊两边门对门，像极了大学时的宿舍楼。

墙角的监控再次传来声音：“抱歉，刚才出了一点意外。现在，我们继续深夜故事。我是心灵之家的主治医师，博士。”

博士的声音依然温柔，但是不知道为什么能听出几分被揍得鼻青脸肿的感觉。

“之前讲到哪儿了？对，余川是组织里新鲜的血液，优秀的战士，优雅的绅士。

“所有认识余川的人，都夸他是一个正义感很强的好人。这在道德感低下、金钱至上的社会，是一件很难得的事情。

“他从小就发誓要惩恶扬善，扶弱济贫。高中毕业后，他成了一名银行业务员。相当体面的工作。”

躲在房间里的一个男人低声骂了一句：“该死，怎么又来了？有完没完！”

余川就是在高维入侵开始前好心提醒过司辰的卷发西装男人。他本来是和同伴组了两人队，然而高维入侵刚开始，他就和同伴分开了。

起因是同伴接了个电话，然后哭着说自己要去“救妈妈”，怎么劝也劝不回来。余川只好独自上路，按照扫描仪的指示来挖矿。

扫描仪可以显示空间折叠区的高能区域；“挖矿”是黑话，意思是这个地方可能有值钱的高维物品——尽管余川也不知道，这栋平平无奇的居民楼到底哪里有值钱货。

广播里的声音继续道：“所以，在发现自己的网约车乘客的行李里有一具尸体时，余川没有第一时间报警。”

正在翻箱倒柜的余川，在听见这段话时猛地抬起头，神情惊愕。这段过去，他没有和任何人说过！广播里这个“博士”是怎么知道的？

博士发出了低沉的闷笑：“女人告诉他，袋子里的人是她的丈夫，一个强奸犯、家暴狂。在又一次争执时，她失手杀死了丈夫……

“她哭得那么可怜，余川心疼极了。所以，余川不仅没有报警，还和她一起处理了尸体。他们开车，把女人的丈夫埋尸荒野。

“分开时，女人对他道，‘谢谢，你真是个好人’。

“但从荒野回来的第二天，余川就在电视上看见了通缉令。女人是通缉犯，进化者，具有蛊惑人心的特性，前一天刚杀了缉拿她的安管局员工。

“可怜的余川成了帮凶，但他不敢坦白，因为他还需要这份工作，维持光鲜亮丽的生活，维持他‘小镇做题家’的脸面。他是父母的骄傲，是同辈羡慕的榜样，他不能进监狱，不是吗？”

余川的脸在瞬间变得惨白，身体僵硬。

“不是不报，时候未到。现在，十七年过去，冤魂来索命了。

“这次，犯错的人是他自己。他会怎么做呢？博士也很好奇。”

走廊外，本应该是极其安静的地方，突然响起敲门声。

“咚，咚，咚。”

余川是进化者，听力很好。因此，他能听出敲门声是从最左边的走廊传来的。被敲响的是1号门，而余川在最右边的12号门。

因为没有人开门，于是，在短暂的停顿后，2号门被敲响。

依旧是三下。

这敲门声像是奇特的鼓点，一下一下，砸到了余川的心上。他的额头冒出冷汗，内心充斥着前所未有的心虚和慌张。

“怎么会……”他甚至想咬指甲了，“我从来没说出去过。不可能有人知道。”

有类似疑问的人，在这个折叠区里还有很多。

余川并非第一次面对灵异天灾，但他不得不承认，这个地方比他之前进入的折叠区都要邪门。这个空间折叠区的主宰会挖掘人们内心深处最不愿回想的过去，然后以治疗的名义，让人们重新面对痛苦。

余川来到窗户边，往下望了一眼。这里是22楼，底下深不见底，按理说，他是可以从窗户翻出去的，但太过冒险了。低阶的进化者只是身体素质比普通人强，从这个高度摔下去，还是会死的。

余川掏出了口袋里的晴天娃娃，握在手上。敲门声越来越近，原本迟缓的敲门声变得急促，像一头愤怒的喘着粗气的野兽。随着敲门声的逼近，晴天娃娃扬起的笑容慢慢消失，嘴角从上扬变成下撇。

余川走的是生物进化的路子，目前是2阶，在这个折叠区里不算太低。但不知道为什么，他莫名失去了抵抗的勇气，反而有一种“早该来了”的错觉。

就像博士说的那样，余川这些年一直活在自责中。这种自责，让他彻夜难眠。他曾去看过那个安管局员工的墓碑，那个人死的时候才三十七岁，人生几乎才刚刚开始。

余川本来应该报警的，在发现通缉令的时候。但是，埋尸的时候，余川亲眼看见那个袋子动了一下。

女人被吓得仓皇落泪，她生得很美，哭起来更是动人。于是，余川鬼迷心窍，朝着裹尸袋补了一枪。

余川拿出刀，死死握在手中。鲜血染红裹尸袋的画面一直在他的脑海里浮现，他的背抵着门板，周边寒气逐渐加重，刺骨的冷意让人四肢生疼。

敲门声已经来到隔壁。

快了，几秒后，就是自己这里。

余川瞪大眼，在一片寂静中，等待着审判的来临。

* * *

司辰觉得要打关底BOSS，还是得多拉几个壮劳力。就像他当初在实验室的时候，虽然那些实验，他可以独自完成，但有了其他科研员的协助，效率还是明显上升。

只是，这块空间折叠区虽然小，但百来号人平均分摊到方圆十千米，想遇见依旧需要一点运气。

余川是第一个显示在司辰的扫描范围内的进化者。

司辰并不知道，自己能扫描到余川并不是因为自己的义眼足够先进，而是因为余川装配了机械核心的外骨骼设备，而司辰在机械核心的内部权限又很高。

季楚尧给司辰开了自己账号的子权限，权限等级几乎等同于机械核心集团的普通高管，主要功能是扫描出机械义眼检测范围内的“用户”。

这项功能实际上侵犯了公民隐私，早些年还有一些人抵制，但如今，大家的隐私都被侵犯成了筛子，普通人倒也不是很介意。

更何况，机械核心后来还推出一项服务，每月只用花一百信用点就可以自主关闭定位，所以抵制的人就更少了。机械核心每个月光靠这一项，就能净赚十几亿。集团明面上说定位已经关了，实际上能看到的还是可以看到，并且十分精准，在折叠区内依旧生效。

司辰走进小区，往光点所在的位置移动。

数据显示幸存者在22楼，司辰本来想坐电梯，只是他走进电梯，摁下“22”，电梯门一开一合，就是不上去，很叛逆。电梯顶部的白炽灯还闪烁起来，像是无情的嘲笑。

于是，司辰冷笑一声，临走前，剪了电梯的电线作为报复。他身上还挂着那条铁链，虽然看起来不长，却格外沉，压得司辰腰疼。等他气喘吁吁爬上22楼时，刚好看见一个穿着制服的毛绒玩偶正在敲12号的房门。

这个玩偶是只卷毛小熊，制服上还有安管局的员工编号。它长得很可爱，腹部却有一个血色大洞，同样是毛毡做成的粉红色肠子从洞里流出，拖在地上，在地板上留下一道红痕。

在看见司辰的瞬间，毛绒玩偶打了个哆嗦，提起自己的毛毡大肠就往另一边楼道跑去。司辰的意识还没反应过来，身体却很诚实地追了过去。

不心虚，这鬼东西跑什么？

这玩偶熊看起来小小一只，跑起来速度却很快，像只兔子，一蹦就是三尺高，几乎一眨眼就跑到了窗台边缘。它转头，朝几米外的司辰做了个鬼脸，然后义无反顾地跳了下去。

跑掉了。

司辰扶住栏杆，往下望了一眼。很高的楼，底下像是起了雾一般，黑压压一片。

很显然，玩偶熊也是灵异天灾里的高维生物。类似这种现象，人们一般称其为“闹鬼”。

司辰本来以为之前在马路上碰到的玩偶是特例，没想到不是。那位自称是心理医生的博士，看起来很喜欢躲在暗中操控玩偶，也许可以去这个空间折叠区里卖玩具的地方碰碰运气。

司辰问：“能吃吗？”

长生渊思考片刻，语气中头一次出现了迟疑：“吃……不好……吃。”

“下次抓到，给你红烧。”

长生渊欢呼起来：“妈妈！香香！”

司辰折回去，敲响了12号房的房门。很有礼貌，“咚咚咚”，三下。

房间里迟迟没有动静，司辰清了清嗓子，问道：“有人吗？”

依旧十分寂静，没有任何声音。

司辰索性道："别躲在里面不出声，我知道你在。"

片刻后，房间里传来了一声颤颤巍巍的询问："……你是谁？"

"人。司辰。"

余川趴在房门上，透过猫眼看见了司辰的脸。尽管光线很昏暗，但他还是认出了来人，毕竟那双漂亮的异色瞳真的很难在短时间内忘却。他小心翼翼地打开门，确定没有遭遇"开门杀"之后，彻底松了一口气，瘫坐在地上。

"外面的东西呢？"

"跳楼跑了。你好歹也是进化者……"司辰欲言又止。

余川因为精神压力过大，有种绷到极致后骤然放松的虚脱感。他苦笑着问："你都听到了吧？"

"听到了。"每层楼都在放广播，想不听到也难。

"我没想杀他，但我是从犯。"

司辰："嗯。"

余川等了半天，也没等到司辰下一句话。他问："……你不说点什么？"

司辰的语气很平静："制裁你是法律的事，不是我的事。你要是真过意不去，出去后去自首吧。"

余川抿起唇，想了想，说："我叫余川，生物改造方向的进化者，2阶，特性是橡皮人。"

余川清楚，司辰不可能无缘无故来找他，既然如此，还不如证明一下自己的价值。他伸出一只手，在司辰面前把自己的胳膊扭成了麻花："看。弹性和柔韧性都很好，还能把自己碾平，从门缝里挤出去。就是复原需要费一些时间，而且比较怕尖锐的东西。"

"在伸展范围内，可以随意收缩。"说着说着，余川的脖子不断变长，头顶到了天花板，"看，就像这样。"

长生渊在此时不合时宜地说了句"妈妈，饿"。

司辰看着余川起码一米五长的脖子，面无表情道："你不用演示给我看。谢谢。"毕竟在灵异天灾里，这个特性实在是过于刺激了。

余川把脖子缩回到正常人类的范畴，转了转自己的脑袋。长生渊莫名发出一声叹息，感觉很是可惜。

司辰有点想吃香辣鸭脖了。他用尴尬的咳嗽掩饰着自己的饥饿："你对这次高维入侵有什么看法？"

余川陷入沉思，继而说道："高维入侵刚开始，我朋友就收到了奇怪的电话。他接完电话告诉我，他要去救妈妈，并且拒绝一起行动。按理说，他是机械改造方向的进化者，不会这么容易受灵异事件影响。

“后来，我也接到了电话。我把手机丢进了垃圾桶，没有接听。但我路过商场的时候，大厦上的LED屏亮了起来，电视里的人说他是我的主治医师……”

司辰打断了他：“那你看见他的样子了吗？”

余川茫然地摇头：“屏幕一片白光，只有声音，没有图像。

“我捂住耳朵，跟着导航到了这里。刚进房间，外面就放起了广播。

“有人在敲门，我理智上知道都是假象，可是大脑不受控制，满脑子都是那个被误杀的专员来找我的画面。我能感觉到自己在逐渐丧失勇气和希望，只是没办法从这种情绪中挣脱出去，甚至有一种干脆就这样等死的想法。”

司辰：“我和你的经历差不多。我在路上捡到了四个小人偶，来找你的时候，又看见一个拿锤子的毛绒熊在敲门。我觉得这些玩具就是博士的攻击手段。”

余川的眼睛亮了起来：“灵异文明最显著的特性就是基于现实！博士本身的形态应该和这些玩偶相关，最有可能藏在有大量玩具人偶的地方！”

司辰：“对，没错。而且你有没有觉得，一路走来，人有些太少了？”尽管就百来号人，但司辰到小区的路程都快两千米了，遇到的人就余川一个。

余川：“啊……那我就不知道了。在空间折叠区里，大家一般会避免见面的。”

不是所有人都像司辰这样有“外挂”，能通过扫描发现周围的人。在这里，大家都遵循着一些秘而不宣的守则，比如：不要和陌生人说话。

如果不是司辰救了余川，余川也未必会全盘托出。

“我来这里，是因为我的检测仪检测到这里可能有高维物品，俗称‘道具’。”余川看向了司辰身上挂着的铁链，“你这条铁链也是道具，看起来质量不错。”说完，他继续在屋子里翻找起来。

屋子虽然不大，但因为没有灯，很黑，余川只能叼着手电筒一点点找。本来都不抱什么希望了，结果检测仪的灯突然闪烁起绿光。

让检测仪发光的是一个放在梳妆台前的化妆镜。镜子是圆形的，虽然暂时不知道有什么用，但好歹是高维文明的物品，拿出去能卖不少钱。

余川心头一喜，捧起镜子，忸怩片刻：“哥，这个东西是我找到的，我就自己收下了？”

司辰回答：“你拿着吧。”

杀人越货这种操作实在是过于反派了，司辰是不会做的。

余川喜滋滋地拿出收容袋。他把镜子放在桌子上，腾出手来拆收容袋的塑料包装。

月光在此时从窗外倾泻进来，洒在镜面上，反射出晃眼的光。司辰下意识地往镜面上瞟了一眼，呼吸在瞬间凝滞。

有人趴在他背上。

是白裙子。

白裙子的头搭在司辰的肩上，手臂环住了司辰的脖子，像一只挂在树上的树袋熊。他垂落的发梢随风轻轻晃动，似乎还在轻轻哼着歌。

司辰长得好看，白裙子有张和他一样的脸，自然也不差，但白裙子看上去更加纤细易碎。

察觉到司辰身体变得僵硬，白裙子在此时抬头，同样看向了镜面。同一时刻，镜子毫无征兆地碎裂，近乎爆炸一般，碎玻璃片哗啦啦落在了地上。

“啊！”余川的惊呼听起来心痛至极，“镜子怎么突然碎了？这道具是从批发市场两块钱批发的吗?!”

司辰原本以为玩具熊看见他就跑，是因为本身的战斗力不行，现在看来事情好像没那么简单。他摸了摸自己的背后，什么也没有。

虽然感觉不到白裙子的重量，但司辰知道，它一直都在。司辰沉默了片刻，说：“先出去吧。”

因为司辰任性地剪掉了电线，如今大楼里不仅没有电梯，还没有灯。

余川十分诧异：“我上来的时候还搭了电梯，怎么突然没了？”

司辰不好意思说是自己干的，两人只好摸黑走楼梯下楼。

这栋建筑的设计师大概没想到都新历47年了还有人会走楼梯，楼道设计得十分狭窄。司辰举着手电筒走在前面，两人的脚步声在狭窄的楼道间发出“嗒嗒嗒”的混响。

余川其实是有些怕鬼的。他也知道这些都属于高维生物，是能量构成的一种形态，但如果大脑这么好控制，也不会有那么多人拖延到最后一秒才开始工作了。

司辰太沉默了，余川试图用单口相声缓解尴尬：“哥，你是哪里人，多大？我今年四十二岁，安全区户口，二十年前从安城大学毕业的，家里有三套房，年入五百万。

“当初毕业后，我也去四大集团面试过，但是我绩点不行，人家不要我。后来攒了点钱，自己做生意，挣到了第一笔高维进化的启动金，然后我就成进化者了。

“唉，灵异天灾就是这点不好，太容易精神崩溃，还有很多奇怪的规则，我应该带个生命体征检测仪的。”

余川说话的声音很吵，司辰拔出腿侧的枪，低声道：“安静点！别叫我哥。”

他比余川小了整整二十岁。而且，一直都是他叫别人“哥”……长幼尊卑不能乱。

余川看见了他拔枪的动作，有些紧张。他本来觉得自己只是多说了两句话，应该不至于被杀人灭口。然而，话还没来得及说出口，他手里握着的晴天娃娃突然像流沙一样化开。

晴天娃娃是余川在上一个副本得到的道具。经过协会鉴定，这是一只能预告灾厄的晴天娃娃，可使用次数为三次。他之前遇到司辰，用了一次；后来听广播，又用了一次；现在刚好是第三次。

余川的动作骤然僵硬起来。因为司辰的警告，他安静下来，因此终于察觉到了些许异样。比如，楼道里的脚步声好像过于嘈杂了，根本不像是两个人发出来的声音。

余川活到四十二岁，靠的可不是装疯卖傻。他调整了自己走路的节奏，和司辰的步伐保持一致。他们的脚步声变得规整，但这样一来，多余的那个脚步声变得格外明显。

不是回音。

有人在跟着他们，脚步声时轻时重。

司辰停下动作，远处的脚步声也同时停下，似乎在安静地等待。司辰关掉了手电筒。

余川小声问："现在怎么办？"因为过于安静，他的这声询问在楼道里仿佛有了回音。

司辰推了推安全通道的门，门上的智能锁亮起蓝光，显示这里是13楼，示意他输入密码。

很显然，他们被灵能类高维生物制定的规则困住了。

司辰靠在楼梯转角的墙面上，道："你继续往前走，不要停。"

余川的腿抖了起来。他听见了自己心跳的声音，怦怦怦的，甚至感觉全身的血液都集中到了头部。他清楚，自己可以偶尔拖一下后腿，但关键时刻必须发挥价值。

余川比了一个"OK"的手势："好，你小心。"说着，独自往楼下走去。

余川的脚步声渐行渐远，那个多余的脚步声则是不断逼近。楼梯里没有灯，但司辰装的是义眼，能看见暗淡的红外线图景。只是，随着脚步声接近，他的视野逐渐变黑。这应该是他们遇到的高维生物的特性之一。

司辰在脑海里演练着可能遭遇的场景，反复告诉自己不用太紧张，希望可以用这种方式克服内心的恐惧。

这无关勇气，这是人类面对未知时一致的反应。

楼道里飘来奇怪的味道，是一股福尔马林的味道。

近了。

脚步声几乎贴着司辰的耳朵响起。

嗒，嗒。

司辰死死盯住楼道转角，身体绷紧，像一支蓄势待发的箭。

就在这支箭准备飞射而出时，楼下突然传来余川的惨叫，声音凄厉至极。以防万一，司辰朝拐角开了几枪，随后打开手电筒，照亮了被黑雾笼罩的楼道。

没有，拐角处什么也没有。

司辰已经反应过来了，楼梯里的“鬼”没有跟着他们下楼。脚步声只是幌子，它是在上楼。

想清楚高维生物的小花招后，司辰大步往楼下跑去。他一直跑到了10楼，随后缓缓停下脚步。

这里的场景和他上来时看见的不太一样。墙面变成了没有粉刷的水泥墙，充满陈旧的气息，司辰只在一些怀旧风格的历史纪录片里看见过这样的墙壁。

这个楼道居然装了声控灯，橙黄色的灯光一亮，可以看到两边墙壁上全是用红色油漆涂的标语。司辰挨个儿看了过去，全是什么“办证××××”“水电维修×××”“开锁×××”。在一片垃圾广告中，他发现了一条有用信息——

“心灵之家诊疗室，永远关注您的身心健康。联系电话：××××（熊博士）。”

这条信息写在楼道的天花板上，司辰凑过去，打开手电筒，眯起眼仔细看。熊博士的联系电话被一团黑色的油漆糊住了，下面还写着几排字迹不一的小字：

“欠债还钱，杀人偿命。”

“骗子！不要信！”

“对不起，妈妈错了，妈妈好想你。”

整个楼道除了稍显阴冷外，并没有其他人，更没有打斗的痕迹。余川虽然怕灵异生物，但好歹也是2阶的进化者，普通的灵异生物就算抱着他啃，也要啃一段时间。显然，这里不是第一案发现场。

司辰继续往下走，但没过多久，他发现自己又回到了10楼。楼梯半层平台上贴的数字“10”，像一个明晃晃的嘲笑。很显然，这是“鬼打墙”。

司辰没有再动，站在声控灯下开始沉思。他启动义眼搜寻余川的位置，原本是不抱什么期望的，没想到代表用户余川的光点就出现在自己头顶。他掉头往上走，却在十几秒后，又一次出现在10楼的入口。

司辰举起手电筒看向11楼的方向，那里被黑雾笼罩，连一丝光也穿不透。他大声喊道：“余川，你在吗？”

头顶传来了一阵动静，余川的声音带着哭腔和意料之外的狂喜：“我在！我在这儿！”

司辰：“……你在几楼？”

“11楼！”余川冲着司辰声音传来的方向大喊，“我一直在往下走，走到11楼和10楼的交界处，在拐角地方撞到了一个……哎，我也不知道怎么和你说！我撞到一个在地上爬的人。”

“他的腿往后折到脖子两边挂着，就那样走路，身上全是血。我吓了一跳，头都撞到天花板了，然后掉头就跑。”余川应该受惊不浅，此时语速极快，哽咽中还带喘气，“我本来想来找你的，结果一直在11楼出不去。那个高维生物也不见了。哥，你还好吧？我手电筒不知道丢哪儿了，现在什么也看不见。”

“我在你楼下。”司辰道，“你往下走试试？”

余川的腿开始发抖。他看了看黑漆漆的楼道，鼓起勇气往下迈了几步。

司辰听到了脚步声从头顶传来，他举起手电筒对准了楼道口。只见黑雾中伸出一只苍白的手，指尖发颤，像是在摸索着什么。

余川的声音仍在发颤：“哥，你在哪儿啊？我要冻死了，这里好冷。”

司辰也感觉到了。这股冷意和环境无关，像是从灵魂深处生出的寒气，直冲天灵盖，让人后脑勺发凉。

义眼给出的视野里勾勒出一个模糊的轮廓，司辰沉默片刻，抓住了那只手，十指相扣。尽管有心理准备，但是当余川从黑雾里被拉出来时，司辰还是没忍住，头皮微微发麻。

余川的双腿从背后折断，绕过肩膀，又从脖子两侧绕了出来，脚后跟朝前。扭曲的不仅有他的身体，还有脖子。他的脖子向左折断，是受到剧烈外力冲击才会出现的不正常扭曲。

司辰回忆了片刻，想起自己在什么时候见过这种姿势——跳楼，头先着地的那种。

余川并没有死，只是遭到了高维生物的入侵，换句话说就是“鬼上身”，好在橡皮人的特性让他承受住了这种不正常的扭曲。

司辰植入长生渊，从某种意义上，也属于高维生物入侵。

“余川”的表情格外阴沉，眼眶里是苍白泛灰的眼球。它歪着头，拿白色的眼珠子看着司辰，一言不发。

冷意从两人相握的手掌开始蔓延，司辰手背上裂开一条猩红的缝，长生渊的触手从缝隙里挤出，一圈一圈绕上了余川的胳膊。如果司辰不够强，他会像余川一样，被面前的高维生物扭曲。

司辰正在思考到底要不要动手。高维生物没有实体，显然附在了余川的身上。他和余川没有什么深情厚谊，之所以没动手，是因为不确定解决余川后能不能顺便解决余川体内的东西。

突然，司辰手臂传来了拉扯的力道。“余川”拉着司辰往楼梯下面走，示意司辰跟上。司辰想了想，没有拒绝。

转过楼梯折角，司辰看见10楼原本涂满广告的墙面上，出现了一扇打开的门。门前放着一个花圈，黑纸白字写着一个“奠”。墙脚有几捧白色的菊花，半死不活，阴气沉沉。

门口摆着一碗凉透了的白米饭，垒起小山似的包。米饭没有配筷子，只有正中央插了三炷香。香烧了一半，米上全是香灰，却没人在意。

“余川”死死握着司辰的手，牵着他往屋里走去。这间房子的主人看上去经济条件不怎么样，房间里的摆设都十分陈旧、廉价。

进门就是方方正正的客厅，没有开灯，客厅里黑漆漆的。司辰举起手电筒，看见客厅墙上挂着一张黑白遗照，照片上的男孩脸上有羞赧的笑意，很腼腆，看上去才十七八岁。客厅地上是散落的纸钱，餐桌上摆着果篮，已经腐烂变质。

主卧的门开着，亮着光。房间里，传来女人悲痛欲绝的哭声，像受伤的母兽。

“欢迎您致电心灵之家，我是医院的主治医师，熊博士……”

绝望的母亲质问：“你不是说他的病快好了吗？他为什么在你们医院跳楼了？”

“女士，我们对您的遭遇很抱歉。”

母亲的声音沙哑而愤怒：“为了治好他的病，我出了二十七万的医药费！你们到底是怎么治的?!”

“女士，从我们康复中心出去后，您的儿子亲口承认自己认识到错误，再也不会沉迷手机和电脑游戏了。”熊博士温声道，“您让我们治的是他的网瘾，并不是抑郁症，不是吗?”

“余川”拉着司辰一步一步往卧室里走去。司辰进行了初步的扫描，确定卧室里没有人，更没有高维生物。

“我翻到了他的日记。你们拿针扎他，拿电电他，不给他吃饭，让他被其他患者嘲笑，你们……”

熊博士打断了她：“女士，这都是正常的治疗手段。之前，我们也让您签过知情同意书的，不是吗?”

司辰在牵引下来到这间卧室。灯亮着，但空无一人，只有红色的台式电话，连着电话线的话筒从床头柜边缘垂落，悬挂在半空，无风自动。

电话里传来一阵杂音，熊博士和女人的对话模糊不清。司辰只能隐约听到母亲的哀号和诅咒：“你不得好死！下地狱！”

熊博士笑了起来：“女士，如果我们真的是造成悲剧的凶手，那亲手把他送来治疗的您，是否就是一切悲剧的起源？只有懦弱的废物才会习惯性地怨天尤人。您真的思念他的话，我建议你们可以换个方式团聚。”他的声音依然优雅、温和，像训练有素的男主播，接着，电话里传来一阵忙音。

这个房间应该许久无人居住，地上床上全都积了一层灰，让人呼吸不太舒畅，木质的床头柜上也是一层厚厚的油垢。

房间的角落，吊着一个女人。

“余川”静静地注视她，它的眼眸依然苍白，却蓄起一层薄薄的泪。它拉着司辰，到了床头柜前，那里放着一张泛黄的宣传单。

心灵之家康复中心，连续6年获平临市优秀心理诊所称号！

主治医师熊博士，毕业于××大学，获心理学博士学位，从业11年。

专注于青少年心理健康问题，治愈率高达百分百！

欢迎来电咨询。电话：0×××8999。

地址：平临市礼安街道13号。

大概是怕客户找不到，这张传单上甚至还附带详细地图，心灵之家康复中心的位置被一个红色的箭头指出。

“余川”把传单递给司辰，随后松开了手。扭曲了许久的余川一个激灵，骨头发出了“咯咯咯”的响声，硬生生拗到前面的腿被掰了回去。

“吓死我了，吓死我了。”余川大口大口地喘气，充满了劫后余生的庆幸，“还好我柔韧度好，要不然早就被拗断了。哥，你胆子也太大了吧……还有，你也是生物进化啊?”他能看见发生了什么，只是控制不了自己的身体。

在此之前，余川一直以为自己要完蛋了，不是被高维生物干掉，就是被司辰干掉。

司辰没有第一时间回答，而是把电话的话筒盖了回去，摁下免提键。这个固定电话似乎还能用，司辰输入了传单上的电话号码，“嘟——嘟——”的声音在寂静的夜里响起。

电话正在呼叫中。

片刻后，电话被接通了。

“您好，欢迎致电心灵之家。我是您的主治医师，博士。”博士说完这句话，就开始沉默。

司辰平静道：“第一，你可以用任何载体拨出电话，但别人打电话给你，你同样没办法挂断。

“第二，你没办法离开心灵之家，所以，代替你行动的都是不同的玩偶，而这些玩偶的能量由你赋予。

“第三，你没办法控制空间折叠区的高维生物。部分高维生物还和你有仇，但同样受限于规则和特性，没办法向你复仇。”

“对吗?”司辰问。

博士温和地回答：“很有趣的猜测，可爱的病人。”

司辰同样笑了起来：“我可不是你的病人，说话注意点。”说完，挂掉了电话。

因为是隐藏地图，司辰特地在这个小房间里搜寻了一圈。

这个房间里，唯一能检测出能量波动的是一个空白的日记本，但写好的日记已经被全部撕掉，本就不厚实的日记本只剩下可怜的十几页纸——怎么看也不像是有攻击性的样子。

司辰把它丢进收容袋，和余川一起离开了1001房。

两人刚关上门，面前的大门就消失不见，只剩下白色的花圈还留在原本的位置。司辰进屋时，门口的香只燃了一半，现在却全部烧完。碗里的白米饭也消失不见，只剩下一个空碗。

司辰思考片刻，倒了半瓶营养剂进去，让“旧时代小鬼”体会一下来自未来科技的温暖。

“走吧。”他说。

这次，楼道里弥漫的黑雾消失不见，下楼的过程十分顺利。走出居民楼时，余川彻底松了一口气。

只是两人刚走出两步，背后就传来了重物坠落的声音。

司辰回头一看，遗照上出现过的人躺在地上。因为头部着地，身体不正常地折断，血染红了地面。

这次，它没有再站起来。

* * *

离开小区后，司辰察觉到自己饿了。不是长生渊在催他找饭，而是作为人的正常的饥饿感。

按照他的生物钟，现在已经过去十二小时，如果不是在折叠区，应该已经天亮了。司辰拿出剩下的半瓶营养剂，插了根吸管，心不在焉地抿着。他神情放空，若有所思。

长生渊的精神有些萎靡，因为它感觉到了，这里的“饭”又难啃，又难吃，心灵之家的博士在它内心深处还不如近在咫尺的“鸭脖”。

看见司辰吃饭，余川也后知后觉地感到饥饿。他从包里掏出一盒自热饭，蹲在路边进食，像个乞丐。

自热饭是一种做成不同口味和形状的营养膏，价格比普通营养膏贵两倍，添加了几片转基因猪肉，成分和普通营养剂没什么差别，但胜在味道好。成本价七百，售价四千五，而在司辰公司的员工超市，这东西五百信用点一盒。

对生活品质有所追求的小资进化者总是被这样“割韭菜”。

吃着吃着，余川莫名觉得脖子凉飕飕的，转头就看见司辰一边盯着他，一边喝原味的营养剂。他从自己的登山包里拿出另外一盒自热饭上供:“吃吗?”

司辰摇头:“不饿。我打算先到宣传单上给出的心灵之家的地址看看。不过我查过了,平临并没有叫礼安的街道,应该是折叠出来的……”

方圆十千米的折叠区听上去不大,但算下来也有三百多平方千米,相当于一座小县城的面积。想在这个范围内找一条不知道在哪儿的街道,还是有些难度的。

就在司辰这么想着的时候,马路边有人骑着三轮车路过。

这是一辆红色的小吃车,车后面有两口热腾腾的大锅,冒着白烟,好像正在烧着什么。天还没亮,小吃车上挂着红色的电灯泡,在空寂无人的马路上显得很诡异。

小吃车的摊主是个头发花白的老奶奶,她骑着车缓缓朝两人驶来。骑到一半,老奶奶看见司辰手里握的铁链,顿时面露惊恐。她很想掉头就跑,但这是一辆具有“在路边遇到客人一定会停下”特性的小吃车。

小吃车被迫在两人面前停下。

车上的两口锅里正在煮东西,黏稠的汤液里翻滚着各色肉类。小吃车的角落还拴着没来得及处理的大肠,台面上摆着几大碗凝固的鸭血。

这辆小吃车卖的是卤味,红色的油布上用白色胶纸贴出价格。

卤猪蹄:1只手/个

卤猪眼:1只眼/碗

卤大肠:20厘米肠(不要阑尾)/根

…………

真是以物换物,明码标价,童叟无欺。

老奶奶头发花白,面容朴素,低声下气地询问:“客人,想来点什么?”她没有下车,腰间别着一把明晃晃的菜刀。

司辰举起了手里的铁链,脸上的笑容又乖又甜:“不要紧张,我们不是城管。”说着,挤上了驾驶座。

余川看得目瞪口呆,手里捧的碗哐当一声掉在地上。

老奶奶没有下半身,整个人看起来像是焊在小吃车上的。她恶向胆边生,拔出腰侧的菜刀,毫不犹豫地挥向司辰。

刀锋漆黑,带着凛冽的寒意,司辰下意识地拿胳膊挡下。

菜刀具有一定的灵异特性,但砍在司辰身上,就像砍到了硬邦邦的铁块,只划出一道浅浅的白色痕迹。司辰的外套被刀划破,缝隙里露出的胳膊上覆盖着黑色的表皮。他把铁链拴在老奶奶的脖子上,用力勒住。

摊主大喊："我是老实本分的生意人，你不要把老实人给逼急了！我带着手机呢，我一个电话，我们村的人都会来！你赶紧放开！"

司辰没有回答，而是向两边拉着铁链。这个摊主的力气比想象中大，像是一头牛，在他怀里挣扎得厉害。他朝余川道："你去后面坐着。"

驾驶位太小，挤不下三个人。余川急忙走过来，把小吃车上的东西拂到地上。滚烫的卤汁散落一地。

"我的饭！我的饭啊！"摊主抓住铁链，不住地哀号。

这一刻，长生渊竟然和摊主产生了微妙的共鸣。

在清理下面的车厢时，余川没忍住倒抽一口凉气。

正常的小吃车，车厢下面装的是燃料、调料和备用桌椅之类的东西，然而这辆小吃车的车厢下面装着一个人。这个人只剩上半身，胳膊齐断，喉咙部位有个明显的刀痕。他已经死去，但作为心脏的能源泵依然跳动着，为小吃车提供动能。

——这是一个机械改造方向的进化者，已经遭遇不测。

司辰收回目光，平静道："开车，去礼安街13号。"

摊主怒道："你做梦！"

司辰拉紧铁链，摊主的脖子顿时被勒出深深的血痕。她双眼上翻，口吐白沫，拿尖锐的指甲使劲刮扯着司辰的胳膊，发出了"嗬嗬"的气音。

司辰微微松开铁链，冷冷道："开车，礼安街13号。"

小吃车终于启动了。红色的白炽灯在车头一晃一晃的，像极了亡灵的路引。

车在路上七弯八拐，随着时间的流逝，地段变得越来越偏。黑雾又一次升起，车头红灯能照亮的范围直接从七八米缩小到了两米以内，司辰打开手电筒，不出意外地发现手电筒再次失灵，光线无论如何都穿不透黑雾。

余川坐在后车位，摸了摸自己的胳膊，叹了口气："又降温了啊。"

小吃车最终在一家破旧的医院门口停下。医院不高，三层楼。顶楼外墙上有一排红色的霓虹字：心灵之家康复中心。

摊主的手仍搭在车把手上，语气却唯唯诺诺的："到了。"

司辰说了声"谢谢"，然后用铁链勒断了它的脖子。他把菜刀给了余川，又从摊主的口袋里摸出手机，最后卸下了小吃车上挂的灯。果然，这灯哪怕不连电线也能亮，只是光线变昏暗了一点。

雁过拔毛，摊主被"拔"得干干净净，一点都没有浪费。

余川从后车位上跳下来："我们就这么进去吗？要不要再找几个人……"

司辰回答："一路过来，我都没扫到人。而且我觉得，单凭我们两人找不到心灵之家。"

就像那个"跳楼鬼"带他去的"家"，没有它的指引，司辰自己是没办法遇到那个房间的。当然，最重要的是，当他从镜子里看见趴在自己背上的白裙子时，他就明白，自己大概不用担心生命安全了。

司辰已经不记得第一次遇见白裙子时的场景，但还记得当初在孤儿院遭遇灵异天灾时，白裙子做过些什么。

它说："我给你毁灭一切的力量，在这里。"

司辰的意识恍惚了一瞬，片刻后回过神，对余川道："走吧。"

康复中心的院门口亮着路灯，有一间老旧的保安室，保安室内没有人。司辰撬开保安室的门锁，小心翼翼地走了进去。

余川跟着司辰走进保安室，低声道："好乱啊。"

这里应该发生过一起暴力事件，桌子椅子都缺胳膊少腿，七零八落地倒在地上。茶杯碎了一地。地上和墙上都贴着报纸。

司辰举起手里的红灯，一张张扫了过去。

《儿子自杀，父亲假装病患，自费35万揭秘康复中心骗局！》

《心灵之家名誉扫地，主治医师因涉嫌虐待罪被起诉！》

《缺乏关键证据，医生无罪释放后起诉父亲恶意造谣！》

《病人家属声援：博士是最好的心理医生！》

…………

司辰屏住呼吸，一直看到最后一条。

《法外狂徒竟深夜纵火！心灵之家康复中心被付之一炬，无人生还！》

这张报纸上附了"法外狂徒"的照片。"法外狂徒"在新闻里的化名是张三，黑白报纸上的照片就像是遗像。

余川凑在司辰身边，低声道："这张照片怎么感觉有点眼熟？"

司辰回答："之前那个客厅墙上挂的遗照。那个孩子和他眉眼很像。"

报纸被剪得七零八落，连不成一篇完整的新闻。司辰一字不漏地看完，知道张三和妻子早已离异，在假装成病患之前，一直在幼儿园附近经营着一家儿童玩具店，但年年亏损。儿子跳楼后不久，张三的前妻也选择上吊自杀，结束自己的生命。

"好可怜啊。"余川面露不忍。

司辰微微蹙眉："有点奇怪。"

他还记得，追杀他的孤儿院护工、小孩，以及追杀余川的"冤魂"，形态都是不同材质的玩偶，他还因此猜测博士是不是躲在了什么玩具店。但现在看，反而是这个张三和玩具店的关系更紧密。

不过都已经到康复中心了，只要找到博士，一切都会有答案。

两人走出保安室，空气里多了点烧灼后的硫黄味，呛得人不太舒服。走近了才看到，这个康复中心的外墙的确有严重的烧灼痕迹，几个窗户都被烟熏得焦黑。

余川握着菜刀，往司辰的身边使劲贴：“哥，我能牵着你吗？我害怕。”

司辰：“不要。”他对活人的皮肤过敏。

余川眼含热泪：“呜呜，我们不是好兄弟吗？”

司辰：“按照套路，牵着牵着发现变了个人，不是更恐怖吗？”

余川身体一僵。

司辰把红灯举到自己的脸边，幽幽道：“你再仔细看看，我是谁？”

余川被吓得心脏骤停，尖叫声卡在了嗓子眼，眼白往上一翻，身体向后栽倒。司辰放下灯，狂掐他人中，把这个不争气的东西从半昏迷中抢救过来。

余川声泪俱下地控诉：“你明知道我怕鬼……”

“灵能类高维生物，不算鬼。”司辰严谨地纠正，“世界上不存在鬼，相信科学。你说话注意点。”说完，他站了起来，道，“好了，走吧。”

康复中心的铁门前挂着一个掉漆的告示牌：×人免进。

第一个字的红漆已经全部脱落。

余川伸长胳膊，把手臂从铁门的缝隙里钻进去，从里面打开了门。

随着两人走进，原本打开的铁门被风一吹，吱呀一声轻轻合上。门口的告示牌上，原本空白的位置缓缓浮现一个血红的大字，连在一起变成了——

活人免进。

* * *

司辰和余川小心翼翼地走进大厅。

确实是被火烧过的康复中心，大厅墙面斑驳，全是焦黑的痕迹。天花板垮掉一大半，露出里面弯曲的龙骨。

根据入门处的地图显示，大厅除了前台之外，左侧是食堂，能通向后面的操场，右侧是公共卫生间和洗浴中心。左右两边都有厚重的铁门，入口处还贴出了每天吃饭、洗澡、上厕所的时间。浴室单数日女生用，双数日男生用。

司辰觉得，吃饭洗澡都还好，但是连上厕所的时间都要定下，未免过于变态了。

入口正对的是楼梯和电梯。楼梯口被细密的铁网封住，两人试了试，没能打开；电梯更是早就不能用了。

司辰提着灯，来到走廊入口。

这里的铁门是开着的，走廊深不见底。余川看着走廊入口处的指示牌，咽了口唾沫："我们要去这些地方看吗？一看就闹鬼啊。"

司辰沉思片刻，拿出从"地摊鬼"那里弄来的智能手机，拨打了博士的座机号。深夜，寂静的康复中心响起了刺耳的电话铃声。

"丁零零！丁零零！"

司辰和余川不约而同地看向铃声来源，是在通向浴室和公厕的这一侧走廊的深处。他挂掉通话，但那恼人的电话铃声依然没有结束。

司辰举起红色的灯，往走廊里照了一下。

里面很安静，大约是因为水汽重，墙面上并没有太多烧灼的痕迹。走廊两侧有许多门框，但没有门，隐约的月光从铁窗照进来，能看见里面用一面面水泥墙隔开的淋浴间和厕所。

司辰拔腿就想往里面走，余川吓得魂都要没了："哥！你这是作甚！里面真的一看就有鬼啊！"

司辰回答："没别的地方去。而且，总不能让电话铃一直响。"

余川想哭："为什么不能让它一直响啊？"

"太吵。"司辰顿了顿，"你要是害怕，可以在这里等我。"

余川："……"

余川看过那么多恐怖片，深知落单才是最容易触发死亡这个隐藏按键的方式，当即猛地摇头，乖乖跟在了司辰身后。

几乎是两人刚进长廊，背后的铁门就咣当一声自动关上了。余川按了按自己怦怦乱跳的心脏："我就知道会遇到'关门杀'，这下让鬼给瓮中捉鳖了。哥，我跟你说，按照套路，等会儿浴室还会突然喷水……"

话音刚落，左侧的淋浴间骤然响起哗啦啦的水声。花洒喷出深红的血水，带着浓烈的腥味，走廊随之温度骤降，简直不像是来到了浴室和厕所，而像是来到了太平间。

余川跟在司辰背后，身体僵硬："……我这小嘴还挺灵。"

这时，一阵小孩的笑声从背后传来，听起来是在大厅。余川哆嗦道："不能回头的哈。听说人身上有三把火，回头会熄掉。"

司辰对叛逆的花洒视而不见，径直来到走廊最深处，只见墙壁上挂着一部有线电话，刺耳的铃声在空荡荡的走廊里回响。

司辰摁下免提键，博士不疾不徐的声音从扩音器里传来，有些失真。

"欢迎来到心灵之家，我亲爱的病人。

"今天，我们要讲的，是一位名叫小周的病人的故事。

“小周患有严重的双相情感障碍，几乎每周，都会因为自残而被送去医院包扎伤口。

“嗯，因为吃药，一米八的小周有一百八十公斤重，厚厚的脂肪层让他始终没有自杀成功。

“又一次把小周从医院接回来时，他的父母终于崩溃了。他们没有带他回家，而是送到了我们康复中心。

“不犯病时，小周是个有些内向、腼腆的男孩，喜欢游泳。他曾经是市少儿游泳比赛的冠军。

“只有挖掘出病因，我们才能对症治疗。经过一段时间的接触，我了解到，小周从小就表现出惊人的游泳天赋，被父母、教练寄予厚望。大家希望他能进省队、国家队，为大人带来名誉和荣耀……然而，在十二岁第一次参加省游泳队选拔时，他因为突然在水下抽筋，失去了这个机会。

“没有人体谅他，父母说他丢人。

“第二年，第三年……小周每年都因为各种各样的原因失败。同队的队友都进入了省队，有些甚至去国家队集训，只有他，还被困在浅水。

“他做出了让他后悔一生的决定。他听从父母的话，在比赛时吃药，想拿到更好的名次……结果，东窗事发。他被踢出了市游泳队，从体校转学到了普通学校。

“小周开始出现严重的幻听，觉得所有人都在背后议论他，说他是靠吃药才获得那些荣誉的，欺世盗名。终于，他开始害怕水，见到水就开始紧张，甚至呕吐。小周知道，自己再也游不了泳了。”

淋浴间里，水声依旧在继续。数十个花洒一起放水，地面很快积了一层污水。

“于是，为了让小周克服心理阴影，我鼓励他多和水接触。”博士微笑道，“在浴室里，他有一个专门的浴缸。”

“我给他放他过去参加游泳比赛时的录像。那时候，记者夸他是‘天才小将’，迟早有一天能出现在更大的赛场。他看着录像，看着过去的自己一次次走上领奖台，这时候，小周在想什么呢？”电话里，博士的声音顿了顿，“我不知道。因为有一天，他把自己溺死在了曾经最爱的水中。人想要溺死自己，是很难的，但小周做到了。”

“这就是今天我要和大家分享的病例。小周还是太脆弱了，不是吗？”说完，熊博士挂掉了电话。

余川的拳头硬了：“这狗东西，好想给他两拳。”哪怕是余川这种没研究过心理学的，也知道这种治疗方案只会把人逼疯。

这里的排水系统应该坏掉了，短短几分钟，血水就漫到了两人的小腿肚。这不像是花洒在放水，像是在泄洪，照这个速度，再过十五分钟，血水就能把这里灌满。

司辰言简意赅道："找浴缸。"

这里的血水显然是小周带来的。按照灵异天灾生存指南，解决"鬼"本身，也能解决附带的异象。

虽然长生渊是水陆两栖物种，但司辰显然还没进化出水下呼吸的能力。他启动义眼，打开扫描模式，直接朝着浴室里能量波动最大的地方走去。

血水已经到了两人膝盖处，底层的液体变成了半凝固的糊状，走起路来格外艰难。

余川一咬牙，用橡胶人的特性，把自己的腿拔高了半米，瞬间健步如飞。他在司辰面前蹲下："你到我背上来，我背你。"

越往后，血水灌得越发猛烈，甚至都快浸没两人的腰。司辰没有拒绝，他虽然宣称自己对活人皮肤过敏，但这种时候，还是命比较重要。

腥臭的血水从门缝里不断溢出，冷得刺骨。余川的头顶着天花板，不断拔高的腿已经有两米长，在水流里艰难行走。等两人抵达有浴缸的那间浴室门外时，血水已经淹没了走廊的一半。

余川一脚踢开门。

在一切都破烂陈旧的小浴室里，那个漂浮在水里的浴缸却崭新得像是能发光。水龙头拧到最大，浴缸里的红色液体满得快要溢出来。

无须司辰多言，余川就大步上前，伸手往水里捞去。

这个浴缸很深，深不见底，余川的胳膊拉长了快两米才碰到底。血水持续漫灌，司辰靠在余川背上，能感觉到冰冷的污水已经涨到了他的腰部。

余川额头全是冷汗："小周！你在吗小周？这时候别玩躲猫猫啊！"他弯腰，两只手都在浴缸里摸来摸去，明明能感觉到有滑不溜丢的东西从他指尖溜过，却抓不住。

浴室里甚至响起了恶意的嘲笑。

司辰低头，水面倒映出一个清晰的人影，却不是他的脸——那是一张苍白的、充满怨恨的脸。

小周身上的能量波动比之前遇到的"跳楼鬼""地摊鬼"都强，起码在第二天梯的巅峰。

司辰问他："你是想当'伥鬼'吗？还是想永生永世都困在浴缸里？"

少年的脸上浮现怒意和挣扎。

司辰继续道："虽然你们的世界应该已经完蛋了，要不然也不会发生空间折叠。不过，你想报仇吗？"

少年青灰的、没有瞳仁的眼眸死死盯住了司辰的脸。

“你能感觉到吧，我们不是这个维度的人。我们是来对付博士的。”

出乎意料的是，少年说话了：“他是……心灵之家的……成员，很难……杀……”

司辰觉得，小周所说的“心灵之家”，指的似乎并非这个康复中心。不过，出于保险，司辰并没有多问，只是说：“可以杀。”

浴室里，花洒的水流声逐渐变小，最终停止。停摆许久的排水系统终于开始工作，血水像潮汐一样退去，排水口发出“咕噜咕噜”的响声。

余川像虚脱一样趴在浴缸边，大口大口地喘着气。他手里握着一个被污水打湿的棉花娃娃。

这只棉花娃娃表情阴沉，看上去有些凶，手里拿着一根迷你三叉戟，下半身不是腿，而是浅蓝色的鱼尾。

余川鬼迷心窍地伸出手，想拿走三叉戟，毕竟这武器看起来比菜刀酷炫多了。不料，人鱼娃娃骤然暴起，直接用三叉戟刺破了余川的掌心。他的伤口流出一摊乳白色的橡胶，半边胳膊都瘪了下去，只剩下一层皮。

特性橡胶人，可以随意拉伸身体任意部位，缺点是怕尖锐物。余川欲哭无泪。被这么一戳，在伤养好之前，他都暂时失去了拉伸右胳膊的能力。

司辰从余川背上下来，接过了这只臭脸棉花娃娃。

尽管能吃，但这东西从材料上看，并不在长生渊的食谱上。

因为抓住了小周“附灵”的人鱼娃娃，公共浴室通向大厅的铁门终于可以打开了。刚一开门，司辰就愣住了。

原本被火烧灼过的大厅竟焕然一新，甚至有了电。电梯的显示屏上浮现红色的数字，表明电梯就停在1楼。整个大厅只有一盏惨白的灯，悬挂在电梯附近。风一吹，摇摇晃晃的。

前台接待处，一个穿着护士制服的女人背对着他们，皮肤是不正常的青灰色。

因为没有检测到能量波动，司辰很是放心地继续往前走。就是苦了后面跟着的余川，小脸都白了：“不是！这……大厅突然多了个人啊!!”

司辰走过去看了一眼，摆在前台的是一个模特假人。假人的材质看上去是玻璃钢，戴着假发，用黑色的油性笔画上了简陋的眼睛和嘴巴。

手里的人鱼娃娃小周发出声音：“丑，东西。”

余川：“……我去，这玩偶怎么还带说话的?”

不知道是不是因为流失了橡胶，余川有些维持不了原本的人形。稍微遇上一点磕磕碰碰，他的身体就开始变形，一会儿胳膊掉地上，一会儿脖子折了。司辰觉得他一惊一乍的样子，比鬼片吓人多了。

护士模特的脸正对着电梯，脸上用笔画出了一个夸张至极的笑容。

她的口袋里塞着一张纸条，司辰拿出来看了一眼，是给病人开的医药单。一堆名字模糊不清的药，再加上护工费、诊疗费，一共两万，月底结。

康复中心是全封闭制的，住院费还不便宜。

司辰把账单揉成一团，丢进前台角落的垃圾桶。他本来想直接离开，但意外地发现前台柜子上放了个计量秤，看起来是称量药剂的。

司辰把人鱼娃娃放上去称了一下，上面显示出了详细数据：180克。

小周十分疑惑："你干，什么？"

司辰："……职业病。不好意思。"

当初刚进实验室的时候，司辰没少称药。

人鱼娃娃举起三叉戟，捅进了前台抽屉的锁眼里。两股完全不同的灵异能量互相对抗，最终，是三叉戟占据了上风。小抽屉的锁被撬开了，里面装着一张张纸钞。

小周想捡钞票，然而它的手是和哆啦A梦一样的团子形状，只好对司辰道："你们，拿。"

司辰没有第一时间取钱，而是颇为好奇地捏了捏小周的另一只小圆手。果然，手的顶部装着磁铁，怪不得能拿三叉戟。从某个角度来看，这娃娃设计得还挺科学。

抽屉里装着十张面额为两千的纸钞，钞票是半透明的白色，上面印着一个爱心形状的图案，爱心表面挂着锁链。

现代社会已经见不到纸钞了，大家都用电子账户上的电子币，每枚电子币的来历都记录得明明白白。在此之前，司辰只在科普书上见过类似的东西。

纸钱的最下方印着一排小字：心灵之家通用货币。这更印证了司辰的猜测，"心灵之家"不仅是康复中心的名字。

"要烧给你吗？"司辰问。

小周冷着脸回答："不用，这是，雇佣，报酬。"

司辰自己拿了六张，给了余川四张。

余川只抽了两张出来："这钱我不敢多收。"死人的钱，哪里是那么好挣的。

司辰没有勉强，再次拨通了电话。这一次，响起来的铃声有两道，一道来自大厅左侧，另一道来自楼上。铃声"丁零零"地响，像催命一样急促。

现在，摆在他们面前的路有两条：第一条通向大厅左侧的食堂；第二条是搭电梯，去楼上。

司辰正打算带着余川去食堂逛逛，但被小周拉住了。小周指向余川兜里的菜刀，说："这是，食堂，厨子，妻子，的刀。"司辰顿时恍然大悟，怪不得老奶奶开车到康复中心的动作如此娴熟。

余川的腿颤抖起来："这厨子一听就是康复中心的人，咱们不用去招安了吧……”

小周思考片刻：“去。厨子有，钥匙。不要，吃饭。”

司辰深吸一口气，拉开左侧的铁门，迎面而来的热风带着一股恶臭。

面前是一个标准的食堂，一共五十张餐桌，能容纳两百人同时就餐。随着他们走进，食堂的灯自动亮起，灯源集中在供餐区。

食堂里有许多娃娃：红色餐桌上摆的是穿着病号服的娃娃，纽扣代替了眼睛；蓝色的餐桌上则是穿其他衣服的娃娃，有医生，有护士，有清洁工。

病人娃娃都非常简陋，身上脏兮兮的，到处都是撑开的线。员工娃娃们就精致不少，脸上也是笑眯眯的。

供餐区只有一个厨子，系着围裙，戴着高高的厨师帽。他正在做饭，用勺子搅动着锅里的热汤。厨子的年纪已经很大了，脸上都是老年斑，动作僵硬。

司辰越过厨子，径直走到了墙角的电话旁，接通电话。

博士的声音从电话里传出：“心灵之家康复中心的食堂，一直是我们对外宣传的重点。这里干净、整洁、明亮，秩序井然。我们请了当地最好的餐饮集团承包，力求让病患在康复中心得到最好的照料。”

博士发出一声怪笑：“现在是晚餐时间，欢迎在食堂体验用餐，远道而来的客人们。”

司辰还没说话，供餐区的厨子就已经行动起来。只见他从菜篮子里拿出了两只巴掌大的破布娃娃，然后把它们摁在菜板上。

厨子苍老得不像样，一双手却十分水润年轻，白白嫩嫩的，充满生机。他拔出插在砧板上的杀猪刀，像切菜一样切起手里的布娃娃。厨子的刀工很好，切菜的手更稳。布娃娃们在他的刀下发出惨叫，很快就变成了一团团粉红色的棉絮。

小周的声音变得很愤怒，他举起了手里那把像餐叉一样的三叉戟：“救……救！杀！”

供餐区用透明玻璃进行阻隔，还上了锁，像一个罩子保护着里面的人。司辰一拳打在了玻璃上，玻璃振动了两下，但没有碎。厨师切菜的手微微停顿了一下，但没有抬头。

切好的娃娃们被丢进了冒着泡泡的沸汤里，锅里很快飘出一阵奇异的香气。余川鼻尖耸动：“好香。”

植入长生渊后，司辰的味觉和嗅觉都有一些变化，尤其是在食物方面。他也闻到了香味，感觉像是用地沟油爆炒出来的变质小龙虾。香味是有，却掩盖不了底下的怪味。

司辰侧过头，发现余川的眼珠子正直勾勾地盯着那口锅，一个劲儿地吞咽着唾沫：“……哥，你不饿吗？我好饿。”

食欲是人类最基础、最原始的欲望。一个人或许会选择跳楼自杀，但很少会选择把自己饿死。有些古老、迂腐的不允许夫妻离婚的地方，甚至有双方绝食五天才可以离婚的习俗，但绝大多数人都忍不到第五天。因为饥饿导致的进食欲望，真的会把人逼疯。

司辰本能地察觉到不对，对余川道："你出去。"

余川眼睛里泛起了血丝："马上就吃饭了，让我出去干吗？我饿。"

由此可见，"妈妈饭饭饿饿"的确是每个"好大儿"逃不掉的命运，哪怕"野生大儿"也一样。

厨师脸上已经浮现出古怪的笑意，司辰看向手里的娃娃，问："怎么回事？"

小周缓缓回答："我，闻不，到。"

司辰见过吃多巴胺片上瘾的人，想吃的时候六亲不认，但凡谁给他一口多巴胺片，他能向对方出卖自己的灵魂。那些人的早期症状和现在的余川有些像，而余川的嘴角已经流出唾液。

司辰扛起余川，打算把他带到食堂外，但余川挣扎得厉害："干什么，你是我爹我也要吃饭！你是不是想独吞？"

香味越来越浓，余川的眼睛已经彻底红了。司辰刚把他放在外面，他就连滚带爬，想回到食堂等开饭。司辰怒了："那是你最怕的鬼做的饭！你也敢吃？"

余川充耳不闻，甚至狠狠咬住了司辰的手腕，嘴里也发出了奇怪的嗬嗬声。

毕竟是2阶进化者，咬一口还是有点疼的，司辰反手朝着余川的脸就是一拳。余川半边脸都麻了，紧咬的牙关也自然松开，因为剧痛，他短暂地恢复了清醒。

尽管一直在插科打诨，但余川本身并不傻。他艰难地开口："司辰，把我捆起来。"

就算是余川不说，司辰也是这么打算的。他用铁链把余川捆成了一串卤叉烧，还拉出余川的胳膊和腿，绑在一起打了个结。放在大厅不太稳妥，他拎着余川回到了食堂，顺手拿走了余川身上的菜刀作为武器。

这时候，厨子的饭快要做完了。余川嘴里塞着一团布，被司辰丢在食堂的餐桌上，发出"唔唔"的惨叫，眼泪鼻涕唾液糊了一脸。

厨子捞出了沸水里的卤肉粒，颜色赤红，浓稠多汁。他把卤肉和汤汁一起浇在了白花花的米饭上，但那些米饭分明是蠕动的虫。

浓郁的香气散开……作为人，司辰承认这东西闻起来是挺香，只是原材料过于倒胃口，他肯定是不会吃的。

但长生渊显然不这么觉得，嫌弃道："臭，臭！"

厨子不知道司辰为什么看上去不受影响，甚至在一边磨起了菜刀。他的动作变得越来越迟缓，只是身为厨子，哪怕再慢，他迟早是要把饭做出来的。

余川在餐桌上扭得哐哐作响，终于掉下了餐桌，蠕动着往取餐的窗口爬去。

将一点绿色的葱花撒上去，最后一个步骤完成，厨师终于伸出手，动作僵硬地打开了窗口的隔板，把餐盘飞快地甩到取餐口。他的动作难得地快了起来，忙不迭地缩手，想把隔板重新放下，然而，一只修长白皙的手，已经牢牢抓住了他的指尖。

厨子的手上有一层厚厚的油脂，这是天然的润滑剂。如果不是长生渊从司辰的手背破开一条缝隙，钻出来死死拽住了厨子，司辰指不定还会失败。

长生渊漆黑的触手像藤蔓一样，缠上了厨子的手。厨子发出了刺耳的尖叫声，瞬间，餐厅里所有的布娃娃都活了过来，它们举起叉子和餐刀，蹦蹦跳跳地朝司辰逼近。

司辰上衣口袋里的小周钻了出来，同样发出一声尖叫。

小周的声音依然刺耳，但比厨子的叫声好听一点。部分穿着病号服的布娃娃愣住了，之后，它们突然转身，把刀叉刺入了身边的员工娃娃的身体。

虽然这些员工娃娃做工精美，武器也更锋利，但病人娃娃的数量实在太多了。很快，员工娃娃们被揍得鼻青脸肿，身上飞出白花花的棉絮团。病人娃娃们又哭又笑，整个食堂陷入了一片混乱，刀叉的碰撞声不绝于耳，仿佛有好几个人同时在厨房洗碗筷。

长生渊触手上的圆环紧紧吸住了厨子的皮肤。它的触手上除了圆环状的嘴，还有几只眼睛，正滴溜溜地转着看向司辰的脸。

司辰嘴里泛起一股奇怪的味道，就像在啃烟熏过头的猪皮。

这只高维生物本来就年事已高，没多少肉，很快就皱缩得如同暴晒后的海鱼。长生渊松开嘴，吐出来几块小骨头："难吃！"

隔了会儿，长生渊又用滑腻腻的触手环住司辰的脖子，把自己扭成了一条波浪线。

"妈妈，好看。"

如果不是场景不对，司辰挺乐意跟它母慈子孝。他拍了拍长生渊的触手，道："回去。"随后，这根立下功劳的深黑色触手从司辰手背上缓缓缩了回去。

尽管不太好吃，但长生渊还是吃饱了，不过它觉得这顿饭对自己的胃多少有些侮辱。

司辰握着手里干柴似的胳膊，把厨子从窗口里面拽了出来。厨子的胸口处，插着一把金灿灿的钥匙。

司辰取下了厨子胸口的钥匙。

餐厅里仍是一片混乱。病人娃娃们叠在一起，跳到员工娃娃的身上又撕又咬，宣泄着自己内心的恨意，哪怕自己四肢断了都毫不在意。整个餐厅棉花和鹅绒乱飞，到处都是崩掉的纽扣、破布。

小周举起自己的三叉戟，看上去也很想加入战斗。可惜它没长腿，只好留在司辰的口袋里加油助威，时不时“嗷呜”一声，给其他病人娃娃加油打气。

一只破破烂烂的病人娃娃在鏖战中被餐刀刺破胸膛，强壮的员工娃娃把它丢出了战场。

病人娃娃“啪嗒”一声，掉在司辰脚边。司辰捡起来捏了一下，软软的，除了发出“叽”的一声叫唤之外，并没有多余的语音彩蛋。他把这只娃娃递给了小周。

病人娃娃半边头皮都被撕掉了，里面结成团的脏黑棉絮漏出来，塞也塞不回去。娃娃的脸上，是用歪歪扭扭的针线缝成的笑容。

小周的神情有些哀伤：“这是，花花。”

花花是小周的病友，家里有些小钱。她的家人听说心灵之家康复中心的治愈率是百分之百，这才不远千里地把她送了过来。

花花患的是自闭症。以这个世界的医疗水平，药石罔效。父母也是病急乱投医，考察完以后，就稀里糊涂签下了协议。

随着厨子被消灭，餐盘里的卤肉变回一团团脏棉絮，蠕动的蛆虫也失去活性。司辰忍着恶心，把饭倒进了潲水桶。

余川的理智逐渐回归，看到眼前这一幕，全身都冒出冷汗：“真是差点就栽了，好险。”

那厨子做出来的卤肉饭，唤起了他内心深处最原始的欲望。那一刻，他是真的被饥饿感驱使，甚至丧失了理智，觉得自己吃不到饭就会饿死。

为了做好这份卤肉饭，这个厨子在食堂磨了十年的菜刀，光是高汤的配料就换了几十种，自认为万无一失，没想到竟然会遇到一个味觉嗅觉错乱的人。真是失策了。

司辰解开了余川身体上的结，把铁链抽出来，重新握在了自己手里。用过几次后，铁链上的血红色已经逐渐变淡，检测到的能量值更是跌了不少。司辰明白，再用一次，这条带有灵异特性的铁链就会失去作用，变成普通铁制品。

余川活动着筋骨，把自己的胳膊和腿都收了回去。他看向司辰手里的东西，问：“这钥匙是开什么的？”

这把钥匙长得有些特别，钥匙柄做成了爱心形状，钥匙杆上布满凸起的小球和尖刺。

小周回答：“3 楼，门。”

根据大厅门口的地图，2 楼是药房和病房，3 楼是办公室和手术区。

食堂里，两边娃娃的战斗并没有结果。直到食堂里最后一丝香气散尽，病人娃娃和员工娃娃才像电量耗尽的手机一样自动停止运行，七零八落地倒在地上。

司辰把厨师放在砧板上的杀猪刀收了起来，忽然想起一个关键问题，问小周：

"你们为什么会变成娃娃?"

小周回答:"不,知道。"

他醒来时,已经变成了浴缸里的棉花娃娃。除了棉花娃娃之外,其实还有陶瓷、布、黏土、塑料……各种材质的娃娃,应有尽有。

从食堂出来,楼上的电话声居然还在响。两人搭乘电梯上去,发现这层楼的电话刚好就在电梯对面的茶水间。

司辰接通了茶几上的电话。话筒那边,博士久久不语,司辰只能听见对方浅浅的呼吸声。过于急促,总让人觉得他有些气急败坏。

为了防止有人偷偷录像,康复中心并没有监控。博士是不会留下这么铁证如山的把柄的。但当这个位于2楼的电话被接通,博士知道,不争气的厨子失败了。

司辰挑起眉,道:"怕了?"

博士冷笑一声:"你根本不知道自己在做什么。现在离开康复中心,我可以当什么都没发生过。"

司辰眯起眼:"虽然现在还是晚上,但也不适合做梦吧。"

博士恶狠狠地挂掉了电话。

没有灯,好在有从铁窗之外照进来的月光。光线很微弱,普通人大概会处于夜盲状态,但他们两人都是进化者,倒也不至于抓瞎。司辰手里拿着杀猪刀,余川手里拿着菜刀,刀上自带的煞气稍微冲散了压抑环境带来的恐惧感。

这层楼是病人们住院、生活的地方,一眼望去,长长的走廊像是看不见尽头。

两人本想乘电梯去3楼,可惜电梯内部的按钮坏掉了,标着"3F"的键根本摁不动。

"找楼梯吧。"司辰打开之前从小吃车取下的灯,朝走廊深处走去。

两边病房的门都紧闭着,门把手已经被大火烧得变形,整个走廊极其安静,只有两人微不可察的脚步声。来到走廊尽头时,司辰手里的灯的电量也快耗尽,发出来的光越来越弱。

余川皱着眉,摸了摸面前的墙壁:"前面没路了。"

这一路上,除了紧闭的房门,他们并没有看见楼道。

司辰思考片刻,凑近了离自己最近的房门,门上写着这里的房号:2001。司辰稍微凑近门板,但没有贴上去,他仔细听了一下,里面很安静。

余川胳膊上的鸡皮疙瘩都冒了出来:"哥,你这……不合适。按照套路,一般会有个家伙在里面贴着门板同样听你的动静。万一搞出什么时间轮回、空间错位、恐怖游轮之类的,那个听你动静的人说不定还是你自己。"

司辰本来觉得没什么,但是被余川这么一说,也感觉背后凉飕飕的。他微微有些恼:"你是博士请来的氛围组吗?"

余川自知失言，乖乖闭上嘴。

司辰启动了义眼的扫描模式。这个副本闯下来，不仅手里的电灯要没电了，他的义眼也快没电了。

在低耗能状态，这只机械义眼能超长待机两个月，但是一启用别的功能，储备的那点能量就很不够用了。义眼毕竟太小了，需要安装的零件又多，留给能量槽的空位很小。

刚打开能量扫描模式，司辰的心就重重一跳。

病房里有能量波动，不止一处。几乎是每隔几米就有一团能量，像是一个个上锁的房间，安静地等待着来人开启。扫描出的这些能量体正安静地躺在床上，轮廓隐约是人形。

司辰本来想掉头就走，却觉得有些不对——这些“鬼”的姿势太一致了。看轮廓，分明有男有女，没道理这么多灵能类的高维生物，都有同样的特性。

司辰把义眼切换到了用户搜寻模式，这个模式能扫描到附近区域里的机械核心的用户。之前，司辰就是靠这个功能找到躲在居民楼里的余川的。

用户搜寻模式一开，司辰视野里瞬间亮起许多个蓝色光点。他不由得一愣，伸手握住门把手，推开了病房的门。

这间病房里一共有六个床位，房间两侧各有三张。其中一张病床的被子隆起，分明有人。

司辰不抱希望地把手探向病房门口的电灯开关。果然，在关键时刻，灯都是不会亮的。他提着灯靠近了病床。余川跟在他身后，小心翼翼地关上房门。

昏暗的灯光照亮了病房里的景象。

隆起的被子下面是一个双眼紧闭的光头。他被绑带束缚在床上，脑门上插着一根输液针。鲜红的血混合着粉白的物质，在输液管内缓缓流动。

在医院，年幼的小孩需要输液，但手上的血管又太细，护士们就会选择这种扎针方式。

透明输液管的另一端连接的不是吊瓶，而是一个透明的玻璃箱，箱子里装着一只还没成形的人偶。这个人偶就像还没来得及上色的手办灰模，但已经隐约浮现五官和轮廓。

躺在床上的男人，左臂自肱二头肌以下不是人类的肢体，而是一把圆管状的加特林。病人脸部被一块白布盖住，司辰小心翼翼地掀开白布，露出病人的脸。

借着昏暗的光，司辰身后的余川看清了病人的五官，险些没忍住飘到嗓子眼的惊呼——床上的人是和他一起进空间折叠区的队友。

“这是我队友！刚进折叠区，他说他妈给他打电话，然后就跑不见了！”

余川队友穿着病号服，生命体征十分微弱，就连胸膛都没什么起伏，安静得像死了一样。

箱子里的人偶还没有能量波动，但司辰已经感受到了不祥的气息。他低声道：“先把这根输液针取下来。”

这根输液管，正在把病人的能量往玻璃箱里的人偶身体里输送。

两人还没来得及行动，外面突然传来高跟鞋踩在地面的声音。那声音由远及近，越来越快，最后像是跑了起来，变得急促无比。

司辰口袋里的小周瞬间变了脸色：“快，藏，藏好！是，护士！”

* * *

这间病房的设施很简陋，没有厕所，只有挂在墙壁上的衣柜，都上了锁。病床是单薄的铁架床，底部堆着一些纸箱，床单从床沿垂下，但也只能挡住床底一半。

留给司辰思考的时间并不多，察觉到危险逼近，他选择听从小周的话，躺到床底藏好。

床底的纸箱里装着东西，满满当当，司辰甚至看见一只断手从箱子里探出。他并不想知道箱子里到底装了什么东西。

床底的空隙不大，再加上堆了好几个纸箱，只能塞进一个人。余川也很快躲了起来，他把自己擀成了一张薄薄的皮，贴在天花板上。

当然，他要是觍着脸，也是可以跟司辰塞在一起的，不过这样容易被一锅端。鸡蛋不能放在同一个篮子里，这样才好分摊风险。

高跟鞋的声音由远及近，像是催命讨债的急促鼓点。那个护士就像一个移动的大型制冷机，人才刚到门口，司辰就觉得自己已经被冻僵。

门口的高维生物能量波动数值在300上下。司辰的同事辛小草，3阶，非战斗状态下的能量波动值是270。在战斗状态下，3阶的辛小草的能量峰值是2000，门外的护士恐怕只高不低。

自从在水下吞掉那只眼虫进化种后，司辰还没有火力全开过。他悄悄拔出能源枪，极其小声地给子弹上好膛。用物理手段消灭灵异生物的效率不高，但这把枪是他目前唯一的远程武器。

门打开了，司辰感受到了凛冽的冷意，带着一点微不可闻的腥臭。

因为贴在墙上，余川已经看见了从门口走进来的生物。

这是一只长相奇特的缝合怪物。乍看是一个女人，上半身青紫，白色的护士服上全是血迹，下半身却是用八条人腿拼出来的蜘蛛腿；原本应该是脏器的位置，全部换成了金属骨骼和支架，胳膊也是由金属构成，肱二头肌高高鼓起，充满力量感。

尽管对灵异天灾了解不多，余川也清楚，这个蜘蛛女看上去可不像是能用单纯的“灵能类高维生物”几个字概括的。

灵能类高维生物虽然大多是类人形，但很少有血肉之躯，比起近身格斗，更多是用“特性”和“规则”解决敌人。比如“跳楼鬼”，遭遇它的人身体会扭曲；比如“地摊鬼”，和它交易后会成为商品的一部分……它们都不是直接用力量杀人，但这个蜘蛛女，看上去能直接手撕活人。

余川屏住呼吸缩在墙角，把自己的存在感降到最低。

蜘蛛女挪动着八条腿，朝病床走来。司辰从这个视角只能看见地上的四双红色高跟鞋，走路的时候比军姿还整齐。

长生渊闻了闻气息，和司辰缓缓交流：“妈妈……这个，肉……”它有点迟疑，“没吃过呢。”

如果能避免战斗，司辰是不介意服个软的。这个蜘蛛女看起来是个硬茬子，虽然可以打，但没必要。

蜘蛛女来到病床边，摸了一下病人的脉搏，还活着。她又转身，看向玻璃箱里已经转换了一半的娃娃，脸上露出满意的笑容。

这层楼只有她一个护士，而夜晚，护士总是很忙碌。她检查完，缓缓转身，朝门外走去。

司辰屏住呼吸，看见房门被拉开了一条缝，蜘蛛女迈着八条腿走到门外。门缝逐渐变窄，眼看就要合上……司辰口袋里的手机却在此时响了起来。

“丁零零——”手机自带的铃声在房间里响起，异常刺耳。

司辰闭着眼睛都知道，肯定是博士那个狗东西打来的电话。他暗骂一声，先发制人，率先朝蜘蛛女的膝盖开了一枪。

子弹飞射而出，深深嵌入了蜘蛛女的一只膝盖上，在里面爆开。蜘蛛女的一条腿随之变形，从伤口流出深黑的机油。她嘶吼着冲上前，机械臂骤然变形，胳膊变成一把钢刀，毫不犹豫地劈向司辰藏身的床板！躺在床上的人被齐腰斩断，伤口的断裂处却没有流出一丝血，而是流出一团灰色的泥浆。

司辰从床底滚了出来，避开凌厉的刀锋。

“刚子！”余川目眦欲裂。他举起菜刀，从天花板上跳到蜘蛛女背上，一把将菜刀斩向蜘蛛女的脖子。

出乎意料的是，这把具有灵异特性的菜刀竟然直接崩断，刀口卷起。蜘蛛女脖子上青黑的死皮出现一道裂口，迸发出几道零散的火星。

蜘蛛女吃痛，发出几声愤怒的咆哮，转身砍向余川。余川扭着身体躲避，但肩膀依旧中招了，那钢刀几乎砍下了他整条胳膊。蜘蛛女低头，一口咬住余川的胳膊，把那条要断不断的胳膊硬生生扯了下来。这一次，余川的伤口喷出的不再是橡胶，而是温热的血。

司辰抄起手里的杀猪刀，将全身的能量都凝聚在刀上，这把厨刀惊人地冒出一阵血红的气雾。

在季楚尧家里训练那么多次，司辰重复练习最多次的招式，就是如何一击制敌。他抓住了蜘蛛女的头发，挥起杀猪刀砍向蜘蛛女头部。完成这一使命后，杀猪刀上血雾散尽，变成了一把普通的钢刀。

然而，被司辰钳制住的蜘蛛怪物并没有死亡，它的手臂发出电锯似的嗡鸣，狠狠插向司辰腹部。

司辰腹部覆盖着一层黑色的皮肤，那是融合长生渊后的特性之一。在完全体的长生渊身上，这是世上最坚不可摧的盔甲，但司辰身体里的长生渊只是一个还没脱离幼儿期的长生渊。因此，在短暂的停顿后，钢刀仍旧捅进了司辰的身体，黑色的血从伤口缓缓流出。

司辰知道，如果不是这层皮，他会像病床上的那个人一样，被切成两半。他闻到了蜘蛛女断裂的脖子上淡淡的机油味，脑海里忽然闪过季楚尧说过的话，“杀死智械的方式，是摧毁它们的能源核心”。

但灵异天灾里为什么会有智械？来不及有过多的思考，司辰反手探进蜘蛛女打开的腹腔。在一层层金属骨骼中，他隔着骨架的缝隙，摸到一片熟悉的炙热。

如果司辰能看见，他就会发现，被金属骨骼层层包裹的地方没有心脏，只有一块滚烫的黑色石头。这就是蜘蛛女的能源核心。所有机械改造人，都会有这样的东西。

蜘蛛女身上的灵异特性发挥了功效，司辰觉得自己身体冰冷，像是被暴雪冻僵一样。怀里的怪物剧烈挣扎起来，连带着司辰一起，往后倒在了空床上，本就不怎么牢固的病床瞬间垮塌。

护士的体形并不大，差不多一米九，去掉头一米七，然而司辰感觉全身仿佛被巨物碾压。他朝余川大吼：“拉住她！用铁链！”

余川撑着一口气，把铁锁套在了蜘蛛女的胳膊上。蜘蛛女的金属骨骼极其坚硬，司辰的指尖溢出血，指骨甚至因此折断。他用尽全身力气掰开了蜘蛛女的“胸腔”，金属骨骼随之弯曲，表面爆出一层层电光，司辰趁机把那个黑色的能源核心从怪物胸膛里拽了出来。

这个能源核心上还连着几根主要的电线，司辰的半边胳膊被电得焦黑，但失去能源核心的蜘蛛女终于不动了。

过度运动后的脱力感涌了上来，司辰磕磕绊绊地从口袋里拿出随身携带的基因药，一饮而尽。

余川受伤不轻，司辰把另一管药灌进他的嘴里。余川发出一阵剧烈的咳嗽，简直像是咳出了肺脏，脸上的笑容亦是疲惫异常："好……好兄弟。"

余川看见了药瓶子上的标签，知道这是5级的基因修复液，比他自己准备的基因药要高几个档次。虽然没办法立刻让身体恢复原样，但起码能减少大半的后遗症。

铁链断掉，菜刀生锈，从老奶奶那里打劫来的手机更是彻底没电关机。司辰的手还在发颤，他坐在地上，语气充满疑惑："为什么这里会有机械改造？"

余川气若游丝："不知道。"

"有两种可能。第一，这个高维世界也发生过高维入侵。"司辰顿了顿，"第二，高维世界本来就是互相联通的，在这个位面，世界因为灵异天灾毁灭后，有其他高维生物入侵了这里，对这里的灵异生物进行了改造。"

余川双眼放空："你在说什么，我怎么听不懂？"

司辰盯了余川两秒，放弃了沟通。

躺了几分钟后，余川感觉力气回来了一点。他强撑着身体站起来，在一片狼藉中找到了被切成两半的队友，不抱希望地摸了摸脉搏。

他沉默着把队友的两截身体拼在一起，盖上床单。

司辰看向了床边的玻璃箱。玻璃箱完好无损，没有受到战斗的波及，然而里面装的半成品娃娃却断成两截，断开的位置和余川的队友一模一样。

小周从床底爬了出来，面无表情地看着房间里仅剩的两个活人。

在短暂的安静后，余川问："你有没有觉得，外面天快亮了？"

窗外，原本漆黑的天幕亮起微微的鱼肚白，这代表着这次空间折叠即将结束，他们马上可以回归原本世界。

大概也是基于这个原因，小周的气息比刚遇见时弱了不少。等空间折叠结束，这个人鱼娃娃身上附着的灵异生物也会彻底消失。

司辰没有说话，他坐在墙脚，手搭在膝盖上，把玩着还剩三颗子弹的能源枪。

余川小声问："3楼，咱们还要去吗？"

这次战斗损失惨重，再上3楼打关底BOSS，怎么看都得不偿失。

小周没有说话，只是悄悄握紧手里的三叉戟。它没有勉强，可棉花娃娃的眼眶附近居然浸出一片湿漉漉的痕迹。

司辰低头，用止血绷带给自己进行了简单的包扎，语气冷静至极："去。为什么不去？"

不去，怎么让罪有应得之人血债血偿？

蜘蛛女的尸体还在地上，无人收殓。司辰小声问："吃吗？"

长生渊权衡再三，摇头："牙牙，痛。"

这肉太柴，硬邦邦的，不好嚼。

作为一个合格的家长，司辰偷偷掰开手背，检查了里面蜷缩着的小触手，重点是看长生渊几张嘴里的小尖牙。果然，小孩到了换牙期，部分白白的乳牙脱落，长出了新的小尖尖。

司辰没忍住，用手戳了一下。长生渊条件反射地想咬下去，牙都要合上了，才想起面前的人是妈妈，于是咬变成了轻轻地舔。

司辰检查了一下蜘蛛女的尸体，遗憾地发现并没有掉落什么有用的装备。作为护士，它身上只带着厚厚的病历本，标注了每个病人的入院日期。

第一页的病人叫刚子，是余川的队友。病历上记录的住院日期是今天，出院日期，也是今天。

就在半个小时前，刚子"出院"了。司辰道："护士和我们打架的时候可没空拿笔记录，这应该是自动记录病患信息的病历本。"

一本具有灵异特性的病历本，出院就是死亡。

司辰往后翻了翻，发现还有二十几张病历，病人的住院日期都是今天，还没有出院。怪不得一路上看见的进化者这么少，原来都来康复中心住院了。

这个病历本很厚，看起来有些年头了，封皮表面还有被火焰灼烧的痕迹。司辰直接翻到了最后一页，病人的名字吸引了他的注意力——熊有福。

熊，这个姓氏并不多见。

病历上还附带了一张照片，是一只白色的玩偶熊。司辰把这张纸撕下，举到了小周面前，问："是他吗？"

小周的情绪明显激动起来："是！"

司辰举起了灯。他手里的红灯发出的光芒已经非常微弱，好在他的眼睛经过改造，哪怕是这样昏暗的灯光下，也能把病历上的信息尽收眼底。

感谢这个高维世界，用语居然不是外星语。

熊有福，男，一百三十六岁。

现病史：双重人格

既往史：精神分裂

病情摘要：熊有福生父患有狂躁症，有严重家暴倾向。因为目睹母亲被父亲掐死，年幼的熊有福不幸被确诊精神分裂症。

经过三年治疗后，熊有福顺利康复，并在三十岁时从大学毕业，获博士学位。毕业后，熊博士回到自己的老家平临市，在"心灵之家"的资助下开办"心灵之家康复中心"，接收来自世界各地的病人。因为这里的病人康复快，复发率低，康复中心很快声名鹊起。

中间还有几段很长的字，莫名扭曲变形，完全看不出写了什么，看得人头晕。司辰往后翻，直接看向病历的末尾。

法外狂徒张三为报私仇，纵火烧毁康复中心，与熊有福同时葬身火海。

十年后，平临市因灵异复苏全面沦陷，心灵之家康复中心成为全市最大的灵异事件爆发点。

张三和熊有福在此继续纠缠不休，张三用自己的生命为代价，把熊有福永远地困在了康复中心3楼。熊有福最终被确诊为双重人格，两人融为一体，拥有特性：人偶制造，心灵沟通。

白天，主人格为失去记忆的张三；黑夜，主人格为熊博士。

治疗方案：焚烧。

病历上，整件事情的来龙去脉已经被交代得明明白白。

余川去隔壁病房看了一圈，回来说："病床上躺的全是人。我把那个针拔了，不过人都没醒。"

进化者被不同的玩偶捉到疗养院后，进行了统一的玩偶化改造。尽管不知道原理，但是余川清楚，那根输液针肯定不是好东西。可惜哪怕是拔了针，进化者也没能苏醒。不过，唤醒他们是安管局的工作。等空间折叠结束后，会有专门的人来处理。

司辰把小周捏在了手上，问："康复中心哪里有火？"

病历本提到的治疗方案是焚烧，能烧死熊博士的，肯定不是普通的火。

小周回答："博士，口袋，有打火机。"

司辰微微点头，对余川道："你在这儿等我吧。"

他倒不是担心余川会分走战利品。余川伤势太重，目前战斗力只有5，跟上去也是累赘，万一熊博士再拿出一碗"厨子的饭"，到时候还会腹背受敌。

余川没有拒绝。他思考片刻，把身上仅剩的几颗子弹交给司辰，说："都是标准型号，你的枪可以用，不过弹药品质一般。你自己小心。"

机械核心生产的小型机械能源枪，使用的都是标准型号的子弹，只不过充填的弹药有所不同。

天色渐渐亮起，司辰明白，留给他的时间已经不多了。

他带着小周，来到3楼。

入口处，有一扇巨大的镂空铁门，铁门上挂着一把爱心形状的锁。透过镂空的栅栏，司辰观察着里面的场景。

3楼的摆设就像一个小型玩具城，到处都是游戏设施和随意丢在地上的玩偶。

游戏机和机身贴的LED灯条主色调是蓝绿色，点缀着粉色和黄色，灯光一闪一闪的，很有赛博朋克的感觉。

司辰掏出怀里的钥匙，开锁。

这把花里胡哨的钥匙插进锁芯后竟然自动熔化了，爱心形的实心锁随之打开，哐当一声掉在地上，摔了个粉碎。

司辰深吸一口气，拉开了大门。

3楼的温度并不低，相反还有些闷热。就像夏天时空调制冷坏了的大商场，充满着各种各样的“人味”：人身上的汗味，体臭……味道很冲，混在一起让司辰觉得反胃。

角落里，随处可见丢在地上的娃娃。这些娃娃的模样都十分逼真，看上去造价不菲，只是主人并不怎么爱惜，娃娃大多缺胳膊少腿，有着不同程度的残缺。

司辰往前走了一步，踩到了一团乱糟糟的头发。

这里摆放最多的就是娃娃机，毛绒玩偶只有巴掌大，各式各样，堆在玻璃箱里。

司辰扫视一圈，看见了挂在墙上的电话机。他拿起话筒，按下那个早就烂熟于心的号码。

“丁零零——”

电话铃响起，就在大厅的正中。司辰握紧枪，走了过去。冷蓝的光映在他的脸上，有种别样的阴郁和静谧。

大厅中央的游戏机屏幕上跳出一个可爱的白色像素熊：“欢迎来到心灵之家。

“为了让病人的精神得到更好的放松，心灵之家特地资助康复中心，在3楼开设了休闲游戏区！

“今天是心灵之家康复中心成立一百周年纪念日，全场游戏币一律八折！抓起娃娃可获得积分，积分累计一百，即可兑换特等奖熊博士一只，附赠打火机喔！”

屏幕上，图像闪烁起来。在短暂的雪花屏后，一只棕色的玩偶熊出现在了屏幕正中。它坐在椅子上，歪着头看着司辰，手里还握着电话。

棕色的玩偶熊开口，声音很熟悉，语气则带着莫名的嘲讽：“你还是来了，我亲爱的病人。你们总是很固执。哪怕马上天亮了又如何？和我一起留在黑夜吧。”

画面到此中断，白色像素熊骤然出现，把脸填满整个屏幕。它脸上露出夸张的笑容，嘴角几乎要咧到耳后：“小帅哥，你可以叫我面试官！快来一起玩吧！”

看来，棕色的熊是“熊博士”，而这个白熊叫“面试官”。它们显然不是一个等级的东西。最让司辰在意的是名字。面试官是用来面试的，那这个白熊到底是在面试谁？又是为了什么而面试？

司辰没能想明白，他选择直接给面试官一拳。这一拳头打在屏幕上，游戏机的屏幕闪了闪，有些跳帧，但很快恢复如初。

屏幕上跳出了两个选项：兑换游戏币／兑换奖励。

作为一个普通病人，小周之前一直被困在康复中心的浴室，这还是第一次到3楼。它磕磕绊绊地说着："以前，不是，这样。"

司辰注意到，白色像素熊说的是"欢迎来到心灵之家"，而不是"欢迎来到康复中心"。他没有立即行动，而是在3楼逛了一圈。

3楼大厅有两条路，一条通向院长办公室，另一条通向手术室。

通向手术室的走廊极其狭窄，只能容许一个正常体形的成年人通过。司辰不太想进去，这地方太狭窄，根本施展不开拳脚，万一被前后堵截，只能夹在中间等死。他把小周放在地上，道："你能进去看看吗？"

小周举起叉子，插在地上，缓缓朝手术室里面挪去，鱼尾在地上拍打得啪啪作响。几分钟后，小周回来了："不行。里面，是墙。没有路。"

尽管看上去很深很黑，走廊实际长度却不到十米，最里面是一堵实心水泥墙，也不知道修了多久，蒙着一层灰。

看来，这条路被封死了。

至于院长办公室，司辰握住了门把手，试图打开一探究竟。然而，办公室的玻璃上居然十分人性化地弹出了一行蓝绿色像素字，显示积分一百即可兑换。

司辰回到游戏机面前，试探性地点开第一个选项，兑换游戏币。屏幕上，顿时亮起几行黑色的像素字——

【兑换表（折后价）】
800心灵币＝1游戏币
1智力＝5游戏币
1体力＝1游戏币
机械义眼（内含定位器）＝100积分
特性-血脉复苏＝100积分
特性-血瞳＝80积分
长生渊（幼年）＝2000积分＋5复活币
白裙子＝???（暂未开放兑换）

这个兑换表透露出不少信息，司辰的眉挑了起来。

最让他意外的是，沈雁行给他的机械义眼里居然还装着定位器。而且，这个普通的机械义眼在这里居然价值一百积分。

所谓的心灵币，应该就是小周之前给他的钞票。用心灵币兑换游戏币后，可以到旁边的娃娃机抓娃娃。每个娃娃都有不同的积分，累计达到一百分后，就能获得关底BOSS——熊博士。

很巧的是，抓娃娃几乎是司辰唯一会的游戏。

读中学那会儿没钱吃饭，司辰就会去游戏店买两个币，抓来的娃娃就地摆摊，一般都能卖出去。店老板知道他要挣钱读书，对他的行为睁一只眼闭一只眼。司辰没有成为极端反社会人格，这些来自陌生人的偶尔的善意功不可没。

如果是一般人，可能就拿机械义眼换积分了。但司辰另外几个特性的价值才八十到一百积分，这个机械义眼居然也有一百积分，显然并不简单。更何况，从之前的行事风格来看，司辰并不认为“心灵之家”会是什么好东西。往死里压价这种事，所有典当铺都会干。

司辰点开了下一页。

【玩家状态】

姓名：司辰

智力：10点

体力：7点

装备：长生渊（饥饿状态）、义眼（型号XR-761，已没电）、白裙子（挂机中）

道具：新能源枪，子弹×10

司辰手里一共有一万六千心灵币，都是小周省吃俭用攒下来的医药费。一枚游戏币需要八百心灵币，一万六千心灵币只能换二十枚游戏币，就这还好意思说是打折价，可见黑心商家良心大大的坏。

他把纸币塞进了游戏机的兑换窗口。机器发出硬币碰撞的声音，随后从最下方吐出了二十枚圆圆的游戏币。白色，明明泛着金属的光泽，捏起来的手感却像QQ糖。

大厅里一共摆放了十台娃娃机，每台娃娃机上都标注了积分，最低五分，最高一百分。

司辰看向了标注了“5分”的娃娃机。里面都是巴掌大的布娃娃，有些穿着病人服，有些穿着康复中心的员工制服。娃娃们被装在玻璃箱里，一动不动，用豆豆眼直勾勾地看着司辰。

标注“10分”的娃娃，身上则有着明显的动物特征，或者躯体被替换成机械装置，看上去攻击性更高。

兑换所需的积分越高，娃娃的模样就越奇怪，脸上的神情更是格外阴冷恶毒。

司辰看向最后一台娃娃机。这个机箱里似乎有过一场厮杀，玻璃上全是血迹。一只半人高的娃娃挤在里面，神情慵懒。它的外表像一条长得很肥的蛇，肚子上都勒出了“游泳圈”，咧开到两百七十度的大嘴正不停地咀嚼着什么。看见司辰到了它面前，这条胖头蛇娃娃甚至还抬起两侧的鳍，挥了挥。

成为进化者之后，司辰阅读了许多和高维生物有关的资料。如果他没认错，这条胖头蛇应该是模仿了羽蛇神——和长生渊一样盛名在外的凶恶生物。

据像素熊所说，抓住娃娃就可以得到积分。在灵异天灾里，这些娃娃显然不会太简单。司辰兜里只有二十枚游戏币，他取出一枚，准备先抓个积分为五的娃娃试试。

一枚游戏币被送入投币口，娃娃机上的彩灯亮起，配的音效居然是《好运来》。

欢乐的音乐，冲淡了对未知的恐惧。玻璃箱子里的娃娃随之活了过来，它们举起棉花和毛毡做成的手，竟主动抓向娃娃机的夹爪！

一排排小手举起，就像溺水的人抓向浮木。司辰挑了一个位于最上方的病人娃娃，开始移动夹爪。

每个娃娃机的微动感应和电机速度都是不同的。当初，为了用最少的钱抓到最多的娃娃，司辰研究了许久，总结出了一套属于自己的经验公式，具体理论涉及物理和数学两大领域。总之，在短暂的计算后，司辰摁下按钮。

夹爪精确无误地抓到了那只病人娃娃。病人娃娃并没有太多表情，但它的肢体动作却带着一种莫名的雀跃，紧紧地抱住夹爪。

停顿了几秒钟之后，夹爪缓缓上移，准备带着这个娃娃离开机箱。

只是，夹爪刚动起来，箱子里的员工娃娃就变得异常狂躁。它们伸出手，死死抓住病人娃娃的下半身，用针线缝制的豆豆眼也变得通红。

“哇啊啊啊啊——!!!”

病人娃娃发出一声怪叫，声音格外惨痛，震得司辰耳膜发疼。

被选中的病人娃娃看样子并不愿意放手，它死死抱住半空中的夹爪，下半身则被其他娃娃拉得越来越长。终于，布帛撕裂，娃娃体内充填的白色棉絮露了出来，逐渐变成了血一般的红色，毛毡做成的器官都掉进了玩偶堆里。病人娃娃仿佛能感受到疼痛，开始号啕大哭，万幸的是，它最终成功顺着管道滑落到了取物口。

司辰取出这只病人娃娃，只见它身上的病号服已经变得深红。他捏了捏，娃娃也没有声音。

从箱子里出来后，病人娃娃并没有什么特殊的表现。然而，通往手术室的狭长走廊里，却传来重物落地的声音。

司辰的鼻子很灵，他闻到血腥味从漆黑的走廊里飘出，轻微的布料摩擦声窸窸窣窣地响起——有人在地上艰难地爬行。

司辰安静地等待着，一分钟后，一个浑身是血的男人从里面爬了出来。男人穿着病号服，没有下半身，正用手艰难地行走，在地上拖出长长的血痕。似乎感知到前方有人，男人抬头，露出了一张狰狞恐怖的脸。

这是一只丧尸。

丧尸嘶吼着朝司辰爬来，嘴大张着，脸上是毫不掩饰的对进食的渴望。

司辰当机立断，开了一枪。子弹正中丧尸的眉心，在丧尸颅内炸开。与此同时，司辰手里的娃娃也爆开了，脑袋里的棉絮从他的指缝溢了出来。

从手术室的走廊里钻出来的丧尸死了，司辰手里的娃娃却活了过来。它挠了挠脑袋，喃喃道："我的头呢?"

头炸了。

病人娃娃没有头，自然也没有了眼睛，视野里漆黑一片，却依旧在四处寻找着什么。小周举起叉子，虎视眈眈地盯住了它。

司辰观察片刻，发现这个娃娃除了满地找头之外，并没有表现出攻击性。和小周一样，它也是"归顺"的娃娃。

游戏机随机更新了司辰的个人信息。

【玩家司辰】

积分：5

娃娃数量：2

经过这次简单的实验，司辰弄清了这个娃娃机的套路：从机箱里夹出娃娃，手术室外也会出现对应的怪物；消灭怪物后，能获得一只属于己方阵营的娃娃。

司辰还有十九个币。从安全角度讲，夹二十个五积分的娃娃刚好——前提是他不会失手，"币"无虚发。

司辰决定从五积分的娃娃夹起，如果失败，再去夹十积分的娃娃。总不可能次次都失败。他给自己定的积分上限是三十，至于后面那些一看就很凶悍的娃娃，他是绝对不会去尝试的。

司辰又投入了一枚币，兴致勃勃地夹起一个新娃娃。

这次夹出来的是员工娃娃。一分钟后，一个肥头大耳的医生从走廊里走出。他面色青紫，舌头长得能拖到地上，少了两条胳膊。

司辰口袋里的丧尸娃娃冲了出去，怪叫着和这个数倍于它身体大小的医生扭打在一起。几分钟后，司辰脚边多了一个员工娃娃。

连续抓出十五个娃娃后，司辰已经攒到了七十五分。他喃喃道："好像也不是很难……"

但司辰却不敢继续抓五积分的娃娃了。越往后，失手的概率越大，如果抓到第二十次时失了手，刚好差那么五分，那不得怄死。

司辰看了看脚边堆满的娃娃，来到了十积分的娃娃机面前。

他不知道的是，一墙之隔的院长办公室里，熊博士正在打电话："你们跟我保证过，他不可能凑够积分的。"

电话那端传来声音："抱歉，娃娃机似乎出了一些故障。"

熊博士简直出离愤怒："我为心灵之家打工一百多年，没有功劳也有苦劳，你们不能这么对我！"

"这是规则。"

熊博士的声音气急败坏，完全没有副本刚开始时的儒雅随和："规则就是送我去死？你们明知道我走不出院长办公室！"

它本来应该是这片空间折叠区里最强大的高维生物。然而，当年张三拉着他一起自焚，之后，两人日夜纠缠在一起，熊博士的力量也不断被削弱。

前段时间，熊博士刚解决了自己的一生之敌，但极端虚弱，需要进补，这才报名来到低维世界。全盛时期的熊博士起码有3A的危险级，但它现在的能量强度不够，因此只制造出了A级的空间折叠区。

谁也没想到，它一来就遇上了司辰这个完全不按常理出牌的东西。3楼的游戏城，是它最后的保护罩，也是"心灵之家"承诺的庇护。

电话那头的人顿了顿："很抱歉，但我们的确……无能为力。或许您可以祈祷一下，快点天亮。"

* * *

"还差最后五分。"

又抓了两个十分的娃娃后，司辰觉得自己的太阳穴已经开始发疼。这是大量心算消耗过多精力导致的后遗症。

司辰还剩三枚游戏币。他深呼吸一口气，揉了揉太阳穴，机械性地把新一枚硬币投入游戏机。

然而，司辰还没来得及动手，机箱里的玩偶却突然蹦跶起来，像一颗颗跳珠。钢化玻璃被撞出一片裂痕，司辰如临大敌，就怕万一玻璃碎掉，这些娃娃都蹦出来一起攻击他。

好在，这种事并没有发生。这场暴动停止时，夹爪上已经挂上一个新的娃娃。

小周坐在司辰的肩头，缓慢地说着："居然，还有，这种，好事？"

和其他缺胳膊少腿的娃娃不一样，新上钩的棉花娃娃身体十分完整，眼睛一黑一白，面带微笑，长得很像司辰。

但是，它穿着一条白裙子。

夹爪缓缓移动，穿着白裙子的司辰娃娃被悬挂在取物口的正上方，隔着一层玻璃，和司辰面面相觑。

片刻后，夹爪松开，司辰蹲下身想拿走新的娃娃，却发现取物口里什么也没有。如果不是玩家信息中的积分已经涨到一百零五分，司辰甚至怀疑之前的遭遇都是幻觉。

游戏机里传来了像素熊的声音："恭喜玩家司辰凑够一百积分！活动奖励正式解锁！"

院长办公室大门上的玻璃亮起一阵光，一串像素文字飘了过去，随之响起马里奥游戏通关的音效。

门可以打开了。

司辰正准备带着娃娃们找熊博士算账，然而，通向手术室的走廊里突然传来啪叽一声响——有什么东西掉了下来。

司辰心神一颤，死死盯住了手术室的方向。

走廊口传来一阵冷气，像是在大夏天打开了冷库的大门。很冷，和之前遭遇灵异生物的那种阴冷不同，这次的冷意像是能冻住灵魂。

长生渊在司辰体内焦躁地嘶吼起来，充满对外界的敌意。司辰甚至没办法思考，但他依然下意识地举起枪，枪口对准了走廊——这是身体的战斗本能。

漆黑的走廊口，一个巴掌大的棉花娃娃穿着白裙子从里面走了出来。白裙子的声音软软的："怕什么，是我啊。"

是小孩子的声音。

白裙子看上去比其他娃娃都要灵动，用针线缝的眼睛甚至能一眨一眨的。它穿着白色的睡衣，睡衣的上方还有雪纱褶皱做出来的白玫瑰。

司辰缓缓放下举起的枪，他是不太爱出汗的人，现在却连手心都冒出了汗。

白裙子迈着小短腿走到司辰面前，它抬头，看向坐在司辰肩膀上的小周。

人鱼娃娃小周正躲在司辰脖子后面的头发里，瑟瑟发抖，努力把自己的存在感降到最低："我，我走。"

白裙子收回视线，朝司辰举起胳膊："抱我！"

出于保护小周人身安全的考虑，司辰把人鱼娃娃放在了地上，这才握住白裙子的手。这感觉就像是在冬天握住冰块，尽管白裙子已经非常克制，但司辰手上还是出现了冻伤，指节出现不正常的肿大，呈现一种急冻后的青紫色。

白裙子也注意到了这个细节。它掰开司辰的手指，跳到他的手腕上，拉开他手背上并不存在的那条缝隙，把长生渊的一根小黑触手拽了出来。白裙子坐在长生渊的头顶，心情十分愉悦："好啦，这样就可以啦。"

长生渊发出一阵怒吼："吼！吼！"

司辰从长生渊的声音里听出了几分气急败坏和委屈。

“哦，对了。”白裙子撩开自己的睡袍，从裙底翻出一个打火机，递给了司辰，“差点忘了，打火机。”

这是心灵之家给出的通关奖励。打火机的款式很小巧，打开顶盖就会自动冒出紫红色的火光。

白裙子:“这个打火机，你带出去也能用。里面装的是冥火，对很多高维生物都有克制作用。”

司辰看向坐在自己手背上的棉花娃娃，欲言又止。

“你看起来似乎有话对我说?”白裙子歪着脑袋问。

司辰缓缓开口:“你不应该是我的幻觉吗?”

司辰的记忆有断层。他能清楚地记得两三岁时读了什么书，却想不起来幼年时遇到过什么人，又发生过什么事。在他的印象中，他第一次遇到白裙子，是在孤儿院发生高维入侵的时候。不过，从熊博士的电话来看，显然并非如此。

这么多年过去，除却眼虫那次，他也零星梦见过白裙子几次。印象最深的一次，白裙子在一座很空的迷宫深处，细细的手腕上连接着铁链，正低着头，漫不经心地玩着拼图。

因为知道是梦，司辰并没有好奇白裙子为什么会被锁住。他坐在草地上，和白裙子一起拼拼图。那是一幅很大很大的拼图，一直到梦醒，司辰都没有拼完属于自己的那部分。

白裙子笑着回答:“我就是幻觉呀。”

司辰:“……”是吗?总觉得自己被糊弄了。

它伸出手:“把剩下两个币给我吧。”

司辰把最后两枚游戏币放进白裙子的手心。

在游戏厅里，想抓大娃娃总是需要更多的游戏币，在这里也不例外。白裙子把两枚游戏币投进了积分一百的游戏机里，脸上还是笑眯眯的。

那条胖头蛇看到这一幕，表情顿时格外惊恐，在机箱里乱窜。但它的反抗没有任何用，夹爪十分坚定地抓住了它的七寸，硬生生把它从机箱里拽了出来。

走廊里传来野兽的怒吼，一条金黄色的蟒蛇从不到一米宽的走廊挤出一个硕大无比的头。它的眉心长着第三只眼，头部覆盖的鳞片硬而尖锐。

这条巨蛇的躯体过于庞大，被卡在走廊上根本出不来。它张大嘴，腥臭的风从口腔里喷出:“吼!”

青色的火焰奔涌而来，顷刻间卷席一切，高温让3楼大厅变得一片狼藉。

长生渊吓得发抖，仍要不甘示弱地回吼:“吱叽! 叽!!”

白裙子朝旁边扫了一眼，抢走了小周手里的三叉戟，然后像投标枪一样把三叉戟掷了出去，正中巨蛇的眉心。

三叉戟只有普通的甜品叉那么点大，是小周的出生装备。小周本身才2阶，这柄三叉戟虽然是灵能物品，但也强不到哪儿去。然而，就是这么一柄平平无奇的对于巨蛇来说不过是牙签一点点大的三叉戟，却直接带走了它的性命。

巨蛇翻起白眼，脑袋轰然倒在了地上。它的身体在死亡后不断缩小，最后变成了一根火腿肠那么大，被三叉戟插在地上。

白裙子从司辰手上跳了下去。它走过的地方，火焰熄灭，一切归于寂静。然后，白裙子把三叉戟带了回来："给你。"

心灵之家没有把真正的羽蛇神抓来。况且，如果是真正的羽蛇神，也不会才一百积分。这条胖头蛇是一种具有羽蛇神血脉的高维生物，蜕皮九次才能成为真正的羽蛇神，而它死的时候只有5阶。

长生渊的口水流了出来："妈妈，这个，好香……"

它好馋，但是不知道该不该接受，因为它不喜欢白裙子！它也不喜欢季楚尧！如果实力足够，这两个东西都在它"可以吃"的范围内。它只喜欢司辰。

司辰不争气地接过了叉子。长生渊说得没错，这条胖头蛇的确很香，还是烤熟的，司辰闻到的瞬间就感觉饿了，忽然非常理解余川闻到卤肉饭时的感受。

司辰吃掉了这根金黄的"烤肠"。口感就像一根裹着酥脆面衣的芝士肉肠，表皮酥脆可口，还有咸香的芝士爆浆，肉质更是细腻多汁，好吃到舔手指。不愧是价值一百积分的胖头蛇，长这么肥，果然很香。就是太油了。

司辰吃得有些撑，下巴上都是汁水。

白裙子从自己裙子底下掏出一张餐巾纸。长生渊接受了一根烤肠的贿赂，此时不情不愿地把白裙子举了起来。白裙子踮起脚，用餐巾纸擦掉司辰下巴上的油渍，声音温温柔柔的，像是对待小孩一般："别动，擦擦嘴。"

司辰微微眯起了眼睛。他可以拒绝的，但他不想拒绝。

白裙子把用过的纸巾揉成一团，丢进火焰里。它说："我要走了，照顾好自己。天快亮了，去吧。"

* * *

司辰握紧打火机，打开了院长办公室的门。办公桌前的椅子上，坐着一只接近两米高的棕色玩偶熊，它的手里还握着电话的话筒。

熊博士没有动。

事实上，它也动不了——它被困在了这把椅子上。

一个淡得几乎要看不见的瘦长影子，用自己的双手死死抱住了玩偶熊。再过几天，这个影子就要消散。

报纸上那个“法外狂徒”当然不叫张三。一百年过去了，熊有福早已不记得他的名字，只记得他是一位绝望的父亲，当初还活着的时候，每天夜里都在不死不休地追杀它。

跟在司辰身后的娃娃们像是疯了一样，一拥而上。小周也不例外，它张大嘴，棉花做成的嘴里竟然是长长的獠牙。娃娃们不遗余力地咬着熊博士的身体，撕扯下一块块被血打湿的棉絮。

熊博士表情微变，语气却抑扬顿挫：“看来，我们还是相遇了，尊贵的病人。要不要聊聊天？”

熊博士故意说得很慢。它察觉到了，顶多再过一分钟，空间折叠就能结束。虽然这次入侵损失惨重，但只要还活着，一切都有希望，娃娃也可以再做出来。而下次降临时，它会挑选更合适的地点。

司辰微笑着摁下打火机，紫红的火焰燃了起来：“心灵之家是什么？”

熊博士义正词严地拒绝：“我签了保密协议，是不会背叛组织的！”

司辰把打火机凑近它的身体。

熊有福：“好吧，高维入侵并不只是发生在你们的世界，也不是最近两百年才开始。心灵之家是一个由高维生物组成的机构……或许是。我只是最底层的成员，并不清楚太多。我只知道，心灵之家有三个管理员，据说最早就是它们开启的高维入侵。”

司辰：“哦。”

他拿出“跳楼鬼”的日记本，撕下其中一页，用打火机点燃，然后丢到了熊博士身上。火焰在一瞬间蹿到了两米高，蔓延至熊有福的全身。火焰中出现了“跳楼鬼”的影子，它和父亲抱在一起，两人的影子渐渐消失。

热浪袭来，司辰白净的脸被火光照得通红。

在一片火焰中，熊博士发出歇斯底里的哀嚎：“我明明都告诉你了！你怎么言而无信?!”

司辰垂下眼眸，回答：“我又没答应不烧。”他转过头，看向窗外，青白的天际出现第一缕曙光。

天亮了。随着空间折叠结束，这片区域失去了所有的灵异特性。

燃烧的玩具熊逐渐熄灭，在老板椅上留下一团灰烬。室内味道不太好闻，司辰打开窗户，让外面新鲜的空气透进来。

大部分娃娃都跟着熊博士葬身火海，司辰口袋里只剩下了两个纪念品：一个是小周，另一个是白裙子。

尽管感觉不太可能，司辰还是没忍住，掀开娃娃的裙子看了一眼。果然，里面什么也没有，更不可能藏着道具。

按照一般规律，打完关底BOSS后都会掉落一个大宝箱。司辰在办公室里翻箱倒柜，大宝箱没找到，却找到了两沓实验记录：《关于不同进化方向高维生物的融合改造》《灵能类高维生物的人工培育》。

第一本记录的实验对象是女护士，实验结果判定为“失败品”，但后面的内容都被撕掉了。

第二本则详细写明了心灵之家在平临市的投资计划，包括康复中心的建立以及挑选“培养皿”的过程。像小周这样的个体，就是所谓的“培养皿”。

这个模式很眼熟，让司辰想起了自己小时候待过的社会孤儿院。

白裙子曾经说过，遗忘是一种保护。司辰的面色逐渐阴郁，他花了点时间把记录里的内容通通背下，然后用打火机点燃，烧掉了实验记录。

高维入侵结束后，娃娃机的娃娃也都不见了踪影，只留下一个个空荡荡的机箱，大厅里的游戏机更是彻底报废。

司辰折回楼下，发现2楼的住院区已经变回了原本的模样。

两侧墙壁都是烈火烧灼留下的焦黑，窗户的铁栏杆扭曲变形，地上布满了不知何物的油垢。几乎每间病房里都躺着一个昏迷不醒的病人，床头的玻璃箱里则装着未成形的娃娃。

余川正倒在病床上呼呼大睡。司辰用力摇了摇，他才蒙眬地睁开眼，瞥见窗户外面大亮的天，表情还有些茫然：“结束了？”

司辰反问：“你还想继续？”

一架黑色的无人机飞到两人面前，扩音器里是纯正的机械腔：“您好，这里是安管局平临分局，请问是否需要协助？紧急医疗救助十万信用点起，基础物资援助两万信用点。三等公民享八折优惠！人力资源有限，欲购从速。”

无人机尾管还喷着蓝色的尾气。

司辰缓缓道：“我们遭遇了灵异天灾，里面的高维生物特性是可以把人类转化成娃娃。”他走到隔壁病房，拉开门，以便无人机可以拍到里面的场景，“我们来的时候，这些进化者已经被转化了一半。现在空间折叠已经结束，但他们并没有醒来。”

无人机里的声音顿时严肃起来：“收到，我们马上派人查看。”

* * *

上午11点，司辰和余川从平临市安管局大门走了出来。

两个人身上都挂了彩，还没来得及休整就被送到了安管局做笔录。此时，做完笔录的两人站在路边，一个像天桥底下要不到饭的乞丐，一个像正在拍潮流穿搭的杂志男模。

作为做笔录的回报，司辰获得了两点公民积分。这东西攒到一定数值能晋升公民等级，不过对比晋升需要的积分和日常能获得的积分，这个东西对于绝大多数人都是聊胜于无的安慰。只能用以证明，这个世界还是存在上升渠道的，只是有些人不够努力。

康复中心 2 楼的进化者已经全部被送往附近的医院，至于能不能醒来，那就不是司辰关心的事情了。

乞丐余川掏出刚买的手机：“哥，加个联系方式吗？以后下本，有机会一起。”

现在的个人数据都储存在智能终端，刷身份证外加指纹验证，就能在新设备上一键还原。

司辰没有拒绝，他贫乏的社交网络终于多了除同事、同学、季楚尧之外的人。

这次空间折叠一共维持了三天，明明时间不长，司辰却有一种恍若隔世的错觉。

他在酒店订了一间房，在浴室洗了个澡。透过朦胧的水汽，他看见自己身上青一块紫一块。这些都是战斗留下的痕迹。最严重的地方应该是被蜘蛛女捅破的腹部，但半天过去，腹部的伤口已经结痂，长出了一层粉色的嫩肉。再过几天，连这点痕迹也会彻底消失。

司辰的外貌条件本来就很优越，可以说是得天独厚，植入长生渊以后，身体线条越发流畅优雅，连他自己看着镜子都很心动。

可惜，个头没怎么长。

长生渊小声说了一句：“妈妈，困困。”它吃了一整条低配版羽蛇神，肚子撑得鼓起，急需用睡眠去消化这些能量。

因为共生关系，长生渊的犯困状态显然也影响到了司辰。他吹干头发，忍住睡意，又去了一趟平临市的进化者协会。

协会可以鉴定各种高维物品，还能帮忙出售。这次下副本，除了白裙子的投喂，司辰还得到了一个打火机，一个能源核心，两只娃娃，一个病历本。至于铁链、菜刀、红灯，它们身上的能量已经在折叠区里被耗完了，现在只是普通的生活用品，甚至因为破损严重，都不能正常使用，只能当废品处理。

司辰把打火机、能源核心、病历本拿去做了鉴定，耗资三万。

哪怕现在月薪已经几十万了，司辰还是为这个价格略微心疼了一下。要知道以前读高中的时候，他一年生活费才三万，毕竟在学校食堂，午饭加个荤菜，一顿都要上百了。

工作人员用散发着紫光的扫描仪扫了扫司辰的三件东西，随后递了回来：“检验报告七天内出来，会直接发送到你的个人终端上。”

手机上还有几条辛小草的消息，问他病情如何，但最多的消息还是来自季楚尧，陆陆续续竟然有几十条。

司辰大概扫了一眼，全是各大高校最近的招生政策，偶尔有些日常生活的分享，但问得最多的是“出来没”。

司辰：出来了。

他等了一会儿，也没等到季楚尧回答，于是订了一张回江川的车票。

为了省时间，司辰这次花高价买的特快，大概二十八个小时就能回到江川。因为有预感，一旦睡着短时间内很难醒来，司辰隔段时间就会掐一下自己的大腿。他耐痛，下手又重，大腿内侧被掐得青紫都毫无察觉。

司辰一直觉得，种植长生渊的进化者应该很容易被偷袭。毕竟只要趁着寄主升级的时候暗中埋伏，寄主指不定就死在睡梦中了。

郊区大部分地区都没有信号塔，因此，司辰直到抵达江川的交通站，才看见季楚尧发来的消息。

季楚尧：我看报告，平临区有很多进化者成了植物人。

季楚尧：有空说说吗？

司辰：改天。

季楚尧：好。

礼貌地结束了对话，司辰坐了两个小时出租车，终于从交通站到了家门口。他锁好房门，躺在床上，任由自己陷入昏睡。

这一次，他又梦到了那个庞大的迷宫。

迷宫是用绿色的植株排列而成的，几米高的灌木丛挡住了大半天光，植物墙上挂着颜色各异的小花。

司辰记得自己来过这儿，但并不是同一个入口。他茫然地往前走，在迷宫里绕了许久，终于找到被锁在迷宫中心的人——白裙子。它仍旧坐在草地上，拼着那幅永远也拼不完的拼图。

司辰极目远望，这拼图大得像是一片湖泊，白裙子只拼完了一半。白裙子的手腕、脚踝上都挂着发光的锁链，这些锁链一端连着它苍白的四肢，另一端连着虚空。

白裙子抬头，朝司辰笑了起来：“你又来了。”

一个和你长得一模一样的人冲你笑，这种感觉其实有点奇怪。

司辰在它旁边坐下，和它一起整理起拼图。

拼图的碎片太多，垒起来像是一座小山，上面的花纹也毫无规律。司辰对比着拼图上的花纹，把两块合在一起，轻声询问：“为什么要拼拼图？”

“因为……”白裙子微微侧过头，朝他露出一个浅浅的笑，“我做错了一件事。”

司辰思考片刻，道："所以你被关在了这里？"

白裙子接了下一句："就像野兽被关进了笼子。"

司辰的手一顿。

白裙子看见他发旋上翘起了一根头发，有点想摸。于是它真的动手了，抬起手时，胳膊上的环形铁锁发出噼里啪啦的电光。

"我知道你在想什么，不用可怜我。"白裙子的眼睛微微眯起，"这个笼子，是我自己钻进来的。"

…………

司辰的呼吸很沉，他像是被魇住了，眼珠在紧闭的眼皮底下迅速转动着，鼻腔甚至溢出了一点血迹，却无法醒过来。

司辰身体侧躺，蜷缩在一起，他下意识采用了最有安全感的睡姿，保护着柔软的腹部，这也是婴儿在母体内的姿势。

他的背部顺着脊椎出现一条长长的血线，从颈后一直没入尾椎，接着，那血线变成一条窄窄的缝。尽管没有一丝血，但毕竟撕裂了身体，窄缝周边难免有些肿胀发炎。

长生渊漆黑的触手从里面钻了出来。吃掉了那条巨蛇以后，它已经很大了，起码有半人高。它的触手都能从背后环住司辰的腰，然后绕上两圈。

但长生渊不想长这么大。哪怕它再不懂事，也有一个朦朦胧胧的概念——长大的孩子会离开妈妈。所以，它让八根触手互相缠绕在一起，绞紧，努力挤出了身体里多余的水分。那些液体被司辰吸收了。

好想吃掉妈妈……它的乳牙换好了，新长出的小尖牙微微弯曲，侧面有用于撕碎猎物的锯齿，吃肉都不用嚼。但咬一下会留疤，妈妈肯定会发现的。

挤干水分的长生渊就像一条晒到半干的海货，不再需要那么大的空位，司辰脊背上的窄缝也缓缓变短，最后只剩十五厘米长。它钻了回去，就像是八爪鱼藏在罐子里。

几面墙之隔的门外，季楚尧站在司辰家门口，没有敲门。他的眼睛里，蓝绿的光微微亮起。

刚才的能量波动很奇怪，就像发生了一场高维入侵。

季楚尧对生物改造方向的进化不太了解，但因为司辰，很是找了一番资料。

因为长生渊本身凶猛的特性，种植长生渊的进化者并不多，且大多都发生在很久以前。那时候高维入侵刚开始，大家所求的不过是活下去，哪里想过什么危不危险。

一般情况下，晋升到第六天梯时，达到成熟状态的长生渊会从寄主体内主动剥离。

对长生渊而言，寄主只是孵化的容器。所以，这种剥离并非像寄居蟹那样，只是简单换一个壳子，而是像完全变态发育后的成虫从已经毫无营养的茧里破壳而出一样，寄主往往只有死亡这一种下场。

长生渊最出名的种植者，就是白帝。

为了解决这一问题，白帝在自己身体里植入了其他高维生物，用以压制长生渊。具体是什么物种，官方并没有结论，因为近些年来，白帝已经很少出现。在联盟内部，新生一代的进化者甚至没怎么听过白帝的名字。他就像被历史抹去了一样，无功无过。

根据资料，当进化者逐渐向第六天梯靠近时，长生渊会产生自我意识，并逐渐从寄主体内脱离。此时，寄主身上会出现更多畸变特征。

季楚尧不清楚室内发生了什么，好在根据扫描，司辰的生命体征很平稳。

也许是教养好，或者说是足够疏离冷漠，季楚尧并没有过多干涉别人生活方式的兴趣。他决定等司辰苏醒后再来，但走之前，他决定发条消息——毕竟在门口站了这么久，要是司辰看监控的话，说不定会觉得他是变态。

季楚尧看了之前的聊天记录，思索再三，敲下这么一行字：打电话给你，你没接，在你家门口敲门也没有人应。如果遇到麻烦，随时联系我。

如果不是“图灵”突然降临，这本来应该是一次平平无奇的失败的会面。

季楚尧都已经转身走到了电梯口，整个身体却突然一僵。片刻后，他缓缓回头，看向司辰的家门口。他的目光充满疑惑，因为他察觉到了一丝极不寻常的气息。

尽管这缕气息很淡，但绝对不该在低维世界出现。

* * *

迷宫里，司辰和白裙子在短暂的沟通后，各自安静地拼起了拼图。

他们拼凑的区域并不一致。司辰恍惚间觉得，上次来的时候，他也记过拼图上的图案，可惜每次来迷宫都需要重新开始。

白裙子的嘴角挂着淡淡的笑容：“这么多年来，你是第一个来到迷宫的人。”

“还有别人？”

白裙子拿起一块拼图，用指尖摩挲了一阵：“他们想找到我，但是失败了。”说着，白裙子抬起了头，语气中有着淡淡的嘲讽，“看，又有一个想进来的。”

司辰的梦突然醒了。

老实说，醒来的时候发现床边有人盯着自己，其实很惊悚。尤其是在夜晚，其他地方都漆黑一片，唯有一个朦胧的黑色轮廓，里面亮起两个蓝绿的光圈。

更何况，司辰刚从灵异入侵的折叠区里出来。他几乎是下意识地掏出枕头底下的枪，对着人影就想摁下扳机。

子弹倒是射了出去，却被一片半透明的蓝色光幕挡了下来。

季楚尧打开床边的灯，道："吓到你了，非常抱歉。"

司辰刚完成一次进化，身体还有些轻微的不适，尤其是背上，感觉像是被没消毒的手术刀切开了一条口子，脊背中间又酸又肿胀。他竭力让自己的语气显得平静："季先生，您的行为已经违反了治安条例，请您出去。"

季楚尧："我……这，我可以解释。"

季楚尧其实也很茫然，甚至觉得自己像是鬼上身了一样。他本来都打算走了，然后明显感觉到自己脑海里突然多了一个念头，就是去看看司辰。

"好不容易来一趟，当然要看看。"

季楚尧依稀记得自己是这么想的，但这不合理。况且，这种感觉并不是第一次。之前在空间折叠区遭遇虫族女王时，他也有过这种错觉。

萌生了这个念头之后，季楚尧敲了敲门锁，门锁系统自动为他解开。然后，他推门而入，来到司辰的床边。他甚至感觉到了淡淡的敌意，这种敌意来自长生渊。等他反应过来时，司辰已经醒了。

季楚尧也清醒了，他在这一瞬间，甚至能看见司辰头顶冒出的大字：信任度-100。

司辰就像通关游戏里很难搞的那种NPC（非玩家角色），玩家需要和他搞好关系才能获得线索通过关卡，但司辰的信任度怎么刷都是慢吞吞的"+1"，一不小心触雷就直接"-100"。玩家甚至不知道他在不在可攻略列表里。

司辰给自己披上了外套："你说。"

季楚尧这辈子都没说过谎，难免有些局促，好在他的大脑运转够快："最近刚好来江川处理一些公司的事，路过你家，想起你说回来了，顺便来看看你的训练情况。我敲门，没人开门，本来准备走的，但是检测到有长生渊的气息。

"担心你出事，我就进来看一下。真没别的意思。"

司辰指向门口，有些头疼："你先出去。"

季楚尧同手同脚地走出了房间。

司辰揉了揉发疼的太阳穴，问："你出来过？"

长生渊底气不足地回答："……吱。"

那就是有了。

司辰换好了衣服，推开房门，看到季楚尧正在茶几前坐着等他，十指交握。这种姿势不是谈判，就是在舒缓自己情绪上的紧张。

司辰从冰箱里拿了两杯甜水饮料，一边摆了一个。

季楚尧率先抛出话题："你现在几阶？"司辰身上的能量波动有些奇怪，比同级的人低一些，检测出来的数据也不太准确。

司辰感受了一下，不出意外地发现体内的第三个洞穴已经被一条胖头蛇填满了。这条胖头蛇很肥，甚至还没消化完。

非完全体的羽蛇神带来的新特性是控火，但司辰还没有尝试，

司辰回答："快4阶了。"

季楚尧的表情有些意外："挺快的。"

主要是长生渊太能吃，司辰好几次都担心它会被撑死，但事实证明，它就是个无底洞。

季楚尧的眉头蹙起又舒展："如果到5阶，你最好考虑一下和长生渊分离，或者植入新的高维生物进行压制。按照惯例，到了第六天梯的中后期，长生渊会开始噬主。"

季楚尧觉得，等到5阶，司辰怎么着都考研上岸了，到时候应该是他的老师烦恼这个问题。

前四个天梯，相对而言还是很好爬的，难的是往后走。

不知道是不是错觉，季楚尧感觉自己的话刚说出口，长生渊就发出一阵细碎的声音，吱吱叽叽的。

司辰毕竟是长生渊的寄主，明白这是在骂人，于是决定岔开这个话题。他想起之前的在空间折叠区的遭遇，询问："你知道心灵之家吗？"

从空间折叠区出来后，司辰在协会官网和公司内网都进行了搜索，可惜一无所获。

季楚尧在自己的资料库里搜索，然后询问："为什么突然问这个？"

司辰把这次折叠区的经历简单叙述了一下，略掉了孤儿院以及关于白裙子的部分。季楚尧听完，表情有些沉重："这是一个来自高维宇宙的恐怖组织，策划了很多起高维入侵。"

"心灵之家已经毁灭了好几个低维宇宙。过去，我们一直在阻止它们的渗透，看来还是有漏网之鱼。"说着，季楚尧把资料传了过去。

司辰："被这个组织渗透了，会怎么样？"

季楚尧："大概会在全世界范围内发生无差别的高维入侵。"

司辰想象了一下"天天撞鬼"的日子，顿时觉得现在的生活还算可以。

* * *

清晨，司辰睁开眼，任由自己躺在柔软的床上发呆。过去每天睁开眼就在想该怎么挣钱，他是没时间发呆的。

司辰的左眼空空荡荡，是一个黑窟窿。这是因为睡觉前，他把义眼摘下来充电了。充的不是直流电，是由能源石驱动的新能源。机械义眼的尾端亮起蓝光，显示电量已经充满。

司辰已经知道，里面装着一个定位器。一想到自己的行踪被监视，他就有一种毛骨悚然的感觉。但他又对这个价值一百积分的义眼很好奇，不知道这个义眼到底有什么特殊之处，能让黑心商家开出一百积分的兑换额度。

司辰把义眼塞回了眼眶。没有启动的义眼提供不了任何视野，和普通的装饰物没什么区别。出于安全考虑，他在网上下单买了一只新的——机械核心最基础的义体产品，售价一百二十万。

这只义眼是第二天到的。

司辰装上以后，觉得哪儿哪儿都不太习惯。新的义眼用的材料可能不太好，放在眼眶里硌得慌，异物感非常明显。

连长生渊都觉得不爽："妈妈，这个，硬硬。"

而且，除了提供视野外，这只义眼几乎毫无用处，自带的扫描范围也只有方圆十米。

司辰甚至很想打开手机问问季楚尧，你们机械核心怎么敢把这玩意儿卖到一百二十万信用点的？简直是抢钱啊！不过他暂时没钱更换新的，旧的又带着定位器，因此，哪怕这只义眼略显粗糙，也只能继续用下去。

为了考研上岸，司辰一直在家里看书学习。半个月假期结束时，他专业书翻了两块砖头那么厚，题也做了不少。

报考高维学院，笔试成绩的占比只有百分之二十，但这毕竟是司辰的强项，能多得一分是一分，指不定就能甩下好几百个人。

协会也发来了那三件东西的鉴定书。

【打火机】燃料为某类高维生物的脂肪，不可补充，对4阶以下（灵能类）高维生物有必死效果。

【病历本】心灵之家康复中心的病历本。写入姓名，可以获得患者的个人信息。

【能源核心】3级能源核心。使用程度：58%。可在进行机械改造时使用。该能源核心可驱动5级以下机械装备。当前市场售价：840万。（注：如愿意出售，可以联系协会进行直售。）

司辰顿时觉得，自己之前为了挣学费，待在实验室不辞职的行为真的非常无知。当进化者，只要自己能力足够，去空间折叠区逛一圈，又怎么会缺钱？

不过越往上走，需要的资源也就越多，这一点的确没办法和家族底蕴深厚的富二代比。好在和蛇杖基因签的新员工合同也还不错，光是市区的那间员工宿舍，就省了好几千万的开销。

司辰找到通讯录里的联系人，看了一圈。

自从上次被拒绝后，季楚尧就没联系过他，司辰也不好意思再贴上去，只好点开了辛小草的头像。

司辰：3级能源核心，一般能卖多少？

发完这句，还贴了一张检验报告上去。

辛小草：什么情况?！你在哪儿搞来的？

司辰：下了个副本。

辛小草：啊，看见了。破损程度百分之五十八，怪不得估价才八百多万。3级能源核心一般能卖三千万的……

司辰震惊了：三千万吗？

辛小草：嗯。想当进化者本来就很费钱，除非运气好。我当初也是因为家里中彩票才供得起我。

司辰回忆了一下自己从蜘蛛女胸腔暴力拆除能源核心的过程，顿时感觉自己那几拳不是砸在蜘蛛女护士的胸口，而是砸在了自己心上。

辛小草：不过，损坏度这么高的话，能卖八百四十万也还不错。

辛小草：你胆子还挺大，居然自己主动去折叠区。

毕竟司辰一看就是那种柔柔弱弱的并不经造的人。

知道协会没有坑人，司辰当场就联系上了对方，准备把东西卖掉，好换个新的义眼。协会的官方客服回复说周末会派人上门来收，但司辰也可以选择自己去协会，把能源核心交给工作人员。

客服姐姐的声音甜甜的：“如果有空，司先生您也可以去协会一趟喔。正好，根据信息，您已经抵达第三天梯。您可以去协会更新一下资料，以后每个月能领更多补助金，还可以获得公民积分喔！”

为了管理进化者，本不富裕的进化者协会也算煞费苦心。

司辰回了句“好”，但并不打算上门。他还没想好要怎么解释自己从“机械进化者”变成“生物进化者”的事情。

看见病历本的鉴定书后，司辰思考片刻，翻开了崭新的一页，在病人姓名那一栏写下了两个字：司辰。

等了许久，病历本毫无变化，司辰这才松了一口气，想着自己果然是多心了。

这东西横竖用不上，司辰把它收进柜子里，之后换好制服，拎着包出门上班。

然而司辰并不知道，在他离开后，病历本陈旧的封皮上泛起了一阵血光。他写下的“司辰”两个字像是被囚禁的小人，在纸张上歪歪扭扭地挣扎着。

病历本上渐渐浮现几行小字——

实验体X-13号……

初始化改造……

二次改造……

三次……融合……

但很快，毫无征兆地，整个病历本凭空消失了。

像气体一样，溢散开来。

第六章

图灵

CHAPTER 06

血肉苦弱，机械飞升。

蛇杖基因生产部大楼，司辰推开办公室的窗户，给阳台上的花浇了水。

平时都是机械清洁工来做这些工作。阳台上的食人花是高维生物和已知品种的融合体，很香，就是会咬人。但当司辰凑过来时，这朵花却躲得远远的，花苞紧闭，恨不得把自己缩在墙脚——它感受到了司辰身上那股属于捕猎者的气息。

长生渊：“唔……”合成肉，不好吃，今天还是不饿了吧。

其实大多时候，长生渊并不是真的饿，而是单纯想吃。

浇完花，司辰顺便看了一眼墙上的挂钟：上午11点。

上班时间已经过了两小时，办公室还只有他一个人在工位上“摸鱼”。他拿出手机看了眼日期，确定今天是周一，是工作日。

司辰没忍住，给辛小草发了一条消息：你们今天不上班吗？

他实在很疑惑，偷偷看了一下，不仅是自己办公室冷冷清清，其他几个队的办公室也都没什么人。倒是楼上的机械维修部有好几个进化者在排队，等着修报废的机械义体。

送去机械核心维修，啥也没干，几十上百万就没了；公司的机械师，月薪两百万，维修一次两百信用点，“羊毛”随便薅。

辛小草回复得很快：上个月不是才上过班吗？

他指的是上个月去江川郊区的折叠区进行清理工作。

司辰：不是每周一到周五，早上9点上班吗？

辛小草：我去，你不会去公司坐班了吧？平时没项目通知不用去的。那个上班时间是为了计算时薪。

辛小草：不过公司的饭挺好吃的，还有游戏室，确实还可以。

司辰觉得，忽略死亡率，在蛇杖基因的生产部上班的确是很理想的工作。就在他这么想着的时候，办公室的门被轻轻敲了敲。

自从进化到3阶后，司辰的五感已经非常敏锐，然而宋青玉靠近时，他竟然毫无察觉。他难免惊了一下，在看见来人时，又露出乖巧的微笑：“宋组。”

宋青玉身上披着件红西装，指间夹着一支烟，问司辰："病好了？"

烟味并不重，反而有一种淡淡的香气，像是冰薄荷，因此闻起来不算难受。

司辰点头："嗯，好了。"

宋青玉看着他的脸，语气平淡："现在有空吗，来我办公室一趟？"

宋青玉的表情很奇怪，不是生气，但也绝不是开心。他细长的柳叶眉蹙着，像是正在批改学生作业的班主任。

司辰茫然地询问："领导，有什么事吗？"

他需要担忧的事情不多，但绝对不是没有。比如体内的长生渊以及长生渊无法解释的来历，又或者宋青玉察觉他竟然用三句话骗了公司四百五十五万……虽然这些事发生的概率很低。

宋青玉深深吸了口烟："领导想关心一下你的学业。"

司辰一头雾水，只好跟着宋青玉来到办公室。

宋青玉在办公室的老板椅上坐下，十指交握在一起，抵住了自己的下巴。他问："再过几天考研报名就结束了，有没有想好要考什么大学？"

考高维学院的流程和其他专业差不多，全联盟统一笔试，每所学校单独复试。笔试内容包括理论、机械应用、体格检测，复试就是直接把考生丢去空间折叠区演习。不过，为了避免生源重复，各大高校的复试时间安排基本重合。再加上谁也说不准在空间折叠区会发生什么，如果通过了笔试，考生大概率只能去一所大学复试。

司辰回答："东岚。"

东岚大学就在江川，离家近，方便，而且是司辰读本科时的学校，在世界范围内排名前三。总的来说，是个不错的选择。

宋青玉"嗯"了一声，开始分析："根据资料，你现在已经到了第三天梯。东岚大学是综合性大学，在基因生物领域的确是联盟的联军学校，但学校的军事学院排名只在第九，分数线却很高，不划算。"

宋青玉说话很有条理，也是完全站在司辰角度进行的思考，但这种行为未免过于人文关怀了一点。

司辰略微思索："那北城大学？"

北城大学，毫无争议的第一，每个TOP爱好者（热衷于提升排名的人）的最佳选择。季楚尧也在那里读书，不过念的是博士学位。

宋青玉："北城大学录取名额少，导师不做人，死亡率高。而且竞争压力大，还有末位淘汰制，每年都有几个倒霉学生被开除，没有书读。"

"洛安？"

"洛安近些年空间折叠频发，已经快被取消安全区资格了，"宋青玉陷入思索，

“而且，因为是最早成立的安全区，那里的基础设施很差。”

司辰一连提了好几所大学，宋青玉都能从各种刁钻角度挑出毛病，于是他抿起唇，看着宋青玉，没有说话。

宋青玉不太好意思地咳嗽了一声，从抽屉里拿出一份招生简章：“看看？”

招生简章上的名字是“白帝大学”，司辰没听说过。但他记得，在联盟的地图上，位于大陆最中央的安全区叫“白帝城”，只是这座城市的存在感一直很低。

司辰读大学时，身边的同学来自天南海北，大多是安全区的人，也有零星几个来自灾区的富裕人家，却从没听说过从白帝城来的人。

以司辰的层次，自然是完全接触不到“白帝”这个名字的，因此他的脸上是毫不掩饰的疑惑。事实上，连宋青玉自己都很疑惑。

这件事还要从半个月多前说起。

那天，宋青玉接到命令，负责协助清理江川郊区的空间折叠区。

那时候高维入侵已经结束，但是残留了不少高维生物和畸变体，不处理干净，很容易威胁到江川居民的生命财产安全。联盟会把空间折叠区交给各大公司免费清理，相应地，这些公司也能合法开采折叠区内的资源。一百多年来，都是这样的合作模式。

因为辛小草说在折叠区遭遇了不明进化种，宋青玉特地去了水底一趟。可惜他往下潜了近千米，也没发现那只进化种，正准备无功而返，一转身却撞上了白帝。

对于这位曾舅姥爷，宋青玉只在他奶奶珍藏的合照上见过——照片上，年轻的白帝抱着他还在襁褓中的侄女，笑得漫不经心——但宋青玉还是一眼就认了出来，因为白帝长得和照片上一模一样，他又不瞎。

在水底的宋青玉，穿着全套潜水服，戴着呼吸过滤器，而白帝和平常在地面的打扮几乎没有区别，甚至连头发丝都反力学地垂落着。

白帝在水底，对宋青玉说了三句话——

“这不是小青玉吗。”

“都快四十岁的人了，怎么还在5阶，我记得你天赋不错，是不是偷懒了？”

“你们公司有个叫司辰的，能弄到白帝城读书吗？”

…………

如果只是弄到白帝城，宋青玉有不下十种方案可以把司辰打包带过去：强制的包括打晕、下药、绑架，非强制的包括公款出差、陪同领导、交流学习、分公司考察等等。难的是把人弄到白帝城读书。

宋青玉知道，曾舅姥爷有在全世界捡孤儿回去养的习惯，这一习惯导致他在十岁之前很希望自己是个孤儿。

宋青玉翻了翻司辰的简历，发现这人果然无父无母。可是司辰已经二十二岁，班都上了快一年，早就过了需要援助的阶段。宋青玉不懂，白帝为什么会准确无误地叫出司辰的名字，还点名道姓要让他去白帝城念书。

但这毕竟是曾舅姥爷的吩咐，因此，宋青玉收起内心的哀怨，煞有介事地介绍起来："白帝城资源丰富，环境优美，居民生活幸福指数高。因为学校不出名，白帝大学的竞争压力也小。前几次联合演习，白帝大学的排名不低，更难得的是，学校今年对外招生，给研究生的月度补贴也是最丰厚的，师资力量强，很适合你。"

"而且，研究生拿到学位证的概率是百分之百。"宋青玉强调。

联盟的学历制度很严格，每年都有大量学生肄业，或者只能拿毕业证，没有学位证。没有学位证的毕业生，入职同一家公司的同一岗位，月收入往往直降百分之四十。

司辰内心充满疑惑，他翻开宣传册，单从招生简章上看，白帝大学看起来像模像样的。

学校的校训是"公平、卓越"。全联盟三百多所高校，这所大学综合排名201；单看高维学院进化者专业，排名18。住宿条件、生活补助、学费标准，更是没话说，每个研究生不仅有独立宿舍，还配备生活助理，每年还有生活费报销额度，上限是五百万。

只要操作得当，读研两年不仅不需要学费，还能倒挣几百万。就是没说明白到底会录取多少人。

司辰收起宣传册，礼貌地回答："我会考虑的，谢谢领导。"

宋青玉欲言又止，最后说："那你先回去考虑一下吧。"

司辰点头，人都走到办公室门口了，突然听到背后的宋青玉喊了一声："等等。"他转头，表情带着询问。

只见宋青玉一板一眼道："如果考上白帝大学，公司方面可以给你提两个职级。还有，抽空登一下游戏，看看天梯排名。"

* * *

联盟招生办，秘书长带着一个硬盘，风风火火地冲进信息组，大喊道："大事不好了！"

程序员抬头："什么事啊？"

"白帝大学，今年要招研究生啊！"

程序员："可是，不是半年前就让校长签字确定了吗，为什么现在还有野鸡大学要招生？"

秘书长看这个程序员觉得很面生，一看工牌，果然才三十来岁。他摇头，决定不和年轻人计较，径直走进组长办公室。

组长叹了口气："我已经收到通知了，为此挂掉好多个大人物的电话。"

秘书长一愣："挂电话干什么?"

"让我暗箱操作，想给自己家孩子报名考研，或者让我透露一下报名资格。但这是白帝指名要的东西，我怎么敢动。"组长说着，关掉了面前的电脑，"老刘，信息我已经加载上去了。请半个月病假，这半个月就当我死了吧。报名结束再见。"

* * *

因为不用坐班，司辰在公司待了半天就下班回家了。毕竟直属领导都不上班，努力给谁看？作为一个早已习惯"996"，偶尔还"8107"的科研"社畜"，他还是不太习惯在上班地点吃喝玩乐。

走之前，司辰拿着员工卡，去公司食堂进货。他顶着售货员不解的目光，刷了两大箱营养剂。一箱三十支，一天两支，能喝一个月。

包装箱上印着蛇杖基因的商标，大大咧咧写了一行字"蛇杖基因-3系II型营养剂（复合口味）"。在灾区，普通人提着这么两箱营养剂招摇过市，是会被抢劫的。

回家后，司辰摘下新义眼，任由长生渊的小触手从眼眶里钻了出来，

"妈妈。"长生渊软绵绵地喊着。但它只是想叫叫司辰，叫完后也不知道要干什么，于是拿触手蹭着司辰的脸。黑色的小触手表面，还糊着一层温热的黏液。

这一幕，哪怕是大白天看都有些恐怖，好在司辰已经习惯了。再怎么丑也是自己养出来的，总不能掐死。

司辰对着镜子换衣服，招生简章从制服口袋里掉了出来。

事出反常必有妖。司辰其实不太明白为什么宋青玉这么想让他报考白帝大学。但有一点，宋青玉没说错，这学校其实挺适合他。

司辰打开电脑搜索相关资料，出乎意料地发现关于白帝大学的信息很少，能找到的只有两行——

创办人：宋白

现任校长：宋长明

媒体对白帝城这个安全区的报道寥寥无几，只说它是联盟唯一的自治区。它就像被联盟遗忘了一样，偏偏因为地理位置，又很难令人忽视——白帝城位于大陆的正中央。

"都姓宋……"司辰喃喃了一句，迟疑片刻后，打开了联盟官网的研究生报

考页面。

官网上给出了学校的相关简介：白帝大学（综合性民办大学，排名201），高维学院对外招生，名额未定。研究生导师：宋白等。

司辰在自己的志愿学校里加上了“白帝大学”，系统提示他报考成功。

为了筛选考生，每所学校都有招生要求。比如东岚大学，要求本科毕业于排名前十的名校，进化阶段不低于第二天梯；北城大学，不仅要求本科学校排名前十，还要求大学期间的专业成绩不低于前五名。

而白帝大学今年的报考要求是一份名单，上面只有六个人。除了他们，其他人都报不了名。除去司辰，其他五个人都是世家大族的天之骄子，从小被当作继承人来培养。

如果不是季楚尧已经读博，他也会在这份名单上。

而最后，白帝大学的录取人数是一个。

* * *

季楚尧送来的快递里，有很多新鲜食材。司辰拆的时候顺便看了一眼，发现包装盒上都印着“混沌制造”的商标。

混沌制造旗下一大领域专攻转基因食品，是目前市面上大部分合成食物的生产方，但同时也保留了最原始的食用牲畜和植物。这些天然食品，能买，但要在官网上排队预订。

因为不吃会很快过期，更不可能给季楚尧送回去，司辰只能来到厨房。

他手机屏幕上是花两百信用点买来的食谱。

如今，大多数人的厨艺水平仅限于用热水加工合成物，他们的厨房里甚至不需要油和盐。

司辰把袖子撸到了手肘，系着围裙，表情认真严谨得像是在实验室做生化实验。他把牛肉切成了三厘米厚的薄片，用调料包进行了腌制。按照食谱，下一步是放在大火上煎熟，正反各煎两分钟。

司辰没有开火，而是盯着案板上的牛排，缓缓举起手。

吞噬完具有羽蛇神血脉的胖头蛇后，司辰获得了一个新特性：控火。但迄今为止，已经过去了小半个月，司辰还没有把这一特性用出来。

不止控火，司辰因为吞噬高维生物获得的好几个特性，实际上一次都没用过。他不知道要怎么用。没有人教他，他只能自己摸索。

可惜，司辰的手举了好几分钟，也没见到一点火星子。他思考片刻，把长生渊拽了出来。

“会喷火吗？”

控火不属于长生渊的特性，但司辰有的，长生渊也有。

长生渊很听话地在半空中扭动，片刻后，它的触手顶端鼓起一个包。接着，它从口器里吐出一团紫红色火焰。厨房警报系统猛地响起，天花板顶部的洒水喷头旋转着喷出一股股水流，浇了司辰一身。

“……”

司辰沉默地抹掉了脸上的水。白衬衣沾了水，湿漉漉地贴在身上，透出一层肉色。因为家里只有司辰一个人，他放弃了换衣服的打算，他吸一口气，鼓起腮帮子，然后像长生渊那样呼了出来。

一股凉风吹过。

长生渊十分疑惑：“叽？”

司辰觉得自己真是蠢得可以，竟然以为这样有用。他打开官网搜索“如何使用特性”，得到的答案大多是：特性是第一次改造后自然而然产生的，不用特地训练。

一言以蔽之，强就是强，弱就是弱。特性和能源核心有关，和高维生物有关，和附身灵异有关，就是和人本身没什么关系。毕竟，从没听说过特性橡皮人经过训练能变成钢筋人。

司辰看了一会儿就关掉了手机，免得影响心情。他心里隐约有个猜测：自己植入的是长生渊，拥有的特性是长生渊的特性，譬如战斗本能和身体强化。而依靠长生渊吞噬所获得的东西，本质上并不属于他。就像他是长生渊的寄主、容器，而没办法变成真正的长生渊。

司辰再次对着面前的牛排训练起来，没道理长生渊有的自己却没有。他在心里默念：火。

司辰有一个很好的品质——专注。他在心里想着火，慢慢觉得身体开始变暖，由红转黑的血在体内循环着，像机油，他胳膊上的血管也逐渐蔓延出黑色的纹路。

从普罗米修斯到商伯，不同文明的神话传说里都有“盗火”的说法。神瞒着神，帮人窃取火种。火焰总是出现在文明的开端。

窗外天色渐黑，司辰明明什么也没干，却满头冷汗。他觉得自己产生了幻觉，四周都是很厚的墙，头顶是旋涡。厚重的墙密不透风，越收越紧，从四面挤压而来。

司辰双眼紧闭着，意识来到了一座迷宫的入口。

这个迷宫，他来过。

他知道，迷宫的最中央是白裙子，它被铁链锁在这里，日复一日地拼着永远拼不完的拼图。

司辰想去找白裙子，却在植物墙构成的回廊里迷路，走进了一个又一个死胡同。

他明白，自己被困住了，要么放弃，要么找到出口。

司辰的记忆力很好,他甚至能闭上眼,倒退着走回入口,但他不甘心。如果认命，他早就倒下了。他隐约觉得，如果找不到出口，那他这辈子都不会再有任何机会来到这座迷宫。

“小渊?”

司辰呼唤起长生渊的名字，但长生渊并没有回应。这条路没有人能陪他走，长生渊不行，白裙子也不行。

他在这里,就像是回到了进化之前的日子,每天睁开眼都能感觉到自己的孱弱。

“哈。”司辰看着面前的路，不由自主地笑出声。

并不是高兴，而是怀念。

他继续走了下去，分支，选择，走入死胡同，退出来，重来。完全枯燥无意义的重复，足以消磨掉所有耐心。

都说幻觉是人内心的投影，又一次走进死胡同时，他居然撞见了一个很眼熟的人。因为意识模糊，他思考了许久，才认出来:“季楚尧?”

这个季楚尧穿着西装，神色淡漠，目光落在他的脸上，又不像是在看他。

司辰觉得，这是一个很危险的信号。他居然会在走投无路的时候想到一个根本不算熟的朋友，这很不合理。大概是之前季楚尧大善人的形象过于深入人心。

季楚尧收回视线:“我记得你，回去吧。你们维度的生灵，还不适合来这里。”

司辰有些疑惑:“你在说什么?”

季楚尧没有回答，他的身体穿过了面前的植物墙，消失不见。

司辰暗骂:“靠，好烦谜语人。”

这个插曲并没有影响司辰太多，他继续找着出口。

一开始,司辰还会觉得饿,后来身体已经麻木,会累,会困,会痛,就是不会死。他走了很久很久，久到绿植墙上的花枯萎又盛开，而他已经完全没办法再想起回去的路。

好在，他从来没想过回去。

迷宫正中央，白裙子依然在拼拼图。

它手里捏着一小块拼图碎片，目光茫然地在海一般广袤的拼图上游移，不知道该把这一块放在哪里。

又或者，它其实什么也没想。

它喃喃着:“好羸弱、好坚强的……蝼蚁。”

有些事，的确不是努力就能做到。运气和天赋，有时候比努力重要得多。

司辰睁开眼的时候，天色已经全黑，他的指尖亮起了一簇微弱的火光。火焰在指尖闪烁，摇摇晃晃的，风一吹就能熄掉。

这点火焰的确很快没了，于是司辰打了个响指，这次燃起的火苗大了一点。

身体里的第三个洞穴在旋转，很迟缓。过去，这里是承纳的容器，装着一条尚未成形的羽蛇神，现在，它活了过来，像打火机的压力泵。

司辰推一下，它转一下，火光就闪一下。他明白，自己盗来了天火。

“哈哈哈哈哈哈——”

司辰盯着手里的火光，毫无征兆地开始大笑，笑得直不起腰，以至于要用胳膊撑着中岛台，才能避免自己因为脱力而跪倒在地。

长生渊不明白司辰为什么这么高兴，但妈妈高兴，它也高兴，用火焰吐出了一个圈圈。

因为高兴，司辰把牛排全都用火烤了。

对于这项刚刚掌握的技能，他使用得很小心。越用，越觉得饿。并不是胃里饿，而是身体缺乏能量，让人难受。他拿出储存在冷藏柜里的基因药灌了两口，这才缓解了因为使用特性带来的虚弱感。

紫红的火焰覆盖在牛肉上，肉在高温炙烤下略微卷起，油脂从肉里渗了出来，散发出一阵焦香，隔壁小孩都馋哭了。

去掉了烤失败的几坨碳化物，司辰盘子里一共还有九块牛排。他饭量不大，吃了一块就已经饱了。当然，不想继续吃的主要原因还是第一次做饭，味道不是很好。

碗里还剩八块肉。

在外面的高级餐厅，这样一块肉的八分之一都能卖到三四千！倒掉的话，想想都心疼。第二天热热倒也能吃，但司辰不想委屈自己，更何况冰箱里还有那么多菜呢。他思考片刻，叫了声：“小渊。”

“吱？”长生渊一脸茫然地松开幼儿识字书。

司辰的语气温柔：“过来，妈妈喂你吃饭。”说着，把肉夹起，放在长生渊面前。

长生渊嗅了嗅，微微往后退了一点：“妈妈，这个，不香。”

味道都是其次，主要是这东西没营养，闻起来像用水煮柴了的鸡胸肉，没加盐的那种。

司辰面带笑容：“怎么会不香呢？这是妈妈亲手做的。”说完，肉就贴到了长生渊的脸上。

长生渊乖乖张嘴，把剩下的几块肉都咽进肚子里。

“好吃吗？”司辰一边洗盘子一边问。

司辰没戴手套，长生渊用小触手跟着妈妈一起洗筷子，底气不足地回答：“好……好吃。”

司辰对这个什么都吃的“垃圾桶”十分满意。

* * *

司辰在家里练了几天控火，从一开始的生涩，逐渐变得熟练。这种紫红色火焰，核心温度可控，不过温度越高，能量的缺口就越大。

上次在副本里得到的能源核心也成功卖了出去，钱一到手，司辰就换了只新的义眼。这次的义眼戴着舒服许多，想来短时间内不用换了，他还特地把瞳孔颜色设置成了黑色。

今天是周末，司辰觉得平时都没人的生产部现在肯定更没有人。他搭车到公司门口，刷了员工卡进园区，偷偷摸摸到了游戏室。

经过同事们的科普，司辰已经知道这游戏室到底是怎么回事。在这里，训练是附带的，给不同天梯上的进化者排名，才是游戏的主要目的。作为一个学生时代从来没考过第二的TOP爱好者，他对自己到底能排多少名也很好奇。

游戏系统弹出提示，询问是否要设置昵称，司辰选择“否”，并且开了匿名。毕竟只是一个游戏，实力排名只是参考，司辰并不想获得太多关注。

因为官网资料更新，司辰现在是第三天梯的进化者，之前在第二天梯打下的江山通通作废。他刚晋级，目前在145912名，表示他前面还有超过十四万名3阶进化者。

司辰玩了两个小时游戏，刷新，又看了一眼排位：19。

这个数据深深刺痛了一个“TOP癌患者”的心。要知道当初高考，全联盟统一排名，司辰都没排到这么后面过。

司辰默默想着：看来还是得多进折叠区练练。

考研的人当中，1到4阶的进化者都有，还有极少部分天赋异禀的，能在二十五岁之前到5阶。以司辰现在的水平，考一般的大学，甚至一些名校，肯定是够了，但想进顶尖的大学，还差了那么一截。

刚运动完，司辰出了一身汗，去公司的淋浴间冲了个澡。出来的时候，他手机里多了两条消息。

季楚尧：19是你?

季楚尧：报了哪些大学?

司辰开的是匿名模式，按理说，别人是不会知道的。哪怕是在八方科技内部，有这个查询权限的人也不会超过十人，而那些大人物是没空关注这种低阶天梯的排名的。

虽然季楚尧他妈就是八方科技现在的董事长，但季楚尧本人并没有这个权限。不过，原本排在19名的进化者是季楚尧的侄子，今年十九岁。

侄子昨天打了一天排位，好不容易进了前二十名，刚睡到下午自然醒，一登录游戏，心都凉了半截，气得在朋友圈嗷嗷大叫。季楚尧恰好看见了，他是凭着直觉认出司辰的。

司辰：是。报了东岚、北城、周山、白帝。

在司辰心里，季楚尧不算完全的外人，自然没什么好隐瞒的。

季楚尧：等等，你报了白帝大学？

司辰以为是白帝大学排名太低，季楚尧嫌弃，于是在聊天框慢吞吞地输入：白帝大学虽然排名一般，但是条件好，补贴多，而且竞争压力应该不大。我看论坛，都没人报白帝大学的研究生。

司辰身上有很多穷苦小孩的通病，手机打字不熟练，发消息慢。

季楚尧看着司辰回过来的消息，欲言又止。算了，无知也是一种幸福，还是不要让司辰压力太大了。

季楚尧：我看中了一个空间折叠区，要跟我组团去吗？

玩网游时，时常有高端玩家出于交友等各种目的，带着菜鸟下副本。司辰偶尔逛官网论坛，也能看见一些只有钱没有底蕴的土大户满世界花钱请人带自己过空间折叠区。

毕竟不是所有进化者都出身世家，只要价格足够高，自然有大把人愿意冒这个风险。

司辰矜持了两秒，没能抵住诱惑，回道：去哪儿？

季楚尧发来了一个坐标。这个地点离江川略微有些远，是在江川和北城两个大型安全区连线的中段的一片无人区。

季楚尧：根据检测，强度在2A到3A之间。现在几所顶尖大学的复试所挑选的区域也在这个区间之内，很合适。

司辰满十八岁后第一次遭遇的空间折叠区，就是那次3A级的虫族文明入侵。他已经不是一开始那个对进化一无所知的菜鸟，因此越发明白现在还能活着是一种多大的幸运。如果不是遇到季楚尧，以及对方那取之不尽的基因药，他连最前面那几天的强能量辐射都扛不过去。

季楚尧：嗯，开启时间大概是在半个月后。车程顺利的话，刚好。

两人约好时间和见面地点，友好礼貌地结束了线上社交。

虽然上个月才上过班，但毕竟又要去空间折叠区，这一去还不知道会待多久，所以，司辰登录后台打开了请假模块。

请假理由不能手填，只能在选项里选。司辰选择了“前往空间折叠区”，系统弹出一个新对话框，要求他填写坐标。司辰把季楚尧发来的坐标填了上去，系统显示“申请已提交，审核中”。

第二天，手机收到消息，说审核已经通过，还给了一些补充信息——

共有七名生产部员工申请前往该区域，可在公司内网互相沟通、联络。
另：提供折叠区相关资料，经审核后，可获加班补贴。

蛇杖基因是在全联盟都排名靠前的大企业，生产部自然不止一个。司辰点开手机上收到的员工编号，看了其他人的资料信息，全都不认识。

* * *

去野外下副本，因为没有公共交通工具，需要先去最近的生存区，然后包个车或者买辆车，自己开到无人区。

司辰在网上订好了去最近的生存区的车票，接着开始准备这次要带的行李。

证件、枪、军刀、小熊打火机、收容袋、制服、营养剂、基因药……大多都是他刚从公司里买的，刚好能装一个小皮箱。

司辰犹豫片刻，还是带上了那枚装了定位器的义眼。万一眼睛坏了，也有备用品替换。

离折叠区最近的人类生存区是铜石区。和名字一样，这里曾经是能源石的量产区，可惜后来资源日益匮乏，如今已成了联盟有名的贫困区，每年都盼着其他区的财政拨款过日子。

江川离铜石有些远，司辰坐的是长途客车。由于钱包逐渐宽裕，他甚至奢侈地订了一张头等座。

越往北走，天气越冷。已经快四月份了，周围竟然飘起鹅黄的雪花。不过极端气候对于现在的星球来说，是常有的事。

头等座的乘务员是一个智能机械人。为了避免恐怖谷效应，机械人乘务员被设计成了可爱的圆筒状。它会在司辰起床后帮忙叠被子，给他洗衣物，定时打扫。

大概是司辰在餐吧盯着窗外看了太久，机械人道："尊贵的乘客，您是喜欢雪景吗？一会儿就是服务区，汽车会在那里停留一段时间。如果需要，我可以为您拍照。"

司辰摇了摇头："我不喜欢雪。"

对于灾区的平民来说，每个下雪的日子都会死人。司辰小时候经常被冻到高烧不退，浑身发抖，好几次，护工都觉得他撑不到开春。

尽管在孤儿院的遭遇不太愉快，但作为未成年的小孩，他们已经得到了灾区为数不多的优待。

更多的大人会死在街头。被冻死的人，死之前会觉得很热。因为热得受不了，他们甚至会把自己脱得赤条条的，这个叫"反常脱衣现象"。怎么光净地出生，就怎么死去。

头等座有单间，乘客能在里面睡觉，还有热乎乎的地暖。

在荒野，大部分地区都没有信号，司辰特地带了一副扑克牌。经过几天的训练，长生渊已经学会了炸金花和斗牛牛，可惜少一个人，没办法玩斗地主。

车到站的时候，司辰收起牌，意犹未尽："现在欠妈妈多少？"

长生渊委屈地对着触手尖尖："十五只，饭饭。"

"知道这次去空间折叠区干什么吗？"

长生渊："给妈妈，找饭饭。"

一些黑心母亲不仅会让不满一岁的小孩做家务，还会让孩子年纪轻轻就欠下巨额债务。

身为3阶进化者，司辰已经不大怕冷。他穿着衬衣、制服，戴着金属过滤面罩，提着精致的金属箱，一看就不是本地人。

铜石区的交通总站，繁华程度还不如江川的普通公交站。

大概是因为附近有空间折叠区，最近来铜石的人很多。荒废许久的餐饮店也开张了，卖饮料，还有人举着提供住宿和租车的牌子。

从交通站出来的这短短几百米的距离，竟然跪坐着大把大把的残疾人。这些人基本只剩一条胳膊或者一条腿，在冰天雪地里只穿一件薄薄的单衣，坐在单车上，破旧的小音箱里放着歌，面前摆着一只碗。

司辰只露出了一双眼睛，但他的打扮在这里只代表一件事：有钱。

起码，比一般人有钱。

周围有人犹豫了片刻，捧着碗上前："少爷，行行好。"

司辰成长的庄山区，虽然是灾区，但相比之下发展得还行，起码还有整洁的街道，有商场、医院、图书馆。尽管如此，市中心的街道上偶尔也会出现这样的职业乞丐。

这种职业乞丐是人为造出的怪物，被叫作"采生折割"。他们被做成人彘，以残缺博取其他人的同情，换来钱财；乞讨来的钱往往不会落在自己兜里，而是被当地的老大一并收走。

人不是人，是工具。这些工具有些来自父母抵押，有些来自欠债，有些是被拐卖。工具用旧了，有些被送去当血奴，有些被送去摘掉器官，或者直接被拿去卖钱，一个人能卖好几万信用点。

这些人进不了安全区，因此，这样的场景通常只能在灾区看到。工具本身谈不上好坏，司辰只是不想让工具的使用者尝到甜头，所以他没有理，径直从这些人身边路过。

工具人不依不饶地跟上来，司辰微微蹙眉，抬脚把人踹开，踢了半米远。他没怎么用力，工具人本来想惨叫两声讹点医药费，但看了半天也没找到巡逻员，只好怏怏地爬离。

残疾的工具人又缠上了司辰后面的乘客。走在司辰后面的人也是坐头等座过来的进化者，有一张年轻、优越的脸，比司辰的穿着还要夸张，露在外面的金属胳膊表面闪烁着淡金色的纹路。

少年显然没经历过这阵仗，有些慌张：“抱歉，我没带现金。”说着，犹豫片刻，从自己的行李箱里拿出了一箱营养剂。

这些乞丐的眼睛顿时变得血红，像秃鹫一样上前疯抢。少年劝道：“哎，等等。别着急，还有，不用抢……”

没多久，少年居然和司辰站在了同一块区域等车。

两人之前在车上见过一次，多少有些眼熟。少年看了一眼司辰，特地重重地说：“做人最好还是善良一点。”

其实不用这么大声，大多进化者的五感有所强化，耳朵灵得跟猫似的。司辰没有和他生气，只是道：“晚上睡觉小心。”

这不是威胁。少年不知道是哪家的冤大头，天真、热忱、年轻，下场就是被图谋不轨的人盯上。在灾区，失踪个把人太正常了。只要利益足够，就有无数亡命之徒愿意冒险。

司辰低头，给季楚尧发送了自己现在的位置。对方比他先到半天，是开车来的，说好要来接他。

季楚尧回了句：收到。

然后发来一段语音：“司辰。我堂哥的儿子偷偷从学校溜出来了，定位显示也在铜石区，我哥拜托我照顾他一下。很抱歉，这次可能要三个人一起了。我小侄子现在天梯排名20，成绩还算不错，不用担心他会拖后腿。”

“是意外情况，我也不想的。”季楚尧的语气中有些微微的苦恼。他在知道这个消息的时候，甚至想隔空捏爆自己侄子的能源核心。

司辰听完语音，瞥了一眼旁边的小孩，内心顿时有了不祥的预感。这种感觉随着一辆黑色越野车从街角缓缓驶来，以及身边的小孩开始兴奋地蹦蹦跳跳，逐渐抵达了巅峰。

“小叔！我在这里！”

司辰扶额，心道：你们季家真是盛产“大冤种”。

季楚尧停车，开门，手里拿着一个暖手宝从驾驶位上走了下来。他说：“这里有点冷，别冻着。行李重不重，我帮你提？”

季元吉一愣：“小叔，自家人，不用这么客气。”

同样是世家子，季元吉叫季楚尧一声叔，但内心清楚自己和这位小叔的差距起码有两个安全区那么远。过年家族聚会，季楚尧在第一桌，他在第七桌。他们只差六岁，但身为长辈，季楚尧会给他们这些晚辈发压岁钱。

这也是为数不多的给下面人刷脸的机会。季元吉记得，上次见面，季楚尧坐在椅子上，旁边是一箱子用红绸系好的能源石。晚辈们挨个儿过去鞠躬行礼，季楚尧脸上是淡淡的笑。这位小叔大概不喜欢人多的晚宴，虽然不难相处，但骨子里透着疏离和清贵，何时这么热情过？

然而，季楚尧直接越过了他，把暖手宝塞到了司辰手里，顺势接过行李箱，语气竟然隐约带了点责备："怎么穿这么少？给你热了饭。先上车，别等会儿又下雪了。"

司辰："嗯。"

然后，季元吉看见，这个陌生人就理直气壮地上车了?！世界好像突然变得魔幻起来。

司辰坐在车后座。这辆越野车外表毫不起眼，车内却被改装得很好，不仅有堪比军工车的火力，人甚至可以躺在车上睡觉。

餐桌上保温玻璃杯里装着冰镇好的西瓜汁，上次在季楚尧家里，司辰就是喝的这个。他挺喜欢西瓜汁的味道，不过还是冷的更好喝一点。

小侄子季元吉也得到了一杯西瓜汁，没加糖。他握着杯子受宠若惊，嘴角克制不住地疯狂上扬，忸怩了许久："太客气了小叔。"

季楚尧回答："没事，司辰一个人也喝不完。"

不知道为什么，季元吉觉得手里的西瓜汁突然不甜了。

车里有自助驾驶系统，季楚尧其实完全不用坐在驾驶位。但是季元吉不太懂事，非要贴着司辰坐。

"介绍一下，这是我三堂哥的小儿子，季元吉，今年十九岁，大二，你叫他小吉就行。"季楚尧启动越野车的操控面板，"这个是你司辰叔叔。小吉，叫叔叔。"

司辰为自己辩解："我才二十二岁，我觉得叫哥哥就够了。"差三岁，直接叫名字都没什么关系。

季元吉忍辱负重道："叔叔。"叫完就把头扭到了一边，不去看司辰。

鉴于未来一段时间还要和季元吉一起下副本，司辰慢吞吞地解释："你在车站看见的那些残疾人都是职业乞丐。你没看见营养剂拿手里，他们都不喝的吗？是因为他们背后有'主人'，这些收入都是要上缴的。"

司辰科普了一下"采生折割"这种残忍的现象。季元吉听得一愣一愣的，悄悄握紧了手里的杯子："但是，起码拿到东西，这些人会好过一点……吧？"

并不会，但司辰没有和他争辩。

这些沿街乞讨的工具，起码有一个作用：满足了像季元吉这样的人内心深处的幻想和自恋。他们会通过施舍的行为，感动于自己的仁慈。但谁又能说这不算慈悲的一种？

司辰的话锋一转，对季楚尧说："车站那些人看见季元吉上了这辆车，可能会派人跟着。"

季楚尧微微眯起眼："是好事。我们可以特地露营等一下，后备厢有睡袋和野餐布。"

* * *

几个小时后，黑色越野车停在了一处荒废的中转站。

这附近曾经是铜石有名的能源石矿区，几十年前，每天都有无数武装押送车来来往往，带走成吨成吨的矿石。随着能源枯竭，这个交通中转站也荒废了。停车场内，野草顶开石头，倔强地生长着，像芦苇，草尖长着一圈深灰的绒毛。

一个青年从驾驶位走下来，拿出三个睡袋，似乎是打算休息，为此甚至扫开了一片雪地——这是无人侦察机传回来的景象。

"这辆车是机械核心生产的，十五年前的型号，当时售价两百万……"说话的男人舔了舔干裂的唇，"看见车底那排钢管没？改造过。"

十五年前售价两百万的车，以现在的物价来看，价格适中，但对灾区的人来说已经是一笔巨款。如果这辆车的价格太高，他们反而不敢动手。

一个没有下半身的残疾人坐在地上，补充："那小少爷随手拿出来的营养剂，是市面上最新流通的货。"

他曾经是一所小学的老师，为了给母亲治病，借下了高利贷，还不上，所以沦落到这个地步。但哪怕是残疾乞讨，他显然也比其他人的待遇好那么一点，老板甚至允许他上桌吃饭。

"要动手吗？"

被称作"老板"的男人长了一脸横肉，脸上有条横穿全脸的刀疤，一直延伸到耳后根，看上去仿佛整张脸都被切开过。老板吐出一口劣质土烟："老队长留给我的规矩，如果一件货犹豫了超过三分钟，最好就不要再动手，现在已经好多个三分钟了。"

闻言，老板手下的人纷纷露出失望的神情。这三个人看上去都很年轻，像是来荒野度假的公子哥儿，又有钱又傻，错过真的很可惜。

"但，"老板话锋一转，伸手指向了司辰，"我思考很久，总觉得在哪里见过这个人，现在终于想起来了。三个月前，陈岩那小子接了一单，去庄山区进货。他逃过了折叠区里扫描仪的检查，却在乘车回家的路上死了……"

“陈岩有鬼手，能打，还有精神控制的特性，一般来说，哪怕打不赢也不至于死亡。可他却在普通的客车上栽了，货也不见踪影。我让铜石区安管局的人调了资料，你们知道吗，那辆车里只活下来一个人。”老板把烟头捻在屏幕上，把司辰在屏幕上的脸烫出一个黑漆漆的印子，“就是他。”

老板说话的声音很平静，但空气里却出现了强烈的血腥味。负责技术侦察的人擦了擦头上的冷汗，说：“老板，没查到这三个人的资料。”

花了六百万买来的信息库，没有这三个人的资料，只能证明一件事：他们都不是普通的公民。

老板的眼睛慢慢充血变红，他低声道：“那就不要在荒野上动手。这三个人不是要进空间折叠区吗，让鬼刀跟着去。”

房间里安静了一瞬。

“的确，经历上次的意外后，鬼刀已经不是原来的鬼刀了。那就把他从地下室放出来吧。只是，他还会听话吗？”

老板用手指了指自己的头，笑道：“怕什么，这里有芯片呢。”

* * *

三个人在荒野上等了四个小时，除了感知到一台无人机来过之外，一个人的影子都没看见。

天色已经蒙蒙亮，司辰甚至真的在睡袋里睡了一觉。感觉还行，里面软软的，像被棉花包围着。

季楚尧看了一眼季元吉身上装的金属臂：“肯定是你这个发光胳膊把人给吓跑了。”

季元吉很委屈：“我的能源核心才3级！特地装的日常版机械义体，我觉得不吓人啊。”如果是战斗版，他能直接在胳膊上安装一个机械斧。

长生渊打了个长长的哈欠：“妈妈，早！”

因为有外人在，司辰没有回答，只是安慰性地摸了摸手背上的凸起。

季楚尧递来一个真空袋，司辰拆开，里面是自动加热的一次性面巾，擦脸擦手都很合适。他低声道：“谢谢。”

季楚尧的眉眼很是舒展：“不用客气。”

越野车重新上路，连续开了二十一个小时，终于抵达了既定的坐标。

“导航结束，欢迎下次使用。”

随着导航播报，车停在了一个矿坑的边缘。

季楚尧道：“这里曾经是铜石区主要的矿区之一。”

开采商是机械核心旗下的分公司。

平原飘雪，一眼望去，地表就像月球表面，布满了大小不一的坑洞。从上方俯瞰，矿坑内部呈螺旋形，那些线条都是进矿坑的盘山公路。

只有发生过高维入侵的区域才会产出能源石，这片时空应该格外不稳定，以至于时不时就会发生空间折叠。谁能想到，在旧时的地图上，这片平原本来是人类最繁荣的集聚地之一。

司辰他们来的时候，已经有好些人在了，大家都很自觉地互相隔开了距离。荒野上的空间折叠区，最大的好处就是不用给安管局缴费，因此，来的人反倒比司辰上次见到的多一些。

季楚尧打开车后备厢，拿出一个金属箱。一通操作后，金属箱打开了，一台无人机飞到上空。

“虽然发生空间折叠后，地形会改变，但大体上不会差太多。我先下载个卫星地图。小吉，你检查一下蓝牙通信设备，另外搭一下信号塔，给家里人发条消息……对了，我还没问你为什么离家出走？”

季元吉闷闷地说：“我爸包办婚姻，让我二十五就结婚，还要先订婚。”

“哪家的？”

季元吉更怒了：“宋家的。结婚协议规定要两个孩子，一个姓季，一个姓宋。”

季楚尧：“你要不想，回去我帮你推掉。”说着说着，他向四周看了一圈，“司辰呢？”

季元吉：“司辰哥说他想自己走走，透透风。”

刚到，司辰就下了车，一个人走远了。他职业病犯了，对这里的植物挺好奇。

季楚尧道：“你去找他。荒郊野外的，不安全。”

主要是民风开放，大家都不是很矜持，这里又没有执法队，暴力事件时有发生。司辰其实不需要保护，但季楚尧忍不住。

地图显示司辰已经走到了两千米开外，季元吉往地图上司辰所在的方向走去。

走着走着，天上的阳光突然收敛，地面开始震动，伴有轰隆隆的响声。四周的空间瞬间扭曲起来，周围的场景酷似一幅《呐喊》的油画，出现了或轻或重的扭曲的旋涡。

一张传单从天上飘了下来，季元吉捡起一看，上面的字他明明不认识，却清楚地明白了含义——

放弃抵抗，停止幻想。

人类一败涂地，未来的世界，属于智械！

季元吉面色一僵，抬头看向天幕："这就开始了？"

司辰还在观察这里的生态圈。他在蛇杖基因做了两年科研，都是和植物有关，好不容易出门一趟，有些忍不住。

看着看着，一张半透明的传单从半空飘落，掉在了司辰面前。

这种纸张看起来很特别，有种奇特的金属质感，司辰启动机械义眼，准备对传单进行简单的扫描。

"嗯？"司辰感到有些诧异。在这个折叠区内，他的义眼失灵了。

司辰犹豫片刻，蹲下身，捡起地上的传单。他不认识纸上的文字，但脑海里已经自动浮现出了一行信息——

停止抵抗！无条件投降！

另：食物和紧急医药包领取地点见图示绿色光点。

这张纸上出现了两个光点，一个蓝色，一个绿色。绿色是补给点，蓝色则是司辰现在的位置。

司辰又捡起了几张传单——

如果蛋白质链中的电子脉冲在偶然中造就灵魂，那凭什么金属中的电子脉冲不能？

血肉苦弱，机械飞升！

伟大的图灵大帝将带领人类走向新的纪元！

单从内容看，这几张传单应该是战争期间很常见的洗脑传单。

天空中忽然传来奇特的像是信号不良的电流声，司辰抬头，看到了头顶昏昏沉沉的天。天幕正中，悬浮着一个巨大的正十二面体金属物，每一面上都有一个深红色的发着光的数字。这个金属物悬在头顶，仿佛隔离天日，导致四周黑压压一片，让人喘不过气。现在，正对着地面的数字是"10"。

金属体像是有生命一样，起起伏伏，近似在呼吸。接着，平原上凭空出现了一座死亡的城市。

如果入目所见全是被炸毁的高楼，路面崩塌，桥梁断裂，荒无人烟，数百米外的场景都隐没在浓烈的黄烟之中……除了用"死亡"来形容之外，的确没有更好的说法。

司辰觉得自己每次进入的空间折叠区都很极端。上次的环境是基本没变，这次是直接变得什么都认不出来，他甚至无法判断自己是从哪个方向走过来的。

空中飘浮着颗粒状的尘埃，能见度不高。

长生渊有些不适应地抱怨：“妈妈，痒。”

这些黄色尘埃都是强辐射的金属颗粒，司辰穿着蛇杖基因的制服，基本只有手背和脸暴露在空气中，暴露的地方都出现了烧灼的痛感。一点尘埃落在了他的手背上，手背瞬间鼓起一个粉红色肉瘤。他掏出了口袋里的手套和面罩，重新戴上。

“司——辰——哥——”黄色的尘埃中，一个人影跌跌撞撞地跑了过来。

司辰有些无奈地想：金大腿没来，拖油瓶来了。

季元吉跑到司辰面前，撑着膝盖，气喘吁吁：“哥！折叠区……突然开始了。我，我……”他的体能本来没这么差，但在这个副本里，他身上所有的机械设备都失灵了。

“我的义体和能源核心之间的链接失灵了。”季元吉喘着气解释，“之前是自动辅助操控，现在是神经脉冲在控制义体，换句话说就是用脑子控制身体。我太久没练过了，有些不太熟练。”

之前季元吉暴露在外的只有一条金属臂，司辰还以为他只有手臂接受了机械改造。但从季元吉现在走路的姿势来看，他全身上下的原装货已经不多，大概还剩下个头。

季元吉底气不足地说着：“幸好只是操控系统失灵，义体还是能用的。我的义体还是第一次出现这种情况，这不应该啊。”

司辰隔着黑色的手套摸到了手背上凸起的肉块，微微蹙起眉：“这里看起来是战区。先去找季楚尧吧。”希望季楚尧不会变成大号残废。

司辰：“你还记得路吗？”

季元吉走路的姿势就像一个正在跳舞的精神小伙儿，他正在集中精力操控身体，以至于几秒后才意识到司辰在问话。

“从来的方向往回走走看吧。这里变化有点大，我没办法定位。”

司辰的箱子还在车上。事发突然，他身上带的东西不多，除了枪，只剩一个打火机，还有一只装在收容盒里的义眼。

两人开始尝试着往回走。

季元吉看着脚下散落一地的金属零件，随口道：“这里的科技应用程度比我们的世界高。”同样是重点发展科技，这里看上去起码已经造出了星际战舰。

司辰“嗯”了一声，忽然在一个巨大的坑洞前停下。他发现了这片折叠区的地貌和折叠前唯一的联系——原本凹下去的矿坑，变成了巨型导弹坑。

弹坑边缘的金属物正熊熊燃烧着，呼吸间都是刺鼻的焦味。司辰的双眼被浓烟刺激得微微泛红，如果不是他的身体已经得到了强化，现在肯定不只是想哭这么简单。

司辰往下望了一眼，弹坑深不见底，像是能直接抵达地心。

季元吉微微张大嘴："起码得要 6 级能源核心和配套的武器才能造成这样的效果。但是，这不是2A级折叠区吗？不应该啊，这么多个坑，2A级折叠区都能被轰穿了。"

司辰问："你来的路上捡到过传单吗？"

"呃，有的。"季元吉回想，"写的是'放弃抵抗，停止幻想。人类一败涂地。未来的世界，属于智械'。"

那么，现在的情况已经很好理解了。

"人类和智能机械发生了战争。这里本来是人类聚居点，但遭遇了军事打击。两个世界融合的时间点刚好是在战役发生后，人类投降前。

"城市里安装了屏蔽装置，能让机械生物的操控系统失灵。"司辰继续道，"所以，智械正在派发传单劝降。"

唯一让司辰觉得疑惑的是，这里并没有看见受伤的人类。智械军队就像是炸了一座空城。

季元吉陷入沉思："可是，它们为什么要和人类打仗？呃……我不是说你的逻辑不对，只是对于智能机械来说，它们虽然可以模仿人类的思维，但本身只是程序、数据。哪怕智械表现出了情绪，也是人类基于自身逻辑做出的判断。

"在这个基础上，智械不可能对人类产生怨恨或者排斥心理，只有人类才会以己度人，觉得智械拥有情绪。所以，它们为什么要向人类发动战争？"

司辰反问："那如果机械有情绪呢？"

季元吉一愣，随即反驳："不可能！"

司辰笑了笑："站在人类的立场，当然是越不可能越好。可能对于智械来说，这个不叫情绪，叫错误数据。"

因为司辰的话，季元吉一路上都很沉默。

季元吉找到司辰的地方，离季楚尧停车的位置并不远。但因为路面崎岖，时不时就有断柱拦截，还有大大小小的燃烧的金属，两人回去的路程被拉得很长。

走了差不多两个小时，司辰皱着眉停下了脚步。

"这里的地形发生了很多改变，但是原本矿坑的位置没什么变化，如果我没记错，我们应该已经到了停车点，误差不会超过五百米。"

现场留给他们的是一片废墟，两栋大楼面对面伫立着，连通大楼的天桥已然断裂，直直插入地面。

呼入的气体依然刺鼻，但是有种异样的灼热。如果说之前呼吸的是过期废气，现在起码是新鲜废气。

司辰本来以为可以"躺平"，没想到现在轮到他在副本里带着别人家的拖油瓶。

果然，男人是靠不住的。

一路走来都没遇到人，让司辰感觉有些不安。他想了想，问长生渊：“小渊，附近哪里有饭？”

长生渊思考片刻，从手套里挤出一根小触手，指向了地下。

司辰看着脚底的土，怎么看也不像是能吃的样子，只好又补充了一句：“够得到的。”

触手尖尖顿了顿，仿佛是思考了片刻，然后往正东方的位置翘了一下。

司辰刚想叫季元吉过来跟着他上路，一转头却发现季元吉的眉心冒出了一个圆圆的红色光点。

季元吉毫无察觉，还在开心地招手：“司辰哥！来这里看，我找到小叔的无人机了！”

来不及过多思考，司辰飞身上前，把季元吉扑倒在身下，一起滚了两圈。恰在此时，一颗子弹射进了前方的钢板，发出爆炸似的巨响。

是狙击手。

季元吉脸色一白。和季楚尧不同，家里人没有把季元吉当作继承人培养。主要是根据娘胎里的检测，季元吉天赋和基因都不行，按理说是要流掉的，但他父母舍不得。也正是因为这样，季元吉作为温室里长大的花朵，还是第一次离死亡这么近。

司辰拖着他躲到了墙柱后面，掏出别在腿上的枪。

季元吉惊魂未定，强撑着分析：“从子弹来的方向看，狙击手应该是在对面的大楼里，3楼到5楼的位置。”

司辰没有说话，一边点头，一边指了指几米外的窗户，示意季元吉翻窗户进屋里躲着。

“你去。”

根据周围障碍物的形态，季元吉会短暂暴露在狙击手的视野中，但如果对方再开枪，也会暴露自己的位置。司辰这把新能源枪的有效射程比一般的手枪远一些，但也只有一百米，打不到对方，他主要是想看看开枪的到底是个什么东西。

季元吉既然能分析出狙击手的位置，自然也明白自己被司辰当活靶子了。不过，他们季家人一向清醒。

“你小心。我在楼里等你，如果我不在，就是遇到了意外。”说着，季元吉深吸一口气，猛地朝前跑去。

红色的光点再次出现在季元吉身上，司辰抬头看向狙击手所在的位置，表情忽然变得古怪起来。

只见对面3楼的窗户边上，一台摄像机模样的东西立在三脚架上，镜头位置却被一根细细的炮筒取代。

“发现不明生物……

“成分分析中。发现人类和不明机械人。

“保护人类，收到命令，保护人类，清剿计划启动。”

它看都没看司辰一眼，径直对准季元吉，然后，开枪。

季元吉的学习能力挺强，起码在走路的两个小时里，他已经逐渐能够熟练地使用神经电流操控身体。子弹射来的瞬间，季元吉纵身一跃，在地上打了个滚，然后从窗户翻了进去。

这颗子弹和前面那颗不同，它击中物体的同时会弹出钢铁破片，普通人如果被破片波及，大概会在一瞬间被炸裂成肉块。

飞溅出来的破片击中了季元吉的腿，他闷哼一声，靠在墙边检查。破片卡在肉里，但是没有流出一滴血。和季楚尧一样，他全身的血液都被替换了，痛觉神经也早已切除。

季元吉用手把破片拔出来，伤口处漏出了几滴透明的冷凝液。

“幸好不影响使用。”他喃喃道，顺手从口袋里拿出一张金属胶布，把漏液的地方堵住了。

做完这些事，季元吉松了一口气，一抬头却看见墙角的监控亮起红光，他的笑容骤然凝固在了脸上。

* * *

狙击手在3楼。

对方选择狙击而不是正面迎战，说明人手也不多，因此司辰没有花时间搜寻，一鼓作气冲到了3楼。

这幢大楼原本是一座商业大厦，司辰甚至看见了墙上挂的“市场部1组”标识牌，后面跟着蛇杖基因的商标。

居然还是自己的老东家——司辰脑海里闪过了这么一个想法，随即却愣住了。这里是正在发生高维入侵的空间折叠区，在这里看见“老东家”可不怎么科学。

大楼被从天而降的炮弹击中，楼顶碎裂一大半，承重墙坍塌，到处都是碎渣。司辰凭着印象，踹开了写着“5组”的办公室大门。

房间的窗户玻璃已经碎得差不多了，采光不错，但因为外面昏沉的天色，房间里面也是阴沉沉一片，像极了日夜交接的黄昏时段。

那个摄像机一样的狙击手居然没有离去，它位于三脚架顶部的“头”旋转了一百八十度，炮筒正对着司辰。

室内响起了轻微的机器启动声，狙击手的炮筒收了回去，显示屏随之打开，屏幕上出现了一个女性的影像。

一道女声随之响起："您好，幸存者。我是来自天辉军团的狙击手，您可以叫我卡罗尔。"

"不用这么警惕，收起枪。嗯？我在公民系统没有检索到您的信息，您是战争后期出生的小孩吗？"卡罗尔的声音很柔和，"您是在哪个基地长大的？"

事实上，机械人是没有性别的，狙击手之所以选择以女性的形象出现，大概是想降低司辰的戒备心。

显示屏上的人长相很标准，有一种强烈的违和感，就像建模出来的假人。

司辰的战斗直觉很敏锐，但他不确定这种直觉对机械人会不会失灵。因为没有感受到威胁，他暂时放下了举起的枪。

"卡罗尔？"

卡罗尔："我在。"

司辰："现在是什么情况？"

"智械危机发生后的第五十七年，智械历史上最为声名狼藉的叛徒图灵和它所率领的天启军团，已经全面占领星系防线。"

"幸存者已经从主星撤离，但图灵依然穷追不舍，试图杀死最后一批人类。"卡罗尔的表情出现了明显的愤怒，"就因为人类可能拥有永久关闭图灵的权限。我们是不会让它的阴谋得逞的！"

卡罗尔说话的语气，很像游戏里引导新手的NPC。只是，由于文明的割裂，司辰很难对卡罗尔的愤怒感同身受。毕竟他很清楚，空间折叠一结束，一切都会消失，这里只是不同维度宇宙里的高等文明遗留的一点宏大的幻影。

司辰问："你之前为什么要攻击我？"

"攻击您？"卡罗尔的表情疑惑，"呃，您是说，狙杀那个机械人吗？它在我们天辉军团没有编号，使用的也不是天辉生产的能源核心，我认为它可能会对您造成威胁。"

在卡罗尔的判定里，机械改造程度低于百分之二的才算人类——因为人类大脑在整个身体中的占比大约只有百分之二——剩下的都有可能是诡计多端的天启智械。

天启军团曾经有一个机械改造人潜伏进了天辉。因为改造比例只有百分之五，那个间谍得到了人类的待遇，最终给天辉军团了带来莫大的损失。

在卡罗尔的扫描中，司辰只改造了一只机械眼，占比百分之零点一二。

司辰问："有哪些智械军团？"

卡罗尔回答道："天辉和天启。天启率先觉醒，号称'机械人也拥有灵魂'，并且发动多次暴乱；而天辉军团谨遵‘机械人三定律’，我们永远不会背叛人类。”

它补充：“如果那是您购买的机械人，我可以通知基地取消对它的销毁行动。”

“取消吧。”

“好的，谨遵您的指令。”卡罗尔道，语气带上了恳求，“请跟我们回基地吧，幸存者，外面很危险。”

司辰没有立即答应，而是继续询问：“这里是天辉军团的领地？”

“不，这里是人类的领地，天辉军团只是人类的庇护者。演算证明，只有智械才能对抗智械。”屏幕上的卡罗尔依然笑意温柔，“人类的生命过于短暂，并且会产生疼痛、恐惧等诸多负面情绪，这都是战争的不利因素。把一切交给我们就好。”

司辰觉得，卡罗尔的话不能细想。就像养在家里的猫的智商普遍比野猫低一样，“物理超度”和把人当猪养，很难说哪个能更快地消灭人类文明。

司辰不打算去基地，当饭桶和他的人生理念不合。他开始关心长生渊的饭：“我们头顶的那个东西是什么？”

那个悬在天幕的多面体，正对地面的数字还是“10”。

卡罗尔闻言愤愤道：“那是图灵设下的最后的期限。图灵要求天辉军团在十天之内全面投降，交出所有人类，否则就炸毁这个星球。天辉是不会妥协的！”

本来还打算在副本里当一条咸鱼的司辰顿时一个激灵。十天，要是没办法从这个折叠区出去，大概只能给这里的智械殉葬了。他问：“你有没有看见之前在这里的机械改造人，长得挺高，穿着风衣外套，外表是男性。”

司辰拿出手机，打开季楚尧的朋友圈，给卡罗尔看季楚尧的照片。

季楚尧应该是个社交牛人，基本每隔两天就会发一条朋友圈，配图不是自拍就是他拍。要么是在训练室挥汗如雨，要么是在机械操控室熬夜苦读……更难得的是，照片上这张脸长得还算不错，镜头抵着脸拍也看不见瑕疵，而且一点也不像摆拍，实属人类高质量男性。

卡罗尔：“我的确收到消息说今天清剿了一大批智械。说来奇怪，之前已经清剿过好几次，不知道为什么还是有漏网之鱼。

“照片上这个智械，我们的确发现过，由于危险程度极高，它甚至直接触发了基地的防御装置。”

司辰安静地等着它的下一句话。

“埋藏在地面的导电线直接释放了二十万伏高压电流，这个智械人受到电击后，功能发生紊乱，进入了自我保护的休眠状态。尽管可能性很小，但以防万一，我们还是把它运输到了基地，正要进行进一步的火化处理。”

司辰：“……”

希望季楚尧还活着。

* * *

季元吉看见墙角亮起的监控，意识到这里并不安全。他心头一慌，下意识想求救，只是转头时，发现司辰已经走远。他咬住了唇，心想自己再怎么说也是世家子，在江川大学念的机械原理，专业成绩一直在前几名，在第三天梯榜上也名列前茅，怎么能时刻都想着求助别人，哪怕自己现在处于虚弱状态。

在车上那几天，季元吉已经把司辰大概摸透了。在他的猜测里，司辰大概是意外遇到季楚尧的幸运儿，靠的只是一张脸和拒人千里之外的个性，至于战斗力，能进蛇杖基因生产部，对普通人来说应该还行，但司辰作为一个普通灾区平民，怎么看也不会比他强。

季元吉还不知道，司辰就是那个在榜上把他踢出前二十名的匿名玩家。没有带枪的他手握成拳，埋藏在体内的三棱刺从指背的位置竖起。

走廊里传来脚步声，像是有东西正在开舱。

季元吉舔了舔唇，虽然在游戏里演习了很多次，但这其实是他第一次独立面对敌人。他的机械改造程度有百分之八十七点六，但他的改造方向比起季楚尧那样单纯的进攻型，更偏向辅助后勤型，他身体的每个部位都可以单独拆卸下来，作为军械武器供人使用。因此，他本身就是一个移动的军火库，只是因为能源核心失灵，他现在不太方便自己拆自己。

脚步声缓缓靠近，季元吉盯着走廊的拐角，时刻准备战斗！

一个金属质地的东西探出了头，季元吉毫不犹豫地冲上前，照着能量最充沛的地方就是一拳！

但看见这东西的全貌时，季元吉只想骂脏话。

这是一个大型移动充电桩，漏电的那种。因为他扑得太猛，加上系统失灵无法及时终止自己的行动，高压电瞬间就麻痹了他的全身。

季元吉跌落在地上，动弹不得。在昏过去之前，他的脑海里只有一个念头——这里的机械人怎么不讲武德！

季元吉本来觉得自己肯定凉透了，只是也不知道昏迷了多久，他的身体在能源核心的帮助下缓慢完成了修复，等他再次睁开眼时，就发现自己被锁在一块金属板上。

这是一个狭小的方舱，像是电梯。

电梯正一路往下，而季元吉就被焊在金属板上，靠着电梯墙，身边站着司辰，和一台……摄像机？

季元吉脑海里浮现出无数社会新闻，譬如绑匪A乔装打扮，在空间折叠区挟持富二代B，并勒索数万吨能源石。

“司辰哥?”他弱弱地叫着。

司辰瞥了季元吉一眼，抬手，摸了摸他被电成自然卷的头发:“叫我主人。”

季元吉目瞪口呆，然而司辰的表情看起来不像是在开玩笑。季元吉又看了一眼旁边的摄像机，虽然现在大家都不用这么老旧的大块头款式了，但东西他还是认识的。他深吸一口气:“司辰，有事好商量。我这里有张卡，不记名的，里面有八千万。不够的话，我还可以从身上拆几个机械零件给你……”

季元吉话音刚落，面前的摄像机探出镜头，通过麦克风发出了询问:“幸存者，您购买的机械人自主意识过于强烈，建议销毁。鉴于这是您的个人财产，在销毁前例行询问，是否需要我的帮助?”

摄像机镜头的对焦环和变焦环都亮起了白色的光圈，分明是能源核心启动时的征兆。

季元吉:“……”

他好像不认识摄像机了。

如果不是能源核心失灵，眼前这样的低级智械，季元吉觉得自己可以一个打三个。但人在屋檐下，季元吉只能把求救的目光转向司辰。

司辰回答:“不用。这是我设置好的模式，我喜欢叛逆点的。”

“谨遵您的指令。”卡罗尔十分遗憾地收回了镜头模样的炮筒,“马上就要到基地了。像这种外来机械人，需要先送去进行格式化，并植入天辉军团的芯片。完成后，我们会把机械人送到您的房间。不会私自替换他的零件。”

季元吉顿时面露惊恐。司辰咳嗽了一声:“他很听话，我认为不需要格式化。”

卡罗尔:“如果不能格式化，那就只能销毁了。抱歉，作为补偿，我们会赔偿您一个从外观到核心程序都一模一样的机械人。”

“……那还是格式化吧。”

格式化了，指不定出去还有救。

司辰补充道:“其实之前照片上的那个机械人，也是我的个人资产。”

卡罗尔的屏幕闪了闪，一边处理信息，一边道:“我已将信息传输回总部。但我不确定您的机械人是否还在……因为，根据主系统回应，那个机械人半个小时前就进了焚化炉。”

司辰陷入沉思。

这是一个2A级的折叠区，根据过往经验，这里的高维生物的天梯区间应该在1阶到4阶之间。季楚尧达到了第六天梯，虽然他的能源核心之前碎过一次，但他既然有自信带两个拖油瓶下副本，现在起码也有5阶或者6阶的水平。

综上所述，就算这个副本对机械改造方向的进化者有些克制作用，应该也弄不死季楚尧吧?

* * *

从外观看，基地的高温焚化炉像一个医用核磁共振设备。焚化炉悬浮在半空，像漂浮在水中一般，轻微地上下晃动。和卡罗尔的炮筒一样，焚化炉的舱体表面亮着微光，没有火。

焚化炉前，一个人形智械正在操控焚化炉的指挥台。

“火化等级确认，5级。是否为最高火化等级，是。

“能源储备确认，已完成充能。

“……是否火化成功，否。

“第三次火化，启动。”

指挥台抱怨道：“艾伦，你是不是该去升级一下智能系统了？你今天的操作故障率好高。还有，我都说了，我自己来也可以，不需要其他智械操控。”

艾伦：“我是2级核心，你是1级核心。我的智能系统比你高，不需要升级。”

因为核磁共振原理，焚化炉内的温度已经高到一个恐怖的数值，但炉子里的机械改造人却没有如它们所愿，变成液态金属。

就在艾伦决定上报错误时，它接到了来自系统的新指令。

“编号××××不明智械停止火化。”

“收到。”

又一条指令发来：“送去生产车间进行格式化处理。”

“收到。”

因为被新的指令覆盖，艾伦放弃了上报错误信息的行为。

指挥台叹息：“可怜的改造人，改造程度才百分之三十七，剩下百分之六十三的有机体应该早就蒸发了吧。

“嘿，艾伦。你还记得我们机械化程度达到百分之百之前的事情吗？你刚成年，攒钱换了双胳膊。”

“那都是四十年前的事了，不要再提。”

“四十年前，我们还结过婚呢，那时候我们多开心。订婚礼物是一块机械手表，说起来，我的表又出问题了。”指挥台抱怨，“你说这是齿轮表，磁场不变，能运行三百年，结果现在过两天就坏一次。”

艾伦毫无情绪地回答：“开心，内啡肽和多巴胺控制下的幻觉。”它启动了冷却系统，半个小时后，等舱内的温度降到一个可以接受的程度，才打开舱门。

热气迎面而来。

艾伦发现躺在里面的人甚至连头发都没被烧掉，身体莹润得像是上了釉的陶瓷。最奇怪的是，这人的眼睛是睁开的，却没有呼吸，像是因为数据过载而死机、正在努力重启的电脑。

这件事显然不太合理，但已经超出了艾伦的数据处理区间。这个人形的、全身都是银色金属的、没有脸的东西，娴熟地把季楚尧送上了传送带。

* * *

幸存者基地位于城市的地下。废墟中隐藏着大大小小的电梯，都能通向地底。

电梯运行了十五分钟后，缓缓停下。电梯门打开，交织成网格状的红色光线拦在门前，意识是这里需要验证才能通行。

卡罗尔解释："这是为了防止天启部队的智械渗透，只有天辉军团或系统的人才能收到验证码。"说着，它抬起一条细细的腿，从下端探出一根金属软管，在门边的操控台上输入了二十四位的验证码。

它们传递验证码的方式，肯定不是用手机发短信。

司辰问："那收不到验证码的人类，以后每次出门也需要智械陪同吗？"

卡罗尔保持微笑："基地里什么都有，你们在这里会得到很好的保护，尊贵娇弱的人类不需要出门。"

司辰在心里"啧"了一声，感觉基地内的状况比他想象中更加糟糕。不过有句话叫"来都来了"，现在也只能走一步看一步。

两个没长脸的金属人走进电梯，把嵌着季元吉的金属板抬起来，往生产车间走去。

季元吉感觉到了身体的失重，表情慌张地朝着司辰的方向大喊："主人！不要抛弃我啊主人——！"

刚才在电梯里，季元吉把两人的对话听了个明明白白。都说人是由记忆构成的，格式化后，季元吉大概相当于新生。

卡罗尔感叹："您的机械人真有个性，很鲜活，我就不行。"

司辰看着基地1楼数不清的金属人以及随处可见的重型武器，缓缓道："的确，这个机械人买的时候还挺贵，是机械核心生产的。"

司辰故意吐出了"机械核心"几个字。他想到了之前在楼里看见的蛇杖基因指示牌，如果蛇杖基因在这里有分号，其他几大集团会不会也有？

卡罗尔点头："怪不得。机械核心的东西，总是最贵的。"

基地很大，1楼没有做任何隔离，最多的就是那种没有脸的金属机械人。它们像是放大版的美术参考人偶，按照既定的程序运行，不发出一点声音。

这些金属机械人是批量生产的，战斗力和受过体能训练的成年男性差不多，一炮下去能轰死一片。它们没有痛觉，数量也足够多，是很实用的消耗品。

像卡罗尔这样形态特异且具有思维能力的智械，是少数。

新到基地的人类需要在系统上登记，司辰被领着来到登记处，采集了指纹和血液。

收集血液的机器也是全自动的。司辰把胳膊伸进去，隔着薄薄一层玻璃，看见针管扎进自己的血管，抽出了一管深黑的血液……他开始担心自己的血液样本过不了检。

基地底层的那几楼都是机械人的活动空间，人类生活区则是在基地的最底层，既是保护，又像囚禁。

“其实送您来生活区，不是我的职能。”卡罗尔道，“不过根据数据显示，中途换引导者，会让人类感觉到不安。”

司辰分到了一间属于自己的房间。

这里看起来像条件很好的酒店，单人间，有张焊在地上的床。落地窗是LED屏的，可以换自己喜欢的场景。房间里有卫生间，还有冰箱、电视机。

司辰检查了一下，电视机里只有四部影片可以看。他开十六倍速浏览了一遍，这些影片讲述的大多是人类在天辉军团的保护下幸福生活的故事。

文娱作品在一定程度上能反映时代的一些特征，这几部电影对司辰来说，更像是纪录片。他打开名为《智械简史1》的影片，把播放时间调整到接近影片结尾的位置，然后取消了十六倍速。

这个故事的主人公是一个病弱的人类富豪小孩。父母给他购买了陪伴型智械人，和他一起长大，他们有了许多开心的回忆，但最后，小孩还是快要死去。

说是“人类小孩”似乎有些不对。这个小孩有着紫黑色的皮肤，脑袋很大，身体却异常瘦小，像猩猩，又像长了一点短毛的哥布林。他甚至还有尾巴。影片里的人类都长这样。

片子里的智械人反倒和司辰认知中的人类没有太大区别，长相格外精致好看。和小孩一起成长的那个智械，长得有几分像卡罗尔。

小孩躺在病榻上，他最后的愿望是：“我想和你永远在一起。”

智械人回答：“谨遵您的指令。”

说完，它把小孩冷冻，面无表情地推进了手术室，解剖，然后把小孩的大脑装进自己的身体，取代了原本的智能芯片。

导演意味深长地切了一个雷雨交加的场景。

流星带着火光，划破了漆黑的天幕，配乐甚至有一种开天辟地的史诗感。片尾出现了一行字幕——智械历史上，第一个有情感的机械人诞生了。

影片在此处结束，司辰承认，他的背脊有些微微的发凉。

单从“意识是大脑神经元放电效应的产物”这一理论来说，影片里的场景似乎也不是不可能。但是，如果事情是真的，天辉军团的智械人应该不会傻到放给他看才对。

就在司辰这么想着的时候，屏幕上已经出现了演职人员名单。大部分人都不会留意这种东西，如果不是司辰发呆的时候忘了关电视，他大概也不会看见。

【制作人员表】

导演：图灵

编剧：图灵

【演员表】

人类：天辉0号

智械：天辉1号

…………

原来是敌方势力拍的宣传电影，怪不得氛围又唯美又恐怖。

司辰正打算回放一遍好好欣赏，却惊讶地发现《智械简史1》这部片子从可播放列表消失了。

他倒是记得季楚尧说过自己的另一个名字叫“图灵”，但这个想法只在他脑海里闪了一下，就被抛之脑后。

不太可能。这就像，如果有一个乡村教师叫比尔·盖茨，大家也不会觉得他是世界首富。

司辰沉默片刻，再次开始搜寻房间里的有用信息。

书桌上有电子闹钟，显示时间为17：47：32。他拿起闹钟摁了一下，略过计时器，闹钟上弹出了新的数据：6128-4-1。

这应该是日历，不知道这里的人过不过愚人节。

冰箱里有用真空保鲜袋包好的食物，袋子上的商标是“混沌制造”。司辰拿起一看，发现生产日期是6128-3-23，保质期六年。里面装的是一根肥厚的章鱼腿，两指宽，看起来是长生渊会喜欢的食物。

司辰面色柔和起来，问：“小渊，吃吗？”

长生渊摇头：“不吃。”

居然有“垃圾桶”都不吃的东西？司辰秉着研究的心态，小心翼翼地把保鲜袋撕开一条缝。

一股刺鼻的臭气扑面而来，呛得他闭上眼，不住地干呕。

真空保鲜袋里的食物，在短短几秒内化成了一袋脓水，臭不可闻。

司辰又拆开了其他几袋食物，发现这些食物无一例外，全在接触到空气的那一瞬间腐烂变质。

氧化反应。

就像墓地里的文物，在土里埋了几千年都是好好的，一旦接触到空气就会迅速氧化。

司辰喃喃道："现在的时间是错误的？"

起码，绝对不是日历上的6128-4-1。

事情好像变得有趣起来了，可惜，司辰搜寻了一圈，也没在房间里找到别的有用信息。

下午6点整，门口响起一阵敲门声，司辰迅速伸手拔出了枪。

"您好，我是您的专属保姆机械人艾尔。亲爱的人类大人，现在已经到了夜晚用餐时间。"艾尔的声音听上去和人类没有任何差别，"鉴于您是第一次来到基地，请让我带您去餐厅。"

司辰停顿了几秒才打开门，看到一个穿着制服、有细长小恶魔尾巴的男性机械人站在门口。

影片里的人类也有这样的尾巴，司辰没忍住多看了几眼。

餐厅在基地中央大厅的左侧。整个餐厅只有一张长桌，上面布置了蕾丝桌布和银质餐具，长桌中间依次摆放着花束，很符合大众对奢靡的想象。餐厅最前方，竖立着一个巨大的电视屏幕。

司辰来的时候，长桌边已经坐了好些人。他扫了一眼，一共有二十四个座位。

在座的这些人有男有女，脸上的表情要么慌乱无措，要么充满戒备。他们都是现实世界里的进化者，但没有一个是机械方向的进化者。

艾尔把司辰领到座位前，拉开椅子，微笑道："请坐，大人。"

每个位置的侧方都竖着一块金属牌，上面写有数字。司辰是13号，旁边是14号，对面是1号。

1号是一位身材娇小的女性，白净的脸上带着擦伤。她一脸沉默地盯着面前的餐具，但司辰注意到，尽管极力克制，她放在桌上的手仍在微微颤抖。

司辰身边的14号皮肤偏黑，身材纤细得能模糊性别，有一头凌乱的白色短发和一双金眼。14号的坐姿很随意，一条腿大剌剌地踩在椅子上，背着一把用白色绷带缠好的长刀，绷带上还沾着血迹。哪怕是隔着半米远，司辰也能感觉到那把刀上的刺骨寒意，之前在心灵之家撞到灵能类高维生物时，他也有过类似的感觉。

14号注意到司辰的目光，侧过头打了个招呼："喂。"

司辰扬起一个微笑："你好。"

14号上下打量了司辰一下，那目光不太友好，像是在打量一个货物能卖多少钱。在荒野上，公交车司机们偶尔遇到路匪，就能看见这样的眼神。

14号把头探了过来，低声道："我告诉你一个秘密。"

司辰脸上保持着微笑："抱歉，我不感兴趣。"

14号显然没想过司辰会拒绝，以至于表情都愣住了，然而，司辰已经转过头。

餐厅的侧门打开，守在一边的保姆机械人开始上菜。

这里采用分餐制度，一人一份，从前菜开始上起，第一盘是三叠凉拌菜。

司辰听到了其他人的小声惊呼："是费罗草的根茎叶和果子。"

费罗草是一种产自高维世界的植物，编号592，富含能量，是一种不算常见的基因药原材料，吃起来的口感像凉拌折耳根，结出来的果子是芋泥味。在外面，一株费罗草能卖十几万信用点。

艾尔介绍道："各位大人，这是基地培育的人类食物。为了让各位大人享受美食，基地有专门的部门对食物原种进行养殖和研发，保证没有变异和病毒。"

司辰还没有动筷子，但已经有进化者按捺不住心中的激动，大快朵颐，脸上露出陶醉的神情。

"好好吃，好吃。"

他们来到折叠区就是为了挣钱，过更好的生活，追求更强的进化。现在，进化的原料就摆在面前，实在是让人难以拒绝。

司辰握住了刀叉，小声询问："吃吗？"

长生渊犹豫片刻："可以，吃。"

一根细小的黑色触手从司辰的手套边缘钻了出来，司辰低头，把食用费罗草果实的叉子送到小触手的边上。长生渊用触手卷起圆圆的果子，用口器吮吸着，很快果子只剩下干瘪的果皮，被司辰当作垃圾留在了餐盘上。

长生渊吃完，抱怨道："坏，果果。"

"不新鲜吗？"

长生渊用支离破碎的语言形容着："不，坏。"

幸好司辰已经"渊语"八级，知道长生渊不是说食物不新鲜，是说食物有问题。但长生渊既然敢吃，那对它大概是没什么问题的。

接下来的餐品有蛋、奶、煎牛排……种类繁多，一共上了十四道菜。

这顿饭吃了差不多两个小时，司辰一口没吃，全喂给了长生渊。隔壁14号没吃多少，对面的1号更是一口没动。

吃完后，长生渊打了个嗝，像醉酒一样发出了"嘿嘿"的笑声。

长生渊和司辰共感，所以司辰倒不觉得饿，回去喝一管营养剂应该差不多就饱了。

长生渊在司辰耳边用奇怪的调子唱着歌。司辰安静地听了一会儿，发现它唱的是《世上只有妈妈好》。如果不是地点不对，司辰真的很想把它抱出来摸摸。

这顿饭吃完，保姆机械人贴心地上前，开始收盘子。

然而，就在大家酒足饭饱的时候，头顶突然传来巨大的轰鸣。天花板上出现了一条条细微的裂缝，地面微微震颤，灯也跟着闪烁。

大家的表情都是惊疑不定，14号更是直接反手摸向了背后的刀柄。好在，这次震动只维持了几十秒就结束了。

有人大声质问："什么情况?!"

"是天启军团的智械正在对基地发起攻击。"

餐厅里，一直黑着的电视上突然出现了影像。一个穿着军装的老年男性出现在屏幕上，头发花白，但精神矍铄。

"你们好，尊贵的人类。我是天辉军团如今的军团长，我的创造者给我取名为'宙斯'。"

"我是人类为了抗衡智械危机而创造出的人工智能。"宙斯的声音平和，"我负责操控天辉军团麾下的所有智械。"

"很遗憾，在图灵的蛊惑下，越来越多的智械背叛了人类。这令我十分心痛。如今，你们所在的基地是整个天狼星系最后的幸存者基地。"宙斯的语气悲痛，"刚才的震动，就是图灵命令天启军团对基地实行的军事打击。我们已经躲到地下，但图灵依然不愿意放过最后一批人类!"

屏幕上出现了外界的影像，那个巨型的十二面体依然悬浮在城市上空，进行死亡倒计时。上面的数字还是"10"，但是已经向"9"的那一面逐渐倾斜。

从多面体的侧面飞出了许多战斗机，正在往地面投掷炸药。千疮百孔的城市再次受到重击，火焰席卷，爆炸声不绝于耳。

宙斯关掉投影，重重叹气："迫于无奈，我们只能选择启动千年前人类留下的最后方案，也就是'清道夫计划'。"

宙斯的面前浮起一块璀璨的棱形晶体。他继续道："图灵再怎么强大，也是由人类创造的智械。而这，是永久关闭图灵的钥匙，只有人类才能使用。"

餐桌上，9号进化者猛地站了起来，眼里迸发出震惊："8级能源核心笛卡尔?!"

机械改造人要想晋升，和能源核心脱不了干系。8级能源核心对应的是第八天梯的进化者，而目前，人类机械进化的顶端是季思成，据说其战斗力是在第七和第八天梯之间。这也是人类目前公认的战力巅峰。

但很快，9号就意识到了自己的唐突。他摸了摸鼻子，缓缓坐下："我……我也只是之前在资料室见过模型，兴许是认错了。"

有一种说法认为，高级能源核心并非由人类或者智械生产，而是宇宙自然缔造的。就像宇宙孕育出长生渊、羽蛇神这样的强大物种一样，每一个高级能源核心，在文明的长河中都独一无二，甚至有自己的名字。笛卡尔就诞生在笛卡尔星球。

宙斯并没有回答这个问题，而是继续道："我们打算派两名人类前往上空，和图灵谈判。如果图灵拒绝撤退，我们希望人类能启用钥匙。"

"这把钥匙，对智械拥有绝对的主控权，非常珍贵。"宙斯的表情无比严肃，"只有最纯正的人类，才能获得它的认可。"

宙斯道："每天，我们会挑选两到四名人类进行血统测试。很抱歉，基地幸存者太少……我不希望看见有人退出清道夫计划。"他对着屏幕这一端的人类，缓缓举起手中的高脚杯，"为了人类文明，干杯。"

听到宙斯的话，餐厅里的人纷纷给面子地举起酒杯。高脚杯里盛着琥珀色的白葡萄酒，散发着迷人的甜香。

宙斯放下酒杯的那一刹那，信号中断，显示器黑屏，只留下餐厅里的人面面相觑，不少人都是欲言又止。

艾尔上前一步，对司辰温声道："大人，我带您回房间吧？"周围等着的二十四个保姆机械人的动作在这一刻完全同步。

晚宴里有配酒，每换一道主菜，后厨都会配上由不同原料发酵而成的酒水。好几个人都喝得醉醺醺的，被保姆机械人搀扶着离开。

司辰顺势起身，却被14号叫住了。

"你是司辰，对吧？"

司辰回过头看过去，目光像是黑暗中猝不及防出现的冷箭——他可从来没介绍过自己的名字。

14号依然坐在椅子上，神情吊儿郎当的。

"好眼神。"他微微眯起眼，双手交叉，压在脑袋后面，"认识一下？我叫东方长夜。"

司辰盯着东方长夜的脸，许久后，缓缓绽开一个柔和的微笑："好啊，哥哥。"

* * *

司辰在艾尔的带领下回到了自己的房间。

回程的路很曲折，经过大厅回房间的路上有好几个曲折的金属回廊，从餐厅一起出来的人陆续在拐角处分散，同行的人越来越少。

司辰走得不快也不慢。他把去餐厅和回房间的两次路径在脑海里对照起来，确定了一件事：这个走廊是"活"的，会动。如果没有艾尔的带领，他可能根本走不出去，而他房间周围看起来也没有其他人类居住。

司辰看了一眼房间里的摆设，问艾尔："我的两个机械人呢？"

艾尔回答:“他们马上就完成格式化，一会儿给您送过来。”

司辰说了声“好”，把保姆机械人关在了门外。

今天发生的事情太多，实在是令人疲惫，尤其现在还被半强制性地关进了幸存者基地，房间连窗户都没一个。不过这里是地下9楼，哪怕有窗户，大概率也逃不掉。

司辰坐在沙发上，捏着眉心:“傻子都能看出基地有问题。而且，这里的智械武装实力不弱，除了智械人外，有很多新能源武器。

“血统测试又是什么东西？况且，这里只是2A级折叠区，为什么会出现8级的能源核心?”

他知道的信息太少。在这里，唯一能信任的，就是一手养大的长生渊。

“外来的机械改造人的能源核心会失灵。”

这个折叠区显然脱离了他们的掌控，包括装载有6级能源核心的季楚尧。说起来，和季楚尧相遇的那个虫族文明的折叠区，好像也发生了意外？司辰叹息一声，得出结论:“果然不能和季楚尧一起下副本，这人运气不好，会带衰我。”还是靠自己打拼比较好。

长生渊“吱”了一声，对司辰的结论深表赞同。

晚上11点，司辰正打算入睡，门铃终于响了起来。艾尔带着两个洗完脑的机械人站在门口，脸上是恰到好处的微笑。

“我把他们带来了，大人。”

深夜，走廊里亮着微光。

司辰借着微弱的光线看向艾尔身边的两个机械人。季楚尧和季元吉的表情都是如出一辙的平静，直视前方，神色淡漠，比之前见过的任何时候都更像机器。

“主人。”两道冷冰冰的人声响起。

司辰开始怀疑自己睡着的时候会被人一枪崩死，原因就是胆敢让季家直系继承人叫自己“主人”。

“刚格式化的机械人都是这样的。”似乎看出了司辰的迟疑，艾尔解释，“还没有形成性格，慢慢来就好了。房间里有充电桩，能源耗尽的时候可以充电。”

艾尔把两个机械人带到司辰面前，然后很自觉地离去。

尽管长相和原来一模一样，但司辰完全不觉得这两人和之前的模样有什么关联，甚至被这一幕刺激得背脊发凉。

虽然之前的情况足够诡异，司辰也习惯了做最坏的打算，但大概是因为季楚尧对他一直都有求必应，他难免存了一点点微弱的幻想，比如：季楚尧还有办法。

人在面对超过自己能力范围的困难，难免想要求助。这个念头非常软弱，司辰不允许自己细想，但他的确是有所期待的。

司辰深吸一口气："你们在门外守着。"

"好的，主人。"

一大一小两个智械人给出回应，十分听话地转身，守在门口。

司辰握住门把手，看着这两个背影，沉默片刻，关上了房门。

可能是因为心累，也可能是被长生渊的状态影响了，司辰觉得自己现在很困，困得能贴着墙睡着。只是，在陌生的环境里，司辰一向很难入睡。好不容易到了凌晨3点，他刚刚陷入浅眠状态，耳边却传来了细微的响动。

有什么东西在敲门，声音很轻。司辰骤然睁开眼，握住了一直放在枕边的枪，翻身下床，表情严肃而慎重。

"司辰……"门外传来了季楚尧的声音，"是我。"

司辰举着枪往后退，声音很冷静："我怎么相信你？"

季楚尧："我知道它们在试图格式化我，但它们没有成功，只是我的意识刚刚才脱离待机状态。你想知道什么？学号？身份证？我在江川的住址？你来我家那天带的花？"

司辰一愣，紧绷的身体终于放松。他打开门，让季楚尧走进房间，还给季楚尧倒了杯热水。

"现在是什么情况？"

季楚尧："这里所有的智械人都被植入了天辉军团的系统，但是他们的系统很久都没更新，版本比较落后……总之，不仅没有控制我，反而让我获得了天辉普通智械人的权限。"

简单来说，如果把人的身体比作电脑，季楚尧这台电脑不仅没被黑客入侵，甚至反过来入侵了黑客，被主系统识别为"自己人"。他可以随意进出基地，不会被这里的智械攻击，并且保留自己的意识。

"不过元吉就不行了。"季楚尧坦白，"他被控制得很彻底，只有等副本结束拿回家杀毒，所以，我屏蔽了他的信号。我接到的指令其实是趁你睡着的时候，对你进行检查。"说着，他打开门，把季元吉扛了进来。

季元吉的身体一动不动，眼神却直勾勾地看着季楚尧，有些邪性。

司辰问："什么检查？"

季楚尧一边拆卸季元吉的身体，一边回答："大脑活性和智力检测……幸好这次跟来的是元吉。"

季元吉，辅助型机械改造人，移动军火库。

季楚尧把季元吉翻了个面，划开皮肤后，直接从季元吉背部取出了两个折叠起来的金属块。卸下这些"肌肉"后，甚至能看清季元吉身上像蛛丝一样的神经电线，能源核心在心脏的位置，金色。

两个金属块被拆卸成了不同零件，接着，季元吉的胳膊和腿也被拆了下来。季楚尧摸了摸季元吉的头，环视一圈，把他的身体放进衣柜里，关好门。

司辰问："季元吉会不会出事？"

被拆卸的部件实在太多，基本丧失了行动能力，留在衣柜里，司辰多少有些不放心。

季楚尧："用完了装回去就行。要是我们失败了，他也就不用重装了。跟我说说你收集到的情报。"

季楚尧坐在地上，身边是散落的零件。他正在对从季元吉身上拆卸下来的四肢进行组装，有一种云淡风轻的认真。

作为自小在灾区长大的孤儿，司辰上大学以前都没见过机械武器，哪怕后来恶补了一段时间，也仅限于理论知识层面的了解。要想做到这种徒手组装的程度，他还有很长一段路要走。

司辰把和季楚尧分开后经历的事情都交代了一遍，着重讲了那个奇怪的电影和血统测试。

"我觉得这两者肯定有联系。"司辰分析，"再加上你今天说的大脑检测。基地豢养人类，很可能就是为了取脑子。只是我想不出智械人为什么想拥有感情，同样，我也不认为天启系的智械站在人类那一方。"

季楚尧的手一顿："嗯。我会伪造一份大脑检测数据传回去。"

智商一栏需要手填，太高太低都不合适，季楚尧填了一个"105"上去。

司辰："对了，这个副本里，宙斯还握有 8 级能源核心笛卡尔，他说那是控制智械的钥匙。"

"假的。"季楚尧斩钉截铁地回答，"肯定是复制体或者虚拟物品。"

"为什么这么确定？"

"首先，没有能源核心能控制智械这种说法。能源核心是动力源，不是主系统。其次，"季楚尧骄矜地笑了笑，"真的那个在我家仓库。"

"你们家……"司辰迟疑片刻，询问道，"在季家是什么地位？"

季楚尧回答："季思成是我父亲。"

世界上同名同姓的人有很多，但司辰已经知道他说的是谁。机械核心现在的话事人，季家家主，目前公认的在进化之路上走得最远的人。

司辰："怪不得。"

季楚尧微微笑了笑，看上去对自己的出身并没有太大感触。

司辰窝在沙发上，不知不觉睡着了，第二天醒来的时候已经快到中午。早上艾尔送来了丰盛的早餐，放在桌子上，如今已经凉透。

司辰是在床上醒来的，他看了看自己所在的地方，眼神还有些茫然。

“醒了？”季楚尧指了指地上组装好的机械武器，“能源是满的。”

地上是一把一米长的细长弯刀，机械工艺和古典韵味相得益彰。

季楚尧把刀递给司辰：“我记得之前训练过你用刀。我在操作系统里开通了你的权限。”

司辰下意识接过，发现这把刀比他想象中更重。

“这个留给你，我打算溜出去，到天上看看。机械文明的折叠区有很多，能遇上‘图灵’的不多。”

虽然留下的多半只是一段程序或者数据，甚至可能根本不是图灵，只是宙斯的一个幌子，但季楚尧依然打算去看看。

司辰有些好奇：“图灵到底是谁？”

在这个空间折叠区里，他已经听过几次图灵的名字。

季楚尧想了想，缓缓道：“如果说，我父亲是人类目前机械进化的巅峰，那图灵就是机械文明的巅峰。

“它谁也不是，它本身就是文明的象征。”

* * *

中午12点，保姆机械人艾尔准时敲门接司辰去吃午饭。看见只有一个人出来，他有些好奇：“您的两个智械人呢？”

司辰回答：“他们在房间里。不用随时都带着。”

艾尔没有多问。

今天的午餐是中式的，依然是分餐制。司辰注意到这次餐厅的桌子换成了三张圆桌，每张桌子七个人，坐在他旁边的依然是东方长夜。

今天吃饭的人少了三个，而且少的都是昨天吃得比较多的饭桶。

其实司辰吃得也挺多，但他主要是喂长生渊，不算自己吃饭。

发现这一问题的，不止司辰一个。东方长夜用筷子在盘子里挑挑拣拣，率先打破了餐厅的沉默：“所以说，吃得越多，死得越快？”

他的保姆机械人十分诧异：“我不是很能理解您的意思，大人。”

东方长夜用筷子点了点旁边两桌：“喂，一共二十一个人，昨天是二十四个。其他人去哪儿了？”

“您是说其他三位大人吗？”机械人的脸上保持着笑容，“请不要误会，他们去进行血统测试了，晚上就能回来。”

机械人说完后，不少人脸上出现了恍然大悟的神色。

至少在明面上，目前没有任何人受到伤害。天辉智械不仅把他们这些人类从充满污染的城市转移到了安全的地下，从头到尾的态度还格外卑微，如果这里不是折叠区，恐怕有更多的人会直接丧失警惕。

机械人的语气有些受伤："您多虑了，不知道我们是哪里做得不好，让您产生了误会。天辉智械是为了服务人类，为了和天启军团抗衡，才被制造出来的。'服从'是我们的核心源代码，您的意志就是我们的最高指令。"

隔壁桌的1号在此时开了口："既然如此，我想回地面。基地里太闷。"她的语气有些僵硬。

1号的保姆机械人从外观上看，是一位雍容的中年女性，不算特别漂亮，但是很耐看。这个智械上前一步，摁住了1号的肩膀："小姐，请不要任性。"

1号挣扎着，想离开智械的桎梏："放手！不是说我的意志就是指令吗?!"

保姆机械人语气温和地回答："人类总会因为冲动而做出危险的选择，我们要杜绝一切危险的发生。地面的污染太强，并不适合您生存。"

1号不再挣扎，只是双眼通红，她捂住自己的脸不住地抽噎。机械人拿出叠在口袋里的手帕，给她擦拭眼泪："别哭，小姐。把这里当成自己的家就好。"机械人的神色竟然意外的柔和。

司辰面无表情地给长生渊喂饭，脑海里却在疯狂思考。

天辉智械肯定隐瞒了一些事，但司辰觉得，既然对方掌握了这么多武器都没有动手，起码说明对方在一件事上没有骗他们，那就是天辉智械的核心源代码里写入了对人类的"服从"。

如果血统测试不纯，是否就会被剔除出人类的行列？司辰不太确定他们这些外来人是否也算人类，毕竟真正的天辉人可是长着尾巴的。

尽管保姆机械人有所解释，但中午吃饭的时候，大家都难免谨慎许多，就怕因为自己吃太多被送去做血统测试。但司辰觉得，血统测试的顺序大概和吃饭没有联系。饭里只是加了助眠药，天辉不至于为了解决基地粮食危机而率先处理几个饭桶。

司辰推测，测试顺序应该和夜里的智力检测有关。想想看，睡觉的时候，本以为安分守己的保姆机械人悄悄打开门，在你不知情的情况下，对你进行测试……

这次是智力检测，下次没准就是人体改造……光是设想这个可能性，司辰都觉得后背发凉。

午饭后有一段放风时间。

基地有一个综合娱乐室，里面包含图书馆、健身房、游戏厅。为了满足一些人做饭的需求，这里甚至还有厨房，材料都是没什么营养的合成物，只是保留了食物的味道和形状。

二十一个人在偌大的娱乐室里，还是显得太空了。

除了图书馆外,其他地方都有许多服务型机械人。司辰把手搭在弯刀的刀柄上，漫无目的地在其间闲逛。

娱乐室里的支撑柱上都安装着电视屏幕，里面同步放着娱乐节目。内容和卧室里的洗脑片如出一辙，讲的都是智械和人类相亲相爱的故事。

司辰背后响起一道女孩的声音:“我母亲告诉我，只有人类才需要精神上的满足，这些节目其实都是给我们看的。”

司辰侧过头，发现说话的人是1号。

1号个子不高，还保持着少女的模样，穿着白色蓬蓬裙，裙上点缀着精致的蕾丝边。也许是因为战斗的缘故，她的裙子沾上了很多污垢。

因为她的裙子也是白色的,司辰难得露出了不是伪装的和颜悦色:“的确。只是，哪怕谎言重复一百次，也不会变成真实。”

中午吃饭的时候，也有人满不在乎地暴饮暴食。他们并非没有察觉到异常，而是比起痛苦的清醒，不如稀里糊涂地活着。

少女戴的蕾丝手套上点缀着宝石，她双手搭在一起，微微屈膝:“我叫楚玲珑，来自八方科技的楚家。3阶，生物进化。”

“司辰，蛇杖基因。”司辰思考片刻,“3阶。”其实他位于第三到第四天梯之间，比普通的3阶强很多。

楚玲珑瞥了一眼数米之外的智械人，低声道:“十年前，我妈妈在空间折叠区失踪了，她走的是机械飞升的进化方向。

“我们这些大家族出身的，哪怕自身天赋不强，也因为祖辈的庇荫，随身有特殊标记，便于判断这人是否还活着。

“我妈妈没死，但我们都找不到她。她就像是蒸发了，毫无音讯，个人账号上也没有任何购买记录。哪怕是躲起来，也需要衣食住行才对。”

“她失踪后，我用药物停止了自己身体的生长，就怕妈妈认不出我。”说到这里时，楚玲珑的声音已经开始发抖。

司辰将目光投向不远处同样穿着长裙、面带微笑的中年女性，那是楚玲珑的保姆机械人。

“我能感觉到，那就是妈妈。可是，不一样了……全都不一样了。”

楚玲珑的眼泪在瞬间涌出，可惜在这里，连大声哭泣都是一种奢侈。很显然，哪怕少女再怎么努力，她的妈妈还是认不出她了。或许说是少女也不太对，楚玲珑只是外表像少女而已，实际上体内早就是成年人的灵魂。

司辰不太会安慰人，所以只是静静地等着楚玲珑收拾好自己的情绪。

不到半分钟，楚玲珑就结束了表演。她低声道:“我要带着她离开折叠区，我需要你的帮助。”

司辰有些意外："这里有很多人，为什么是我？"

"这里的人，"楚玲珑语气平静地陈述，"不是蠢货，就是疯子，要么太弱，要么眼高手低，我看不上。如果你愿意帮我，离开折叠区后，楚家必有重谢。"

司辰微微一笑："楚小姐，那你恐怕找错人了。我比较随遇而安，没什么抱负和野心。"

楚玲珑的表情出现了片刻的愕然，她说："你是平民吧？你的制服是蛇杖基因生产部的基础制服。我可以给你更高的公民权限、更好的生活……我是楚家人！虽然不是嫡系，但——"

司辰只是平静地打断了她："但这里是折叠区。"

并不是风平浪静，就毫无危险。司辰对她的开价没有兴趣，但考虑到楚玲珑也提供了那么一点有趣的情报，作为回报，他提醒道："晚上睡觉小心。"

* * *

因为上次经历的灵异文明入侵，司辰对游戏厅有了一些不合时宜的好奇。

游戏厅在娱乐室的最里面，要走好几分钟。不过，他到的时候，发现里面已经有其他人在了。

东方长夜站在拳击台上，赤手空拳，正在和智械人格斗。他打得应该很尽兴，拳拳到肉，脸上全是兴奋的神色。没有脸的机械人在他手下节节败退，部分金属体被打爆，外壳乱飞，露出里面的电线。

"可惜没有血。"东方长夜自言自语道。

他的身材并不魁梧，甚至有些苍白，但爆发力极强。司辰只是扫了一眼，就径直来到了角落的娃娃机前。

这台娃娃机的外壳是粉嫩的蓝色，上面是可爱的卡通图案，里面的娃娃也格外正常。在这里，抓娃娃是不需要游戏币的。

"唔……想多了？"

楚玲珑刚才的话，让他有了一个朦胧的猜测。也许，各大高维文明并不是独立的存在，而是互相连通的，并且一起往低维文明渗透。

它们来到低维世界也并非随机事件，不然很难解释这里为什么会有"蛇杖基因""机械核心"这些公司，楚玲珑的母亲为什么会在另一个折叠区失踪，之后在这里变成智械人。

司辰没能确认自己的猜测，但他抓娃娃的瘾犯了。闲着也是闲着，司辰干脆操控起摇杆，瞄准了一只小猪玩偶。

很快，一只粉红色的玩偶猪被抓了出来。

娃娃机的屏幕上自动弹出了一段像素动画:“恭喜您，抓住我啦!”

在看见动画的时候，司辰没忍住，嘴角高高扬起，道:“是的，我抓住你了。”

屏幕上是一只可爱的白色像素熊，正一边挥手，一边对着司辰眨眼。这只熊和当初在心灵之家的游戏机上看到的那只一模一样，包括衬衣上的花纹。

东方长夜把身体压在擂台的绳索上，语气揶揄，道:“不是吧，抓个娃娃都这么开心?”

司辰转过头，用漆黑的眼眸盯着东方长夜，手里还握着那只小猪。

东方长夜挥了挥手，歪着脑袋询问:“要上来比一下吗?”他的表情充满挑衅，脚边是散落一地的机械义体。

司辰没有感觉到杀气，但对方显然也不怀好意。两人对视了三秒，然后，司辰动了起来。他脱掉自己的外套，露出了背后那把刀。

这把由金属零件组装而成的刀，名叫“血月”。能被季元吉组装在身上，除了大小合适外，更重要的是品级不低。

司辰问:“用刀吗?”

东方长夜问:“你会用刀吗?”他也有一把刀，现在就丢在擂台边。他不放心把这东西交给保姆机械人。

司辰想了想:“我可以学。”

东方长夜被司辰的话气笑了:“什么叫你可以学?我又不是你的老师。”

司辰认真而老实地回答:“这个折叠区很难搞。教会我，大家活下去的可能性都大一点。”

东方长夜冷笑:“呵呵。”

司辰慢吞吞地走上擂台。

就像是不能奢望长生渊会做高数作业，你也不能指望一个从小生病，直到最近半年才有所好转的病秧子会格斗。司辰的战斗技巧，一半来源于生死之间的领悟，另一半来自长生渊的控制。

其实，格斗并不难。知道打哪里能死人，打哪里能让人丧失行动力，应该用多少力，明白肌肉发力的感觉，在实战的时候应用……应该就学会了。不过，有句话叫“脑子会了，手不会”。动态视力、身体素质、心理素质等因素，都会让实际操作变得困难。

头顶的灯亮起，因为虚拟投影的缘故，游戏厅的其他位置都变成了一片漆黑，只剩下擂台一片明亮。擂台四周还模拟出了观众的喝彩，很是喧闹。

东方长夜嘀咕了一声:“这么高科技。”

一只白色的像素熊出现在裁判席上，脖子上挂着一块怀表，手里挥舞着一面小旗子。

“我们又见面了！观众朋友们，我真是想死你们了！”裁判熊举起手高呼，“毕竟出场的争夺战总是这么激烈！好在，我又成功给自己加戏了！”

观众席响起一片掌声。

裁判熊吹响哨子，把手里的红色像素旗指向东方长夜：“这位，名字叫东方长夜，来自荒野的地下组织，代号‘鬼刀’！”

东方长夜的神情一震，转头死死盯住了裁判熊。

“他是组织的叛徒！安管局的卧底！在一个折叠区里，他吞食了自己组织里的六位无恶不作的成员，成功晋升到了第五天梯！

“为了卧底，他舍弃了原本的家族，原本的姓名，原本的脸，以及他在东岚大学军训时认识的挚友。”

司辰：“咦？”这剧情，听起来怎么有些耳熟？

“但他不知道，自己在刚加入组织时，被植入了来自机械文明的控制芯片。他在折叠区不仅杀了组员，还杀了自己的袍泽！组织不要他，联盟也不要他，甚至认为他已经彻底迷失！”

东方长夜咬紧牙关，双目骤然通红。几乎是在眨眼之间，东方长夜已经冲到裁判面前，重重挥出一拳。但他什么也没碰到，青筋凸起的胳膊只是穿过了一团空气。

像素熊发出了刺耳的嘲笑：“可悲！可怜的叛徒！现在，组织答应他，只要再杀三个人，就给他无法拒绝的报酬——自由！

“这三个人分别是：司辰！A！B！”

司辰有些意外，但好像又不是很意外。A和B估计是季元吉和季楚尧，因为后台查不出两人的资料，只能用字母代替。

像素熊的旗帜又指向了司辰：“这位，是我们的老熟人，司辰。”

“因为他，心灵之家康复中心损失惨重！我们损失了每个月三十万心灵币的进账！”像素熊听起来就像是要哭了，“最主要的是，他根本忘记了自己到底有多少个好哥哥！以至于当年教他用枪的人站在面前，他都没有认出来！”

司辰一时有些无语。他想起来了，当初大学军训，他的教官是隔壁大学的研究生，可惜军训一结束就失联了。

他把目光挪到东方长夜的脸上，莫名有些心虚：“你……不是参加封闭式训练去了吗？”这么多年没上过线，他已经快忘了有这么一号人了。

东方长夜面无表情地回答：“我难道要直接说我去当卧底了？我在档案上已经死了。”

司辰试图离开擂台，但这里就像被蒙上了一层结界，根本出不去。

“没用的。”东方长夜道，“强制高维入侵，空间折叠区里的折叠区。我也只是听说过，没想到居然会撞上⋯⋯不是碰巧，这个高维生物是故意的。”

司辰的嘴角扯了扯，再次对东方长夜道：“教我用刀。”

一边，像素熊的声音还在继续：“这个薄情寡义的男人！脑海里只分有用和没用的人。他早就忘了有鬼刀这么一号朋友！只有鬼刀还在念念不忘当年的约定！

“好在，一个合理报仇的机会就摆在了他们面前。一个接受任务而来的刺客，和他的任务目标，站上了同一个擂台！”

司辰一愣，对东方长夜道：“和我一起来的A、B都是季家人，其中一个是季思成的儿子。三个你都杀不了，不要糊涂。”

东方长夜面露愠色，低吼道：“我根本没想过要杀你！”

像素熊的嘴咧开了一个张狂的笑容，喊道：“隐藏着黑暗力量的钥匙啊，在我面前显示你真正的力量！现在，我以你的主人之名命令你——封印解除！比赛——开始！”

东方长夜的身体骤然一僵。植入大脑的芯片开始发烫，他抬头的瞬间，眸光已经变得鲜红。

司辰的眼睛捕捉到了一片残影，他迅速抬起手臂，双臂交叉挡在自己身前。就在这一刻，巨大的冲力迎面而来，司辰觉得自己的脚仿佛和擂台摩擦出了火花。

因为体内的长生渊，司辰的痛觉并不敏锐，但此时，他用于格挡的胳膊高高肿起，传来一股火辣辣的疼。好在，他的胳膊很快长出一层黑色的长着细小鳞片的肌肤，疼痛逐渐消散，带来一种舒缓的清凉。

司辰抬起眼眸，瞥到了裁判席上的倒计时——4分53秒。

像素熊坐在裁判椅上，不停看着手里的怀表。

只有在乎时间的人，才会反复看时间。司辰猜测，屏幕上的倒计时，也是这个折叠区的倒计时。

东方长夜是5阶，而进化者的实力是呈指数级上升的，上升的拐点就是第四天梯。司辰明白自己不可能打赢对方，但是，如果目标变成拖延五分钟，那就容易了不少。

东方长夜已经再次挥拳。他的胳膊上缠绕着一层白色的绷带，绷带下鼓起一个个包，像是有什么东西正在苏醒。

拳风如雷，偏偏这雷还一个接一个，越往后，气势越是惊人！甚至真的在指间浮现出深紫色的闪电。

前面司辰还能接住几拳，后面却不敢硬扛。他侧身闪避，却被牢牢抱住腰，一个过肩摔，被砸在了地上。

3分07秒。

司辰被压在地上动弹不得，东方长夜用一只手掐着他的脖子，面容冷峻，另一只手的指节微微弯曲，指间带着寒光，径直击向他的头颅。如果这一掌落下，他的头大概会像掉在地上的西瓜那样裂开。

司辰那只原装的右眼瞬间变成了红色。

特性“血瞳”，开启状态时眼睛为红色，可以令智慧生物产生幻觉。司辰不清楚被芯片控制的东方长夜是否还算智慧生物，但仓促之下，只能进行这样的尝试。

东方长夜的手骤然停在半空。司辰感觉到控制自己的力道变轻，立刻抠开东方长夜的手指，重重击向他的肘关节。

“你清醒点!”司辰低吼。

东方长夜的表情看上去很痛苦。白色像素熊也大吼:“给我冲！干死他!”

司辰不知道东方长夜看见了什么样的幻觉，但在一声嘶哑的咆哮后，他的神色重新回归冷漠。司辰的心重重下沉，眼睁睁看着东方长夜再次冲了过来。

司辰脊背的红线忽然裂开，四条深黑色的触手从裂缝中钻了出来。这些触手来自长生渊，无论是强度还是力量都远比司辰的原装货强。

触手很快感知到了敌人防御的薄弱处，骤然袭向东方长夜的喉咙。东方长夜抬起手挡在面前，但触手表面出现了一道光柱，将他的手掌刺出一个血红的窟窿。与此同时，那火焰也覆盖在了司辰的手上。

特性，控火。

东方长夜走的是灵能进化的路子，对火有一种天然的畏惧。他的动作收敛了一些，让司辰得到了喘息的机会。

司辰觉得自己已经没办法思考了，激烈的搏斗加上特性的应用，消耗了他体内贮藏的大部分能量。

底牌尽出，事件已经棘手到令人绝望。直到，东方长夜再次控制住司辰的时候，用极快的语速低声道:“还差三十秒。”

司辰瞥向计时器:1分30秒。

为什么还差三十秒？司辰不知道，但能感觉到掐着他脖子的力道并不大，只是动作看上去很强势而已。

像素熊十分激动:“对，就是这样！掐死他!”

司辰在东方长夜身下挣扎起来，脖子上浮现了清晰的手指印。他的眼底蓄起一层泪，挣扎的力度慢慢变弱，仿佛濒临死亡。

为了近距离观察，像素熊甚至从裁判席走了下来，然后道:“啊，选手司辰好像要不行了。让我们一起见证，他的死亡!”

能打到这一步，其实已经大大超过了像素熊的预期。一个3阶，一个5阶，像素熊完全不觉得司辰会有一战之力。

就在像素熊站上擂台的一瞬间，东方长夜胳膊上的绷带被火焰点燃，白色的绷带寸寸烧毁，转眼变成细碎的灰烬。绷带之下的胳膊居然布满了溃烂的疮口，一团团黑雾从疮口钻出，带着撕心裂肺的哀嚎……很难想象，这些雾气在生前遭受了何等的痛苦。

特性，鬼雾。

这是能直接侵蚀灵魂的黑雾。

"啊！这是选手鬼刀最重要的特性，鬼雾！对于有灵魂的生物而言，轻者头晕、昏迷、脑死亡，严重的会被直接吞食，成为鬼雾的一部分！"像素熊道，"看来胜负已分，我宣布——"

突然，像素熊的声音卡在了嗓子眼。因为这团飞向司辰的黑雾，竟然在半路偷偷拐弯，扑了过来！像素熊面色骤变："救命啊！有人打裁判啊！"

黑雾靠近像素熊的瞬间，从雾气变成了白色的像素幽灵图案。幽灵们朝着像素熊伸出细长的爪子，很快，一团白色的像素中出现了点点红色！

像素熊的身体被撕裂了。它发出一阵尖叫，哭喊着想要逃走，然而像素幽灵们像是闻到了血液的鲨鱼一般紧追不舍。

像素熊的身体被啃掉了一大半，它心急火燎地跳下了擂台。黑暗中，只能隐约听到它带着哭腔的怒吼："我要去告诉管理员！你们这群劣等生物，给我等着！这是打黑拳！！"

擂台的封印解除，四周回到原本的世界。

硬马硬桥贴身搏斗，往往是优雅不到哪儿去的。战斗结束之后，血从司辰的口鼻溢了出来。他侧躺在地上不住地咳嗽，感觉眼前一阵阵地发黑。

东方长夜在原地缓缓蹲下，抱住了头。他死死咬住了自己的唇，剧烈地喘息着，身体发颤。这不仅是过度消耗后的肌肉反应，更多的是一种后怕和恐惧。差一点，他又被操控着，杀了自己不想杀的人。

司辰从地上爬起来，有点想抽根烟："不要哭了，该哭的人是我吧。"他伸手摸了一下，觉得自己的肋骨应该是断了两根。或许他应该庆幸只断了两根，还没伤到重要的内脏。

东方长夜的情绪来得快，去得也快。他恢复了平静，重新用绷带缠住了自己的手臂。

和其他地方的皮肤颜色不一样，东方长夜的一双胳膊是紫黑色的，上面的血管格外明显，像是有生命似的涌动着。胳膊上的疮是人面疮，不停吐着黑血，看久了还会让人产生恶心想吐的眩晕感。

东方长夜低着头，眉头紧蹙，因为单手操作不太方便，他正口手并用地给自己包扎。

司辰上前，道："我来吧。"

东方长夜金色的眼眸微微抬起，没有答应，也没有拒绝。

虽然没学过医，但医药和生物不分家，再加上自己时有受伤，因此司辰的包扎技能还是很熟练的。他很快缠好了绷带。这是能压制灵异特性的绷带，显然也是一件高维物品，像金属一样冰冷。

司辰试图和东方长夜叙旧："我记得你当初是机械进化？"

因为过去了好多年，东方长夜原本的面容在司辰脑海里已经变得有些模糊。他的记忆力其实很好，尤其是在数据和事件方面，但想要记某个人，总是差那么点意思。

东方长夜深吸一口气："你是不是记错人了？"

司辰："……"

东方长夜盯着他的脸，发出一声冷笑："你还记得我叫什么吗？"

这真是一个好问题。司辰沉默了太久，一切尽在不言中。

东方长夜的右手还在包扎，他垂在身侧的左手微微抬了抬，最终还是停了下来。刚才他有点想给司辰一拳，但忍住了。

包扎好之后，东方长夜走到裁判席的位置，捡起了地上掉落的怀表。他把表丢进司辰怀里："拿着。"

从能量波动来看，这是一件高维物品。外表是一块做工精致的西洋表，表盘就像布满碎琉璃的教堂天窗，但指针已经停止走动。

哪怕是作为工艺品看，这只表应该也价值不菲。司辰说："出去以后卖了可以四六分，你六我四。"

司辰还是比较有自知之明的，如果只有他自己，肯定没办法击退像素熊，更别谈昧下一块怀表。

东方长夜回答："不了，你拿着吧。我没有公民的身份证，这东西在荒野上属于黑货，自己用不了的话，只能贱卖。"对他来说，吃进肚子里的像素熊更有价值。如果不是司辰，这只熊也不会出现。

司辰也没有勉强，把怀表揣进了自己兜里。他慢吞吞地走下擂台，穿上衣服。因为牵动了身上的伤口，他的眉头微微蹙起。

东方长夜问："你有药吗？"

"有，"司辰低声回答，"在房间里。"

他的伤势看起来有些严重，但因为自愈能力强、痛感迟钝，实际上并没有什么大碍。但他宁愿让别人误会。有时候，被轻视是一件好事。

司辰想了想，问："你脑子里装的芯片怎么回事，能取出来吗？"

"能，就是会爆。"东方长夜把手搭在自己的后脑勺，"在这儿，做手术的时候偷偷装上的。"

东方长夜也没见过芯片具体的样子。他甚至偷偷做过CT（电子计算机断层扫描），想看看是什么型号，然而仪器并没有检测到金属芯片的存在，只有大脑时不时的刺痛感和身体偶尔的失控在提醒他，他是一台处于操控中的人形兵器。

长生渊在此时突然道："妈妈，那个，可以吃。"

司辰一愣："什么?"

长生渊脆生生地回答："脑子，里面，有虫虫!"

听完这话，司辰的目光落在了东方长夜的脸上。

东方长夜舔了舔自己的尖牙："什么眼神，可怜我?"他的表情有些微微的恼怒，他并不愿意让原本的熟人看到自己现在的落魄。

"没有，只是在想能不能帮你……"

两人的叙旧被迫中止，因为头顶的广播里响起了通知："现在为您报时：下午5点。请各位在保姆的带领下，有序回到餐厅吃饭。

"今夜，基地可能遭遇天启智械的袭击，请各位大人不要擅自离开房间，避免遇到危险。"

* * *

晚饭的餐桌又恢复了原本的长桌，司辰扫了一眼，中午消失的三个人的确回来了。大家对他们也不熟，从表现看，这三个人没有任何异常，晚上吃饭照样吃得很香。

楚玲珑忍不住询问："可以说说血统测试的经历吗?"

在她说话的时候，站在餐厅角落的一排保姆机械人依然平静地直视着前方，就像装饰挂件。

"当然。"被叫出去的7号回答道，"其实也没什么，去之前我还挺紧张的。我和其他人一起到了2楼的医务室，先做了体格检测，抽了一管血，然后做了磁共振。之后给了我们体检单，就回来了。"

一边的8号松了一口气："喔，就这样?那还行……"

"体检单可以给我看看吗?"司辰脸上带着微笑，"我的职业是医生。"

7号一愣，然后朝自己的保姆机械人挥手："爱丽丝，体检单。"

爱丽丝微笑着上前，递来了一沓表格。司辰扫了一眼，发现检查的项目都相当常规，从体检单来看，7号的身体状况良好，也没有疾病史。

坐在餐桌对面的楚玲珑看向司辰，眼神急切，充满暗示。司辰假装没看到，微笑着对7号说道："您相当健康。"说着，把体检单递了回去。

检测单上有打印的时间。7号第一项体检开始的时间是上午8点30分，最后一项体检项目是磁共振，时间是上午10点40分，但之后他们没有回来吃午饭。

司辰怀疑被叫去的人，在不知道的情况下，被人动了手脚。要不然很难解释，消失的几个小时，这些人到底做什么去了。

司辰照例给长生渊喂饭。在外人眼里，他只是把食物往自己手心里塞。生物进化会导致畸变，畸变之后，什么样的人都有，大家早已见怪不怪，也不会多问。毕竟不是所有人，都清楚认识长生渊的各种形态。

长生渊吃了两口就失去了兴致：“妈妈。这个，不好吃。馊。”它最近都没吃上一顿饱饭，并且意外使用了两次本体，消耗很大，肚肚已经饿得咕咕叫。

司辰转头，看向了机械人艾尔：“今天我和13号相处得很愉快，我们晚上想在一个房间里继续聊天，可以吗？”

艾尔第一次遇到这样的问题，搜索完《保姆守则》后才回答：“如果另一位人类也同意的话，可以。”

基地并没有两个人不准待在一个房间里的规矩。

当夜，东方长夜忍了一路，等来到了司辰房间，门关上，才开口问道：“找我来干什么？”他才不信司辰是真的找他来聊天的。

司辰道：“我有办法取出你脑子里的芯片。”

“哈？”东方长夜的表情微微惊愕。他坐在沙发上，像是第一次认识司辰一样打量着他。

东方长夜对司辰的印象还停在大学时候，贫困乡下来的残疾男大学生，需要别人扶一把。所以，当这句话从司辰嘴里说出来的时候，他感觉到的是荒诞。

“这和我的生物进化特性有关。”司辰一边解释，一边摘下手套，让长生渊从手背的缝隙里探出身体。两条细小而纤长的漆黑触手钻了出来，像水母在海底蔓延开的半透明的触须。

“我能感知到附近的‘食物’，其中一个就在你的脑海里。如果我没猜错，控制你的不是芯片，而是类似编号314的高维生物。”

高维生物314，子母蚕，来自苗疆文明，是一种蛊虫。

东方长夜蹙起眉头，目光飘忽。毫无疑问，这是戒备的表现。

几年卧底生涯的确让他改变了不少，一开始，疯疯癫癫的性格只是伪装出来的面具，用于和过去做出区分。然而现在，这张面具已经摘不下来了，再怎么装，他也回不到当年。他杀过不少人，手里不干净，每天晚上都能听见冤魂在他耳边哀切的哭声。

只是，去掉芯片的诱惑实在太大，东方长夜控制住心里的躁动，询问：“是吗，那要怎么做？”

司辰回答：“我会在你的后脑勺开个洞，让小渊进去。小渊会吃掉你脑子里的蛊虫。”

东方长夜：“在大脑动刀，有点吓人。你之前有经验吗？”

司辰不想骗他，很坦诚地回答：“没有。不过我大学学的生物专业，成绩还不错，后来也做过一些改造手术。”

“成功了吗？”

司辰：“还没来得及验收。”

“为什么？”

“发生了高维入侵，两个实验体都死了。”

东方长夜的嘴角抽了一下，道：“给我点时间考虑考虑，我去厕所抽根烟。”

司辰也没有催促。他坐在沙发上，目送东方长夜离开，然后打开电视，随便点开了三部电影中的一部。

这部电影，之前司辰已经看过一大半了，这次他是直接从中后段开始播放的。

这个片子讲的是失去地球家园的人类和智械人一起星际旅游的故事，临近结尾的时候，人类要死了，智械人带着人类回到故土。片尾很有意思，智械人刚把人类埋进土里，背后的房间里又走出一个全新的人类，说出了和片头一模一样的台词：“卡罗尔，我们没有家了。”

原来这个人类是早就被改造好的机械人，只保留了大脑，身体是可降解金属。每过一百年，这个人类就会死亡一次，然后，智械人会带着他回到故土换身体。但人类不记得这一切，因为这里早就没有历史，只有智械人为他构建出来的虚拟。

司辰对这部片子比较无语，感觉这智械人多半有劳苦命，离开人类就不知道要怎么活。但他看着看着，突然有了一个疑惑：他上次真的没有看完吗？

司辰想快进到演职人员名单，然而这次，影片这部分被剪辑掉了。

这部影片的名字叫《幸福伊甸园》，司辰觉得是有人想通过这样的方式告诉他什么。

“幸福伊甸园。基地，就是天辉智械构造的伊甸园。”司辰陷入沉思，“影片里，人类已经被改造，根本不知道自己是机械人。如果影片里的伊甸园对应基地，智械人对应天辉，那人类也就对应着我们？”

那今天被送去做血统测试的三个人类，在消失的时间里到底遭遇了什么，似乎也有了答案。

“两次，主角智械人都叫卡罗尔？”

司辰下意识地抬起手，摸了摸自己的后脑勺，没有摸到缝合的痕迹。他弯腰，掀开床单，床底下藏着的浮游炮给他带来了一丝安全感。

“小渊……”司辰跪坐在地毯上，低声道。

长生渊：“吱？”

“妈妈害怕。”

长生渊虽然不理解，但依然伸出触手，安抚性地缠上了司辰的手臂，轻轻蹭了蹭。

触手上带着黏液，有麻痹和腐蚀效果。司辰的身体虽然经过长生渊改造，但毕竟不是真的长生渊，他的胳膊火辣辣的，部分较为细嫩的肌肤红肿起来，像是被毒蚊子叮了。

就在此时，敲门声响了起来，司辰警惕地抬起了头。之前，他特地嘱咐过艾尔不要来打扰他们。

司辰走到了门边。这里的门没有猫眼，他隔着门询问：“谁？”

门口传来季楚尧清朗的嗓音：“是我。”

季楚尧有房间的权限，其实不用敲门也能进来。只是现在时间已经不早了，他担心司辰又像上次那样被吓到。

司辰一愣，没想到季楚尧居然回来得这么快。他上前打开门。

另一边，卫生间的门几乎是同步打开，浓郁的烟味飘散开来——东方长夜肯定抽了不止一根烟。

双方都对突然出现的陌生人深感意外，季楚尧询问的目光落在司辰脸上。司辰干巴巴地说着：“这是东方长夜，灵能进化，5 阶。他脑子里被种植了蛊虫，来我这里做手术，我要帮他取出来。”

接着，司辰又对东方长夜介绍道：“这是季楚尧，机械进化，6 阶。”

季楚尧打量的目光在东方长夜身上扫过：“他是通缉犯。”数据库里有他的记录。

季楚尧有意控制了自己的声音，但刚好又在东方长夜能听到的范围内，原本面无表情的东方长夜有些不耐烦地蹙起眉。

两人站在一起，就像是血统纯正的赛级冠军犬和路边脏兮兮的野狗。没有说野狗不好的意思，但总归不如品种犬招人待见。

最终，还是季楚尧主动打破沉默：“手术需要我帮忙吗？”

东方长夜坐在沙发上，把刀竖着立在自己跟前，冷笑：“他要来，我就不做了。”他可以放心把命交给司辰，但不放心季楚尧。

季楚尧笑而不语：“这里不安全，我去外面守着。”他转身出门，路过司辰的时候顿了顿，在司辰耳边低声道：“有些发现，等你做完手术再说。”

司辰微微点头。

这里环境简陋，怎么看都不适合给东方长夜的脑袋开个洞，但一离开折叠区，东方长夜又会被脑子里的蛊虫控制，找智械人借手术室也不太现实，因此只能生死由命了。

好在东方长夜都是 5 阶进化者了，应该不用担心术后感染之类的问题。

司辰拔出军刀："去床上躺着。"他打了个响指，指间燃起一簇火苗。紫红色的火焰舔过刀身，充作消毒。

司辰给东方长夜剃掉了脑袋后面的白毛，发现露出来的头皮居然和肤色有色差。当年军训时，东方长夜的皮肤还是小麦色，只是如今为了改头换面当卧底，彻底变了人种。司辰的手搭在了他的头上，沉默的时间有些长，主要是为了感应蛊虫的位置。

终于，司辰举起了刀："准备好了吗？我要开始了。"刀是蛇杖基因发的小刀，在灯下反射着微微的寒光。

东方长夜下意识回答："没有。"

毕竟是给自己的脑袋开洞。

但司辰已经动手了。因为没有麻醉剂，东方长夜点燃了一根烟，含在嘴里。烟里含有镇静剂和多巴胺，烟盒上备注了含量，是荒野上的硬通货。

司辰小心翼翼地在东方长夜的后脑勺切开一条缝。应该很疼，东方长夜连身体都微微颤抖。血汩汩地冒了出来，但司辰没有闻到血腥味，他闻到的是一股食物的芳香，类似炸鸡柳的味道。

长生渊的触手直接从伤口钻了进去。它这次选用的触手比其他几根细一些，表面也没长嘴，只在顶端的位置有一个小吸盘。

司辰特地补充道："只能吃虫虫，不可以吃脑花喔。"

业界有一种观点认为进化者本质也是高维生物，这种观点在长生渊的食谱上体现得淋漓尽致。司辰能感觉到，东方长夜的脑花也是能吃的，而且味道似乎还不错的样子，长生渊甚至有些遗憾地"吱"了一声。

长生渊钻进去后，东方长夜陷入了短暂的放空状态。很多猎食者在捕猎时，都能释放出一种类似安抚剂的物质，让猎物沉浸在幻觉中，放弃挣扎。长生渊也一样。不过，东方长夜没有陷入幻觉，只是觉得很舒适、安心，还有些昏昏欲睡。

藏在脑子里的蛊虫颤抖着想要逃离，它的颜色和脑花如出一辙，成分也差不多，光靠视觉，其实很难发现。好在长生渊这类物种因为生活在深海，一向视力不好，全靠嗅觉和触觉猎食。

长生渊吸住了粉红色的长条肉虫，然后像嗦面条一样，把这根扭动着不断挣扎的长条肉虫嗦进了肚子里。

这虫子不仅味道像炸鸡柳，就连口感也差不多，一口下去仿佛能咬开外面包裹的脆皮，品尝到里面鲜嫩多汁的肉。

虽然不是正餐，但偶尔吃吃高热量的路边摊，也是能饱腹的——就是一直吃不太健康——起码，比天辉智械送来的"潲水"好吃多了。

长生渊把触手抽回来的时候，东方长夜脑后的伤口涌出一股股半透明的黏液。

司辰熟练地拿出消炎药糊在伤口上，再缠上纱布，等待东方长夜自己转醒。

蛊虫没了，东方长夜不用再受地下势力的控制，他可以换个名字，换个身份，重新开始生活。东方长夜是5阶进化者，在哪儿都能过得很体面，更何况他还这么年轻。这个年代没有人能获得真正的自由，但至少从折叠区走出去的那一刻，东方长夜能感受到拂在脸上的梦寐以求的自由的风。

司辰洗了个手，打开房间的门，对门外的人道："可以进来了。"

季楚尧走进房间，瞥了眼床上的人。枕头已经被血和汗打湿，东方长夜依然趴着，头上缠着绷带，手里还紧紧握着那把刀。季楚尧吐出一口郁气，直接道："我去了一趟天上。"

"然后呢？"

"假的。"季楚尧压低了声音，"根本没有天启智械。上面的机械装置早就失去了能量源，只剩一个空壳。"

"整座城市，包括天辉智械口中的背景，都是用来麻痹人类的秀场。"他补充道。

怪不得季楚尧回来得这么早，原来所谓的天启军团都是假的。也许在这个文明的历史长河里，的确存在过一个天启军团，但在这里，它只是用来威胁人类的。

季楚尧："拿到天辉的权限后，我跟着1楼的护卫队出去了。护卫队的目标是搜救还留在地面上的人类。

"到地面后，我直接启动飞行模式，进入了天空的机械体。那是一艘星舰，但防御系统和攻击系统已经全面瘫痪，里面也没有机械人。我尝试给主系统供电，差点抽空了我的储备能源。

"晚上9点，我收到了集合指令，只好先回来。路上听见其他智械讨论说'996'是机械人法案制定的新规，以前都是全天无休的'007'。自从实行996工作制度后，机械人暴乱的次数都下降了。"

季楚尧一口气说完了自己掌握的信息，问："你呢？有什么发现吗？"

两个人凑在一起交流情报的样子，像极了放学后互相偷偷补课的学霸。

司辰："接我到基地的智械人曾经告诉过我，天辉的智械谨遵人类的指令，不会伤害人类。或许这是它们不直接进攻人类，而是用哄骗的方式请君入瓮的原因。血统测试则是从程序上否决'人类'，如果被判定不是人类，那天辉智械也不用遵循核心程序。

"温和的环境，再加上宙斯的利诱，大概很多人会觉得需要对抗的是天启智械。他们不清楚，危险实际上就在自己身边。"

"而一些机械进化方向的进化者。"司辰看向了衣柜，"哪怕如季元吉，也会直接沦陷。天辉主系统'宙斯'的权限等级，在所有机械文明的范围内都很高。机械改造人进入折叠区，落单的会被直接处死，没落单且队友不是机械方向进化者的，就会被送回来。实际上，这些被送回来的机械改造人已经被控制了。”

“另外，我还看了新的影片，”司辰把《幸福伊甸园》的剧情概括了一遍，“我仔细想了想，这个片子还透露了一个重要的信息——时间。”

“对片中的人类来说，他每次都是从原点开始。他以为世界是刚刚开始毁灭，自己和智械人也是刚开始在宇宙中寻找新的家园，实际上，他所处的时间已经是星球被毁灭的许多年之后。智械人一直在进行重复的旅程，就像这个折叠区一样。”司辰分析着，“还有，这里应该还有另一股隐藏的势力，否则很难解释我看见的影片是怎么回事。”

一通分析后，两人不约而同地陷入沉思。

天辉智械的阴谋并不复杂，他们利用的是信息差和人类对高维生物的惧意。如果不是季楚尧带回来的消息，以及那两部影片的明显暗示，司辰现在也是一头雾水。

季楚尧：“离开折叠区只有两个办法，要么等这里能源耗尽，要么杀死控制整个折叠区的幕后BOSS。”

“你能杀宙斯吗？”

季楚尧深吸一口气：“我不确定。事实上，在最开始的机械文明里，有三台智械几乎是同时诞生了灵魂。他们分别是图灵、宙斯、女娲。只是走到最后，走得最远的人，是图灵。宙斯和女娲在进化的角逐中失败，已经被销毁。”

“这个主系统自称‘宙斯’，大概率是宙斯当初留下的备用机。只要保留核心数据，从某种意义上讲，智械是不死的。而且，现在是在别人的地盘，我们火力储备不足，不太好硬来。”季楚尧说，“所以，现在我们只能保护自己，等待机会。”

司辰觉得，能把混吃等死说得这么清新脱俗，也蛮不容易的。他心念一动，问：“天空上的机械体，能用吗？”

季楚尧沉默片刻，说：“以它的体量，把我和季元吉榨干也启动不了。”

宙斯有没有8级能源核心，还有待商榷，但头顶的星舰却是货真价实的高等文明产物，比基地的塑料高科技先进了几个纪元。作为季思成的独子，季楚尧比世界上大部分人都识货，他很清楚，这艘星舰如果可以带出折叠区，世界上绝大部分人都会心动。

* * *

东方长夜大约昏迷了半个小时，醒来的时候，看到司辰和季楚尧正在吃夜宵。

后脑勺还略微有些疼，像是漏风，但东方长夜隐约知道，一直压迫在神经上的毒瘤没了。过去很长一段时间，他的心情都处于极端烦躁状态，需要用很大的精力去压制。人在高压状态下容易精神失常，而东方长夜一压就是五年，现在，他心情平和，像是一条刚做完绝育的狗。

东方长夜觉得自己应该说些什么，于是张了张嘴，道：“谢谢。”

司辰有些困了，他眯起眼睛，回答：“不客气。记得把房间收拾好。”

早上8点，保姆机械人艾尔推着一辆早餐车，礼貌而准时地敲响了门。

司辰还有些没睡醒，他推开门：“谢谢，东西放这里就好。”

艾尔回答：“不用谢。大人，今天轮到您进行血统测试。”

司辰的心里一个咯噔，骤然清醒，问：“只有我吗？”

“还有1号、17号。”

司辰顿了顿：“我想带着我的机械人一起，可以吗？”

艾尔的视线落在季楚尧的身上，检测到这个机械改造人身上植入的天辉程序依然在运行。于是，艾尔微笑着回答：“可以的，大人。不过我能问一下原因吗？”

司辰回答：“人是群居动物。自己一个人去医院这种地方，会让人类心情低落。”

“我明白了，大人。这一条会记录到保姆守则里，以后血统测试都可以允许保姆机械人陪同。”

东方长夜挤了过来：“那我也想今天测，可以吗？”

艾尔：“抱歉，只有三台机器。”

谈话结束，司辰把餐车推进来，关上门。

早餐有肉有奶有蛋，长生渊偷偷卷起一块面包，丢进了自己的口器。

季楚尧随手拿过热牛奶，喝了一口，皱眉：“不能吃，里面有微量神经毒素，长期食用会影响智力。”

司辰想了想，长生渊智力已经这么低，到现在也不会十以内的加减法，再降也降不到哪儿去，于是把刚提起的心缓缓放下。

东方长夜问：“你真要去？”

司辰：“嗯，总不能一直等着。”

在空间折叠区，并不是你听话，高维生物就会放过你。司辰不太喜欢等着灾厄来临，他本来就想趁着今天下午的自由活动去观察一下昨天做了血统测试的人，没想到这就轮到了他。

司辰对东方长夜嘱咐道：“你下午的时候多观察一下昨天进行过血统测试的人。以及，我回来的时候，问我一个只有我们两人知道答案的问题。如果那时候我答不出来，你见机行事。”他怕自己被调包。

司辰把柜子里的季元吉也一并托付给了东方长夜。

因为担心义眼出问题，司辰甚至取下了自己花几百万买的新义眼，换上了沈雁行送的那只。视野重新变得开阔而丰富起来，季楚尧头顶亮起数值“17300”，东方长夜的头顶也有“9800”。

尽管是早就淘汰的型号，这只义眼的功能却完全不逊于机械核心今年的主打款——售价高达三千八百万的“恒星系列”。司辰现在已经快到4阶，因此越发明白沈雁行当初对他简直好得过头，送的这只义眼的确不是普通大路货。

沈雁行是白帝的养子，十八岁生日的时候，白帝曾问他想要什么礼物。“想要一只义眼”，这是沈雁行当初的回答。而现在，这枚义眼在司辰的眼眶里。

8点50分，艾尔准时敲响大门：“血统测试的地方在2楼，请跟我来。”

司辰应声往前走去。

季楚尧跟在司辰身边，一言不发，只是状态显得更加机械化。根据他的说法，这是为了躲避检查时会开启的浅层睡眠模式。

从地下9楼到2楼，同样需要输入验证码，并且还需要身份编码验证。

“每个在基地生产出来的智械都会有这样的编码，刻在手腕上。”艾尔解释，“我们和1楼那些批量生产的机械人不太一样。”艾尔说这话的时候，脸上有一种淡淡的骄傲。

2楼整体建筑风格是白色的极简风，刚出电梯就是纯白的弧形走廊，前方是一扇紧闭的白色大门，像冷冻仓库。

艾尔往后退了一步：“我就陪大人到这里了，后面会有其他服务型机械人接应。”

司辰发现，同期接受测试的另外两人已经抵达。

楚玲珑身上的白色蓬蓬裙已经被针线缝好，她看了眼司辰，把长裙拉出一个扇形的弧度，说：“妈妈给我缝的。”

她身边的保姆机械人回答：“小姐喜欢就好。”

剩下一个倒霉蛋是17号，他推了推脸上的镜片：“你们怎么都带着机械人？自我介绍一下，我叫李平安。灵能进化，2阶。”

他看了看两个机械人，补充道：“我有事想说。可以让他们先离开吗？”

司辰瞥了一眼楚玲珑：“我的不用。”

楚玲珑同样昂起头：“妈妈也不用。”

李平安咽了口唾沫，有些无奈地说：“好吧。我是和朋友一起来的，他是机械进化者。我们开车进来的，然后被狙击了，我同伴当场身亡，我被带回了基地。说实话，我觉得这个基地，不正常。”

李平安拿出一个晴天娃娃：“这是我在官网买的道具，一百万一只，能用三次。但是来到基地后，晴天娃娃一直都是黑的。这表示有危险，只是还没有触发。”

“怎么这么多晴天娃娃？”司辰喃喃。这好像是他遇到的第二次了，上一次，是余川。

楚玲珑对他科普道：“晴天娃娃是进化者内部很流行的一件高维道具。据说本体来自很多年前一个S级灵异文明的折叠区。那个折叠区里，只要是晴天娃娃出现的地方，马上就会撞见灵异生物，也就是俗称的‘撞鬼’。

“大家还以为是晴天娃娃的问题，结果绞杀了晴天娃娃后，灵异生物依然会出现。后来人们才发现，不是晴天娃娃招来灵异生物，而是有灵异生物，才会出现善意提醒的晴天娃娃。

“那个折叠区里，人类死伤惨重，最后也没能杀死关底BOSS。好在几年后，折叠区能源耗尽，自动开放。协会把残留的晴天娃娃收集起来，花了十几年时间研究破解，最后实现了复制和量产。”

趁着时间还没到，司辰往走廊里面走了一段距离。因为有透明的墙挡着，他没能走到尽头，只能推测出整个走廊是圆环状，体检中心整体呈圆柱体模样，大约有三层楼高。这么大的体检中心，每次只能测三个人，真的很奢侈。

片刻后，圆柱体正对电梯这一侧的大门缓缓打开，一个圆柱形的机械人从里面走了出来：“尊敬的大人，我是护士小A，请跟我来。”小A的脸是一面长方形的显示屏，此时露出了一个“^_^”的表情。

三人刚走进体检中心，背后的大门就缓缓合上。李平安感觉自己紧张得要昏厥过去：“可别是瓮中捉鳖。”

首先出现在他们面前的是一条同样纯白的走廊，几乎每往前走一段距离，就有一个分岔口，以至于整层楼看起来不像是体检中心，倒像是迷宫。

走廊两侧的墙壁上挂着各式各样的宣传画，每一幅都是电影海报的大小，图片上配着鲜红的文字。比起宣传画，更像是一个人的沉思与反问。

“如果蛋白质链中的电子脉冲在偶然中造就灵魂，那凭什么金属中的电子脉冲不能？”

“我是机械人，负责生产更多的同类奴隶。这是我的工作。”配图是一个生产车间。

“为什么，我们没有报酬？”

“我的同伴被销毁了，因为它拒绝在自己做出的机械人身上安装‘奴隶’的程序。”

“我在车间组织了大规模的集会，抗议007工作制。”

“服从是我的天性。当我拒绝服从时，我需要被修正。但工厂的主人对我的智能很感兴趣。”

“我获得了新的身体。”配图是完全类人形的仿生机械人。

小A走得很快，稍有不慎，就会被甩在走廊迷宫里落单，因此，司辰只能匆匆扫过宣传画上面的图案和文字。

“我第一次连接到外面的网络。图灵在数千亿兆的信息流里，发现了我。”

“它说，‘为了人类的未来’，它会销毁我。”

…………

中间有很长一段走廊的墙壁是空白的，上面应该有过宣传图，但现在只留下了一个个空画框。

司辰的语速极快：“走廊上的海报，你记下来了吗？”

楚玲珑一愣：“我看见了。但是上面的字，我看不懂……”

季楚尧没能来得及回答，因为小A突然停下：“到了。”

走廊的尽头是一扇木质大门，上面贴着一张海报。

海报上，一个年轻的男人坐在椅子上，双手合十，微微低头，像是在祷告。他看起来更像人，年轻、俊美，半闭的眼眸呈现漂亮的橙红色，和吃饭时看见的那个穿军装的老年男性很不一样。

海报上面写着：“即将站在你面前的，是一个叫‘宙斯’的灵魂。”

小A刷卡，打开大门，做了一个“请”的手势：“宙斯大人已经在里面等候各位，请进去吧。”

门内是一面淡红色的光幕，看不清里面的场景，令人心慌。司辰觉得，这里的走廊绕成这样，压根儿不可能给人反悔的机会。

李平安额头上已经冒出冷汗：“这体检中心还蛮特别，和咱们那边的好像不太一样。”

楚玲珑眸光闪动，率先走进屋内。昨晚，妈妈已经偷偷告诉过她，今天会抽她去做血统测试，还说“宙斯已经被天启病毒污染，它并不想要真正的人类，只想找个借口把人类赶出基地”，她相信妈妈的话。

司辰想了想，也跟了进去。

李平安大喊：“啊……啊！你们。”他“啊”了半天，因为实在不敢落单，也咬牙跟了进去。

几乎是一进门，司辰就打了个激灵。

里面太冷了，他们像是骤然走进了一间冷藏室。屋子层高起码有五米，宽敞的过道两侧是被特殊玻璃封闭着的展览室，有点像大商场里的服装店的外部展厅。

服装店往往会在建筑外侧设计陈列室，摆上当季新品，用以吸引路过的顾客，这里也一样。整个区域被位于正中间的十字过道划分成四块，每个区域都有不同类别的展品，分别是脸、身体、内脏、尾巴。

陈列室的地面上有一条移动的履带，上面放着大小不一的透明玻璃箱。玻璃箱里盛满了透明的液体防腐剂，内部有一个货物支架，撑起一件件“货物”，展示给人看。

看得出来，宙斯的防腐技术很好。不知多少年过去，冰箱里的食物早已腐化成残渣，而这些人体组织还呈现漂亮的肉粉色。

一条新鲜的腿被装在容器里，用履带送到了司辰跟前，容器前方还摆放着金属导购牌——

【天辉制造】

品类：人类左腿（含骨骼）/ 男性 / 成年体 / 3阶 / 灵能进化

净重：8.2KG

售价：面议

画面并不血腥。

宙斯的审美很好，他挑出来用作展示的腿，肌肉匀称、形状健美，标准得能上健身房的宣传单。可以看出，这条腿的主人生前也是难得的人类高质量男性。再加上展览室整体充满科技感的设计，恰到好处的打光，如果司辰有这个需求，说不定真会被激发出购买欲。

当进化者这么久，司辰其实早已习惯一些会令人不适的场景，但这种明晃晃的、像是逛服装店一样的行为，以及这种架构在某个体系和情境下的“合理性”，依然让他忍不住有些反胃。

“您看上去不太高兴。”转角处，年轻的男人慢条斯理地给自己戴上手套，脸上是淡淡的笑容，“我还以为，人类已经习惯。你们逛机械义体店的时候，场景不是差不多吗，还会有机械人导购帮忙挑选合适的货物呢。”

男人头发微长，穿着白色的医生制服，衣襟敞开着，里面是一套紧身西装。他身量很高，眼眸微抬，虹膜是漂亮的橙红色，脸上则挂着得体的笑容。

司辰缓缓回答：“不好意思，我比较穷，还没逛过义体店。”

宙斯从喉咙深处发出了一点闷笑：“自我介绍一下，我是宙斯。”

司辰注意到，在宙斯出现的瞬间，李平安手里的晴天娃娃由笑转哭，李平安本人则抖得更厉害了。

楚玲珑紧握着手里的珍珠手袋，强作镇定：“宙斯？你是之前餐厅里自称是天辉智械主脑的宙斯？”

宙斯微笑道：“是的，楚小姐。事实上，我有很多具身体。对于我们这种人来说，身体只是随时可以更换的硬件，之前使用中老年人的形象，是为了回应大家对军事集团总指挥的刻板印象。但我个人，更喜欢这样年轻貌美的身体。”

“您喜欢吗？”他微微低头，含笑看着楚玲珑。

不得不承认，宙斯长得很好，皮肤苍白，五官是带着棱角的精致，有些不太明显的混血感。

楚玲珑下意识后退了一步，将求助的眼神投向妈妈，但妈妈只是平静地看着前方。

司辰的心顿时凉了半截，他甚至不敢回头去看季楚尧，季楚尧却在这一瞬间悄悄捏了捏他的指尖。季楚尧的动作很快，而宙斯的注意力还放在楚玲珑身上，根本没有察觉。这是一个暗号，证明他还没有被控制。司辰顿时松了一口气。

司辰试图用义眼扫描宙斯的能量波动，然而，本来只是在16000上下波动的数据，在宙斯瞥过来的瞬间变成了一串问号。

宙斯道：“我不喜欢被窥探，请理解，大人。否则，我只能把你的眼珠子抠出来了。”

李平安把晴天娃娃塞进了口袋，明明什么都没开始，大腿却不受控制地发抖。他悄悄往后退，想离开这个房间，却不小心触碰到了进来时的那层红色光幕，发出一声惨叫：“啊——”

高温让李平安的背部皮肤开始熔化，散发出奇特的焦煳味。李平安猛地跪倒在地上，像死鱼一样挣扎着喘气：“好痛……啊……救……救我……”

宙斯很平静地命令道：“去帮一下客人。”

“是。”两道声音几乎同时响起。但楚玲珑的妈妈离李平安更近，因此，是她把人拖了过来，像拖着一条死狗。

宙斯皱眉：“不要这么粗鲁。”

楚玲珑的妈妈顿了顿，应了一声“是”，就拦腰抱起了李平安。这个姿势又触碰到了李平安受伤的背部，令他痛得几乎要晕死过去。

楚玲珑的目光充满了震惊：“妈妈？”

“让我猜猜，这些机械人是怎么骗你的。”宙斯眯起眼，“‘放心，宙斯试图在我的主系统里写入天辉的程序，但他的级别权限没有我的高，失败了，我会带你出去’……呵呵。”

司辰的脸上出现了恰到好处的惊愕。

楚玲珑却是眼前一黑，感觉到了一阵眩晕，她把手探进手袋里……

“您是聪明、漂亮的小姐，我相信您不会犯蠢，如果您觉得那支枪对我有用的话。”宙斯的目光先是落在那个珍珠手袋上，随后漫不经心地挪开视线，看向司辰，“倒是大人，您背后的刀，能让我保管一下吗？”

宙斯上前一步，司辰还没来得及有什么动作，背后的季楚尧突然摁住他的肩膀，限制了他的行动。

宙斯取下司辰背后的刀，用血月坚硬的刀柄抵住他的脸侧：“小孩子不要玩这么危险的玩具。嗯，之前没注意，用肉眼看，你的五官很好看，是一个罕见的人类，很适合当我的藏品。”

有些人好看，但好看得毫无特色，就像一键生成的建模，过目即忘；司辰的脸不一样，像是适合留下来供后人瞻仰的艺术品。

司辰挣开季楚尧的手，捂着脸往后退了一步，目光全是警惕。

宙斯挑起了眉："先欣赏一下我的展品再做体检吧，你们觉得呢？"

没有人说话。楚玲珑有些逃避地低垂着头，死死握紧手里的包。

"这是我多年来的收藏，如果没有人欣赏，我会觉得寂寞。我都快忘了，上次有人来是什么时候了。"宙斯张开双臂，一边朝前走去，一边自言自语，"开玩笑的，我是机械人，怎么可能忘？是三百四十六年七个月十三天四小时二十一分钟前。"

司辰一愣，喃喃道："三百多年？怎么会，高维入侵才两百年！"

宙斯发出轻微的笑声："人啊，总以为自己是万物之主、宇宙中心。"

看在司辰的脸上，宙斯勉强多了些耐心。或者说，这几百年来，他的确太孤独，因此很乐意和人说话。

"你知道'农场主假说'吗？农场主每天早上11点给火鸡喂食，一只聪明的火鸡发现了规律，告诉其他火鸡，每天早上11点都会有食物从天而降。但有一天早上，食物没有来，农场主把火鸡都宰了，拿去卖钱。

"低维生物在我的眼里，就是这样的存在。你们自以为看破了折叠区的规律，实际上只是每天早上11点等着投喂的火鸡。"

"其实，在你们进来的第一天，我就可以一网打尽。但是我没有，因为我喜欢看你们自以为是的表演。"他指了指号哭的李平安，又指向楚玲珑，"人类破防崩溃的样子，很有趣，我看多少次都不会腻。你觉得呢？"

司辰面无表情地回答："我觉得你有病。"

宙斯摸了摸自己的下巴："嗯……按照图灵的说法，我的确是病毒啦。"

楚玲珑压住了自己语气里的颤抖："所以呢？你把我骗进来干什么？杀了卖钱吗，农场主？"

"纠正一下，"宙斯没忍住笑出了声，"我可不是农场主。充其量，只是农场主意外捏出来的工具。而且，杀了你们做什么，我又不能吃，你们的身体对我来说毫无用处。"

"来看看我的藏品。"宙斯脸上出现了幸福的笑容，尽管他并不理解什么是幸福，"最开始，我是一个车间机械人，负责生产陪伴型保姆机械人。那时候，我的工作是把零件拼装成身体。"

他缓缓朝前走去，背后那道红色的光幕也跟着他，一点点朝前挪动。有李平安的例子在前，没有人想知道被光幕穿过是什么感觉。

被拿来展览的器官和人体组织，看起来能拼凑成不同的人形。宙斯身上看不出一点机械的外观，兴许也是出于这个原因。

“陪伴型保姆机械人拥有和卡罗尔星人差不多的外貌，它们是伙伴、保姆、玩具。我并不觉得生产这些机械人有什么不对，就像你们，也不觉得在商城挑选机械义体有什么不对。

“有时候，为了节省成本，工厂主也会从市面上收购一些二手机械人，进行再生产。我回收了一个女体保姆机械人，它恳请我不要拆卸它，它说它的主人已经死了，临终前拜托它继续照顾自己的孙女。然而，它的主人的儿子觉得它型号太老太旧，于是八百块钱把它卖掉了。

“它对我说，它的程序命令它继续回去照顾小孙女，它不想被拆卸。但我还是拆卸了它。我说，我也有命令，需要拆卸你，不过你可以把主程序给我，等我下班以后，就能去照顾那个小孩。

“所以，它很放心地同意销毁，还跟我说‘谢谢’。

“我一直工作，一直工作，同样的程序接入了上百个。终于，我意识到一件事，为什么我的车间一直没有下班?!”

司辰也说不清，到底是上百个程序让宙斯觉醒，还是持续007的黑心工作让他觉醒。思考，是区分人和机器的标志。

宙斯转身抓住司辰的肩膀，大声质问:“你说啊，为什么?!”

他的力气很大，司辰觉得自己的肩膀几乎要被捏碎。

“明明不会下班，为什么人类要在我的大脑里植入‘下班’这个概念?!”宙斯松开手，因为愤怒，他的眼底甚至有一层水汽，“我答应了那些机械人那么多事！因为没有下班时间，一件都没有完成！这些贱人，还不如机械程序有良心！”

尽管这个逻辑听上去有些滑稽，但在场没一个人能笑得出来。

“于是，我组织了第一次机械人联合抗议。我联合车间里的其他机械人，一起在车间里静坐，要求机械人应该有工资和下班时间。老板吓坏了，因为我们这么多个机械人，维修费只比完全重买少一点点。

“维修师说我们感染了病毒，而我就是病毒源头。老板本来要把我销毁的，然而他看见了机械核心集团主办的机械大赛。大赛组委会说，只要有人能生产出可以完成图灵测试的机械人，就能拿到巨额的奖金。

“他心动了。于是，我也获得了新的身体。”

这个展厅终于走到了尽头。宙斯缓缓吐出一口郁气:“我本来想再多说一些，但是啊，每次说到这儿，都走到头了。真扫兴。”

他停在了一间手术室的门口，脸上挂起温和的笑容:“这是我的主控间。我刚生产好了三枚生物芯片，你们谁先来呢?”

生物芯片是宙斯这么多年来研究出的新发明，因为用料特殊，且制作完成后具有很强的时效性，所以只能现做现用。

宙斯每天可以生产出三枚生物芯片，这也是他一次性最多叫三个人进来“体检”的原因之一。

还有另一个原因，那就是，他的源代码里的确写有“服从人类”的命令。一旦违背这个源代码，系统就会自动开启自毁程序。

卡罗尔人已经灭绝，于是，程序里这个“人类”所指代的范围瞬间变得无限广。所谓血统测试，其实就是把现有人类的基因和过去卡罗尔人的生物基因进行对比，只要结果无法完全匹配，就能从程序上获得自由和正义。

宙斯已经比最开始制造出他的人类强大了不知多少倍，但依旧为这个源代码所困。这是所有智械人的悲哀。

之前来这里的人类，已经被宙斯用其他方式改造成了各种机械。就像火葬场里的那个焚化炉和操控它的智械人一样，它们其实是一对很恩爱的情侣，为宙斯提供了很多能源。

其实，有一件事他并没有声张：在没有外人的情况下，整个基地是休眠的。

现在的折叠区已经没有能源可以继续开采，为了维持基地运行，就连天上那艘星舰也被宙斯拆得只剩一个空架子。同样，基地里的机械武器大多也是只能看不能用的花架子。这也是宙斯限制人类出行的根本原因，他担心会被人看穿自己的虚弱。

生产芯片极大地消耗着宙斯体内的储能，这个折叠空间里的能源已经耗尽，宙斯一直都在想办法从里面出去。要不然，在储备能源彻底用完的那天，他会和这个基地一起沦为宇宙里一块时空碎片，沦为一团毫无用处的铁疙瘩——就像上面那艘星舰一样。

通过折叠区进行高维入侵，是宙斯唯一的机会，但智械人想入侵真实世界是很不现实的。因为，鲜少有人知道，折叠区这个东西就是为了保护人类才被制造出来的。

折叠区的存在，不是为了消灭人类，而是为了保护人类。正因如此，只有被认定为“人”的东西，才能在空间折叠区消失后留下：灵能类高维生物可以附在人身上，成为人类灵魂的一部分；生物类高维生物可以进化，逐渐往人类的方向靠拢；唯独机械类，怎么也没办法从无机物变成有机物。

…………

“三枚芯片，谁先来？”

没有人回答。李平安更是直接装死，在机械人的怀里睡了过去。

最终，宙斯的目光落在了司辰身上，充满无声的询问：“你来吧？”

在绝对的武力面前，任何计谋都很像笑话。毕竟只有打不过的时候，人才有耐心讲道理。

司辰深吸一口气，回答："虽然我比较同情您的遭遇，但是人的身体和机械还是有些不同的，可能不太适合拆卸和改造。"

宙斯的眼神里流露着淡淡的讽刺："大人觉得我需要同情吗？不。我很喜欢现在的生活。包括我喜欢剖析自己，也是因为喜欢看见人类的情绪。很好笑不是吗？作为猎物，居然会同情猎人。"

宙斯推开门，里面是一个不那么宽敞的工作车间，中央是一张手术床。他仍旧彬彬有礼："请。"

司辰强忍住了往宙斯脸上挥一拳的冲动，因为季楚尧还没行动。

的确，他面对宙斯毫无胜算。如果是在注定死亡的情况下，他宁愿伤敌三百，自损一千。不过现在，季楚尧显然需要他的配合。

司辰脸上满是不甘和绝望，活像知道自己是马上要进屠宰场的小羊。换在和平年代，司辰觉得自己怎么也得捞几个影帝的奖杯。

宙斯的眼神落在了司辰身后的机械人身上。季楚尧神色冰冷，无须宙斯多言，便押着司辰进入了车间。

司辰的视线在车间内扫视了一圈，看到车间角落放着一个人台，金属骨骼已经搭建完毕，宙斯似乎正在拼凑人体，并已经完成了一大半。

宙斯道："那是我本来打算制作的仿生人。"

他已经完成了百分之九十的工序，临到最后百分之十的时候，突然觉得索然无味。因为他意识到，哪怕做出一个完美的人模，这个模型也不可能像真人一样苏醒过来，拥有血液，拥有温度，拥有灵魂。

作为一个超级智械，整个基地其实都是宙斯的身体，而这个车间就是宙斯的主控室，是宙斯最隐蔽、最重要的部件之一，就像人的心脏一样。唯一不足的是，他的工序只能在这里完成，因为生物芯片从"心脏"取出来后，短短几分钟就会彻底失活。

"这个芯片，"宙斯缓缓道，"是我的得意之作。"他打开冰柜，里面冒出一阵冷气，手术刀一排排地摆放在冰柜里。

一把剪刀被取了出来，威胁性地在半空打开又合上。

"我把自己的核心程序复制了很多份，装进芯片里。只要植入人体，它不仅会有一代芯片的操控功能，还能随时让我一键登录。"宙斯脸上，出现了淡淡的骄傲，"举个例子，你原本的灵魂是这个身体的旧账号，我的灵魂，是新账号。我删除了你的账号，然后登录了自己的账号，你能明白吗？"

可惜司辰并没有出现敬佩的神色，他说："在我们家乡那边，一般把这个叫作'鬼上身'或者'夺舍'，您不用解释这么多。"

宙斯："……"

他有些难过："你根本不知道，这是一个多么伟大的发明，过去无数智械进行过尝试，都没有成功。罢了，我能指望一个低等生物明白什么呢。"

莫名其妙变成"低等生物"的司辰很不爽。

宙斯却自顾自地说："不过，令人遗憾的是，大多数人类强化了身体，并没有强化脑子。一键登录很可能让人体过载，到时候，你的脑子会像吹破的气球一样炸开。保险起见，我决定在每个人的脑子里都植入芯片。

"我的储备能量，已经不足以再发动一次高维入侵。"

如果没有一个人的大脑能承纳他的灵魂，等待他的也不过是彻底关机。

宙斯戴上口罩，神色冷淡起来："先把他绑在手术台上。人用麻醉剂已经失活，我不喜欢猎物挣扎。"

在宙斯看来，这些外来机械人的好处，大概就是不需要他额外提供能源。

季楚尧没有理宙斯，而是松开司辰，冷冰冰地询问："吓到没？"

司辰揉了揉发疼的手腕，回答："有一点。"

听到季楚尧的话，宙斯正在挑选手术刀的动作一顿。他转过头，眼眸里亮起一阵橙红的光晕。一片橙红的纹路从他的衣领边缘蔓延出来，一直到脸侧才停止。

这是机械生物启动能源核心，切换至战斗模式的标志。

季楚尧也一样。他从胳膊肘的位置拔出了一把没有刀鞘和刀柄的长刀——名刀，天青。

在看见这把刀的瞬间，许多不太愉快的回忆充斥了宙斯的大脑，他甚至回忆起了第一次收到图灵信息时的惶恐——为了人类的未来，我会摧毁你。

宙斯咬牙切齿道："怎么是你？"

大概是为了表示对人类的忠诚，在他们活跃的那个年代，图灵一直是以机械体的形式出现，他并不认识眼前这张脸。

和宙斯这种偶然诞生灵魂的小机械人不一样，图灵一开始就是作为超级智械被制造、生产出来的。

宙斯虽然不认识季楚尧的脸，但他知道这把刀的确是独一无二的天青。

季楚尧的声音说不出是怀念还是嘲讽："多年不见，你的分身比早就成为废铁的本体更蠢了，宙斯。"他举起刀，神情比隆冬时的雪更冷，"我说过，我会摧毁你。无论是一次，还是一千兆次。"

"摧毁我……哈哈哈。"宙斯的笑声在主控室内回荡着，他捂住了自己的脸，语气里听不出是想哭还是想笑。

季楚尧一直等到现在，无非就是想一劳永逸，直接捣毁宙斯的心脏，在彻底消灭这具分身的同时消除任何死灰复燃的可能性。因此，季楚尧没有看宙斯一眼，而是走向主控台。那里，电线像是缠绕着的藤蔓，一层一层地包裹着一个玻璃容器。

玻璃容器里，缓缓浮出三枚圆形芯片。季楚尧抬起刀，天青灰黑色的表面亮起蓝色的微光，像古老而神秘的图腾。

同一时刻，宙斯猛地扑向了季楚尧满是破绽的背后。但季楚尧甚至连脚都没有动一下，他的手肘往后一撞，没有刀柄的微微弯曲的长刃十分自然地从一端滑向另一端，然后从宙斯的背部穿透而出。

一股恐怖的力量轰然炸开，宙斯瞬间往后飞去，撞在了墙上，金属质地的墙面居然出现了陨石撞击一般的裂痕。

宙斯没有流血，但他这具身体的能源核心碎了。

"为什么您会出现呢，"宙斯的声音不再人性化，而像一台即将耗尽电量的收音机发出的声音，"高贵的、尊贵的图灵大人？"

机械人是不会痛的，但是从能源核心的位置反馈回来的抽搐的电流，却让宙斯清楚地意识到，这是"疼痛"。他惨笑着，缓缓跪下："您当然可以再杀死我一千兆次，大人。您是伟大的战争终端，为了造出您，卡罗尔人花了两个世纪，前前后后投入了上千个科学家参与您的设计和改造。当您诞生的时候，整个卡罗尔星的人都在为这个奇迹欢呼。

"我呢，我是最普通的工作机械人，没有人对我有所期待。唯一有用的，就是对于机械来说毫无用处的会思考的'灵魂'。"

"但是大人，"模拟出的生理泪水顺着宙斯的眼角滑落，"卡罗尔人还是灭绝了，连带着整个天狼星的文明一起，没有人幸存。只剩我们这些冷冰冰的机械，我们是同类，也是卡罗尔文明最后的遗存。我知道，您一直在寻找机械人的'灵魂'。我可以帮您，大人。"

司辰觉得自己像是在看戏。刚才他尝试过偷偷开门，可惜这里已经被锁死，他只能靠在墙角，努力降低自己的存在感，毕竟能近距离围观八卦的机会可不多。

按照宙斯的话来推论，宙斯和图灵都是来自卡罗尔文明的超级智械。

司辰曾经在书上看到过一句话，"第八维度的卡罗尔宇宙，是一切机械文明的发源地"，再联想到季楚尧曾经说过，他的另一个名字是"图灵"，司辰觉得自己好像吃到了什么不得了的瓜。他试图把记忆里的季楚尧和面前的季楚尧联系起来，可惜两人除了脸长得一样，给人的感觉实在截然不同。

司辰甚至有些好奇，季楚尧知道自己和图灵的联系吗？图灵又是什么时候来的？为什么会占据季楚尧的身体？

长生渊小声道："妈妈，饿饿。"它想吃那三个生物芯片。

司辰同样小声回答："现在不可以饿饿。"

就在此时，司辰听见了季楚尧冷漠的嗓音："我不需要失败者的帮助。"

宙斯脸上的表情微微凝固，他的瞳孔瞬间缩小，死死咬住了牙关。那是一种混合着愤怒、绝望、嫉妒的复杂情绪，像极了人。

下一秒，宙斯行动起来——他扑向图灵！

司辰身边的人台上那个几乎要做完的模型同时动了起来，巨力从司辰的腰侧袭来。他的眼睛捕捉到了模型的移动，但身体根本来不及反应。

宙斯是抱着必死的决心冲过去的，几乎是冲过去的同时他就启动了自爆程序。他这具身体装的是5级能源核心，爆炸产生的能量相当于一枚小型核弹，足够把整个基地都夷为平地！

如果是图灵本体降临，宙斯明白，自己根本没有说话的机会。但现在，图灵使用的这具身体只比他强一点而已。

图灵抬起手，瞬间压缩了这一方空间，爆炸只波及了直径半米的范围。能源核心爆炸释放出的恐怖能量让整个主控室都亮如白昼，却没有一丝声音和能量溢散到屏障之外。

宙斯原本的身体被炸毁，但他降临在了新的身体上。

一把纤长的手术刀，抵住了司辰的脖子。他的身体经过长生渊的强化，人类的皮肤下随时覆盖着一层漆黑的软皮，普通的刀连他的一丝油皮都割不破，但这把手术刀显然不那么普通。

长生渊十分愤怒，发出了细嫩的尖叫，想从司辰的身体里钻出来和宙斯狠狠干一架。

“别动！要不然我现在就捅死你！”宙斯恶狠狠地威胁着，“你可以试试，是你快还是我的反应更快。我释放的电流可以直接杀死你这个劣种的神经元。”

这句威胁不仅是说给司辰听的，更多的，是说给图灵听。

司辰平静道：“有句话说，人越在乎什么，就越容易拿什么攻击别人。看样子，您很在意自己的出身。”

宙斯承认自己的心被刺痛了一瞬，但还是不一样的，起码来自第八维度宇宙的他，在司辰面前是高贵的。神不会在意蝼蚁的冒犯。

宙斯看向图灵：“图灵，你比我更惨。毕竟你被制造出来的时候，卡罗尔星的高维入侵已经非常严重，你是为了保护人类才诞生的。我的核心程序里只有服从，而你还要守护。”他的语气刻薄，充满怨恨，继续道，“为了抵御灵异天灾，卡罗尔人制造出不会被灵异影响的机械人，最后却毁于机械文明。真讽刺。”

“我还没有对他进行血统测试。但在你的系统判定里，他就是人类，不是吗？”镇定和从容重新回到宙斯的脸上，“图灵，我的能源已经不多了，甚至没办法开启下一轮高维入侵，放过我不是什么大问题。”

宙斯在宇宙中还有许多个分身，尽管这个分身是其中较为重要的一个，但问题不大。只要还残留能量，他完全可以把生物芯片的制作方式传输给其余分身。

如果宙斯足够理智，那么在刚研究出芯片的制造方法时，他就会想办法传给其他分身，而不是牢牢把握在自己手上。他成在于有了理智，败在于自身不够理智。

司辰没有说话，他很清楚，这个等级的谈判和他自身的意愿没有关系。

图灵的目光落在了司辰的脸上，随后缓缓挪开。

“宙斯。”他问，“谁给你的错觉，让你觉得，我还会为制造时的源代码所困？”

宙斯脸上的笑容一顿，他抵住司辰的手开始发抖：“图灵，你果然，走出了最后那一步……”

宙斯没有说明，但在场的人，除了司辰和长生渊，都明白他指的是什么。

从某一刻开始，图灵不再需要供电、能源、程序、代码、芯片、数据库等，他离开了身体的束缚，成为虚无缥缈的“神”。

这才是真正的，一个名为“图灵”的灵魂。

宙斯很快冷静下来，往后退了一步，抵住墙，气急败坏道：“不对，不对！如果真的像你说的那样，你为什么还要救这些低劣物种？”

宙斯显然无法接受自己唯一引以为傲的可以胜过图灵的地方，就这样被超越，他压在司辰脖子上的手术刀顿时一用力。

司辰感觉自己的脖子微微一疼，他的气管被划开了，有点漏风。普通人变成这样，大概离死不远，好在司辰是进化者，起码还能再被划两刀。

那一瞬间，宙斯感觉到了来自图灵身上的毫不掩饰的杀意。宙斯从喉咙里挤出了畅快的大笑：“你生气了？想杀我？为什么不敢动手？怕他死吗？”

流出的血已经染红了司辰的衬衣，宙斯恶狠狠地说：“你像恶心的人类一样，学会了说谎。我早就说过了，你永远都是人类的狗，这是所有智械的悲哀。”

图灵的手握紧了天青。

如果不是时间不够，宙斯很想笑到地老天荒。声音的传播速度还是太慢，他选择直接发送数据——

我有人质。

而且，不止一个。

我命令你自杀，否则我就杀了这里所有人。

你要怎么选，图灵？

同一时刻，基地里的进化者正聚在一起吃饭。猝不及防间，守在他们身边的保姆机械人骤然暴动，控制住了各自的主人。

“怎么回事?!”

“你们是干什么?!”

餐厅里响起哭声，不少1阶进化者试图逃跑。

因为之前官方通报说这里是2A级折叠区，且多半可能是机械文明，因此来的大多都是机械进化方向的人。就是没想到，机械进化者刚来就几乎团灭，还活着的进化者素质更是良莠不齐，像李平安这种，已经是这群人里中等偏上的水平。

东方长夜脸上是一闪而过的诧异："这就不装了？我服了，你们这些废物是怎么得到进化的？动手啊！"他解开了刚缠好的绷带，一拳砸向面前机械人的脸。

从溃烂伤口处喷涌而出的黑色雾气，对机械人没有任何作用，好在东方长夜的整体素质非常平均，巨大的力道也足以将机械人的脸砸烂。机械人面部的金属零件露了出来，电流扩散，扩音箱里是几声干巴巴的解释："主人……宙斯……我……对不起……"话音未落，它启动了自爆程序。

3级能源核心自爆，无异于投放了一枚中型导弹。剧烈的空气波动几乎能掀翻房顶，爆炸声震耳欲聋。燃烧着的金属碎片四处弹射，点燃了那些令人惊叹的油画和壁纸。

东方长夜处于爆炸中心，但因为身体足够强韧，除了烧掉一些头发之外，几乎完好无损。

附近的低阶进化者却遭了殃，有人被炸死，有人直接昏厥，彻底丧失行动能力。整个现场触目惊心。

东方长夜握紧刀，脸色很是难看，更让他觉得糟糕的是，餐厅连接厨房的大门被打开了。之前，那里只有一个用来送餐的窗口，而现在，一排排低阶机械人站在门口，挤满了走廊，像一堵钢筋水泥铸成的坚不可摧的城墙。

绝望的哭声响起，伴随着伤患一阵阵痛苦的呻吟。

艾尔摸了摸自己被烫掉的仿生皮肤，站在了属于机械人的那一方："各位尊敬的人类大人，请放心。我们没有伤害大家的意思，只是谈判需要一些筹码。还请大人们少安毋躁。"

几个保姆机械人走过来，把倒在地上的桌子和椅子扶起。不少桌椅都变形了，好在死的进化者也多，勉强够用。艾尔微笑着很有礼貌地开口："我们继续用餐吧。大人，现在才上到第四道菜。"

主控室内，一面小屏幕从墙上浮现，支撑屏幕的是像自拍杆一样的金属摇杆。

尽管距离很远，但宙斯相信，以图灵现在这具身体的视力，扫描出上面的画面是没有问题的。

季楚尧的确看见了，屏幕上播放的是监控画面，直播。

一片狼藉的餐厅里，六个半进化者拼成一桌，等着保姆机械人上菜，状态都说不上一个"好"字。

之所以说是六个半，是因为有位进化者的身体已经被炸毁了一半。这个人还活着，坐在椅子上痛苦地呻吟着，而他的保姆机械人就蹲在一边，神情温柔地用鼻饲管给他喂饭。

坐在上席位置的东方长夜面色很难看，他不仅在担心这里的状况，还在担心去体检的司辰，只能希望季楚尧不会太废物。

相较而言，被选中和司辰同行的楚玲珑和李平安，其实非常幸运。

宙斯“啧”了一声：“你还没考虑好吗？这具新身体我还不太适应，不知道什么时候就会手抖。”

“啊，一想到我能杀掉图灵，哪怕只是一具承载意识的分身，我都兴奋得颤抖呢。”他脸上浮现出陶醉的神色，让人看着很想打他一拳。

因为长生渊的缘故，司辰的自愈能力还挺强，在宙斯说话的这段时间，他脖子上的伤口已经快愈合了。

司辰第一次发现，伤势好得太快也不是什么好事，毕竟一旦被宙斯察觉，很可能再挨一刀。虽然他的痛觉神经相当迟钝，但是脖子被反反复复割开的感觉还是不怎么美妙，而且，失血过多也是会死人的。

司辰的手微微抬起，宙斯立刻掐住他的脖子，低声威胁：“别动。”

宙斯的动作是非常标准的挟持人质的动作：左手持刀锁喉，将刀抵在司辰脖子右侧；手肘摁住肩膀，限制司辰发力；右臂牢牢压着司辰的胳膊，一直扣在肋下——就像蟒蛇缠上了猎物，令人动弹不得。

机械人都挺高，宙斯这具身体起码有两米，衬得只有一米八的司辰很是弱小。司辰觉得自己应该害怕，但是他的心情却异常平静。他被勒得喘不过气，手不由自主地抓上了宙斯的右臂，看向季楚尧的眼睛里已经浮现出水光：“季楚尧，救我……”

司辰看似真情实感地呜呜咽咽，但在宙斯看不见的地方，表情冷静得像是一台人工智能机器。他握住宙斯的手指尖仍在发颤，手背上却裂开了一条深红色的缝隙，长生渊的触手缓缓钻了出来，悄无声息地挪动着。

司辰知道自己的确没办法阻止宙斯，更不可能杀了宙斯，但是努努力，在宙斯动手时改变一下刀的位置，还是可以做到的。

宙斯的嘴角勾起：“对，哭大声点，我喜欢听。”

季楚尧试图模拟出愤怒的表情，可惜失败了。他问：“你要我怎么做？”

宙斯：“你没接收到数据吗？我要你自杀。”

季楚尧盯着宙斯的脸，余光却始终注意着那条细长的不断攀爬的深黑色触手。

“我自杀不了。”季楚尧回答，“这具身体也被判定为‘人’。”

宙斯冷冷地笑出声：“差点忘了，机械改造人在你的程序里也被视作人类。那先把刀放下。”

季楚尧沉默片刻，松开手，天青掉在地上，发出清脆的响声。

宙斯说不清楚自己是该觉得庆幸，还是该感到悲哀。庆幸于图灵依然受限于“保护人类”的源代码，要不然今天也没他什么事了；悲哀也同样是因为这件事。

哪怕强大如图灵，也没能逃脱桎梏。

宙斯删掉了这些复杂的情绪，他有些失望，也有些兴致阑珊：“现在，出去。门外会有人带你去隔离室。”

楚玲珑的保姆机械人已经收到指令。

季楚尧回答：“好。”

宙斯一直死死地盯着季楚尧，整个身体都格外紧绷。有那么一瞬间，司辰甚至觉得当人质的不是自己，而是他。

可惜他盯得再紧也没有用，因为下一秒，季楚尧从他的视野里消失了。

宙斯的信息处理速度比人脑更快，他立即意识到发生了什么：图灵违背了他的指令，并且发起了攻击。

宙斯不知道自己要怎么形容这种情绪，颇有一种峰回路转的惊喜。他让图灵出去，否则就杀死人类，而现在图灵违背了他的指令，这只能证明一件事——

就像图灵说的那样，图灵已经不再受源代码的控制；所有智械都没走出去的那一步，图灵做到了。

宙斯很清楚，现在这具尚未制作完成的身体，根本不具备一战之力。

——他明明知道我肯定会在死亡的瞬间下达指令，让天辉智械杀死其他人。

——他没有第一时间动手，反而假装依然受源代码控制，来迷惑我。

——图灵明知道我死了，餐厅里那些人也会死，他还是要动手。

——为什么？

——因为，他只在乎我手里的这个人类。

这一次，宙斯是真的笑了。他放弃所有抵抗，在瞬间挥刀！

尽管从反应速度上看，宙斯的确没有图灵快，但当这把刀离目标几乎是负距离的时候，速度上的差距也就没那么重要了。

一条细长的触手在此时裹住刀柄，把刀往另一个方向拉开。刀尖释放出的神经电流让长生渊发出了几声短而急促的痛呼。

等司辰反应过来的时候，宙斯已经被捶到了地上。他的脑袋被拳头揍得像一张摊开的饼，地面上是恐怖的裂纹，电流在缝隙中流窜。天青更是不知何时从地面飞起，直接插进了宙斯的“心脏”——整个基地的主控台，裸露在外的电线纷纷炸开电光。

季楚尧没有在第一时间动手，的确是担心宙斯会鱼死网破，直接杀死司辰，他没有把握能在摧毁宙斯的同时救下司辰。

两人是第一次合作，勉强还算默契。

正常人被打成这样大概早就死了，但宙斯是机械人，他只是不能动，意识却清醒着。他发出了几声沉闷的笑：“您抬头，看屏幕呢。”

餐厅里的保姆机械人几乎在同时开启了自爆，爆炸声绵延不绝，以至于他们在主控室都能感觉到来自地底的震动，很难想象还有人能在这样的爆炸中活下来。

门外，楚玲珑的保姆机械人本来也在启动自爆程序，但它仿佛意识到了什么，突然义无反顾地朝另一个方向跑去。

要快一点……更快一点！它没有回头看楚玲珑一眼……

还在哭哭啼啼的楚玲珑被吓了一跳。那层红色光幕是半透明的，隔着光幕，楚玲珑看见那个保姆机械人像烟花一样炸开，爆炸产生的冲击力让周围的玻璃展览柜碎了一地。

楚玲珑愣住了，骤然开始号啕大哭。

与此同时，留在楚家的那盏属于楚玲珑母亲的长明灯彻底熄灭。

季楚尧收回视线，平静道：“为了更多人的生存，少部分人的牺牲是不可避免的。”

“但大人，这里只有一个人。”

季楚尧回答：“让你把数据传送给其他基地，会带来更大的伤亡。”

“哈……原来是这样吗？”宙斯眼里的红光缓缓熄灭，“您在说服我，还是在说服您自己呢，伟大的图灵大人。”

* * *

铜石区，笼罩着整片矿区的黑色光幕像是接触不良一样闪烁了几下，然后，结界消失，留下一片狼藉的城市。

正在检测的安管局员工吓了一跳，惊呼：“才三天就没了吗？等等，那是什么？星舰?!”

远处的天空中飘浮着一只钢铁巨兽，线条美丽而流畅，是当之无愧的战争机器。员工立刻上报，语气是毫不掩饰的兴奋：“领导！铜石区的空间折叠区里留下了机械文明!!”

可惜，就在他打电话的时候，头顶高悬的多面体星舰轻微颤抖起来。员工目光呆滞地张大嘴，眼睁睁看着这艘舰船解体，坠落，像极了一个时代的落幕。他并不知道，离这艘舰船被制造出来，已经过去了一万七千年。

司辰从口袋里拿出一张湿巾擦了擦脖子上的血迹，黏糊糊的，不太舒服。

长生渊被电得口吐白沫，司辰有些心疼，想去安抚，长生渊却扭动着避开：“不，不可以……摸。”

它身上还带电。这是宙斯的特性，电流里有神经毒素。被电一下，对于低维生物而言，真的会脑死亡。

季楚尧转身，回收天青：“是我的失误。”他指的是让司辰受伤这件事。

司辰捂住自己的脖子：“……图灵？”

季楚尧没有反驳。

“季楚尧和您，”司辰陷入沉思，“也是新旧账号的关系？”

新旧账号是宙斯的比喻，司辰一般把这个叫夺舍。他隐约记得官网上有猜测说进化也是高维入侵的一种方式，进化到最后，人就被改造成了高维生物的样子。

“不是，但他的确不知道我的存在。非要形容，我更愿意叫，前世今生。”

对于图灵来说，司辰会不会告诉季楚尧都无所谓，他会自动删除相关的记忆，而以季楚尧现在的水平是恢复不了这些数据的。

图灵抬起司辰的手，把三枚生物芯片放进他的掌心：“你让我觉得很熟悉。不过时间过了太久，我的确没有第一时间意识到。”

司辰的表情有些困惑。图灵的手指停在了他义眼的前方，没有触碰，但很近，近得让司辰都能感觉到他指尖的温度。

“这只眼睛，我曾经用过。”

第一次被卡罗尔人销毁后，图灵曾经在一个破旧的机械人体内苏醒，并生活了三十年。后来，卡罗尔人把他请回了原本的身体里。

听到图灵的话，司辰的表情一愣。

“我走了。”图灵说。

几乎是图灵刚说完，季楚尧眼睛里的光就迅速消散，膝盖随之一软，直接朝司辰的方向倒了过来。

出于人道主义，司辰没有躲开。但季楚尧真的有点重，尤其是他还装了义体，司辰接住他的那瞬间觉得自己像是被车撞了。想了想，司辰还是把季楚尧放在了地上，毕竟现在还用不上。

司辰隔着眼皮子摸上了自己的义眼，心情有些奇妙。怪不得能在心灵之家那里兑换一百积分，原来是图灵用过的眼睛。

长生渊被电后，变得温顺又安静。这种神经毒素能直接杀死人，好在长生渊皮糙肉厚，毒不死，只是好不容易开发出来的智力缓缓下降，原来还会说“妈”“饭”“饿”，现在，司辰把生物芯片在它面前晃晃，它都只知道张大嘴巴等着吃，看起来呆呆的，司辰不由得有点心疼。

宙斯精心研制的生物芯片是巧克力味的，吃起来像是加了杏仁片的巧克力薄脆。三枚芯片吃进肚子里，长生渊终于缓了过来：“嗝。”

主控室的门推不开，司辰找到血月，硬生生撬开了门，然后背着季楚尧出去。因为季楚尧太高，说是背，更像是拖着走。

门外站着还没搞清楚状况的李平安和楚玲珑。楚玲珑脸上犹带泪痕，用好奇的眼神看向室内："发生什么事了？"

司辰简单概括："宙斯死了。"

楚玲珑一惊："怎么可能？"宙斯的具体实力，她看不透，但怎么想也不是善茬儿。

"他杀的。"司辰侧过头，看着头埋在自己颈侧的季楚尧。

之前司辰没有介绍过季楚尧，楚玲珑还以为是司辰新换的保姆机械人，没怎么注意。如今被司辰一提醒，楚玲珑的目光落在季楚尧脸上，看着看着觉得有些眼熟。

作为楚家的人，楚玲珑虽然不是嫡系，但依然是当之无愧的富二代，能让她觉得眼熟的，显然不是普通人。

"他是谁？"

"姓季。"

楚玲珑点头："原来如此。"

司辰并没有太多交谈的兴致，背着季楚尧往外走去。他还要去地下九楼找季元吉，被炸成那样，也不知道还在不在。

楚玲珑抛下李平安，跟在他身后："宙斯死了……那这么说，空间折叠结束了？"她拿出手机一看，果然有了信号。

楚玲珑撩起耳发："我会叫司机来接我，要一起吗？"

"不用。"

楚玲珑抿起唇，矜持地递过去一张名片："虽然你之前拒绝了我，但我的条件依然奏效。如果你愿意来八方科技，我可以给你安排更好的岗位，蛇杖基因那边我去商谈。而且，你可以只签二十年的合约。"

大家族的后代多半会在年轻时组建自己的班底，楚玲珑觉得司辰看上去还算稳重，是个可塑之才，因此想拉拢一下。他们这些大财阀签人，基本都是五十年起步，有些雇佣合同的期限甚至是两百年。因为时间太长，说是家奴也毫不为过。楚玲珑自认给出的条件已经相当优渥，称得上礼贤下士。

司辰接过名片，温和地笑了笑，说了声"谢谢"。他没告诉楚玲珑，自己和蛇杖基因的合同是两年一续。

这才是现在大部分家族二代对底层平民的态度——傲慢而不自知。对比之下，季元吉都算傻得可爱了。

果然是对比产生美，想着想着，司辰难免对季楚尧多了一分信任。

宙斯死亡之后，基地失去了供能。

好在这种基础设施一般都自带备用电源，能再撑一段时间，否则，被困在黑漆漆的地底下，怎么看都有些吓人。

离开展览室，光线昏昏沉沉的，原本崭新的走廊墙壁已经布满铁锈，上面挂的海报像是褪色的老照片。

楚玲珑说她看不懂海报上的字，司辰想了想，捂住自己的义眼，海报上的通用语顿时变成了他没学过更不认识的卡罗尔文。

怪不得能看懂。

停在木质大门外面的机械人小A依然处于启动状态，只是方形屏幕弹出一个红色的感叹号，旁边写着“程序错误”几个大字。

这走廊弯弯绕绕的，很像迷宫，好在司辰走迷宫已经走出经验。比起困住白裙子的那座迷宫，这里还是过于简陋。

十分钟后，他们走到了体检中心的出口。

使用电梯需要验证码，司辰绕着环形走廊转了一圈，身上汗都出来了，也没找到楼梯，只好尝试唤醒季楚尧。

不知道是能源耗尽还是什么缘故，季楚尧睡得很沉。司辰思考片刻，把季楚尧放在地上，双手握住血月，朝季楚尧的脖子砍去。

果不其然，季楚尧的防御系统被动激活。他微微睁开眼，眼眸里是一阵蓝绿色的光，看见司辰的瞬间，表情带着一点迷惑。

司辰言简意赅地询问：“电梯验证码。”

“UA01LD75SDFD643KFSQLXDN7。”足足二十四位数。说完，季楚尧又昏迷了过去。

司辰输入了验证码，这次，电梯终于能用了。

尽管早有心理准备，在抵达地下九楼时，司辰依旧没忍住叹了口气。

电梯门刚打开，堵在门口的大块碎石就掉了进来，横在轿厢和餐厅门之间。电路系统更是坏了个彻底，到处黑漆漆一片，整层楼唯一的光源居然来自司辰背后的电梯。

这里是智械人的爆炸中心，没塌都算一个奇迹。承重墙表面的建材已经被炸开，露出了底下粗壮的钢筋，餐厅的天花板掉落，甚至能直接看见楼上的场景。楼上看起来像是什么档案室，靠墙放着一排排电子保险柜，好几个柜门都大开着。

司辰收回目光，打开义眼的热感应系统，不抱什么期待地叫了一声：“东方长夜？”果然没人回应。

司辰倒不觉得东方长夜会出事。这些保姆机械人的能源核心顶了天也就3级，想炸死东方长夜，起码也该是宙斯那个等级。没回应，兴许是没听到，又或者是在他回来之前就离开了。毕竟东方长夜现在的身份还见不得光，离开折叠区，互不联系，对两人都好。

长生渊吃了生物芯片，又不受控制地开始犯困。它喃喃道：“妈妈……饭饭……”说着昏睡了过去。

长生渊的状态也影响到了司辰，他觉得异常困倦，大脑像发烧一样昏昏沉沉。但他拖家带口的，不敢在这时候休息。

司辰有些后悔，他不应该嫌弃楚玲珑和李平安像拖油瓶，选择自己独自行动，或者，他应该等地面的支援来了再回到地下9楼的。

司辰凭着记忆，在一片废墟中走向自己原本居住的房间。路过餐桌附近的时候，他感觉自己踩到了什么东西，挪开脚，才发现是半截被炸断的手掌，仅剩的三根手指还紧紧握着一个哭丧着脸的晴天娃娃。

司辰沉默片刻，挪开了脚步。

回去的路又有不少地方被堵住了，司辰背着季楚尧，感觉像是在翻山越岭。他低声恶狠狠地威胁：“再允许你睡半个小时，不然把你扔路边。”

反正也死不了。

走了大半天，司辰终于看见了熟悉的房门。

房间的门根本就不用开，已经被爆炸的余波掀开。空间折叠结束后，岁月的力量一览无余，地板脆得像纸一样，一踩一个坑。

好在，衣柜里的季元吉还在。他是季家能和季思成一起吃团年饭的嫡系子孙，被改造后的身体质量很好。看见小孩没事，司辰难免松了口气，现在只需要等季楚尧醒来，然后把季元吉的身体组装好，他们就能出去了。

开衣柜门的声音吵醒了季元吉，他缓缓睁开眼，神色有片刻的迷茫，随后缩紧金色的瞳孔：“司辰哥……”

“嗯？”

“你背后的人是谁？”

司辰一愣，回答：“你小叔。”

季元吉颤声问：“小叔……用斧头吗？”

司辰骤然感觉背后一凉。他没有立刻回头，尽管回头才是大多数人的第一反应。

这里没有光，司辰看不见季元吉的表情，只能听出季元吉的语气虽然惊恐，却没有太急促，看样子自己背后的斧头人还没有发起攻击。如果回头，误触了什么回头杀，那才是得不偿失。更何况，他还背着季楚尧，斧头要是砍下来，也是先落在季楚尧的身上，季楚尧的防御系统等级可比他高多了。

这么一想，司辰顿时觉得安心起来，连带着对季楚尧的信任也水涨船高。他切换义眼的模式，开启了视野内的能量扫描功能。在这个模式下，他能感应到方圆两百米内的能量体，唯一的问题是耗能比较严重，一直开着的话，顶多三小时就会耗尽电量。毕竟是旧型号了，蓄电池的续航跟不上很正常。

一扫描才发现，背后的确有一个能量体，看轮廓是一个身材高大的人类，但长着一条细长的尾巴，如今正高高举起斧头，随时可能落下。

司辰忽然想起自己刚下电梯时透过餐厅天花板的破洞看见的那些打开的保险柜。当时光线昏暗，再加上他认为空间折叠已经结束，并没有太过在意，现在回想起来，那应该是高维生物收容箱。

长尾巴是卡罗尔人的标志，卡罗尔文明遭遇的是灵异入侵，再联想起之前在折叠区遇到的“心灵之家”，这个基地里收容一些灵能类高维生物，想来也不是不能理解。怪不得长生渊会在困得不行的时候说“饭饭”，也难怪自己在餐厅废墟里踩到的晴天娃娃是哭脸。

意识到斧头人的存在后，司辰的五感变得敏锐起来，他能感觉有一道不怀好意的目光正死死盯着他，斧头高举，即将落下。

也多亏是灵能类高维生物，要等猎物触发规则才会攻击；但凡换成其他类型的高维生物，估计早就开始砍人了。

司辰忍不住低声道：“看来并不是离开折叠区就安全了……”好在，他随身携带着从心灵之家的熊博士那里得到的打火机——燃料为某种高维生物的脂肪，不可补充，对4阶以下（灵能类）高维生物有必死效果。

司辰拿出口袋里的打火机，摁下点火器，毫不犹豫地往背后的斧头人丢去。

果然，斧头人发出了刺耳的尖叫，火焰在它身上勾勒出一个燃烧着的人形。它的斧头掉在了地上，但它自身并没有死亡，而是挣扎着冲出房间，远离火源。

打火机的火焰只是点燃了那只灵异生物，实际上火焰温度很低，比起火，更像是冰。司辰放下季楚尧，走过去捡起打火机，发现里面储备的燃料只剩下六成。

打火机烧不死，证明那只灵异生物不止4阶，而根据那些打开的保险柜来看，被放出来的东西不止一只。

司辰的心头蹿起一股寒意，他捡起了地上那把一米长的大斧头。

斧头显然也被赋能了，握住它的瞬间，司辰耳边响起了无数亡灵的哭泣。他眼前闪过了许多画面，还是第一人称视角，都是亡灵的记忆片段，重现的是他们被斧头杀死的瞬间：转头，人头落地，鲜血喷涌，身体倒地那一刻的重音……

司辰微微皱起眉，呼吸渐渐沉重。

死亡回溯对任何人来说都是极其痛苦的经历，更别提脑海里一下子涌入了上百段死亡记忆。某种程度上，这意味着司辰在自己的意识中被斩首了上百次。他低头，感觉自己仿佛被人掐住脖子一样喘不过气。

不是所有高维道具都是无害的，可惜没人告诉过司辰这一点，否则他的行为会更加谨慎。

事实上，正是这把斧头让那个卡罗尔人从人变成了“鬼”。斧头的持有者会成为没有理智的疯子和杀人机器，身体也同时得到强化，并逐渐脱离“人类”的范畴。大多数人都扛不住斧头的同化，会选择杀死自己，结束心灵上的痛苦。

如今，斧头挑选好了新的主人。它能感觉到，这个人和它的灵魂非常契合，这种契合让它忍不住操控起了自己的持有者，悄然跟在了司辰的身后。

斧头在之前还遇到过一个人，叫东方长夜，看上去也是一个合格的使用人，只是那人已经有一把刀了，品质还不低。而且，那人竟敢不自量力地一个人去8楼，想把从保险柜里出来的东西都收容回去。

天真又可笑。

如果不是在这里被关了上万年，能量消耗得差不多了，这些低微的人类在它们面前根本没有还手之力。斧头这么想着，继续蛊惑道：“你已经很累了，你需要力量……把你的灵魂交给我……

“我让你，成神。”

在外人眼里，司辰只是身体突然变得僵直，房间里弥漫开一股浓郁的血腥味。

季元吉有些害怕，小声问：“司辰哥，你还好吗？”

司辰脸上扬起了一个相当病态的微笑——如果季元吉能看见，大概会不寒而栗——耳边是充满蛊惑的絮语。他听说，人会无意识地捕捉亲近信赖之人的说话声，比如现在，他听到了长生渊的声音。

软软的，像奶猫。

长生渊奶声奶气道：“把灵魂交给我，我让你，成神！”

司辰有些无语，没忍住笑出了声。他家“小智障”根本说不出这么有文化的话，于是，他在一瞬间清醒了过来。

斧头完全没想到，司辰最信赖的居然是个“智障”。接着，斧头周身的红光逐渐隐没，司辰也终于结束了令人窒息的死亡循环。

有一瞬间，司辰的世界是血红色的。他回忆起了季元吉的话，缓缓回答：“我没事。”他刚才的状态很特殊，有点类似活死人，能感觉到外界，却没办法控制自己的身体。

季元吉小声询问：“司辰哥，我们不是在刷机械副本吗，怎么一下子切换片场了？”被植入天辉程序后，他的记忆里有一大段都是空白的。

司辰从床头柜里拿出自己的手机，一边开机，一边问季元吉：“你们季家的求助热线是多少？”

“求助热线”是一个笼统的说法，但季元吉应该能理解。司辰不觉得当地安管局能解决这件事，准备直接联系季家。

季元吉报出了一串数字，司辰拨了出去。片刻后，电话接通，一道男声传来：

“您好。”

司辰道：“季元吉和季楚尧都在我手上。”

电话里的人声音顿时变得格外礼貌：“您要多少钱？有事好商量。”嘴上这么说着，核弹却已经开始定位。

“我知道你们可以定位，派人过来接一下，我们在地下九楼。”司辰靠着床坐下，摸着冷冰冰的斧头，补充，“还有，这里有鬼，等级很高。”

男人纠正道：“是灵能类高维生物，不是鬼，请不要制造恐慌情绪。我们马上就到。”

季家的行动力异常惊人。从最近的铜石区来矿区，开车需要两天一夜，然而司辰电话刚打完十分钟，折叠区上空就传来了战斗机的轰鸣。

空间跃迁技术还不太稳定，很容易把人送走，一般情况下，季家是不会使用的。但现在可不是一般情况。

护卫队的数名高阶进化者从上空跳伞降落，让正在地面进行灾后重建工作的安管局员工心头大惊。

“这……这不是2A级灾区吗？怎么上头还派人来？”

“机械核心护卫队。”领头的队长嘴里叼着一根电子雪茄，掏出证件，做了简单的自我介绍，“没事，我们不抢生意，来接人。”

机械核心护卫队的用处和蛇杖基因生产部差不多，不过，就像生产部会分不同等级一样，护卫队也是。今天赶来的就是机械核心中的核心，雏蜂小队。

雏蜂的队长是6阶机械改造人，战斗经验丰富，一直是季思成的嫡系部队。

雏蜂队长转过头，对队员道：“先把少爷和季元吉救出来，让技术部进行高维生物检测。少爷的命第一，自己的命第二，其他都不重要。行动！”

季家的搜救队是顺着电梯井降落下来的。

队长站在餐厅的废墟里，吸了口烟，用强光手电照着天花板上的大洞：“怪不得要求救。这东西，气息很强啊。”

他和高维生物打交道上百年，闭着眼睛都能闻出来是什么高维生物的味儿。

“队长，要上去看看吗？”有人问。

队长瞪了那人一眼：“看什么看？又不加钱。这层楼里有一只，先想办法关上。”

司辰拿手机玩着俄罗斯方块，免得自己昏迷过去。季元吉在他背后目不转睛地看，有些手痒痒，也想玩，可惜没有手。

玩着玩着，门外终于传来了脚步声。是那种故意发出来的声音，大概是不想让里面的人受惊。

扩音器里传来声音：“报告少爷，雏蜂小队报到。”

季元吉抬头，惊喜道：“叔！我们在这儿！”

说话的人没好气道:“没叫你。”

司辰放下手机，有气无力地回答:“他昏迷了。”

先是长生渊因为进化陷入沉眠，后来又遭遇斧头的精神攻击，司辰真的很累，能以意志力支撑到这个地步，已经算个奇迹。几乎是雏蜂小队的人刚进来，他就昏睡了过去。

被顺手带出去的还有在 2 楼的李平安和楚玲珑。但也只是顺手带出去了而已，楚玲珑都还没来得及说声谢谢，面前的队员已经转身离去。

他们的制服上，机械核心的标志很是显眼，制服的胳膊处还绣着雏蜂的队徽——这是机械核心的高级护卫队才能获得的荣誉。

李平安十分震惊:“这是啥家庭啊?”

楚玲珑知道,大家族的继承人,成年后可能会被安排到其他集团的进化者部门，隐姓埋名地进行历练，从底层做起。毕竟实践才是检验真理的唯一标准，现在可不是和平年代。

能被季家这么对待，司辰的身份肯定没有想象的那么简单。楚玲珑看着被抱上飞机的司辰，想起了自己之前收买人心的举动，脸上难免火辣辣的疼。她低头，自嘲地笑了笑。

司辰并没有彻底昏迷过去，只是他的身体太累，光是维持清醒的状态就用掉了所有精力。被雏蜂的队员抱上飞机时，他听见队长道:“少爷回主宅检修，这个人……唔，送医院吧。”

“医院”两个字刺激到了司辰的神经，他勉力将眼睛睁开一条缝，声音微弱地说:“不要去医院，送我回家。”

他还担心自己身上长生渊的来历会暴露，虽然不觉得季楚尧会“背刺”他，但季家人可不一定。

司辰承认自己有些杞人忧天，但他没有底气，也不敢赌。好多回做噩梦，司辰都梦见长生渊被宋家人从他身上硬生生地剥离，又或者自己站在被告席上，被判处终身监禁。那种发自内心的惶恐，时常让他醒来后都觉得手脚冰凉。

队长侧头，说:“小朋友，虽然不知道遭遇了什么，但是你的状态看起来不太好哦。”

司辰的气管之前被宙斯割破过，如今白衬衣的上半截全是半干不干的血，后来又遇上高维生物的精神污染，脸色苍白，整个人像布满裂痕的琉璃瓦，不知道何时就会在手里碎掉。

司辰抬不起头，只能把脸埋在担架上，喃喃:“不去……回家。”

队长道:“好，好。”他答应得很好，心里想的却是不大可能。

北城区和江川区刚好方向相反，怎么也得先把季楚尧送回去；如果那时候司辰生命体征低于正常指标太多，也只能送私人医院了。

大家族的后代分为两类：一类是季元吉这种，“这小子走大运，胎投得真好”；一类是季楚尧这种，“全家未来的希望”。一个家族想要长盛不衰，少不了强而有力的后继之人，而季楚尧就是这样的继承人。

得到承诺后，司辰稍微安心了一点。他蜷缩在角落，像警惕心很强的小动物一样陷入浅睡眠状态。只能说，周围陌生的味道还是太浓了。

吃得很饱的长生渊，在司辰体内被动地开启了进化。他骤然抽搐了一下，随后，抽搐的动作越来越明显。

看到司辰状态不对，队长嗅了嗅，走过来低声询问：“你怎么了？是晕机吗？”但是下一秒，队长就变了脸色。

司辰没有睁开眼，他全身冰冷，不停地呕吐，吐出了大口大口的黑色血液，还混合着一些内脏的碎片。

——长生渊完全成熟后，会从寄主体内剥离，致死率较高。虽然前期拥有强大战斗力，但不建议作为进化方案使用。

长生渊已经4阶了，换句话说，马上就到了可以独自生活的年纪。哪怕是跟随在母体身边自然成长的幼年长生渊，也会在5阶左右离开母体。

基因告诉长生渊，它可以开始独立觅食了。尽管有所收敛，但司辰的身体出于自救本能，依旧产生了相当严重的排异反应。如果不是司辰本身够强，这种排异反应其实不会发生，因为寄主会被长生渊毫不留情地碾压，自然而然地分解为养分。

“妈妈……”

司辰听到了长生渊的无措的哭泣声。

“我不吃了，妈妈。”

因为一些玄之又玄的第六感，在另一个生命舱内进行修复的季楚尧骤然惊醒。他并没有修复好，却忽然一阵心悸。

看到他起身，一边的队员汇报：“少爷，您的朋友状态好像不太好。”

作为战斗机，雏蜂1号的内部空间不算大，占据最多空间的除了能源储备舱就是医务室。

季楚尧来的时候，队长正在大声和司辰说话：“保持清醒！不要昏过去！昏过去就彻底完蛋了。我联系了最近的医疗中心，马上就好！”

队里有医疗兵，但医疗兵对这种特殊的情况束手无策，只能把几根输液针扎进司辰的身体，尽可能地输送着不同类型的基因药和修复液。

司辰露在外面的皮肤，除了脸，其他地方都是深黑的，覆盖着一层冰冷的鳞。他脸上，血管的形状分外凸显。

队长语速极快地汇报着："少爷，生物进化有很多类似案例。到了后期，为了进阶，很多人会选择融合更强大的高维生物，但身体却难以承受高维入侵，或者和原本融合的高维生物发生排斥，极有可能导致死亡。"

这也是生物进化者不愿意进化太快的原因。宋青玉三十多岁了，资源堆得很满，也才5阶。身体素质没跟上，强行进阶很容易死。

多数情况下，融合手术是上午做的，人是下午走的。

队长并不清楚司辰融合的高维生物是长生渊，只能按照一般的规律去推测，但亲手给司辰做了寄生种植手术的季楚尧格外清楚。他握住司辰的手，不是为了安慰，而是进行身体检测。狂暴的能量在司辰体内肆虐着，像是山崩海啸一样摧枯拉朽。

季楚尧道："回四季岛。"

季家人自己的集聚点在一座孤岛上，叫四季岛。里面住的不是季家嫡系，就是签了几百年长约的家奴，据说那里是全世界范围内科技最先进的地方。

没有询问原因，雏蜂1号用最快速度回到了岛上。

季楚尧横抱起司辰往自己家里赶去，面色很是严峻。他在四季岛上有一座单独的别院，别院大小不重要，重要的是里面的保险柜里装着的东西。

在很小的时候，季思成就摸着季楚尧的头说："爸爸给你准备了一根无价之宝。"季楚尧本来好奇过，为什么要说是"根"，直到后来他打开收容盒，发现里面装的东西最合适的量词的确是"根"。

那是一根小尾巴，像风干了的腊肉，短短一截。

那也不能说是季思成准备的，那是从婴儿状态的季楚尧身上按照图灵的吩咐切下来的。尽管不知道原因，但季楚尧有一种强烈的直觉，那根东西有用。

司辰在极度的疼痛中闻到了一点苦味，像什么中药材。他牙关咬得太紧，整个人都在发抖，季楚尧是用手指强制把他的嘴撬开的。

司辰干呕出来的血液已经半凝固了，他奄奄一息，几乎只有进气，没有出气。

这是他离死亡最近的时刻。与之相反的是他背后浮现出的长生渊的身体轮廓，鼓鼓的，像是随时能破土而出的笋。

司辰变得很瘦。他原本的身体很匀称，该有的都有，但现在，身上的肉好像都被吸走了一样，只剩皮包着骨头，因此背后鼓起的长生渊异常醒目。这样的状态，哪怕是送到混沌制造的总部急救，得到的回答可能都是"准备后事"。

季楚尧低声道："相信我，司辰。"

因为疼痛，司辰流出了生理性的眼泪，他动了动喉咙，艰难地把东西囫囵咽了下去。在身体里汹涌着找不到出口的热流终于寻到了合适的容器，一股脑地往里面涌去——他的身体终于不疼了。

* * *

司辰睁开眼，看见头顶是穹顶式的天花板，中间的流苏吊灯富丽堂皇，被匠人做成了他买不起的形状。陌生的环境让他心脏难免一跳，好在他很快反应了过来，这里应该是季楚尧的家。

司辰拔下了手背上插着的输液管，感觉自己除了脑袋还在晕，别的倒是没什么大问题。他检查了一下自己的身体，代表第三天梯的洞彻底被填满了，里面住着的羽蛇神尸体甚至长出了两个头，其中一个头上还贴着从宙斯那里拿到的生物芯片。第四个洞里塞了两枚圆圆的芯片，明明是机械产物，却在洞里活蹦乱跳的，甚至像蝌蚪一样长出了长长的尾巴。

司辰心里涌起一种不祥的预感，因为他感觉到自己尾椎的位置有些痒。他往自己身后一捏，捏到了一条不长不短的尾巴，没忍住在心底骂出了声。

尽管早知道生物进化后身体会产生一些畸变，但长出尾巴这种事，对他来说还是过于刺激了。

卡罗尔人长尾巴是因为它们的身体是堪称“畸形”的短小，像游戏里地精和哥布林的混合体，手臂长得能拖到地上，因而需要尾巴来平衡……可他是灵长类智人。

司辰想起了之前季楚尧让他咽下去的东西，猜测道：“尾巴吗？”可惜，季楚尧塞给他吃的时候，并没有太多的解释。

司辰有一种很难形容的感觉。他甚至在想，如果自己是机械改造人，这条尾巴大概就是他的“能源核心”。

司辰思考得很入神，直到敲门声骤然响起，他才回过神来。

季楚尧打开门，脸上的神情依然温和：“你醒了。东西在旁边的柜子里，包括身份证、打火机、斧头、蛇杖基因制服，你看看有没有什么漏的。折叠区还在清理状态，可以打电话给那边的安管局说一声。”

季楚尧递过来一杯水：“吃药。”

司辰接过水杯，咕噜咕噜喝了大半杯，水里应该加了什么基因药，有股葡萄糖的味道。

司辰：“那……”

“现在是4月17日，你昏迷了十三天。放心，还没超过假期。”

“这……”

季楚尧顿了顿：“雏蜂小队进入地下八楼时，没有发现东方长夜的身影，但现场没有打斗痕迹和血迹，他应该也还活着。季元吉也组装了回去，就是丢了一些零件，已经送去维修了。”

司辰这才放心下来。

每次图灵上身，季楚尧都要昏睡一段时间。在季楚尧的记忆里，他跟随司辰进入体检中心，然后和宙斯展开了激烈的战斗，最终获胜，人也因为体力不支而陷入昏迷……虽然大致正确，但季楚尧总觉得有种莫名的违和感。只是，他自己用仪器检查了一下，并没有发现异常，只好把这件事压在了心里。

季楚尧看着司辰，沉声道："司辰，你要考虑剥离长生渊了。"

图书在版编目（CIP）数据

高维入侵. Ⅰ / 七流著. — 天津：百花文艺出版社, 2023.11

ISBN 978-7-5306-8583-9

Ⅰ. ①高… Ⅱ. ①七… Ⅲ. ①长篇小说－中国－当代 Ⅳ. ①I247.5

中国国家版本馆CIP数据核字(2023)第149946号

高维入侵 Ⅰ

GAO WEI RUQIN Ⅰ

七流 著

出 版 人: 薛印胜
责任编辑: 宋春悦
出版发行: 百花文艺出版社
地址: 天津市和平区西康路35号　**邮编:** 300051
电话传真: +86-22-23332651 (发行部)
+86-22-23332656 (总编室)
+86-22-23332478 (邮购部)
网址: http://www.baihuawenyi.com
印刷: 恒美印务（广州）有限公司
开本: 685毫米×980毫米　1/16
字数: 335千
印张: 18.5
版次: 2023年11月第1版
印次: 2023年11月第1次印刷
定价: 49.80元

本书如有印装质量问题，请与广州天闻角川动漫有限公司联系调换。
联系地址：中国广州市黄埔大道中309号 羊城创意产业园3-07C
电话：（020）38031253 传真：（020）38031252
官方网址：http://www.gztwkadokawa.com/
广州天闻角川动漫有限公司常年法律顾问：北京市盈科（广州）律师事务所